A.J. Park

THE FIRST LIE

atb aufbau taschenbuch

A. J. PARK ist das Pseudonym eines internationalen Thrillerautors. Er hat, bevor er Romane zu schreiben begann, als Journalist und Schauspieler gearbeitet und lebt derzeit in London.

WOLFGANG THON, geboren 1954 in Mönchengladbach, studierte Sprachwissenschaft, Germanistik und Philosophie in Berlin und Hamburg. Er hat bereits etliche Thriller von u. a. Brad Meltzer, Joseph Finder, Robin Hobb, Steve Barry und Paul Grossman ins Deutsche übertragen.

Kurz vor der lange ersehnten Beförderung zum Richter findet der erfolgreiche Anwalt Paul Reeve eines Abends seine Frau Alice völlig aufgelöst in ihrem gemeinsamen Haus vor – sie ist über und über mit Blut beschmiert, und im Bad liegt die Leiche eines Einbrechers. Alice scheint den Unbekannten aus Notwehr getötet zu haben, aber Paul will ihr gemeinsames Leben und seine Karriere nicht gefährden. Gemeinsam müssen sie den Toten schnell verschwinden lassen, doch danach zu einem normalen Alltag zurückzukehren, scheint unmöglich. Als sich dann der ersten Lüge noch weitere anschließen, öffnet sich ein Abgrund, der unüberwindbar scheint.

A.J. PARK

THE FIRST LIE

Ihre erste Lüge –
ihr erster Mord

Aus dem Englischen
von Wolfgang Thon

atb aufbau taschenbuch

Die Originalausgabe unter dem Titel
The First Lie
erschien 2019 bei Orion Fiction, an imprint of The Orion Publishing Group Ltd., London.

MIX
Papier aus verantwortungsvollen Quellen
FSC® C083411

ISBN 978-3-7466-3743-3

Aufbau Taschenbuch ist eine Marke
der Aufbau Verlag GmbH & Co. KG

1. Auflage 2020

Umschlaggestaltung www.buerosued.de, München
unter Verwendung eines Bildes von © Adrian Britton / Arcangel
Satz Greiner & Reichel, Köln
Druck und Binden CPI books GmbH, Leck, Germany
Printed in Germany

www.aufbau-verlag.de

»Birg, falscher Schein, des falschen Herzens Kunde!«

Macbeth, William Shakespeare

2. OKTOBER

P

Als ich sehe, dass die Vordertür offen steht, trete ich abrupt auf die Bremse.

Sechs verpasste Anrufe.

Ich nehme mein Handy vom Beifahrersitz und springe aus dem Wagen.

Weshalb ist Alice nie ans Telefon gegangen, wenn ich zurückgerufen habe? Warum zum Teufel steht die Eingangstür offen? Warum ist es im Haus stockdunkel?

Es ist neun Uhr abends, und drinnen ist es ebenso dunkel wie draußen – so schnell ich kann laufe ich an Alices Mercedes-Cabrio vorbei zur Eingangstür.

Alice hatte mich wohl schon vor drei Stunden erwartet, aber ich war wieder zur Arbeit zurückgerufen worden. Ich hätte ihr Bescheid sagen sollen, dass ich aufgehalten worden war, aber auf der Arbeit war viel los gewesen, und ich hatte mich gleich wieder in meine Aufgaben hineingestürzt. Ich habe letzte Vorarbeiten zu einem Fall erledigt, der hoffentlich mein letzter als Strafverteidiger bei Blacksmith's – einer der Top-Anwaltskanzleien Londons – sein wird. Es folgen Gespräche mit dem Komitee, und dann trifft der Ausschuss die endgültige Entscheidung darüber, wer zum nächsten Bezirksrichter ernannt wird. Falls man mich auswählt, werde ich mit meinen siebenunddreißig Jahren der jüngste Richter in der Geschichte Großbritanniens sein. Ich bin dann am Zentralen Strafgerichtshof tätig, besser bekannt als Old Bailey, aber auch an anderen Gerichtshöfen im Südosten des Landes.

Alice hat Geduld mit mir, sie weiß, unter welchem Druck ich stehe, deshalb ruft sie auch nie an, um nachzufragen, ob ich später nach Hause komme. Sechs verpasste Anrufe bedeuten also, dass etwas nicht stimmt. Und jetzt sehe ich mich am Rand eines schwarzen Lochs und habe keine Ahnung, was mir bevorsteht.

Ich stürme ins Haus, kann im Flur kaum etwas erkennen, mich aber trotzdem orientieren. Ich rufe nach Alice und versuche, nicht besorgt zu klingen, aber das gelingt mir gewiss nicht. Niemand antwortet, und mein Herzschlag beschleunigt sich. Ich schalte das Flurlicht ein und laufe nach rechts ins Bad. Danach weiter geradeaus in die Küche. Dann um die Ecke ins Wohnzimmer und gleich dahinter in das große Esszimmer.

Nichts, keine Spur von Alice.

Normalerweise würde das Haus in Festbeleuchtung strahlen. Alice wäre im Wohnzimmer, mit einem Glas Rotwein in der Hand, und der Fernseher liefe.

Normalerweise wäre sie mir an der Haustür entgegengekommen. Wir hätten uns geküsst, ich hätte meine Hände auf ihre Hüften gelegt und sie mit ihren über mein Gesicht gestreichelt, so sinnlich wie an jenem Tag vor zehn Jahren, als wir uns kennenlernten.

Normalerweise, aber nicht heute.

Ich nehme zwei Treppenstufen auf einmal und bin zu

schnell, um den Lichtschalter zu erwischen. Oben ist es ebenfalls still, deshalb bleibe ich stehen. Alle Türen vor mir sind geschlossen. »Alice?«, rufe ich, zögerlicher als zuvor. Irgendetwas stimmt hier ganz und gar nicht.

Ich versuche es bei den ersten beiden Türen. Nichts. Dann bin ich an der dritten, der zu meinem Büro. Als ich gerade meinen Kopf hineinstecke, kommt ein seltsam ersticktes Geräusch aus unserem Schlafzimmer am anderen Ende des Flurs. Ich gehe darauf zu, am Badezimmer vorbei. »Alice?«, wiederhole ich fast flüsternd.

An der Tür atme ich tief durch und packe die Türklinke. Im Raum erwartet mich absolute Dunkelheit. Ohne lange nachzudenken stürze ich mich mit geballten Fäusten kampfbereit hinein. Ich bin bereit, weiß nur nicht, wofür.

Es dauert einen Moment, bis sich meine Augen an die Dunkelheit gewöhnt haben, dann erkenne ich eine Silhouette.

Jemand sitzt auf dem Bett.

»Alice«, sage ich sanft. Sie sitzt zum Wandschrank gedreht, und ich sehe ihren Kopf im Profil. Sie hat mich anscheinend nicht wahrgenommen, und falls doch, reagiert sie nicht auf meine Anwesenheit.

»Alice!«, sage ich jetzt in normaler Lautstärke und längst nicht mehr so besorgt.

Sie dreht sich langsam um.

Als sie nicht antwortet, fasse ich zum Lichtschalter.

»Nein!«, schreit sie plötzlich; es klingt gequält. »Mach nicht das …«

Ich weiche zurück, aber mein Arm bleibt ausgestreckt, und ich berühre den Schalter. Im Zimmer wird es hell.

Sie ist bleich, ihre Wangenknochen und ihre Augen sind feucht. Ihre weiße Bluse ist aufgeknöpft und voller Blut, auch ihre nackte Haut ist damit bedeckt. Sie hat Blut an den Händen und im Haar, auch auf ihrem Gesicht. Sie sieht aus wie Lady Macbeth nach der Ermordung Duncans.

Ihr Anblick verschlägt mir den Atem. »Alice, was …?«

»Das Badezimmer«, schluchzt sie. Ich will sie in die Arme nehmen, doch sie wehrt mich mit erhobenen Händen ab. »Bitte! Das Badezimmer!«

Ich lasse sie, wo sie ist, und eile ins Badezimmer. Ich stoße die Tür auf, schalte das Licht ein und krümme mich beim Anblick, der sich mir bietet.

Über dem Badewannenrand liegt ein Mann mit dem Gesicht im Wasser, es ist schaumig und voller Blut. Sein Nacken sieht förmlich zerfetzt aus – mein Brieföffner, der wie ein Dolch geformt ist, ragt daraus hervor. Normalerweise liegt er auf meinem Schreibtisch, aber heute Morgen hatte ich im Schlafzimmer die Post von gestern gelesen und ihn danach auf Alices Schminktisch zurückgelassen.

Am liebsten würde ich schreien, aber was ich hier sehe, übersteigt mein Fassungsvermögen, und mir fehlen die Worte. Dann ziehen mich plötzlich Hände vom Tatort weg, in den Flur. Dort drückt mich Alice an die Wand.

»Paul«, sagt sie und packt meine Schultern.

Ich sehe nur das Blut auf ihrer Haut und ihrer Kleidung.

»Es ist nicht so, wie es aussieht«, sagt sie panisch. Offenbar spürt sie meine Besorgnis und Verwirrung. Sie sucht meinen Blick. »Du kennst mich. Ich bin deine Frau. Bitte, du musst mir glauben!«

Ich versuche, ihren Blick auszuhalten, auch wenn das nicht einfach ist und mir dabei alle möglichen Gedanken durch den Kopf schießen. »Alice«, frage ich, »was hast du getan?« Dann wiederhole ich, langsamer: »Was hast du getan?«

A

»Es ist nicht so, wie es aussieht. Du kennst mich. Ich bin deine Frau. Bitte, du musst mir glauben!«

Einen Moment lang starrt er mich nur an und sagt kein Wort. Ich sehe, dass er unter Schock steht.

Als er spricht, flüstert er, als ob man uns belauschen würde. »Alice, was hast du getan?«

»Ich hatte keine Wahl.« Ich klammere mich an sein Revers und schlage verzweifelt mit den Fäusten auf seine Brust. »Ich hatte keine Wahl.«

Er umarmt mich. »Wie? Weshalb?«

»Er war in unserer Wohnung!«

Er lässt mich los und blickt wieder in den Raum, wo der Körper dieses Fremden halb in der Badewanne liegt.

»Was ist passiert?« Paul klingt atemlos.

Ich ziehe ihn hinter mir her ins Schlafzimmer und spreche so schnell und klar, wie ich kann, obwohl ich einen stechenden Schmerz in meiner Brust verspüre. »Ich hatte mir gerade ein Bad eingelassen. Es lief Musik … ich hatte die Bluetooth-Lautsprecher da drin eingeschaltet. Gerade wollte ich das Schlafzimmer verlassen, als ich ihn sah – er war plötzlich da, wie aus dem Nichts –, aber aus irgendwelchen Gründen sah er mich nicht, Gott weiß warum. Er hatte so eine Art … Draht in den Händen. Ich konnte sehen, wie er damit in Richtung Badezimmer ging. Er war … Oh, Paul, ich wusste, dass er es auf mich abgesehen hatte, ich wusste es einfach!«

Er sieht verwirrt aus. »Aber weshalb?«

»Ich weiß es nicht«, schluchze ich. »Ich weiß nur … ich dachte, er will mich … er will mich umbringen. Paul, ich habe im ganzen Leben noch nie so viel Angst gehabt. O Gott. Ich wusste nicht, was ich tun sollte. Ich sah den Brieföffner auf dem Schminktisch und habe einfach danach gegriffen, ohne nachzudenken. Ich wusste kaum, was ich tat, und dann war ich da drin. Ich habe ihn hinten im Nacken erwischt, habe wieder und wieder zugestoßen. Ich konnte nicht aufhören. Ich konnte es nicht, Paul, ich dachte, er wollte mich töten. Ein fremder Mann in unserer verdammten Wohnung! Hier sollten wir doch sicher sein!« Ich starre auf meine blutigen Hände und mein Körper zittert unkontrolliert. »Warum, Paul? Warum war er hier? Warum musste er in unser Haus kommen?« Ich schluchze, er nimmt mich wieder in die Arme und versucht, mich zu beruhigen. »Warum ich? O mein Gott, was habe ich getan, Paul, was habe ich getan?«

Er drückt mich an sich. Ich möchte mich in seiner Umarmung geborgen fühlen, aber das tue ich nicht. Ich fürchte, nichts wird jemals wieder ändern können, was ich jetzt empfinde.

Es gibt nichts, was die Sache besser machen könnte.

»Es ist okay, ganz ruhig. Es ist okay, Liebling. Ich bin bei dir.«

Ich schmiege mich tiefer in seine Umarmung und wünsche mir, ich könnte mich darin auflösen und weit von hier weggebracht werden. Ganz weit weg von dem, was ich getan habe.

Er atmet schwer, aber er ist gefasst. Das sollte mich beruhigen. Ich wünschte, es wäre so. »Küss mich, bitte«, flüstere ich in sein Jackett.

Er versucht, mich aus dieser Gletscherspalte zu ziehen, in die ich gefallen bin, aber mein Körper widersetzt sich.

»Bitte«, wiederhole ich gegen diesen Widerstand. »Küss mich.«

Er streichelt mir übers Haar. Ich spüre seine Berührung im ganzen Körper, lege den Kopf in den Nacken und schaue ihm in die Augen. Seine Lippen nähern sich meinen, und für einen Moment fühle ich mich ganz leicht, so, als würde ich auf einer Wolke sitzen und auf eine glücklichere Zeit hinuntersehen, auf früher, als wir uns zum ersten Mal küssten, oder unseren ersten Kuss als verheiratetes Paar. Das war an einem provisorischen Altar an dem Karibikstrand, wo wir geheiratet haben. Seine Küsse und seine Berührungen haben die Macht, alle meine Ängste verschwinden zu lassen. Jetzt zieht er mich damit von einer Tragödie weg, die, wie ich fürchte, unser künftiges Leben ruinieren wird. Und Gott sei Dank – es funktioniert.

»Oh, Paul«, seufze ich und lasse mich fallen.

Er küsst mich weiter, ich drücke meinen Kopf an seine Brust, schlinge die Arme um seinen Hals, und er legt die Arme um meine Schultern. Wir halten uns ganz fest.

»Das Leben wird nie wieder so sein wie früher«, flüstere ich.

»Doch«, antwortet er leise, »wird es. Wir finden einen Weg. Alles wird gut.«

Nach ein paar Minuten bringt er mich sanft ins Schlafzimmer und legt mich aufs Bett. »Bleib hier«, sagt er und verschwindet nach unten. Ohne ihn wird das Zittern stärker, ich flüstere leise seinen Namen, und Tränen strömen aus meinen Augen. Als er ein paar Minuten später zurückkommt, bin ich unglaublich erleichtert. Er hat eine große Schüssel und einen Waschlappen dabei. »Jetzt machen wir dich erst mal sauber«, sagt er und kniet sich neben das Bett. Langsam und sorgfältig taucht er das Tuch ins Wasser und wischt damit über mein Gesicht. Es ist so warm und angenehm, dass meine Widerstände dahinschmelzen. Ich sehe ins Wasser. Jedes Mal, wenn er das Tuch wieder hineintaucht, verfärbt sich das Wasser stärker.

»Sieh nicht hin«, beschwört er mich. »Lass mich einfach machen. Du wirst dich besser fühlen, wenn ich fertig bin und alles weg ist.« Ich zittere, und mein Schluchzen wird wieder lauter. »Wir kriegen das alles hin.«

»Wie denn?«, frage ich fast unhörbar.

»Ich brauche nur Zeit zum Nachdenken. Ich werde schon dafür sorgen, dass wir alles richtig machen.« Er wischt über mein Gesicht, meinen Hals, meine Brust und dann über meinen Bauch.

»Ich habe einen Mann ermordet, Paul.«

»Er ist in unsere Wohnung eingedrungen, Alice. Du hattest keine andere Wahl.«

»Aber ich habe trotzdem jemanden umgebracht! Diese Hände …« Ich halte sie hoch und sehe, wie sie zittern. »Ich habe jemanden getötet!«

Paul unterbricht seine Tätigkeit, blickt mir in die Augen und drückt seine Lippen auf meine. Er stellt die Schüssel auf den Boden, und ich spüre seine Hände in meinem Haar. Er massiert meine Kopfhaut. Dann küsst er mich auf beide Wangen. »Du bist aber nicht allein. Ich bin bei dir. Ich werde dir helfen. Wir stehen das zusammen durch.«

Er nimmt die Schüssel hoch und streicht mir mit dem Waschlappen über die Unterarme.

»Was wird jetzt mit mir passieren?«

Er stellt die Schüssel wieder ab und streichelt mit der Rückseite seiner Finger über meine rechte Wange. Ich weiß, dass er eine Antwort darauf hat, aber er wird sie nicht laut aussprechen.

»Muss ich ins Gefängnis?«, frage ich.

Er lächelte mich an. Es sieht wie ein unbeschwertes Lächeln aus, aber er überspielt damit seine wahren Gefühle. Und er hat noch kein Wort gesagt.

»Sollen wir die Polizei rufen, Paul?«

Als er stumm bleibt und mich weiter nur anlächelt, was allmählich hilflos und voller Zweifel wirkt, wiederhole ich die Frage eindringlicher. »Sollen wir das tun, Paul?« Ich weine jetzt nicht mehr.

Ich sehe, dass er Ja sagen möchte und noch nicht weiß, wie. Dann nickt er, senkt jedoch dann den Kopf und schüttelt ihn schließlich. »Nein«, sagt er, ohne den Blick vom Boden zu heben. »Nein, wir sollten die Polizei nicht rufen.«

»Weil du es weißt?«

»Weil ich es weiß.« Er schüttelt energisch den Kopf, legt die Hände auf meine Knie und drückt sie zu fest. »Natürlich *sollten* wir die Polizei rufen, Alice. Wir sollten sie verständigen und ihnen genau sagen, was passiert ist.« Er sieht sehr angeschlagen aus, als ob er gerade etwas Furchtbares erfahren und noch nicht ganz verarbeitet hätte.

»Aber ich habe einen Mann getötet, Paul.«

»Ich weiß …«

Er schließt die Augen und nickt langsam.

»Was bedeutet das für mich, Paul?«

Er stützt die Stirn in seine Handflächen. Ich blicke zu meinem Schoß hinunter, wo meine Hände sind. Von den Handflächen hat er mir das Blut nicht abgewaschen – ich führe sie dichter an meine Augen, um den Beweis meiner Tat besser zu sehen. Dann wende ich mich zu ihm.

»Schau doch«, sage ich kläglich und strecke sie aus. Er blickt auf. »Schau und sag mir, was du siehst!« Ich bilde mir ein, Tränen in seinen Augen zu sehen. »Wonach sehe ich für dich aus? Sag schon.«

Er keucht, legt wieder die Hand an meine Wange. »Du hast dich nur verteidigt.«

»Danach sieht es aber nicht aus, oder?«

Er schüttelt den Kopf. »Nein, das tut es nicht, aber du hast dich selbst verteidigt. Er war immerhin bei uns zu Hause.«

Paul, der normalerweise selbstbewusst wirkt und bei allem so sicher zu sein scheint, wirkt verwirrt.

»Es tut mir so leid.«

»Oh, Alice …«

»Tut mir leid. Ich habe … alles … kaputtgemacht.«

»Dir braucht nichts leidzutun. Du musstest dich selbst verteidigen. Sonst wärst du jetzt tot. Und ich könnte nicht ohne dich leben.«

»Du kannst mich immer noch verlieren. Ich könnte im Gefängnis enden.«

»Du hattest keine Wahl.«

»Ich sehe es in deinen Augen, Paul. Du weißt, was mit mir passieren wird. Und du wirst erledigt sein. Alles, wofür du gearbeitet hast. Es ist ausgeschlossen, dass sie dich befördern, wenn deine Frau eine überführte Mörderin ist.«

»Du hattest keine Wahl«, sagt er nachdrücklicher, und plötzlich steht er auf. Die Veränderung seiner Bewegungen und seines Tonfalls erschreckt mich.

Er wird ruhig und blickt auf mich hinunter. »Du hattest keine Wahl«, sagt er kühl und professionell. »Er wollte dich umbringen. Und jetzt haben *wir* keine andere Wahl.«

Ich beuge mich vor. »Wie meinst du das?«

»Vertraust du mir, Alice?«, fragt er.

»Mit jeder Faser meines Körpers.«

»Wenn ich doch nur hier gewesen wäre …«

Ich nicke.

»Aber jetzt bin ich für dich da.« Dann spricht er plötzlich schneller, als ob er die Worte selbst nicht hören will. »Wir müssen die Leiche loswerden.«

4. SEPTEMBER –
EIN MONAT ZUVOR

1

Detective Sergeant Katherine Wright und Detective Constable Ryan Hillier trafen in Kendall Green ein. Sie waren Teil des Major Investigation Teams der Mordkommission Nordwest, einer Spezialeinheit der Kriminalpolizei. Detective Wright parkte das Auto, und sie stiegen aus. Ihr ziviler Wagen war einer von vielen Polizeifahrzeugen, die auf der Straße und rings um den Wohnblock standen. Sie sollten dort bis zur Ankunft ihres Vorgesetzten Detective Superintendent Jonathan Lange, des Leiters des MIT, die Ermittlungen am Tatort übernehmen und die Erkenntnisse der Ermittler und Beamten vor Ort zusammenstellen.

Wright ließ den Blick über das düstere Panorama schweifen, das Kendall Green zu dem hinlänglich bekannten Schandfleck machte. Der Wohnblock hatte die Form eines großen L, war sehr breit, sehr braun, sehr heruntergekommen und nur vier Stockwerke hoch. Trotzdem gab es dort über hundert Wohnungen, in denen insgesamt fünfhundert Bewohner untergebracht waren. Alles wirkte auf den ersten Blick ziemlich verwahrlost, aber die Eigentumswohnungen konnten beim Verkauf durchaus mittlere sechsstellige Beträge einbringen. Der Block gehörte zum Postbezirk NW5, lag also nahe genug am Stadtzentrum Londons, um Wucherpreise bei Verkäufen und exorbitant hohe Monatsmieten zu rechtfertigen. Wright und Hillier zückten ihre Dienstausweise, durchquerten die Polizeiabsperrung und gingen zum Eingang des Blocks. Ihr Ziel war Apartment Nummer 74. Man hatte sie bereits darüber informiert, was sie dort erwartete, aber auch solche Vorwarnungen konnten das unangenehme Gefühl nicht lindern, das eine natürliche Begleiterscheinung dieses Berufes war. Trotz Wrights achtjähriger Erfahrung als Detective hatte sie sich nicht an solche Situationen gewöhnt. Polizisten, auf diese Feststellung legte sie Wert, waren auch Menschen – ganz gleich, wie Kinofilme das darstellten oder was die Jugendlichen so dachten. *Man gewöhnt sich nie daran. Man muss einen Weg finden, um das, was man sieht, nicht an sich heranzulassen und damit fertigzuwerden.*

Oder man muss aussteigen.

Genau darüber dachte sie seit geraumer Zeit nach.

Wie üblich bei so einem Einsatz sprachen die beiden Detectives nicht mehr miteinander, nachdem sie ihren Wagen verlassen hatten – sie brauchten Zeit, um sich vorzubereiten. Der Fahrstuhl brachte sie in den dritten Stock, dort gingen sie den Korridor entlang. Ein Polizist hielt vor der Tür mit der Nummer 74 Wache. Die Wohnungstür war gepflegt und in einem leuchtenden Blau gestrichen, was einen starken Kontrast zum Äußeren des Gebäudes bildete.

Wright und Hillier zeigten ihre Dienstausweise vor; der Officer nickte und trat sofort zur Seite. Beide Detectives legten Schutzhandschuhe und Überzieher für die Schuhe an, die sie am Ende ihres Einsatzes zurücklassen würden. Sie wurden sorgfältig kontrolliert, damit sie nicht unabsichtlich Beweismittel vom Tatort entfernten. Wright ging voran.

Die Wohnungseinrichtung passte zur Tür: Sie war makellos, hell, modern und teuer. Dieses Apartment wirkte wie ein Fremdkörper in dem Haus, in dem sie sich befand.

Der Flur war leer, Wright und Hillier gingen vorbei an der Küche auf der rechten und dem Schlafzimmer auf der linken Seite. Das Bad befand sich rechts von ihnen – es war niemand darin. Am Ende des Flurs lag ein geräumiges und helles Wohnzimmer mit einem Esstisch und Stühlen, daneben ein Ecksofa und ein an der Wand montierter Fernseher.

Verschiedene Kriminaltechniker in weißen Overalls sicherten Fingerabdrücke, fotografierten, steckten Gegenstände in Beutel und gingen ihren zahllosen weiteren Aufgaben nach.

Mitten auf dem großen Sofa war Richard Dollard, der Besitzer und einzige Bewohner der Wohnung. Er saß aufrecht da und hatte die Hände in den Schoß gelegt. Sein Kopf war unnatürlich weit nach hinten gekippt, weil jemand ihm die Kehle durchtrennt hatte. Die Wunde war tief – so tief, dass es von Weitem betrachtet aussah, als würde sein Kopf nur von der Haut in seinem Nacken festgehalten. Auf seinem weißen Hemd war das Blut bereits angetrocknet, und der oberste Knopf war offen. Auch das cremefarbene Sofa hatte eine Menge Blut abbekommen.

Wright und Hillier gingen bis vors Sofa und stellten sich neben einen Mann mittleren Alters, der die Spurensicherung leitete. Daniel Emerson hatte kaum noch Haare auf dem Kopf, und Wright kannte ihn gut, zu gut. Seine Anwesenheit erinnerte sie immer schmerzhaft daran, dass der Tod mit zahllosen Rätseln verknüpft war, von denen manche zu schwierig waren, als dass man sie jemals lösen konnte.

»Dan«, begrüßte sie ihn knapp.

»Katie.« Er war der einzige Kollege, der sie so nannte. Obwohl sie außerhalb der Arbeit nichts miteinander zu tun hatten, kamen sie gut miteinander aus. Das ging auch gar nicht anders, nach allem, was sie bereits zusammen gesehen hatten – bei ihren Berufen wurde jeder stützende Arm benötigt, Freundlichkeit und vertrauter Umgang halfen sehr.

»Was haben Sie bis jetzt?«

»Wir haben eine Art Draht gefunden. Sehr scharf. Hat direkt ins Fleisch geschnitten. Er hat nicht mal versucht, sich zu wehren. Allerdings hätte der arme Kerl sowieso keine Chance gehabt. Er hat ferngesehen und es wahrscheinlich gar nicht mitgekriegt. Der Täter stand hinter ihm, hat sich vorgebeugt und den Draht nach hinten gerissen – er hat seinen Hals wie Butter durchtrennt.«

»Wie ist er hereingekommen?«, fragte sie.

»Die Haustür wurde mit einem Dietrich geöffnet. Soweit wir das bisher beurteilen können, steht alles noch an seinem Platz. Es gibt viele Fingerabdrücke, aber die können auch von ihm oder irgendwelchen früheren Besuchern stammen – das ist sogar ziemlich wahrscheinlich. Es kann eine Ewigkeit dauern, bis wir alles abgeglichen haben. Vielleicht schaffen wir es nie. Es gibt nicht viele Leute, die so ein Schloss aufbekommen und alles sauber hinterlassen.

Das viele Blut und kein Fußabdruck … Ich weiß nicht, wie Sie das sehen, aber ich könnte mich nicht an jemanden heranschleichen, der so jung ist wie der hier, und damit so leicht davonkommen. Wer auch immer das getan hat, hat Selbstbewusstsein. Und zwar jede Menge.«

»Gibt es noch mehr zur Tatwaffe zu sagen?«

»Es war ein scharfer Draht – mehr haben wir zurzeit nicht. Aber wenn man sich den Schnitt ansieht und wie leicht und sauber er durch die Haut gegangen ist, würde ich auf Klavierdraht tippen. Früher hätte man gesagt, er wurde garrottiert.«

»Garrottiert? Klavierdraht?«, wiederholte sie.

»Das funktioniert immer«, nickte er. »Und zwar mühelos.«

Wright begegnete diese Methode zum ersten Mal, obwohl sie seit fast einem Jahrzehnt bei der Londoner Mordkommission arbeitete. »Aber Klavierdraht hat ein Durchschnittsmensch nicht gerade zu Hause herumliegen.«

»Allerdings.«

»Und normalerweise würde man auch nicht so einfach darauf kommen, das als Mordwaffe zu benutzen.«

»Sie nehmen mir die Worte aus dem Mund.«

»Ryan«, wandte sie sich an Hillier, »finden Sie heraus, wo hier in der Gegend und generell in der Stadt Klavierdraht verkauft wird.«

»Dafür gibt es bestimmt eine Menge Läden, könnte ich mir vorstellen.«

»Denke ich auch. Aber lassen Sie es uns versuchen. Man kann nie wissen. Vielleicht gibt es hier in der Nachbarschaft ein Geschäft, das uns auf die Spur von jemandem bringt«, sagte sie, ohne selbst auch nur eine Sekunde lang daran zu glauben. »Außerdem sollten wir versuchen, die Sache methodisch anzugehen. Finden Sie raus, ob es in den letzten … sagen wir fünf Jahren … aufgeklärte oder ungelöste Mordfälle gab, bei denen Klavierdraht verwendet wurde.«

»Nur fünf Jahre?«

»Fangen Sie mit fünf an, und sehen Sie, was Sie herausfinden. Wenn das nichts bringt, erweitern Sie den Zeitrahmen auf zehn Jahre.«

Sie wandte sich an Emerson und deutete auf die Leiche. »Darf ich?«

»Klar.« Er trat einen Schritt zurück und zog die Handschuhe aus. »Ich kann sowieso einen Kaffee gebrauchen.« Er verließ die Wohnung ohne eine weitere Bemerkung.

»Sehen wir uns auf der Wache?«, fragte Hillier.

»Klar, Ryan. Wenn Lange auftaucht, berichte ich ihm, was passiert ist. Nehmen Sie den Wagen.« Sie reichte ihm den Schlüssel.

Er berührte freundschaftlich ihren Arm, nahm den Schlüssel und ging.

Wright richtete ihre Aufmerksamkeit wieder auf die Leiche. Das war kein Mensch mehr, kein Richard Dollard. Sie versuchte, nicht allzu genau in die Wunde hineinzusehen, weil sie sich den Anblick nicht einprägen wollte. Allerdings befürchtete sie, dass die Erinnerung an diese Szene sie noch lange verfolgen würde. Noch ein Bild, das sich zu der Flut der anderen gesellte, die sie auch nicht mehr verdrängen konnte.

Sie beugte sich vor und blickte prüfend in die toten Augen, hoffte auf Hinweise, ein Zeichen, irgendeine Art von Hilfe. Augen, die sie verfolgen würden, so wie all die anderen.

Sie schluckte die Galle hinunter, die in ihrer Kehle nach oben stieg. Sie hätte gern geweint. Wieder ein Leben ausgelöscht.

Schließlich war sie ein Mensch.

Tote Augen.

P

»Ich muss nachdenken. Wir müssen die Sache richtig anpacken.«

Wir müssen das Haus wieder in *unser* Haus verwandeln. Nichts darf darauf hindeuten, dass dieser Mann hier gewesen ist. Es dürfen keine Spuren davon zurückbleiben, dass hier heute Abend etwas Schreckliches passiert ist.

»Wir müssen sehr sorgfältig vorgehen«, sage ich zu Alice. »Wir müssen ihn wegschaffen und das Haus gründlich reinigen. Ich habe Fälle gesehen, in denen schon ein mikroskopisch kleiner Fleck zu einer Verurteilung geführt hat.«

Es fällt mir nicht leicht, uns als Kriminelle zu sehen, doch genau das werden wir sein, wenn wir unseren Plan durchziehen. Alice gegenüber bezeichne ich uns lieber nicht so, denn sie ist schon aufgeregt genug. Das könnte ihr den Rest geben.

»Ein einziges Haar oder eine Faser seiner Kleidung könnte ihn mit uns in Verbindung bringen. Das würde reichen, falls die Polizei danach sucht.«

Aber warum sollten sie bei uns zu Hause auftauchen?

»Schaffst du das?«, frage ich.

Sie atmet tief durch und nickt. »Ich werde alles tun, was du für nötig hältst.«

»Aber du kannst es dir hinterher nicht mehr anders überlegen.«

»Trotzdem.«

»Dann holen wir uns jetzt unser Leben zurück. Besorg uns zwei Paar Gummihandschuhe, etwas Klebeband und zwei schwarze Säcke.« Sie geht sofort los. Inzwischen nehme ich eine alte Decke aus dem Wäscheschrank und breite sie im Flur direkt vor dem Badezimmer aus. Für Alice hole ich einen frisch gewaschenen Pullover, dann laufe ich die Treppe hinunter und ziehe gerade ein paar alte Stiefel an, als sie aus der Küche kommt. »Hast du so etwas wie diese Gummistiefel? Schuhe, die wir wegwerfen können, wenn wir hier fertig sind?«

Sie nimmt schmutzige Turnschuhe aus dem Schuhschrank neben der Treppe. Ich reiche ihr den Pullover, und sie streift ihn über. Mit unseren Schuhen steigen wir in einen schwarzen Sack und schneiden Löcher für die Beine hinein. »Und jetzt mach da ein Loch hinein und zieh ihn dir über den Kopf«, sage ich und halte ihr einen anderen schwarzen Sack hin. »Dann noch Löcher für deine Arme.« Ich verwende das Klebeband, um den schwarzen Sack an ihr zu befestigen. »Kleb das genauso an mir fest.« Während sie damit beschäftigt ist, frage ich: »Hast du irgendwelche Badehauben, solche Dinger, die man in der Dusche trägt?«

»Einwegduschhauben, ja.«

»Hol zwei. Unbenutzte. Wir müssen so viel von uns verdecken, wie wir können. Kein Haar von uns darf auf ihn fallen. Um den Fußboden und die Wohnung kümmern wir uns später, das können wir in Ruhe machen, aber wir müssen verhindern, dass ihn jemand ausgräbt und etwas von uns an ihm haftet.«

Das Klebeband ist alle. Ich gehe in die Küche, ohne mich um den Dreck zu kümmern, den meine Stiefel auf den glänzenden Fliesen zurücklassen, und suche nach mehr. Ich finde eine ganze Rolle und gehe damit gerade zurück in den Flur, als Alice die Treppe herunterkommt. »Ich habe nur eine Duschhaube gefunden.«

»Mist«, erwidere ich. »Okay, du hast das längere Haar, also nimm du sie. Binde dein Haar richtig fest zusammen und zieh die Haube so tief darüber, wie du kannst, damit alles bedeckt ist.«

Wir gehen die Treppe hinauf. Oben sucht sich Alice ein paar Bänder und Haarclips, und ich nehme mir einen Pullover aus dem Schlafzimmerschrank. Ich habe einen mit Bändern an der Kapuze, die man zuziehen kann. Das muss reichen.

»Wer um alles in der Welt könnte er sein?«, fragt sie, als sie zurückkommt.

»Wahrscheinlich irgendein zugedröhnter Psychopath. Ich frage mich, ob er einen Ausweis bei sich hat.«

»Nein, hat er nicht. Ich habe schon nachgesehen.«

»Du hast nachgesehen?«, sage ich ganz plötzlich, als mir klar wird, welchen Fehler sie begangen hat. »Du hast eine DNS-Kontamination riskiert, Alice. Das hättest du nicht tun dürfen!«

Sie schlägt die Hände vors Gesicht. »Das wusste ich nicht, Paul. Das wusste ich doch nicht!«

»Wir sollten die Leiche eigentlich verbrennen«, sage ich leise zu mir selbst, aber Alice hört es.

Sie klingt erschrocken. »Verbrennen?«

Ich schließe die Augen und stöhne. »Nein, es ist nur … Ach, vergiss es, ich hätte nichts sagen sollen. Tut mir leid, ich habe es nicht so gemeint.«

Wir gehen in den Flur. Ich überprüfe Alices Duschhaube. »Sitzt eng genug«, sage ich. »Gut. Streck die Hände aus.« Ich ziehe ihr die Gummihandschuhe über, klebe sie mit Klebeband an ihren Pulloverärmeln fest und wickele es dann ein paarmal herum. »Fest genug?«

»Fast zu fest.«

»Perfekt. Mach dasselbe bei mir. So fest du kannst.«

Nachdem sie das letzte Stück Klebeband befestigt hat, frage ich sie: »Bereit?« Ich sage nicht, wofür. Sie weiß instinktiv, was ich meine. Ich führe sie zum Badezimmer. Wir nähern uns ihm nicht direkt, sondern bleiben an der Tür stehen und fassen uns an den Händen. Keiner von uns beiden möchte hineingehen.

Ich bin der Erste, der sich vorwärtsbewegt, Alice bleibt bei der Tür. Ich gehe vorsichtig Richtung Badewanne, auf mein Ziel zu. Hin zu der Leiche in meinem Badezimmer – wer auch immer der Mann gewesen sein mag. Ich sehe die Stiefel mit den dicken Sohlen. Dann die dunkle Jeans. Ein schwarzer Pullover. Der zerfetzte, blutige Hals.

Ich will ihn aus der Badewanne herausholen, aber nichts geschieht, als ich versuche, ihn nach hinten zu ziehen. Er ist riesig und schwer wie Blei. Ein totes Gewicht.

Als sie sieht, wie ich mich quäle, kommt Alice mir zu

Hilfe. Sie hält sich an meinem rechten Arm fest und geht hinter mir in Deckung, als wollte sie nicht sehen, was sie getan hat.

»Versuch an diesem Arm zu ziehen, dann nehme ich den hier«, sage ich.

Sie geht um mich herum, kneift dabei aber die Augen zu.

»Ist schon okay«, versuche ich sie zu beruhigen.

Ein paar Rucke später kommt er allmählich aus dem Wasser, sein Kopf berührt das Emaille der Badewanne, als wir ihn auf den Boden ziehen, gefolgt von einer Menge Wasser, das auf den Boden und über unsere Schuhe läuft. Wir brauchen einen Moment, bis wir wieder zu Atem kommen, dann nimmt jeder ein Bein und zieht. Wir schaffen es, ihn aus dem Badezimmer zu schleifen, wobei sich sein Hals wegen des durchtrennten Nackens seltsam verdreht. Im Flur versuche ich ihn unter den Achseln zu fassen, damit ich ihn anheben und auf die Decke platzieren kann. »Mein Gott, hilf mir doch bitte«, stöhne ich, weil ich ihn nicht richtig zu fassen bekomme. Alice versucht, was sie kann, und schiebt und zieht an jedem Körperteil, den sie zu packen bekommt. »Ist schon okay«, wiederhole ich und atme aus. Ich will mich mit diesen Worten ebenso überzeugen wie sie. Als er endlich auf der Decke liegt, richte ich mich auf und strecke mich, vor Anstrengung aufstöhnend.

Seine Augen starren zur Decke. Jetzt kann ich ihm zum ersten Mal lange und genau ins Gesicht blicken. Seine weit aufgerissenen Augen bohren sich in mich hinein, als ich mich über ihn beuge. Er sieht wütend aus, oder zumindest war er voller Zorn, als er starb. Seine Gesichtszüge sind davon gezeichnet. Seine Stirn ist faltig, seine Haare sind kurz geschoren. Er hat ein Muttermal auf der rechten Wange und einen breiten Kiefer. Vorne ist sein Hals unversehrt, er ist kurz, eigenartig zu einer Seite gekrümmt, und sitzt tief zwischen den stämmigen Schultern.

»O Gott«, wimmert Alice.

»Sieh ihn nicht an«, sage ich und weiß sofort, wie lächerlich das klingt, denn man muss einfach hinsehen. »Schau stattdessen lieber zu mir.« Ich deute mit dem Zeigefinger auf meine Augen. »Schau mich an und vergiss ihn. Nur wir beide sind gerade wichtig!«

Sie schluchzt. Ich nehme ihr Handgelenk und drücke es, vielleicht etwas zu fest, aber ich tue das aus einem einzigen Grund: Sie muss sich zusammenreißen und darf nicht die Fassung verlieren, denn das hier schaffe ich nicht allein.

»Uns bleibt keine Wahl, Alice. Wir sind hier nicht die Kriminellen. Das ist er.«

Sie nickt.

»Vergiss ihn.« Dann küsse ich sie. »Ich habe mir alles genau überlegt. Wir gehen sorgfältig vor. Das schaffen wir.«

»Ich glaube dir«, sagt sie.

»Okay. Komm, lass uns versuchen, ihn in die Decke zu wickeln.« Alice nimmt ein Ende, ich das andere, und wir ziehen die Decke über ihm zusammen. Dann rollen wir ihn mühsam auf die Seite und versuchen, ihn ganz in die Decke einzuschlagen. Es gelingt uns halbwegs. »Wo ist das Klebeband?«, frage ich und blicke mich ungeduldig um. Sie sucht den Boden ab und entdeckt es. Ich klebe die Decke fest und verbrauche Unmengen von dem Zeug. »Hoffentlich hält das.«

Dann stehe ich auf, strecke mich wieder und atme schwer durch. Das Paket sieht wie ein weicher Sarg aus. »Okay, wir schaffen ihn jetzt runter und aus dem Weg. Dann fängt die richtige Arbeit an.«

Wir versuchen, den in die Decke eingeschlagenen Körper anzuheben, doch es gelingt uns nicht. »Ziehen«, sage ich und packe vorne an, Alice schiebt von hinten. Das Paket richtig in den Griff zu bekommen und dann nicht mehr loszulassen, ist schwierig, die Decke fällt immer wieder flach auf den Boden, aber wir lassen nicht locker. Als wir bei der Treppe angelangt sind, sage ich: »Wir sind gleich da. Wir ziehen ihn die Treppe hinunter, und dann können wir hier oben mit dem Saubermachen anfangen.«

Wir wechseln die Seiten, damit ich besser kontrollieren kann, wie schnell das Paket hinunterrutscht. Alice macht den ersten Schritt auf die Treppe. Sie ist bereits fünf Stufen tiefer. Das Paket ist nicht mehr im Gleichgewicht, die Hälfte des Leichnams ist bereits über die obere Stufe hinaus, als ich merke, dass wir einen Fehler gemacht haben. Ich sehe, wie Alice das Gleichgewicht verliert. Sie strauchelt und taumelt ein paar Treppenstufen hinunter. Ich rufe ihren Namen, stürze ihr instinktiv hinterher und lasse die Decke los, das Paket rutscht ein paar Stufen hinunter und kommt dann zum Stillstand. »Bist du okay?«, frage ich, als ich Alice erreiche.

Sie windet sich, drückt die Hand auf ihre Hüfte. »Geht

schon«, stöhnt sie. Sie versucht aufzustehen, schafft es aber nicht, sich aufzurichten. »Mist!«

»O nein, o Gott«, sage ich und schiebe mich um die Leiche herum. Die Decke hat sich teilweise gelöst, und ich sehe einen Arm heraushängen.

Hoffentlich hat sie sich nichts gebrochen. Ich helfe Alice dabei, aufzustehen. »Kannst du deine Hüfte belasten?« Ich warte mit klopfendem Herzen auf die Antwort. Wenn sie es nicht kann, sind wir geliefert.

Sie stöhnt auf, es gelingt ihr aber, ihr Gewicht zu halten. »Das geht schon«, sagt sie und verzieht das Gesicht. Einen Moment bin ich erleichtert, aber dann wird mir eines sehr deutlich klar: Wir haben noch viel vor uns, bevor wir in Sicherheit sind.

Wir wechseln die Positionen, ich ziehe, und sie drückt, und irgendwann haben wir es geschafft. Er liegt wie ein Bündel auf dem Boden im Flur. Wir gehen in die Küche und holen alles aus den Schränken, von dem ich glaube, dass wir es vielleicht brauchen könnten. »Füll einen Eimer mit heißem Seifenwasser«, sage ich und lege eine Flasche Bleiche in den Wäschekorb, noch mehr Gummihandschuhe, Papierhandtücher, Küchen- und Badezimmerreiniger und schwarze Müllbeutel – alles, was so aussieht, als könne es uns dabei nützlich sein, zu schrubben, zu reinigen und zu vertuschen, was wir hier tun.

»Okay, wir putzen nebeneinander«, teile ich ihr mit. »Wir werden jetzt alles gemeinsam tun. Du beobachtest jede meiner und ich jede deiner Bewegungen. Wir dürfen auf keinen Fall nachlässig werden. Alles muss absolut sauber sein – und es wird vieles geben, was wir nicht einmal sehen können. Sieh mir dabei gut zu. Ich werde eine Stelle reinigen, und danach putzt du dieselbe Stelle noch einmal.«

Ich drehe die Dusche auf und spüle so viel wie möglich von dem Blut weg. Es verschwindet in einem langen roten Rinnsal im Abfluss. Der Anblick geht mir durch und durch. Wir reinigen den Duschvorhang, dann entferne ich ihn und packe ihn in die Plastiktüte. Dasselbe wiederholen wir mit dem Badteppich. Den restlichen Oberflächen rücke ich mit Chlorreiniger zu Leibe. Ich ziehe ein zweites Paar Gummihandschuhe an und schrubbe mit einer Geschirrbürste, Alice macht es mir nach. Mit Blut vermischte Wasserspritzer treffen mein Gesicht und meine Kleidung. Ich halte kurz inne, schließe die Augen und versuche zu ignorieren, dass ich sein Blut im Gesicht habe; ich wünschte, es wäre schon vorbei, aber ich habe keine Zeit zu vergeuden; ich mache weiter. Ich spüle das Reinigungsmittel ab, und das Bad glänzt sauber, aber ich mache Alice Platz, damit sie alles noch einmal tun kann. Sie gießt eine Menge Chlorreiniger nach, zu viel, und man hört ein saugendes Geräusch aus der Flasche, dann sagt sie: »Sie ist leer.« Der Geruch ist unerträglich.

Das restliche Badezimmer ist voller Kacheln, und der Flur draußen hat einen Parkettfußboden. »Wir brauchen mehr davon«, sage ich. »Ich habe nur die eine Flasche gefunden. Haben wir irgendwo noch was?«

Sie schüttelt den Kopf. »Nein, ich glaube nicht.«

»Mist.« Wir können es uns jetzt nicht erlauben, einfach aufzuhören.

Ich haste nach unten und öffne den Schrank unter der Spüle. Nichts. Ich blicke an mir herunter. Das werde ich alles ausziehen müssen.

Als ich wieder oben bin, hilft mir Alice beim Ausziehen, und ich ziehe ein paar frische Sachen an. »Ich bin bald zurück«, versichere ich ihr und werfe einen Blick auf den Wecker. 21:45 Uhr. »In fünfzehn Minuten macht der Supermarkt zu. Ich muss mich beeilen.« Ich verlasse das Zimmer und mache mich auf den Weg nach unten.

»Paul!« In Alices Stimme ist eine Spur von Panik.

Ich stoppe. »Ich muss los! Was ist denn?«

Sie erscheint oben auf der Treppe. So, wie sie angezogen ist und von dort oben zu mir herunterschaut, erinnert sie mich an Annie Wilkes. Es läuft mir kalt den Rücken herunter. »Das Blut«, sagt sie. »Du hast Blut im Gesicht. Wasch es ab.«

Meine Hand berührt meine Wange. »Okay.« Ich atme erleichtert aus. Ich gehe zurück ins Badezimmer, schrubbe, so fest ich kann, und muss dabei an die Zeit denken, die ich verliere.

»Schließ die Tür ab und öffne niemandem«, rufe ich, als ich die Treppe hinunterlaufe. »Ich werde dreimal klopfen, damit du mich wieder hereinlässt. Öffne nur, wenn du ganz sicher bist, dass ich es bin. Und schalte das Licht aus.«

»O nein, nicht mit ihm hier drin.« Ihre Stimme zittert.

Ich stehe neben dem Toten und habe schon eine Hand an der Haustür. Ich drehe mich zu Alice um. Ich weiß nicht, was ich noch sagen soll.

»Paul, bitte lass mich jetzt nicht allein«, sagt sie.

»Uns bleibt keine Wahl. Wenn ich nicht mehr Reinigungsmittel bekomme, schaffen wir es nicht, das alles richtig sauber zu kriegen.«

»Aber er ist da unten, und du verlangst von mir, hier im Dunkeln zu sitzen.«

Ich habe wirklich keine Zeit für solche Dinge. Ich beiße die Zähne zusammen. »Er ist tot, Alice. Er kann dir nicht mehr wehtun.«

»Das kann er«, nickt sie eindringlich. »O doch, das kann er.«

»Ich muss gehen. Hör auf damit. Du musst stark sein. Reiß dich zusammen.«

»Paul …«

Die Entscheidung, die ich jetzt treffe, ist entweder mutig oder dumm, aber jedenfalls gehe ich. Wenn ich bliebe, kämen wir nicht weiter. »Ich werde mich wirklich beeilen. Bitte.« Ich warte ihre Antwort gar nicht erst ab und schließe die Haustür hinter mir.

Zum Glück ist der Supermarkt nur ein paar Straßen von unserer Wohnung entfernt, deshalb komme ich gerade noch rechtzeitig. Ich nehme für alle Fälle gleich fünf Flaschen Chlorreiniger und eine ganze Reihe anderer Putzmittel mit. Mir ist klar, dass ich von der Videoüberwachung gefilmt werde, aber angesichts der Uhrzeit bleibt mir keine Wahl. Ich kann nur hoffen, dass niemals jemand herausfinden will, wo ich mich an diesem Abend aufgehalten habe. Ich benutze die Selbstbedienungskasse, damit mich keiner der Angestellten dabei beobachtet, wie ich eine ungewöhnliche Menge Reinigungsmittel bezahle. Dazu kaufe ich eine stabile Einkaufstüte und trage alles hastig aus dem Laden.

Ich eile nach Hause, weil ich mir Sorgen darüber mache, in welchem Zustand sich Alice wohl befindet, wenn ich zurückkehre. Das Licht ist an. Ich parke den Wagen und steige so unauffällig aus, wie ich kann.

Nicht weit entfernt brennt ein Licht, aber ich achte kaum darauf, bis ich eine Stimme höre. »Hey, alles in Ordnung, Paul?«

Ich bleibe stehen, weil mir klar wird, dass ich mich nirgendwo verstecken kann. Ich wende mich nach rechts. Jemand hat mich gesehen. Ich hebe zur Begrüßung eine Hand, dabei wird mir der Beutel aus dem Supermarkt bewusst, und ich rufe zurück. »Mir ist die blöde Milch ausgegangen, Bob. Das ist schon alles.« Er ist teilweise hinter der dichten und langen Reihe von Bäumen und Büschen verborgen, die unsere Häuser und Einfahrten voneinander trennt, aber ich kann sehen, dass sein Kofferraum geöffnet ist und er darin herumkramt.

»So spät abends trinke ich meinen Kaffee immer schwarz«, sagte er. »Ich bin vielleicht nicht ganz normal, aber das knockt mich jedes Mal aus. Versuch das mal, wenn du kein Auge zukriegst.«

»Danke, mache ich.« Ich versuche ein freundliches Lächeln.

Er hebt einen Daumen. »Schlaf gut.«

»Nacht, Bob.«

Ich klopfe an die Tür, langsam und dreimal hintereinander. Durch das Milchglas sehe ich eine Gestalt die Treppe herunterkommen. Sie öffnet die Tür. Ich dränge mich an ihr vorbei nach drinnen und schließe die Haustür wieder, so schnell es geht. Ich merke sofort, dass Alice geweint hat, aber sage nichts, nehme sie nur in die Arme und hoffe, dass das reicht. Sie zittert, und ich vergesse Bob sofort. Wir ziehen unseren Plan weiter durch, aber ich merke, dass sie in meiner Abwesenheit nicht viel geschafft hat. Ich streichle ihr Haar. »Ich musste das tun, Darling. Wir brauchen das alles.« Ich zeige auf die Einkaufstasche. »Wir hatten keine Zeit.«

»Du hast mich mit ihm alleingelassen«, flüstert sie, und für einen Moment klingt ihre Stimme eine Spur bedrohlich.

Ich weiche vor ihr zurück. »Alice, bitte …«

»Du sollst doch auf mich aufpassen.«

»Das tue ich.«

»Und dann lässt du mich hier mit einer verdammten Leiche zurück?«

»Alice!«, erwidere ich impulsiv. »Wenn ich das nicht getan hätte, würde man uns erwischen. Jeden Tag werden Leute mit DNS-Beweisen überführt. Für den Rest meiner Karriere werden viele der Verurteilungen, an denen ich mitwirke, auf DNS-Spuren beruhen. Wir müssen dieses Haus dekontaminieren. Du musst stark sein, und wir müssen das hier erledigen. Tut mir leid, aber ich beschütze dich, und das hier ist nur zu deinem Besten. Später kannst du mich immer noch hassen, wenn du willst, aber jetzt musst du mitziehen. Lass uns diese Sache gemeinsam hinter uns bringen!«

Sie starrt mir tief in die Augen, und eine gefühlte Ewigkeit später nickt sie ernst.

Im Schlafzimmer ziehe ich mich wieder um. Alice hilft mir, neues Klebeband zu befestigen, und ich kontrolliere, ob ihre Plastiktüten noch fest genug sitzen. An den Stellen, an denen ich es für nötig halte, klebe ich nach. Dann geht es mit dem Reinigungsmittel weiter, wir nehmen uns jede Kachel im Badezimmer vor, schrubben sie, spülen sie ab und wiederholen das Ganze noch einmal. Der Geruch im Zimmer wird langsam unerträglich, und ich sehe, dass Alice die Hände an den Kopf legt. »Was ist los?«, frage ich.

»Mein Kopf fühlt sich so dumpf und schwer an. Wir brauchen frische Luft.«

»Wir können die Fenster nicht aufmachen. Wir dürfen nicht riskieren, dass jemand hereinsieht.«

»So spät nachts? Außerdem wohnt niemand nahe genug.«

»Ich will nichts riskieren. Hier bleibt alles verrammelt.« Ich sehe, dass sie gleich in Tränen ausbrechen wird. »Tut mir leid«, sage ich. »Es dauert nicht mehr lange, okay?«

Wir arbeiten trotz ihrer Kopfschmerzen weiter, und bald tut auch mir der Kopf weh. Uns beiden ist übel und schwindlig, aber wir geben nicht auf. Das werden und können wir nicht.

Ich stehe mit einer Flasche Chlorreiniger in der Hand auf dem Parkettboden im Flur.

»Das wird ihn ruinieren«, sagt Alice.

»Dann ersetzen wir ihn.« Ich verteile das Reinigungsmittel, gehe auf die Knie und fange an zu schrubben. »Komm hinterher«, sage ich zu Alice und gebe ihr die Flasche. Als ich ans Ende des Flurs gelange, drehe ich mich um und sehe ihr zu, wie sie sich nähert und jeden Zentimeter des

Fußbodens, den ich gerade geputzt habe, noch einmal schrubbt. Ihre Stirn ist schweißnass, und als ich es sehe, merke ich, dass ich auch total verschwitzt bin. Außerdem wird mir klar, dass ich auf Autopilot geschaltet und meine ganze Aufmerksamkeit auf das gerichtet habe, was ich tue, und nicht darauf, wie ich mich fühle. Ich bin erschöpft.

Doch da bleibt mein Blick an einem Bereich des Parkettfußbodens hängen. »Ein Spalt«, sage ich durch zusammengebissene Zähne und krieche zu dem Teil des Bodens vor der Badezimmertür, wo ich einen feinen Spalt zwischen zwei Holzdielen entdeckt habe. »Mist«, sage ich.

»Was ist los?« Alice blickt mir von hinten über die Schulter.

»Hier.« Ich lege den behandschuhten Finger auf den Spalt. »Hier kann alles Mögliche hineingefallen sein. Wir sind ein paarmal darüber gegangen. Alles Mögliche – ein Haar, was auch immer. Er hat direkt hier auf der Decke gelegen.«

»Also, was sollen wir tun?«

Ich setze mich auf, ohne zu antworten. »Ich weiß nicht. Das muss alles raus.«

»Das kann doch nicht dein Ernst sein, Paul. Wie soll das denn funktionieren?«

»Keine Ahnung. Mist.« Ich sehe die Flasche mit dem Chlorreiniger, die Alice in der Hand hält. »Gib mir das.« Ich nehme die Flasche und öffne den Deckel. Langsam gieße ich den ganzen Inhalt über den Spalt. Die Flüssigkeit sickert ein. »Das wird man herausreißen und ersetzen müssen. Hoffentlich reicht das hier fürs Erste.«

»Warum, Paul?«

»Ein einzelnes Haar reicht schon für eine Verurteilung. Wenn ein einzelnes Haar dort hineingefallen ist und sie feststellen, dass er hier gewesen ist, sind wir erledigt. Der Fußboden muss erneuert werden, und zwar schnell.« Dann sage ich plötzlich: »Verdammt, ich will ihn jetzt herausholen.«

»Jetzt?«

»Ich brauche einen Schraubenzieher.«

»Wirklich?«

»Ja, Alice. Ja.«

Ich kehre wenige Augenblicke später mit einem Schraubenzieher in der Hand zurück und knie mich hin. Ich beuge mich vor, hebele am Parkett herum, hacke und schabe frustriert, bis das Holz etwas nachgibt, der Schraubenzieher richtig zupackt und ganze Holzstücke hochreißt. Ich schlage, reiße und zerre, bis ein großes Stück vom Parkett hochkommt. »Gib mir was zum Schrubben«, sage ich.

Als ich auf den Brettern unter dem Parkett schrubbe, frage ich: »Weißt du, ob er in einem der anderen Zimmer gewesen ist?« Mir tut alles weh, ich bin total verschwitzt.

»Keine Ahnung«, sagt Alice und zuckt mit den Schultern.

»Denk nach!«, platzt es aus mir heraus. Es klingt aggressiver, als es sollte. Diese körperliche Arbeit ist sehr anstrengend und schafft mich allmählich. »Ich muss wissen, wo er gewesen ist. Ich muss es wissen. Denk nach, verdammt nochmal. Wir müssen dort überall sauber machen.«

Sie gerät in Panik. »Ich weiß nicht, ich weiß es doch nicht. Bitte, Paul, sei nicht so, sei nicht so böse!« Sie zittert wieder.

Ich merke, dass ich zu weit gegangen bin, deshalb höre ich auf zu schrubben und stehe auf. »Tut mir leid«, sage ich und mache einen Schritt auf sie zu. Ich nehme sie in die Arme. »Entschuldige. Ich will es nur richtig machen.« Sie versucht zu lächeln. »Für dich.« Diesmal küsst sie mich.

»Das verstehe ich.«

Wir saugen das Schlafzimmer, verrücken jedes Möbelstück und ziehen die Betten ab. Alice packt gleich alles in die Waschmaschine. Wir saugen die Treppe, besprühen sie mit Fußbodenreiniger und schrubben.

Unten müssen wir auch noch sauber machen, aber die Leiche liegt im Flur, und es ist schon nach ein Uhr nachts. Wir müssen ihn irgendwo weit weg vom Haus loswerden, und zwar solange die meisten Menschen noch schlafen, deshalb bleibt uns nicht viel Zeit, bis wir aufbrechen müssen.

»Gut gemacht«, sage ich, obwohl Alice alles andere als stolz aussieht. »Jetzt das Auto.«

Ich strecke den Kopf nach draußen, bevor ich hinausgehe, sehe nach, ob Bob noch in der Einfahrt steht, obwohl ich mir sehr sicher bin, dass er um diese Zeit nicht mehr dort sein wird. Die Einfahrt ist zum Haus hin abschüssig, deshalb kann ich das Auto rollen lassen und stoppe direkt neben der Haustür.

Zurück im Haus wickle ich noch mehr Klebeband um die Decke, und wir schleifen das Paket zur Vordertür. Diesmal ist es noch viel anstrengender, weil wir so erschöpft sind. Ich habe nichts, was ich im Kofferraum als Abdeckung benutzen könnte, deshalb werde ich den Wagen am Morgen komplett reinigen lassen müssen.

Ich gehe, so leise ich kann, zum Gartenschuppen und hole zwei Spaten heraus. Nur einer von beiden ist ein richtiger Gartenspaten aus Metall, der andere besteht nur aus Kunststoff.

Der Kofferraum des SUV ist geräumig, und die hinteren Fenster sind dunkel gefärbt. Wir machen mehrmals Pause, als wir den Leichnam zum Wagen schleppen. Das Einladen ist in noch mehr Etappen unterteilt. Ich hebe die Leiche an und schleudere meinen Körper in dieselbe Richtung, dabei stoße ich mir den Kopf an der Kofferraumklappe. »Verflucht!« Ich greife mir an den Kopf.

Bevor ich richtig registriere, was passiert ist, greift Alice nach mir und drückt mir mit ihrer behandschuhten Hand auf die Stirn. Ich sehe das Blut heruntertropfen. »Die Toilette«, sagt sie und führt mich hin.

Ich beuge mich über die Spüle. »Der Kofferraum«, erinnere ich eindringlich.

Sie läuft nach draußen, um die Klappe zu schließen; ich befeuchte etwas Toilettenpapier und drücke es mir an die Stirn. Als ich es wieder abnehme, sehe ich in den Spiegel und betrachte die Verletzung. Eine böse Platzwunde.

Alice kommt zu mir zurück. »Alles klar bei dir?«, fragt sie.

»Ich werde es überleben. Kannst du mir ein paar Pflaster geben?«

Ich drücke die Wunde zu, bis mich Alice mit den Pflastern versorgt hat, dann ziehen wir die schwarzen Säcke und die Handschuhe aus. Ich nehme ein paar mit, und wir steigen in den Wagen.

Ich hatte den Hybrid-SUV nicht an die Stromleitung angeschlossen, aber ich hoffe, die Batterien haben noch genug Saft, um uns aus der Einfahrt und die Straße hinunterzubringen, bevor sich der Verbrennungsmotor zuschaltet. Als ich vorhin zum Supermarkt gefahren bin, war ich nicht auf die Idee gekommen, nachzusehen.

Ich drücke den Start-Knopf und hoffe das Beste. Ich rutsche unruhig und nervös auf dem Sitz herum. Mein Kopf dröhnt, aber nicht mehr wegen des Chlorreinigers, sondern wegen des Stoßes. Alice wirkt nervös.

Das Armaturenbrett leuchtet auf, aber der Verbrennungsmotor springt nicht an, was bedeutet, dass noch genug Ladung in der Batterie ist. Ich lege schnell den Rückwärtsgang ein, schalte die Scheinwerfer aus und fahre aus der langen Auffahrt heraus.

Die Zufahrt ist fünfzehn Meter lang und auf beiden Seiten von Bäumen flankiert, deshalb bin ich mir nicht sicher, ob es richtig ist, das Licht auszulassen. Es fühlt sich aber sinnvoll an, den Umständen angemessen.

Ich fahre aus der Einfahrt hinaus und biege nach links ab. Mein Blick zuckt zwischen dem Rückspiegel und den Seitenspiegeln hin und her. Am Ende der Straße schalte ich die Scheinwerfer ein. Dort gibt es große Häuser, die ein ganzes Stück weg von der Straße liegen, davor einige Bäume, damit niemand, der vorbeikommt, hineinsehen kann. Privatsphäre ist in dieser Gegend sehr wichtig. Obwohl ich niemanden hier draußen sehen kann, bleibe ich wachsam, bis wir mehrere Straßen entfernt sind.

Es dauert etwa eine Meile, bevor der Verbrenner zündet,

und ich sage, wie erleichtert ich darüber bin, ein Hybridfahrzeug gekauft zu haben.

»Gott sei Dank«, sagt Alice, obwohl sie seit acht Jahren nicht mehr gläubig ist – seit ihre Eltern sie verstoßen haben. Ich weiß, dass sie es ernst meint, weil es mir genauso geht. Sie lehnt den Kopf zurück und schließt die Augen. Sie wirkt, als würde sie beten, aber ich weiß, dass sie es nicht tut.

»Gott sei Dank«, wiederhole ich. Ich danke dem Herrn aus tiefster Seele – und die fühlt sich momentan rabenschwarz an, als wäre sie im dunkelsten Höllenschlund vergraben. Aber ich bin trotzdem erleichtert. »Gott sei Dank.«

A

Ich hatte vorher noch nie eine Leiche gesehen. Als wir ihn umdrehten und ich sein Gesicht sah, dachte ich … Ich weiß nicht, ich wollte nur weglaufen und nie wieder zurückkehren.

Kann man aus einem Leben flüchten? Ich wünschte, es wäre so.

Als wir ihn endlich nach unten und in den Wagen geschafft hatten, dröhnte mir der Schädel. Ich war kurz davor, mich zu übergeben, aber ich wusste, dass wir keine andere Wahl hatten. Ich glaubte Paul, als er sagte, entweder er oder wir. Wir haben entschieden, uns selbst zu retten – beziehungsweise hat Paul beschlossen, mich zu retten. Ich brauche seine Hilfe. Wir hängen beide viel zu sehr am Leben.

Wir haben nicht darüber gesprochen, wohin wir fahren wollen, und sitzen schweigend im Wagen, während Paul durch die verlassenen Straßen fährt. Schließlich ergreife ich das Wort. »Was hast du vor?«

»Berryhill Woods«, erwidert er und belässt es dabei. Das liegt ungefähr zwanzig Minuten oder knapp fünfzehn Meilen entfernt. Wir haben das Gebiet eher zufällig entdeckt, als wir noch einen Hund hatten. Tufty starb vor drei Jahren. Sie hat es dort sehr genossen. Sie fuhr gern hinten im Auto mit – wir hatten damals einen Kombi – und schaute dabei aus dem hinteren Fenster; manchmal leckte sie das Kondenswasser ihres heißen Atems ab, so aufgeregt war sie, wenn es an einen Ort ging, an dem sie frei herumtollen konnte. Jetzt liegt ein Leichnam an der Stelle, wo sonst immer unser aufgeregter Hund saß. Tufty war die beste Gefährtin, die man sich vorstellen kann, erst recht, als uns klar wurde, dass wir kinderlos bleiben würden. Oh Gott, wie sehr ich sie vermisse.

»Was tun wir jetzt, Paul?«

»Wir werden weit in den Wald hineinfahren, dann schaufeln wir ein tiefes Loch und vergraben ihn. Und das war's.«

»Das meine ich nicht. Ich meine, warum sind wir hier und warum wollen wir das tun?« Jetzt, wo wir endlich von zu Hause weg sind, wird mir erst richtig klar, was wir uns vorgenommen haben.

»Weil ein Mann in unser Haus eingebrochen ist und du dich selbst verteidigt hast«, sagt Paul, als wäre es nichts von Belang, »und ich weiß, was mit Leuten passiert, die nicht beweisen können, dass es Selbstverteidigung war, wenn sie im Gerichtssaal vor zwölf Geschworenen stehen.«

»Aber wir machen uns bei dem Versuch, unsere Unschuld zu beweisen, selbst zu Kriminellen.«

»Wir versuchen gar nichts zu beweisen, Alice. Wir versuchen alles zu verbergen. Wir vernichten die Beweise und hoffen dann inständig, dass wir genug getan haben, um alles aus der Welt zu schaffen, was uns mit ihm in Verbindung bringt. Die Einzigen, die darüber Bescheid wissen, sind hoffentlich wir beide. Falls jemand anders jemals davon erfährt, sind wir erledigt.«

»Und dafür willst du alles riskieren?«

Er wendet sich mir zu. »Nein, dafür nicht. Aber für dich.«

»Diese Beförderung zum Richter – du hast so hart dafür gearbeitet, und es ist doch genau das, wovon du immer geträumt hast.«

Er nickt. »Für dich«, wiederholt er und klingt selbstbewusst und entschlossen.

Die Scheibenwischer schalten sich automatisch ein, und ich richte meine Aufmerksamkeit darauf. Ich sitze schweigend da und starre auf das Gummi, das zuerst in die eine und dann in die andere Richtung wischt und dabei leise quietscht.

Ohne meinen Blick von der Windschutzscheibe zu lösen – die schwarzen Scheibenwischer verschwimmen – frage ich: »Hast du schon mal so ein großes Loch gegraben?«

»Ich glaube, die Antwort darauf kennst du.«

»Das wird bestimmt nicht einfach.«

»Wir sind zu zweit, Alice. Und wenn man keine andere Wahl hat, schafft man fast alles, du wirst schon sehen.«

Ich schalte das Radio ein, finde aber nichts, was mich interessiert. Ich habe Worte im Kopf, Fragen, die ich mir unwillkürlich stelle. Ich schalte das Radio wieder aus. »Und hinterher? Wie sollen wir danach einfach normal weiterleben?«

»Du stellst eine Frage, auf die es tausend Antworten gibt. Wir müssen es versuchen. Du musst irgendwie darüber hinwegkommen. Versuch, es aus deinem Gedächtnis auszulöschen, es zu vergessen. Ich bin für dich da und werde dir helfen. Wenn es dir schwerfällt, werde ich da sein und alles tun, was ich kann, um die Dinge besser zu machen.« Er greift nach meiner Hand, legt seine darauf. »Alles.«

Ich schlucke mühsam. Das Geräusch scheint vom Autodach reflektiert zu werden. »Und wenn ich nicht vergessen kann? Was dann?«

»Darum kümmern wir uns, wenn es dazu kommen sollte.« Er drückt meine Hand. »Du bist stark, Alice. Du hast dir schon einmal das Leben gerettet. Das bedeutet, dass du alles schaffen kannst.«

»Ich habe Angst, dass ich damit nicht klarkomme.«

»Die Menschen reagieren sehr unterschiedlich auf Traumata, Alice. Manche bewältigen sie, andere nicht. Du gehörst zur ersten Gruppe. Ich weiß, wie stark du bist. Das habe ich jeden Tag gespürt, als wir versucht haben …«

Er unterbricht sich mitten im Satz, aber ich weiß, was er sagen wollte. Er will mich nicht aufregen, denn ihm ist klar, dass es mir wehtun und alles vielleicht noch schlimmer machen würde, wenn er jetzt unseren Kinderwunsch erwähnt. Ich bin auch so schon angeschlagen genug, denkt er bestimmt.

»Es ist okay«, sage ich, um ihn zu beruhigen, ziehe meine Hand unter seiner weg und lege sie darauf.

»Du musst die Zähne zusammenbeißen«, sagt er. »Denn jetzt kommt der schwerste Teil. Aber danach ist es fast vorbei.« Dann sagt er, mehr zu sich selbst: »Ich hoffe nur, wir finden etwas weichere Erde.«

»Und was tun wir hinterher?«

»Wir brauchen eine schlüssige Erklärung für das, was wir

in diesen Tagen gemacht haben, falls jemand kommt und uns befragt.«

»Warum können wir nicht einfach nur so tun, als ob wir nicht zu Hause gewesen wären?«

»Erstens müssten wir beweisen, dass wir weg gewesen sind. Buchungsbestätigungen von Hotels, Reisetickets, solche Sachen – und das schaffen wir nicht. Doch selbst wenn wir es könnten, geht das nicht. Bob hat mich gesehen.«

»Bob?« Sie klingt beunruhigt.

»Das ist okay, beruhige dich. Wir haben kurz geredet, als ich vom Supermarkt zurückgekommen bin.«

»Weiß er, was du eingekauft hast?«

»Er hat nichts gesehen, Alice, alles in Ordnung. Er war viel zu sehr damit beschäftigt, in seinem Kofferraum zu wühlen. Ich habe ihm gesagt, ich hätte nur noch schnell Milch besorgt. Das bedeutet einfach nur, dass wir nirgendwo anders gewesen sein können. Oder zumindest ich nicht. Aber wenn er mich gesehen hat, hat er deinen Wagen in der Einfahrt auch bemerkt, deshalb ist es besser, wenn der Plan, den wir uns noch ausdenken, beinhaltet, dass wir beide heute Abend einfach nur gemütlich im Bett lagen.«

»Solange du dir deshalb keine Sorgen machst?«

»Das tue ich nicht. Und vergiss nicht, wir müssen das erst genau planen, falls jemand kommt und sich erkundigt. Momentan kann ich mir nicht vorstellen, weshalb jemand bei uns auftauchen und uns befragen sollte. Das alles ist nur eine Vorsichtsmaßnahme. Wir müssen nur auf den Fall der Fälle vorbereitet sein.«

Er legt die Hand wieder ans Lenkrad und steuert den Wagen nach rechts. Dann hält er in der Nähe einer kleinen Bresche im dichten Unterholz und fährt rückwärts hinein.

Als wir aus dem Auto aussteigen, wird der Regen heftiger, als hätte er etwas gegen uns. »Mist«, höre ich Paul murmeln. Das bedeutet wohl, dass er ebenfalls nichts mitgebracht hat, um sich vor dem Regen zu schützen.

Er ist schon dabei, die Tür zu schließen, als er zögert, sich wieder hineinlehnt und etwas aus dem Handschuhfach nimmt.

»Was ist das?«

»Eine Taschenlampe. Ich habe vergessen, die Campinglampe mitzunehmen. Die hier muss reichen.«

Er öffnet den Kofferraum, wir stehen beide da und blicken auf das hinunter, was darin liegt. »Wie sollen wir das schaffen?«, sage ich. »Es war zu Hause schon schwer genug.«

»Wir schaffen das«, sagt Paul. »Adrenalin ist das Geheimnis. Hoffentlich fängt es gleich an zu wirken. Na komm.« Er beugt sich vor, und ich höre ihn angestrengt stöhnen, als litte er Schmerzen. »Zieh«, zischt er.

Ich tue alles, was ich kann, um zu helfen. Als der Kofferraum wieder geschlossen ist, hat jeder von uns einen Spaten unterm Arm. Paul hält die Taschenlampe im Mund. Wir schaffen ein paar Schritte, aber da stolpert erst er, und dann falle ich auch. Das Paket landet schwer auf dem Boden. Ich kreische. »Er hat es verdient«, sagt Paul und nimmt die Taschenlampe aus dem Mund. »Hör zu, wir versuchen mal zu ziehen, beide von derselben Seite.« Jeder von uns packt die Decke, und dann heben und zerren wir. Er ist schwer, und bei jedem Schritt fühlt es sich an, als würden wir einen Haufen Ziegelsteine zu dem Gewicht hinzufügen, das wir zu bewegen versuchen. Wir keuchen, wir schwitzen, und wir sind vom Regen durchnässt, aber wir wollen auf keinen Fall aufgeben. Jedes Mal, wenn unsere Finger abrutschen, fassen wir nach und geben uns noch mehr Mühe beim Schleppen, bis ich fürchte, dass wir gleich zusammenbrechen. Wir sind fest entschlossen und arbeiten zusammen. Je tiefer wir in den Wald hineingehen, desto weniger wollen wir aufhören, desto mehr wollen wir diese Sache zu Ende bringen.

Als ich nicht mehr ziehen kann, falle ich auf die Knie. Paul muss die Leiche deshalb loslassen. Er lehnt sich gegen einen Baum. »Gut gemacht«, sagt er und leuchtet mit der Taschenlampe herum. »Nur noch ein kleines Stückchen. Wir müssen noch tiefer hinein.«

»Ich kann nicht«, sage ich. »Es tut mir leid, aber ich kann nicht mehr, es fühlt sich an, als würden meine Arme gleich abfallen.«

»Okay«, sagt er und wischt sich den Regen von der Stirn. »Wie wär's damit – du nimmst das hier …« Er reicht mir seinen Spaten und die Taschenlampe. »Und ich versuche, ihn zu ziehen. Wir vergraben ihn da, wo wir sind, wenn ich ihn nicht weiterziehen kann. So tief im Wald, wie wir es schaffen.«

Zuerst will er an der Decke ziehen, aber als er sie wieder in den Händen hält, überlegt er es sich anders. Er tastet herum, bis er den Kopf findet, dann stellt er sich dahinter. Unbeholfen und ohne richtige Balance versucht er den Leichnam aufzurichten, indem er die Hände unter die Arme des Mannes schiebt. »Die Decke ist im Weg«, sagt er. »Okay, vergiss sie, lass ihn uns herausholen.«

»Herausholen?«, frage ich entsetzt. *Auf keinen Fall!*

»Ich kriege ihn nicht gut zu fassen und schaffe es nicht viel weiter, wenn ich die Decke allein ziehen muss. Meine Hände tun weh, und ich bin erledigt.«

Wir legen die Leiche flach auf den Boden und packen den Mann vorsichtig aus. Es ist furchtbar, wieder sein Gesicht zu sehen. Sein Mund steht weit offen. Ich wende mich ab.

Ich höre Paul fluchen, als er den Mann hochzieht, ihn unter den Armen packt und ihn weiterschleift. Er zieht den Mann durch den Matsch. Ich versuche, Paul ins Gesicht zu sehen und den Mann darunter zu ignorieren. Ich sehe, wie er sich anstrengt und wie seine Augen zucken. Er atmet keuchender, seine Schultern hängen tiefer, und er versucht, noch schneller voranzukommen. Es dauert nicht lange, bis er sich so bewegt, als wären seine beiden Beine nur Stangen in seiner Hose; sein Körper neigt sich weiter nach vorn, dann fällt er hin, und der Kopf des Toten landet vor ihm. Sein eigener Körper will instinktiv nach vorn stürzen, aber als er die Augen sieht, die zu ihm hochstarren, weicht er zurück, und der Kopf des Mannes rutscht zu Boden.

Paul wirkt erleichtert, als die Leiche ihn nicht mehr berührt.

Ihn wieder richtig zu packen ist schwieriger als beim ersten Mal, und das war schon schwer genug. Keiner von uns beiden hat noch Energie. »Paul«, sage ich, »wie sollen wir das mit dem Schaufeln schaffen?«

Er versucht die Decke hinter den Rücken des Mannes zu stopfen. Dann sagt er langsam, aber nicht, um etwas zu betonen, sondern weil er kaum noch sprechen kann: »Uns bleibt keine Wahl.«

Ich versuche, das Klebeband wieder zu befestigen, damit sich Paul etwas ausruhen kann, denn mir ist klar, dass das Graben größtenteils an ihm hängenbleiben wird. Ich weiß nicht einmal, ob ich es überhaupt auch nur einen Spatenstich schaffen werde.

»Danke«, flüstert er und greift nach den Spaten, die ich gegen einen Baum gelehnt habe. Er tritt mit dem Fuß in die Erde. »Fühlt sich nicht besonders hart an. Gott sei Dank, dass es geregnet hat. Welchen Spaten willst du?«

»Den aus Plastik.«

»Bist du sicher? Könnte sein, dass der nicht so leicht zu benutzen ist. Der andere ist vielleicht schwerer, aber womöglich ist es einfacher, damit die Erde auszuheben.«

»Ich weiß nicht«, sage ich verzweifelt. Es regnet unvermindert heftig, und ich würde am liebsten weinen. »Wie sollen wir das nur schaffen, Paul?«

»Alice, wir müssen es versuchen.« Er reicht mir den Plastikspaten, schüttelt den Kopf in dem vergeblichen Versuch, etwas von dem Regenwasser und dem Schweiß abzuschütteln, und stößt dann den Metallspaten in die Erde. Er presst ihn mit seinem Oberkörper tiefer, der Spaten dringt ein, dann zieht er ihn zurück und befördert dabei ein mächtiges Stück Erde nach oben. Er wirft es beiseite. »Wirf es auf einen Haufen«, sagt er. »Nicht weit weg von dir, aber nicht so nahe, dass es dich am Graben hindert, wenn das Loch größer wird.«

Nach einer Stunde fühlt es sich so an, als grüben wir schon die ganze Nacht. Paul ist viel schneller als ich, aber seine Kräfte schwinden. Als wir halb fertig sind, lässt der Regen etwas nach, doch gerade, als wir uns deshalb ein wenig erleichtert fühlen, nimmt seine Intensität wieder zu. Wir sind bis auf die Knochen durchnässt, und ich erreiche den Punkt, an dem ich nicht mehr weitermachen kann. Das Loch ist knöcheltief, und ich sitze auf seinem Rand wie auf einer Stufe.

Paul hört nicht auf und spricht nicht mit mir. Er konzentriert sich darauf, fertig zu werden. Jeder Schritt, jedes Stoßen und jedes Heben kostet ihn enorm viel Kraft. Ich sehe ihm an, wie er sich anstrengt, und jetzt wird mir auch noch klarer, wie viel Überwindung er für diese Sache braucht.

Während ich Paul zusehe, bin ich mir fast sicher, dass bald die Sonne aufgehen wird, dass ihr Licht auf uns fallen und unser tiefes, dunkles Geheimnis offenbaren wird. Ich werfe einen Blick auf meine Armbanduhr. Es ist fast halb drei.

Nach einer kurzen Ruhepause stehe ich wieder auf und gehe näher an die Stelle heran, wo sich Paul befindet. Ich setze den Spaten an, trete ihn wieder mit dem Fuß und drücke ihn in die Erde. Man hört ein lautes Knacken, als wäre jemand auf einen großen Ast im Wald getreten, und mein Körper taumelt vorwärts. Ich liege mit dem Gesicht voran im Loch. Der Spatenstiel ist gebrochen. Paul blickt von oben auf mich herunter, der Regen prasselt auf mich ein, und ich fühle mich, als würde mich jemand attackieren. Am liebsten würde ich mich einfach nur zusammenrollen und nie wieder bewegen.

Paul schweigt, reicht mir den Arm und hilft mir hoch. Beim Aufstehen muss ich schluchzen, und er streichelt meinen Arm. Er beugt sich vor, legt seine Stirn an meine Schulter, und ich verstehe, was er mir zu sagen versucht. Er spürt es auch.

Er nimmt mich an der Hand und führt mich zum Rand des Lochs, wo ich mich wieder hinsetze.

Er gräbt noch eine halbe Stunde, und als das Loch dann endlich tief genug ist, fällt er auf die Knie und klammert sich an den Spaten, als hinge sein Leben davon ab. Er lehnt sich mit der Brust dagegen und macht ein paar lange und tiefe Atemzüge.

Am liebsten würde ich ihm sagen, wie gut er das alles macht, aber diese Worte kommen mir irgendwie unangebracht vor, leer und falsch. Ich weiß nicht, was die richtigen Worte wären, deshalb bleibe ich stumm, aber ich stehe auf, stelle mich hinter ihn, beuge mich hinunter und reibe sanft seine Schultern. Eine Massage ist auch nicht angemessen, aber er soll wissen, dass ich für ihn da bin. Und dass ich alles, was er für mich tut, zu schätzen weiß.

Wir knien auf der Erde und schaffen es, den Leichnam in der Decke weiterzurollen, bis er in das Loch fällt. Danach schaufeln wir langsam, aber gründlich die Erde von dem Haufen in das Loch und bedecken ihn damit. Zuerst verwenden wir unsere Hände, dann unsere Arme und schließlich holt Paul den Spaten. Der braune Schlamm und die Decke, die ich wegen ihres schönen Blumenmusters gekauft hatte, bilden einen harten Kontrast, und ich befürchte, dass sich die Kombination zusammen mit dem Gesicht des Mannes zu einem Bild vereint, das ich im Leben nicht mehr vergessen werde.

Ich merke gar nicht, wie lange es noch dauert, aber irgendwann sind wir fertig. Wir sitzen aneinandergelehnt nebeneinander auf der Erde, unsere Kleidung ist durchnässt, wir sind körperlich, vor allem aber psychisch erschöpft.

Irgendwann bringt Paul die Energie auf, seinen Arm um mich zu legen. Er bewegt seine Hand nach vorne, so dass ich seine Uhr sehen kann. Es ist kurz nach vier Uhr morgens. »Ich muss zurück«, sagt er und hat Mühe, die Worte hervorzubringen.

Wir helfen einander auf und taumeln Arm in Arm den Weg zurück, den wir gekommen sind. Ich hoffe, Paul erinnert sich an den Weg, denn ich tue es nicht, und ich habe Angst, den Rest der Nacht herumzuirren und nach einem Ausgang zu suchen.

Aber Paul ist Paul, und wir finden den Wagen in etwa fünf Minuten. So schnell, dass ich mir sogar schon Gedanken mache, ob wir die Leiche vielleicht doch nicht tief genug in den Wald geschleift haben.

Selbst die relativ niedrige Stufe, die man erklimmen muss, um in den SUV einzusteigen, kostet Mühe, aber der Sitz fühlt sich himmlisch an. Ich sinke hinein und könnte auf der Stelle einschlafen. Doch ich muss für Paul wach bleiben – er ist erschöpft und muss uns nach Hause fahren. So weit zu kommen, aber dann hinter dem Lenkrad einzuschlafen und einen Unfall zu verursachen – nicht auszudenken!

Für den Rückweg lege ich meine Hand auf seinen Oberschenkel und drücke ihn ab und zu. Er hält das Lenkrad mit beiden Händen, seine Blicke kleben förmlich an der Straße, und seine Augen glänzen feucht – wegen der Müdigkeit, vermute ich. Nach einiger Zeit starre ich wie er durch die Windschutzscheibe. Ich sehe und höre jeden einzelnen Regentropfen fallen. Meine Sinne scheinen wieder erwacht zu sein.

Wir lassen den Wagen nicht weit von unserem Haus entfernt in einer ruhigen Straße zurück und gehen den Rest des Weges zu Fuß, wobei wir uns aneinanderlehnen. Wir bewegen uns langsam, wie ein Pärchen, das nach einer Party betrunken nach Hause kommt. So, als ob wir gemeinsam Spaß gehabt hätten und nicht dort gewesen wären, wo wir gewesen sind, nicht das erlebt hätten, was wir erlebt haben.

Wir biegen in unsere Auffahrt ein und erreichen die Haustür, betreten das dunkle Haus und schalten kein Licht an. Es muss gegen fünf Uhr morgens sein. Wir bringen Dreck, Schmutz und Nässe mit hinein, lassen zuerst unsere Mäntel und dann auch den Rest unserer Kleidung zu Boden fallen. Ich werde das später sauber machen. Aber jetzt ist das Erste und Wichtigste eine heiße Dusche. Ich muss sauber werden.

*

Mit einem fest um den Kopf geschlungenen Handtuch sitze ich am Küchentisch, meine beiden Hände umklammern einen Becher Tee. Die Wärme geht mir unter die Haut. Ich mag die Wärme und Behaglichkeit, die für mich damit verknüpft sind. Zum Glück muss ich nicht auch in einer Stunde zur Arbeit. Paul verdient mehr als genug, so dass wir beide sehr gut davon leben können. Es gefällt ihm, für mich sorgen zu können.

Ich zittere immer noch und bin mir nicht sicher, ob das von der Kälte, dem Adrenalinrausch oder der Angst kommt, die mich im Griff hat. Ich warte auf das Klopfen an der Wohnungstür und die Polizei, die uns verhaftet.

Paul ist unter der Dusche, er ist gleich nach mir ins Bad gegangen und jetzt fast schon eine halbe Stunde dort. Das einzige Geräusch im Haus ist das Wasser, das durch die Rohre über meinem Kopf fließt. Die Dusche ist heute besonders laut.

Ich muss immer wieder an das denken, was wir getan haben – was *ich* getan habe.

Ich habe uns das angetan.

Ich habe einen Mann ermordet. Ich habe seine Leiche vergraben und mein Verbrechen vertuscht. Mit meiner Tat werde ich den Rest meines Lebens klarkommen müssen. Der Gedanke daran macht mir Angst. Dass ich allein hier unten bin, macht die Sache noch schlimmer.

Ich muss damit leben. Irgendwie.

Paul ist schon beinahe eine Stunde unter der Dusche. Als er in der Küche auftaucht, ist es fast halb sieben.

»Tut mir leid«, sagt er, nimmt den Becher Tee, den ich

ihm auf die Anrichte gestellt hatte, und bringt ihn zur Mikrowelle.

»Ich brauche dich«, sage ich mit einer Mischung aus Ärger und Verzweiflung. »Ich fühle mich so allein.«

»Ich musste nachdenken. Ich wollte dich nicht alleinlassen.« Er kommt zu mir herüber und legt die Hände auf die Rückenlehne meines Stuhls. Er beugt sich herum, um mich zu küssen. Zuerst auf die Wange, die ich ihm zu entziehen versuche. Dann dreht er den Kopf noch weiter und küsst mich auf die Lippen. Sein Kuss ist so sanft, dass mir davon innerlich ganz warm wird, obwohl ich äußerlich friere. Er spendet mir den nötigen Trost; ich rutsche tiefer in den Stuhl und lege die Hand an seine Wange.

Das Ping der Mikrowelle unterbricht uns, und ich entziehe mich ihm. »Oh, Paul«, seufzte ich. »Wie sollen wir weiterleben, nach dem, was wir getan haben?«

»Heute ist Tag eins«, sagt er. »Es wird eine lange Reise werden. Und wir werden sie zusammen unternehmen. Einen Tag nach dem anderen.«

»Lass mich nie wieder allein.« Meine Stimme ist leise, mein Tonfall sanft. Es klingt, als würde ich ihn anflehen.

»Das werde ich nicht«, sagt er wenig überzeugend. Und dann mit etwas mehr Nachdruck: »Ich bin für dich da. Alles wird gut.«

Ich stehe auf und umarme ihn. Er streicht mit den Händen durch mein Haar, und ich bin wieder auf unserer Hochzeitsreise. Ein Wasserfall in der Karibik, das Wasser reichte uns bis zur Hüfte, ich lehnte den Kopf zurück und dann schenkten mir seine Hände und das herabstürzende Wasser die sinnlichste Massage, die ich jemals erlebt hatte.

Ich lehne den Kopf weiter zurück, stelle mir das Wasser vor, stelle mir vor, dass all diese Jahre nicht vergangen und wir immer noch dort wären, so jung und unerfahren. Ich strecke die Arme nach ihm aus und nehme sein Gesicht zwischen meine Hände. »Ich will dich«, flüstere ich.

»Jetzt?« Er ist überrascht.

Ich öffne die Augen und bringe meine Lippen an sein Ohr. »Jetzt«, flüstere ich.

Wir gehen an der Mikrowelle mit dem Becher Tee darin vorbei und dann Hand in Hand die Treppe hinauf. Ich genieße jeden Moment, in dem wir uns der Möglichkeit nähern, uns besser zu fühlen. Ich möchte das spüren, das brauche ich jetzt.

Ich lege mich mit dem Rücken aufs Bett. Er beugt sich über mich und küsst meinen Hals. Ich klammere mich an seinen Nacken, ziehe ihn näher heran und möchte ihn nie wieder loslassen. »Paul«, stöhne ich. Ich schließe die Augen, und für einen kurzen Moment bin ich gar nicht hier, sondern irgendwo anders, an einem glücklicheren Ort, zu einer glücklicheren Zeit, damals, als alles noch perfekt war.

Und in diesem Moment kommt der Tote zu uns ins Bett – ich kann ihn deutlich sehen. Ich weiche zitternd zurück und flüstere: »Tut mir leid, ich kann nicht.« Dann richte ich mich auf – zu schnell anscheinend, weil ich Sterne sehe. »Es ist doch noch zu früh.«

»Das ist okay«, sagt er.

»Ich will dich, nur nicht gerade jetzt. Es tut mir leid. Ich fühle mich so blöd, erst recht, weil ich es war, die um das hier gebeten hat.«

»Das kann ich verstehen.« Aber er sieht weg.

Ich habe einen Toten in den Armen gehalten. Ich habe sein verdammtes Grab ausgehoben.

»Ich muss stark sein, Paul. Ich weiß, dass ich das sein muss.«

»Das bist du auch«, sagt er. Er sieht mich an und fügt hinzu: »Du brauchst einfach nur ein bisschen Zeit.«

»Ich liebe dich, Paul.«

»Und ich liebe dich, Alice.«

»Werde ich mich jemals wieder sicher fühlen?«, frage ich.

»Wir müssen uns Zeit lassen. Wir werden beide Zeit brauchen.«

»Er sitzt mir im Kopf. Ich bekomme ihn nicht heraus.«

Paul nimmt mich in die Arme, und wir hocken gemeinsam auf der Bettkante. »Das geht mir auch so. Aber damit war zu rechnen, Alice. Es wird nicht leicht sein, aber wir müssen es hinter uns lassen. Wichtig ist, dass wir füreinander da sind.« Er dreht sich um, und wir sehen einander an. »Wir beide. Nur das zählt. Wir haben das Richtige getan. Du bist an dieser Sache nicht schuld, sondern er. Alles wird gut. Wir sind immer noch eine Familie.«

Familie – das treibt mir die Tränen in die Augen. Er hat das falsche Wort verwendet. Er bemerkt seinen Fehler sofort, doch es ist zu spät.

»Wir sind nur Ehemann und Ehefrau, Paul, keine Familie.«

»Ach komm«, sagt er sanft. »Lass uns nicht wieder damit anfangen. Wir – du und ich – wir sind eine Familie.«

»Zu einer Familie gehören Ki…«

»Ich weiß.« Als ich schluchze, zieht er mich an seine Brust. Ich spüre, dass auch er den Schmerz empfindet. »Ich weiß.«

»Wir dürfen nicht zurückblicken, Alice. Wir müssen einen Weg finden, um voranzukommen. Und an das, was heute Nacht geschehen ist, dürfen wir nie wieder denken.«

»Ich weiß nicht, ob ich das kann.«

»Wir werden das schaffen«, sagt er und versucht, mich zu beruhigen. »Das müssen wir.« Er küsst mich auf die Stirn. »Und wir fangen gleich damit an. Wir müssen unten alles sauber machen. Es muss so sein, als ob er niemals hier gewesen wäre.«

12. SEPTEMBER – DREI WOCHEN ZUVOR

2

Detective Sergeant Katherine Wright war jetzt unterwegs zum Tatort in der Mitre Street. Vor fünfundzwanzig Minuten war sie angerufen worden. Sie hatte im Bett gelegen und an die Decke gesehen. Die Dunkelheit des frühen Morgens war ihr vertraut. Sie hatte viele Bilder im Kopf, Momentaufnahmen, die sich im Laufe ihrer Berufstätigkeit angesammelt hatten, die bereits zu lange dauerte, obwohl sie erst achtunddreißig Jahre alt war: Bilder von Toten, von all jenen, denen sie nicht hatte helfen können.

Ihre nächtlichen Grübeleien waren vom Klingeln ihres Handys unterbrochen worden. Sie hatte auf das Display geblickt.

Fünf Uhr morgens.

Den Kopf voller Erinnerungen an die Opfer aus den letzten fünfzehn Jahren, hatte sie das Gespräch angenommen und die mürrische Stimme von Detective Superintendent Jonathan Lange gehört. Er hatte Anweisungen für sie: Sie sollte sich um einen nicht identifizierten Mann kümmern, der in seinem Apartment aufgefunden worden war. Man hatte ihm die Kehle aufgeschlitzt. Es gab viel Blut. Auf sie warteten Tatortsicherung, ein vorläufiger Bericht.

Sie hatte geseufzt. Schon wieder ein Bild zum Einsortieren in ihre stets größer werdende Sammlung. Wie lange konnte sie damit noch weitermachen?

Wright hatte ihre berufliche Laufbahn im East End begonnen und war acht Jahre lang im Streifendienst tätig gewesen, dann hatte man sie befördert – zunächst zum Detective Constable. Fünf Jahre später hatte sie es dann zum Detective Sergeant gebracht. Das war vor zwei Jahren gewesen. Sie war stolz darauf, so weit gekommen zu sein, aber was sie zu sehen bekam und die Verantwortung, die sie übernehmen musste, verlangten einen hohen Tribut. Sie musste mit alldem leben, und das fiel ihr schwer.

Stichverletzungen – in der letzten Zeit mehr, als sie zählen konnte –, Schießereien, Vergiftungen, Erdrosselungen, Überfälle, Leute, die von einer Brücke oder von einem Gebäude geworfen wurden.

Was die Methoden anbetraf, brachte Mörder und Opfer nichts so eng zusammen wie das Aufschlitzen der Kehle. Sie berührten sich dabei fast so, als wären sie miteinander intim. Die freie Hand des Mörders lag vielleicht unter dem Kinn seines Opfers, so ähnlich wie ein Lebensretter einen Ertrinkenden an Land zieht. Eine solch intime Nähe machte den Vorgang noch obszöner. Und dann Klavierdraht zum Garrottieren. Darum handelte sich wieder – zum zweiten Mal in zwei Wochen.

Wright lebte in einem Einzimmerapartment, das etwa zehn Minuten von der Wache entfernt lag. Sie war unverheiratet und brauchte nicht mehr als das Nötigste. Ihr Zuhause war für sie nur ein Ort zum Schlafen, und Schlaf bekam sie normalerweise nie genug. Sie war mit ihrer Arbeit verheiratet, auch wenn sie ihr manchmal schwer auf den Magen schlug.

Sie wusste, dass ihre Arbeit außerordentlich wichtig war, und war deshalb der Meinung, dass sie mit ihrem Leiden daran nur einen geringen Preis zu zahlen hatte.

Im Badezimmer hatte sie in den Spiegel gestarrt. Ihre Augen, die Tränensäcke, die düstere Müdigkeit. Die Sorgenfalten. Das Unglück. Alles Schlechte, das sie wieder ins Reine brachte, wog all die schlimmen Dinge nicht auf, die sie nicht zum Guten wenden konnte.

Sie hatte sich rasch angezogen. Als sie die Eingangstür öffnete, war frische Luft in den Raum geflutet. Sie hatte tief durchgeatmet und war zu ihrem Wagen gegangen.

Endlich kam sie nun in der Mitre Street an, stieg aus, ging zur Polizeiabsperrung, zeigte ihren Dienstausweis, duckte sich unter der Absperrung durch und ging zum Eingang des Wohnblocks. Es war eine ruhige Ecke, wie sie feststellte, und deutlich luxuriöser gebaut als Kendall Green. Dieser Wohnblock ähnelte eher einem kleinen Wolkenkratzer, dreiundzwanzig Stockwerke voller Wohlstand. Alles war frisch gestrichen, und das Foyer war hell und geräumig.

Detective Constable Ryan Hillier wartete vor der Tür von Apartment 134 auf sie.

»Haben Sie schon einen Blick hineingeworfen?«, erkundigte sie sich.

»Ist noch schlimmer als beim letzten Mal«, antwortete er finster. »Falls das überhaupt möglich ist.«

Das Apartment bestand hauptsächlich aus einem einzigen, großen Raum. Hinter der Eingangstür lag ein großer Wohn- und Essbereich. Die Kücheneinheit, zu der eine großzügige Kücheninsel gehörte, hatte schicke weiße Hochglanzoberflächen. Wände und Fußboden waren glänzend schwarz gefliest, und der Fußboden des Wohnzimmers nebenan bestand aus dunklem Parkett. In der Mitte des Zimmers stand ein cremefarbenes Ledersofa vor einem an der Wand montierten riesigen Breitbildfernseher.

In Überschuhen und mit Handschuhen ausgestattet drangen Wright und Hillier weiter in die Wohnung vor. Auf der rechten Seite lag das Badezimmer. Dort waren die Leute von der Spurensicherung schon fleißig bei der Arbeit. Mitten im Getümmel befand sich Daniel Emerson.

Im Raum stand eine ovale Badewanne, dahinter befand sich ein undurchsichtiges Fenster. Das Wasser in der Wanne war blutrot. Darin lag der Leichnam eines Mannes, der aussah wie Mitte dreißig.

Als Wright hereinschaute, sprach sie zwar niemand an, aber sie registrierten ihre Anwesenheit. Man kannte sie. Sie wurde immer gerufen, wenn es um blutige Morde ging. Sie war diejenige, die den Dingen zielstrebig und rücksichtslos auf den Grund ging. Ihre Kollegen, einschließlich Hillier, ahnten jedoch nicht, was ihr das abverlangte.

Es war eine Menge Blut geflossen, und das nicht nur im Wasser, sondern auch auf die cremefarbenen Bodenfliesen.

Wright trat in das Bad und stellte sich neben das Waschbecken, um den Leuten von der Spurensicherung nicht im Weg zu sein. Was sie sah, ließ sie schaudern. Sie ging näher heran und kniete sich hin, so dass sie mit den Augen auf der Höhe der Badewanne war. Sie blickte in die offenen Augen des Toten und schüttelte den Kopf.

»Irgendwelche Zeugen?«, fragte sie Hillier, der in der Tür stehen geblieben war.

»Niemand.«

»Genau wie beim vorigen Opfer«, sagte sie. »Er ist gut.«

»Das ist er.«

»Fingerabdrücke?«, fragte sie die Techniker, die auf Händen und Knien arbeiteten oder die Wände absuchten.

»Jede Menge, wie nicht anders zu erwarten«, antwortete einer, »aber bis jetzt nichts Ungewöhnliches.«

»An der Eingangstür ist auch nichts Auffälliges«, rief Emerson.

»Er arbeitet sauber«, sagte sie zu sich selbst. »Ist vorbereitet und gründlich.«

Hillier kam einen Schritt weiter herein. »Glauben Sie, das ist der Anfang von irgendetwas?«

Sie stand auf, ohne sich zu ihm umzudrehen, und hielt den Blick auf den Boden gerichtet. »Vielleicht.«

»Ein Serienmörder?«

»Vielleicht«, wiederholte sie und schüttelte unsicher den Kopf. Sie dachte nach. »Vielleicht.«

10. FEBRUAR – VIER MONATE SPÄTER

P

»Erheben Sie sich.«

Ich stehe nach der Urteilsverkündung von meinem thronartigen Stuhl auf, werfe einen kurzen Blick auf die Beisitzer und sehe dann direkt zu dem Verurteilten auf der Bank mir gegenüber, auf einem Holzstuhl ohne Kissen. Ich möchte, dass er begreift, welche Tragweite das Geschehen hat.

Nach einer Verbeugung gehe ich am Podium vorbei und verlasse den Saal durch eine schwere Tür, die mit einem grünen Stoff bezogen ist. Ich gehe durch den Flur und steuere auf mein Büro im zentralen Strafgerichtshof Londons, dem Old Bailey, zu.

Ich schließe die Tür auf, trete ein und nehme die Perücke ab, die ich während der Verhandlungen tragen muss. Dann lege ich meine schwarze Robe ab, gehe ins Badezimmer, spritze mir Wasser ins Gesicht und sehe in den Spiegel an der Wand über dem Waschbecken.

Ich betrachte mich – den jüngsten Bezirksrichter an diesem Gerichtshof, sogar den jüngsten, den es im ganzen Vereinigten Königreich jemals gegeben hat –, und ich weiß, dass ich stolz sein sollte. Ein Stück weit bin ich das auch, aber in meinem Hinterkopf lauern stets die Gedanken an Alice. Ich kann sie niemals völlig verdrängen.

Ohne Alice hätte ich es niemals geschafft, aber mit ihr kann ich es nicht richtig genießen; das, was mit ihr passiert, macht mir Sorgen.

Momentan rechne ich damit, gut vier Monate in diesem Zimmer im Bereich der Main Chambers bleiben zu können, bis die Tour durch andere südenglische Gerichtshöfe beginnt. Ein großer Mahagonischreibtisch nimmt das Zentrum des Raumes ein, und ganz rechts befindet sich ein Ledersofa. Daneben steht ein kleiner Kühlschrank, aus dem ich mir eine Dose Cola hole. Ich gieße sie in ein Glas, das auf einem Sideboard steht, dann setze ich mich hinter den Schreibtisch. Aus der untersten Schublade fördere ich eine Flasche Woodford Reserve zutage. Ich mische den Whiskey mit der Cola und nehme drei große Züge.

Erfrischt lehne ich mich zurück und betrachte die Wand, an der mehrere gerahmte Zeitungsartikel hängen. Ich lasse den Blick von Überschrift zu Überschrift gleiten. *Großbritanniens jüngster Richter aller Zeiten. Die jüngste Rechtsprechung im Land. Junger Richter geht in die Geschichte ein.*

Diese Worte bedeuten so viel und erinnern mich daran, wie sehr ich diese Position gewollt habe. Drei der Zeitungen sind überregional verbreitet, zwei davon sogar große Tageszeitungen. Zusätzlich zu den Artikeln wurde landesweit in den Regionalblättern über mich geschrieben. Ich bin genau zwei Jahre jünger als mein Vorgänger auf dem Platz des jüngsten Richters, und ich habe mich gegen ernsthafte Konkurrenz durchgesetzt.

Der Tag vor drei Monaten, an dem ich den Anruf erhielt, mit dem mir mitgeteilt wurde, dass man mich ausgewählt hatte, war der beste Tag meines Berufslebens gewesen. Meine eigenen Gefühle hätten ein Ausdruck davon sein sollen, aber damals hatte Alice bereits Schwierigkeiten damit gehabt, ihren Alltag zu bewältigen. Deshalb war es mir schwergefallen, mich von unserem Leben zu Hause loszulösen, obwohl mein berufliches Weiterkommen für mich eigentlich das Wichtigste war und im Mittelpunkt hätte stehen sollen.

Alice ist immer da, in meinen Gedanken und direkt vor mir. Sie ist während der ganzen Reise bis zu diesem Moment an meiner Seite gewesen und hat mich unterstützt, aber jetzt macht sie sich zu viele Sorgen und klammert sich an mich. Sie lässt nicht los.

Es gibt einen Bilderrahmen, in dem wir beide die Titelseite unserer Lokalzeitung zur Hälfte füllen. Wir lächeln in die Kamera, das Foto wurde anlässlich der Zeremonie zu meiner Ernennung gemacht, aber ich weiß, dass sich hinter Alices Lächeln Ängste, Geheimnisse und Verzweiflung verbergen. *Unsere* Ängste, *unsere* Geheimnisse und *unsere* Verzweiflung. Obwohl sie es damals verbarg, litt sie in den vergangenen Wochen sehr, und von dem Tag an, an dem wir die Leiche vergraben hatten, spürte, ja roch ich geradezu ihre Scham und ihre Angst.

Seit jenem Abend im Oktober konnte sie sich nicht mehr entspannen und sie selbst sein. Diese Nacht hat alles verändert. Und weil sie nicht mehr die Alice sein konnte, in die ich mich verliebt hatte, die Alice, die ich wirklich kenne, konnte ich seitdem auch nicht mehr ich selbst sein. Ich konnte mich nicht richtig darüber freuen, der jüngste britische Bezirksrichter aller Zeiten zu werden – wir konnten das nicht richtig feiern, was ich so lange angestrebt hatte. Nachdem ich von meiner Berufung erfahren hatte, wollte ich nichts lieber als mit einer Flasche Champagner nach Hause fahren, anstoßen und meine Freude mit Alice teilen. Aber als ich zu Hause ankam, schlief sie bereits. Schon wenige Wochen nach dem Ereignis hatte sie sich angewöhnt, früh ins Bett zu gehen. Sie sagte, je früher sie einschlafen könne, desto besser sei es für sie. Es bedeutete, dass sie dann weniger Zeit hatte, jene Momente immer wieder von Neuem zu durchleben. Und dass ihr die schlimmsten Tiefen ihrer Depression erspart blieben, wenn sie schnell einschlief.

Es hätte mich besonders freuen sollen, wenn junge, aufgeweckte Jurastudierende mit mir sprechen wollten, geradezu darum wetteiferten, sich mit mir zu unterhalten. Und wenn sie es dann taten, schwärmten sie von mir, als wäre ich etwas ganz Besonderes, Wichtiges und Einzigartiges. Als wäre ich prominent, was ich in der Welt der Justiz vermutlich sogar bin. Doch ich kann es nicht genießen, denn wenn ich ehrlich bin, ist Alice das Einzige, woran ich denken kann, und das Einzige, was ich sehe, ganz gleich, wer vor mir steht. Meine schöne Alice; die Frau, für die ich alles tun würde – für die ich *wirklich* alles getan hatte.

Und genau das hatte alles verändert.

Sie kann nicht vergessen und sie kann nicht so tun, als würde sie es ignorieren. Ich selbst habe es versucht und darum gekämpft, und an manchen Tagen fühle ich mich fast normal. Aber für Alice geht das nicht, und ich mache mir

Sorgen um sie. Ich möchte ihr dabei helfen, einen Weg aus der Dunkelheit zu finden.

Ich schenke mir Bourbon und Cola nach und setze mich aufs Sofa. Der Feierabendverkehr hat schon begonnen, und ich sollte aufbrechen, falls ich noch zu einer annehmbaren Zeit nach Hause kommen will – die Nachmittagssitzungen im Old Bailey enden um fünf Uhr abends. Ich würde gern nach Hause kommen und ein paar Stunden gemeinsam mit Alice verbringen, bevor sie ins Bett geht.

Ich trinke gerade den Rest aus meinem Glas, als es an der Tür klopft. Ich öffne widerstrebend.

»John«, sage ich und schüttele die Hand von Richter John Fletcher-Smythe, der sowohl mein Mentor als auch Richter am Obersten Gericht ist, eine der landesweit angesehensten Positionen für einen Juristen. Manchmal hilft er im Old Bailey aus.

»Gut gemacht«, sagt er und kommt herein. »Ein höchst erfolgreicher erster Prozess, würde ich sagen, mit einem großartigen Abschluss.«

»Danke«, antworte ich. »Ich habe bemerkt, dass Sie ein paarmal zugesehen haben. Ich war mir am Anfang nicht sicher, ob Sie überhaupt kommen würden. Danke für Ihr Interesse.«

»Ich war jeden Tag da, Paul«, gibt er zu.

»Wirklich?«

»Als Mentor schaue ich mir gern an, wie sich die Dinge entwickeln.«

»Und?«, frage ich.

»Ich muss sagen, ich bin sehr angetan. Sie haben Ihre Sache gut gemacht, und das bedeutet auch, dass ich gute Arbeit geleistet habe.«

»Das stimmt. Das haben Sie wirklich.« Wir schütteln uns wieder die Hände. »Ich weiß zu schätzen, was Sie alles für mich getan haben.«

»Wollen wir darauf anstoßen?«, fragt er und grinst schelmisch. Für einen Mann über sechzig sieht er überraschend jung aus, und er ist unerwartet leichtfüßig.

Ich blicke auf meine Armbanduhr, obwohl ich weiß, wie spät es ist, und zögere. Ich möchte Alice sehen. Ich sollte Alice sehen. Aber ich weiß auch, dass es unhöflich wäre, nicht mit ihm anzustoßen. Er ist der wichtigste Mann, den ich kenne.

Ich beschließe, Alice eine Nachricht zu schicken. Ich achte jetzt immer darauf, Bescheid zu geben, falls ich irgendwie aufgehalten werde.

»Absolut«, sage ich mit einem Lächeln, das vielleicht etwas gezwungen wirkt.

Er wendet sich zur Tür. »Geben Sie mir zehn Minuten. Ich muss noch ein paar Dinge zusammenpacken. Wir treffen uns draußen.«

Ich fange an, die Nachricht an Alice zu tippen, höre dann aber auf, weil ich sie doch lieber anrufen möchte. Es klingelt ein paarmal, dann nimmt sie das Gespräch an.

»Darling, wie war dein Tag?«

Sie seufzt. »Wie üblich, Paul. Nicht schlecht.«

»Wie geht es dir?«

»Nicht schlecht.«

»Was machst du gerade?«

»Ich lese ein bisschen. Dann etwas Fernsehen.«

»Hör mal, Darling. John hat mich zu einem Drink eingeladen, um mit mir das Ende meines ersten Prozesses zu feiern.«

»Oh, war das heute?«

»Ja, ich dachte, ich hätte es dir erzählt.«

»Das hast du wahrscheinlich auch. Ich muss es vergessen haben. Wie ist es gelaufen?«

»Perfekt.«

»Ich freue mich für dich.«

»Hättest du etwas dagegen, wenn ich mit ihm noch etwas trinke?«

»Natürlich nicht. Geh ruhig. Mach dir um mich keine Sorgen. Genieße es.«

»Bist du noch wach, wenn ich nach Hause komme?«

»Wird es spät bei dir?«

»Ich hoffe nicht.«

»In Ordnung, dann hoffentlich schon.«

Ich will mich gerade verabschieden, da sagt Alice: »Danke, dass du angerufen hast.«

»Ich wollte nur hören, ob es dir gut geht.«

»Alles in Ordnung.« Ich glaube ihr nicht. Dann fügt sie leise hinzu: »Danke.«

»Ich liebe dich.«

»Bis später.«

Als ich durch den Mitarbeiterausgang nach draußen komme, gehe ich durch die Barriere auf den Warwick Square. John ist nicht da, deshalb suche ich in einem Hauseingang Schutz vor dem Regen.

»Ins Waldorf?«, fragt er plötzlich hinter mir.

Er wartet nicht auf meine Antwort, sondern überquert den Warwick Square, dann winkt er ein Taxi heran.

»Klingt gut«, sage ich und steige zu ihm ins Taxi.

Wegen des dichten Verkehrs dauert die Fahrt fast so lange wie die zwanzig Minuten, die wir zu Fuß benötigt hätten. John tippt während der ganzen Zeit auf seinem Handy herum. Sobald wir mit einem Scotch auf Eis vor uns in der Bar sitzen, sagt er: »Ich hatte immer ein gutes Gefühl, was Sie anbetrifft, Reeve. Ich bin sehr zufrieden. Sie haben mich stolz gemacht.«

»Ich bin auch zufrieden, John. Nochmals vielen Dank.«

»Sie bringen es noch weit, das weiß ich. Sie werden schon sehen.«

»Das hoffe ich auch, aber ich muss noch viel lernen. Es gibt noch so vieles, was ich tun will.«

Drei Drinks später fragt John: »Abendessen?« Aber eigentlich ist es gar keine Frage. Die Antwort steht schon fest, obwohl mir bewusst ist, was ich Alice versprochen habe. Wir gehen ins Restaurant und bestellen eine Vorspeise und einen Hauptgang. Dabei habe ich permanent die Zeit und meine wartende Frau im Hinterkopf, aber meine Gedanken werden langsam freier, je mehr Alkohol ich trinke. Wir trinken Wein, den John aussucht, und beenden das Essen mit einer Käseauswahl und einem Gläschen Port.

Es ist fast einundzwanzig Uhr, und ich fürchte schon, richtig spät nach Hause zu kommen, als John fragt: »Kaffee?«

»Einen schnellen«, antworte ich.

Als später die Kellnerin kommt und unsere leeren Tassen einsammelt, erwarte ich, dass John nach der Rechnung fragt, doch er schlägt einen weiteren Scotch auf Eis vor. »Für unterwegs«, sagt er amüsiert. Mir ist irgendwie schwindelig, ich bin abgefüllt und mit Sicherheit wackelig auf den Beinen, und mir ist bewusst, dass Alice zu Hause ist. Weil ich jetzt unmöglich selbst nach Hause fahren kann, bin ich außerdem auf den Zug angewiesen und werde noch später heimkommen.

Ich schreibe Alice schnell eine Nachricht. Die Worte auf dem Display kann ich nicht deutlich erkennen, aber ich hoffe, sie wird daraus schlau und es klingt hinreichend nach einer Entschuldigung. Sie wird es bestimmt verstehen, aber trotzdem kommt es mir vor, als hätte ich sie vernachlässigt, weil ich sie länger alleingelassen habe, als unbedingt nötig war.

Wir schütteln uns die Hände, als wir The Strand erreichen. Ich bin vollgestopft und betrunken. John hält das erste Taxi an, das vorbeikommt, und seinem Schritt ist kaum ein Zögern anzumerken, obwohl er so viel Alkohol getrunken hat – die Reichen verstehen sich auf's gute Leben, ich aber stolpere aufs nächste Taxi zu und bin mir nicht mal sicher, ob es anhalten wird.

Doch das tut es, und der Fahrer bringt mich nach Euston, von wo aus ich einen Zug nach Hause nehme. Mit einem anderen Taxi komme ich dann bis zur Haustür. Die ganze Reise dauert knapp über eine Stunde, und ich schlafe zwischendurch immer wieder kurz ein.

Das Taxi fährt wieder los, und ich schaue an unserem dunklen Haus hoch. Ich verknüpfe keine angenehmen Erinnerungen mit diesem Anblick. Ich zögere. Dann ziele ich mit dem Schlüssel ins Schloss, kämpfe damit, die Tür zu öffnen, und drücke sie mit dem ganzen Körper zu, sobald ich drin bin. Ich schleppe mich die Treppe hinauf und versuche dabei, leise zu sein, hoffe aber trotzdem, dass Alice noch wach ist und auf mich wartet. Ich betrete das Zimmer, das wir beide hassen, lasse meine Kleidung auf dem Badezimmerboden zurück und putze mir die Zähne, dann gehe ich hinaus und falle ins Bett.

Das Schlafzimmerlicht leuchtet grell auf, genau in dem Moment, als mein Kopf auf das weiche Kissen trifft. Ich öffne die Augen und wende den Kopf in Richtung Schlafzimmertür. Dort steht Alice, aber ihre Umrisse sind verschwommen. Ich kann ihr Gesicht nicht genau erkennen.

»Tut mir leid«, lalle ich.

»Ist schon okay«, sagt sie leise, doch ich höre an ihrer Stimme, dass sie wütend ist. Ich sehe sie nicht deutlich genug, um festzustellen, ob ihr der Ärger ins Gesicht geschrieben steht.

»Es war John. Bei dem Mann, der mir so geholfen hat, konnte ich einfach nicht Nein sagen …« Ich weiß nicht, ob das, was ich sage, irgendeinen Sinn ergibt, und es dauert nicht lange, bis nur noch unverständliche Geräusche aus meinem Mund herauskommen.

»Ich weiß«, höre ich Alice sagen. »Wie immer, ich weiß.«

Ich schlafe ein.

A

Ich bin schließlich um halb drei ins Bett gegangen – zwei Stunden nachdem Paul zu schnarchen begann. Ich betrachtete ihn, wie er im Bett lag und schlief, und war neidisch auf ihn. Ich will schlafen, aber ich kann nicht. Ich will mich entspannen, will einfach nur friedlichen Schlaf.

Für Paul klappt es mit Alkohol. Ich habe das auch versucht, aber es hilft einfach nicht. Wenn ich zu viel trinke, sehe ich die Dinge, die ich auf gar keinen Fall wahrnehmen will. Ich bin neidisch, weil ich das Geschehene am liebsten auch so gut ignorieren können würde wie er. Und jedes Mal, wenn er spät nach Hause kommt, leide und erinnere ich mich allein. Ich brauche ihn und seine Art, mich zu trösten.

Als es passiert war und ich mich ein paar Tage damit beschäftigt hatte, das Haus aufzuräumen, konnte ich es vorübergehend aus meinen Gedanken aussperren. Paul war die ganze Zeit bei mir; wir verbrachten viel Zeit damit, irgendwelche Dinge im Haus umzustellen und zu reparieren. Diese Aktivität unterdrückte die Erinnerung. Nach einem Tag voller harter Arbeit schlief ich erschöpft ein.

Aber als wir aufhörten, kam alles zurück, was ich fernhalten wollte, und zwar noch viel intensiver, als ich es erwartet hätte. Schließlich arbeite ich nicht, deswegen gab es bei mir nur wenig Routine, mit der ich mich ablenken konnte. Ich hatte seit sieben Jahren nicht mehr arbeiten müssen. Es war immer angenehm gewesen – ein Leben voller Freizeit war ein Genuss, doch jetzt fühle ich mich darin eingesperrt. Aber ich will dieses Leben auch nicht aufgeben. In Wahrheit weiß ich nicht mehr, was ich will.

Anscheinend schafft es Paul, jene Nacht zu vergessen, aber ich kann es nicht. In meiner Erinnerung bin ich in unserem Schlafzimmer, will in die Wanne gehen und sehe ihn im Flur. Die Klinge, die ihn wieder und wieder trifft, sehe ich immer wieder vor mir. Und ich bin immer noch dabei, sein Grab zu schaufeln.

Ein Geräusch aus dem angrenzenden Badezimmer weckt mich. Ich öffne die Augen und sehe Paul herauskommen, der sich gerade ein Hemd anzieht. »Morgen«, sagt er.

»Hi«, antworte ich.

Er zuckt mit den Schultern und spitzt die Lippen. »Es tut mir leid«, sagt er wieder.

»Ich weiß, das hast du letzte Nacht schon gesagt.«

»Ich wollte früh zurückkommen. Ich wollte Zeit mit dir verbringen.«

»Du hast getan, was du tun musstest.«

»Bist du sicher, dass bei dir alles in Ordnung ist?«

Ich setze mich auf und richte ein Kissen. »Ich bin mir bei gar nichts sicher, Paul. Ich glaube, das weißt du.«

Er zieht sich eine Jeans an. »Ich habe eine Nachricht von Laurence bekommen. Er fragt, ob wir heute Abend mit ihm und Amanda zu Abend essen wollen. Was meinst du?«

Er sieht meine zögerliche Miene.

»Sie können herkommen und ich koche, falls du lieber nicht ausgehen möchtest.«

»Nein«, sage ich schnell. »Sie sollen nicht denken, dass etwas nicht stimmt. Wir gehen immer aus.« Laurence ist einer von Pauls ältesten und engsten Freunden, und wir haben uns oft mit ihm und seiner Frau getroffen. Amanda ist meine beste Freundin, und wir stehen ständig in Kontakt, aber seit Paul seine neue Stelle angetreten hat, haben wir uns nicht mehr zu viert gesehen. Das ist die längste Pause, die es zwischen unseren Treffen jemals gegeben hat. Es war natürlich nicht nur die Arbeit, sondern es lag auch an mir … Mir war nicht nach Ausgehen zumute.

Er sitzt auf der Bettkante und streichelt mein Haar. »Hör mal, Alice, der Prozess ist vorbei, und der nächste beginnt erst im kommenden Monat. Das bedeutet, ich brauche jetzt nicht mehr so oft in London zu sein. Einen Großteil der Vorarbeiten für meine Fälle kann ich hier erledigen. Ich kann für dich da sein.«

Ich lächle, aber ich sage nichts.

»Es wird besser, du wirst sehen.«

»Das hoffe ich.« Ich wünschte, ich hätte seine Zuversicht. Oder Naivität – ich bin mir da nicht ganz sicher.

»Ich verspreche es.« Er beugt sich vor und küsst meine Stirn.

Ich bleibe noch eine Zeit lang liegen, und als ich endlich nach unten komme, entdecke ich Paul am Küchentisch. Dort sitzt er, liest eine Zeitung und trinkt Kaffee. Ich setze Wasser auf, um mir einen grünen Tee zu machen.

Ich gehe zu ihm. »Wann beginnt der nächste Prozess?«, frage ich.

Er sieht von dem Artikel hoch, den er gerade liest. »Am Letzten des Monats.«

»Heißt das, ich habe meinen Ehegatten zurück?«, frage ich scherzhaft.

»Ja«, antwortet er und steht auf. »… das heißt es.« Dann legt er die Hände auf meine Hüften, zieht mich zu sich heran und küsst mich.

P

»Auf dich.«

»Ja, auf dich«, wiederholt Amanda.

Wir heben die Gläser. »Danke.« Ich stoße mit Amanda an, dann mit Laurence und schließlich mit Alice. Ich sehe Alice etwas länger in die Augen – damit will ich sie ermutigen, den Moment zu genießen.

Wir essen in einem Thairestaurant in St. Albans zu Abend. Normalerweise treffen wir Laurence und Amanda in London – unser Lieblingsrestaurant, wenn wir zu viert sind, ist im Covent Garden –, aber Alice hatte keine Lust auf den Betrieb in der Hauptstadt. »Ich fühle mich dort wie in einem Labyrinth eingesperrt«, sagte sie, obwohl sie London wirklich gut kennt und früher viel Zeit in der Stadt verbracht hat. Am liebsten hätte ich »Blödsinn«, gesagt, doch ich wollte nicht riskieren, sie aufzuregen. Schließlich war ich fast schon davon ausgegangen, dass sie keine Lust auf die Verabredung hatte.

»Es ist viel zu lange her«, sagt Amanda lächelnd.

»Stimmt, viel zu lange«, wiederhole ich.

»Lasst uns bis zum nächsten Mal nicht so lange warten«, fügt Laurence hinzu.

Ich sehe zu Alice. »Okay!«, nickt sie verlegen.

»Also, wie ist es denn so?«, fragt mich Amanda. Aus den

Augenwinkeln beobachte ich, dass Laurence sich zurücklehnt und seine Aufmerksamkeit abzieht. Er hat das alles schon gehört.

»Bisher war es nur ein Prozess, aber es ist ziemlich … Eigentlich ist es genau so, wie ich erwartet hatte, und auch verdammt schwierig. Das ist der bisherige Höhepunkt meiner Karriere, etwas Besseres hätte ich mir trotzdem nicht wünschen können.«

»Wir haben uns sehr für dich gefreut, weißt du«, sagt sie und prostet mir noch einmal zu. »Noch mal herzlichen Glückwunsch!«

Ich hebe das Glas, und wir stoßen an.

Amanda leert ihren Drink in einem Zug. »Bestell mir noch einen, Schatz«, sagt sie zu Laurence. »Alice, wie wär's?« Sie steht auf.

Alice ist unaufmerksam und scheint nicht zu begreifen, was Amanda von ihr will, obwohl sie das früher öfter getan haben. *Es ist viel zu lange her.*

»Alice?«

Sie schüttelt den Kopf und erwacht aus ihrer Benommenheit. »Ja?«

»Toilette?«

»Oh, sicher«, sagt sie und steht auf.

Amanda küsst Laurence auf die Wange, und unsere Frauen marschieren los. Beide tragen lange, schicke Kleider, die ihren Körpern schmeicheln.

»Ist alles okay mit ihr?«, fragt er mich.

Ich zucke mit den Schultern. »Ich weiß nicht. Sie war … Na ja … Das ist der Grund, weshalb ich schon seit einiger

Zeit nicht mehr gefragt habe, ob wir zusammen ausgehen wollen. Sie … macht gerade einiges durch. Ich weiß nicht. Es war … anstrengend.«

»Kann ich irgendwie helfen?«

»Ja, gib mir öfter einen Vorwand, um auszugehen.«

»Wird gemacht.«

»Wie läuft's im Büro?«

»Oh, viel los, du weißt ja, das Übliche. Viel los bedeutet viel Geld, also an dieser Front ist alles gut.«

»Gut«, sage ich, »gut.«

Er beugt sich vor und zieht ein paar zusammengefaltete Papiere aus der Innentasche seines Jacketts. »Dabei fällt mir ein … Ich brauche für das hier deine Unterschrift, bevor die Frauen zurückkommen.«

A

Amanda und ich stehen vor dem großen Spiegel in der Damentoilette. Sie frischt ihre Mascara auf. Ich habe mein Rouge in der Hand, aber anstatt es aufzutragen, starre ich mich im Spiegel an. Ich habe müde Augen, mein Gesicht ist angespannt. Ich sehe nicht mehr so jung aus wie noch vor Kurzem, das wird mir plötzlich klar. Und ich fühle mich auch nicht so.

»Ist irgendwas los?«, fragt Amanda plötzlich und streicht mir über den Rücken.

Ich atme aus – zu laut und zu offensichtlich.

»Was ist denn?«

Ich lasse das Rouge sinken und lehne mich gegen das Waschbecken. Ich will es jemandem erzählen. Ich möchte jemanden, mit dem ich reden kann, jemanden, der absolut nichts darüber weiß, was wir getan haben, und der wie ein Auffangbecken funktioniert, um alles hineinzuschütten, was in mir drin ist, wonach ich mich dann hoffentlich besser fühle. Aber ich weiß, dass ich das nicht tun darf. »Ich weiß nicht«, lüge ich.

»Ich wünschte, ich könnte dir mit den Dingen helfen, mit denen du gerade offensichtlich kämpfst.«

»Kämpfen?«, frage ich, mehr an mich selbst gewandt. »Momentan … kämpfe ich mit dem Leben.«

»Aber das Leben ist doch gut, oder nicht? Was ist mit Pauls Job?«

»Pauls Job ist gut, ja. Es klingt jedenfalls so.«

Sie kommt einen Schritt näher und sagt leise und ernst: »Ist es wieder so wie früher, Alice?«

»Irgendwie schon … aber ich habe noch gar nicht richtig darüber nachgedacht. Anderseits – damals hatte ich einen eindeutigen Grund.« Ich schweife mit meinen Gedanken ab und flüstere: »Unsere Babys.«

»Aber hör mal, wenn du wieder Depressionen hast … Ich meine, gehst du denn noch zu diesem Arzt?«

»Nein, schon lange nicht mehr.«

»Was ist mit den Tabletten? Hast du daran gedacht, ihn zu fragen, ob er dir die wieder verschreiben kann? Sie haben dir früher geholfen …«

»Ich will mich nicht wieder mit den verdammten Pillen vollstopfen, Amanda.«

»Es tut mir leid, ich dachte nur …«

»Ich weiß, ich weiß. Alles in Ordnung.« Ich lege den Arm um sie. »Tut mir leid, ich kann es nicht erklären, das geht nicht. Ich fühle mich einfach so.«

»Ist zwischen dir und Paul alles in Ordnung?«

»Ja.« Ich stocke. Mein Gesicht verzieht sich wie von selbst. »Ich weiß nicht. Er ist mit seiner Arbeit verheiratet.«

»Laurence auch.« Sie drückt mich. »So sind die Männer. Jedenfalls die Anwälte.«

Ich reiße mich zusammen und sage: »Weißt du, wenn da nicht der neue Job wäre, ich würde schwören, dass er eine Affäre hat. Ich sehe ihn kaum noch. Ich … ich brauche ihn.«

»Ich weiß, dass du das tust, Süße. Aber es ist Paul. Paul! Vergiss das nicht. So etwas würde er nie tun.«

»Nein, natürlich nicht. Es fühlt sich nur so an, das ist alles. Ich wünschte, er wäre öfter zu Hause.«

»Das kommt bestimmt. Ein neuer Job, man wird sesshafter, solche Sachen. Aber bis dahin könnten wir uns öfter sehen. Ruf an, zu jeder Tages- und Nachtzeit, dann bin ich da. Wir können zu Hause bleiben oder auch ausgehen, wie du willst. Worauf du Lust hast.«

»Ausgehen? Darauf ist mir die Lust vergangen, Amanda.«

Im Spiegel kann ich sehen, dass sie das verletzt hat.

»Aber ich rufe dich an. Danke, das werde ich tun.« Dann lache ich. »Du wirst mich wahrscheinlich so schnell nicht mehr loswerden.«

P

»Sicher.« Ich zücke einen Kugelschreiber und unterzeichne die Papiere, die Laurence mir vorlegt. »Was unterschreibe ich hier eigentlich?«

»Jedenfalls nicht dein Todesurteil.« Ich weiß, dass die Bemerkung ein Scherz ist, aber sie berührt einen wunden Punkt. Ich halte einen Moment inne, ohne den Blick von den Papieren zu wenden. »Ist alles in Ordnung?«, fragt er.

»Ja«, antworte ich. »Witzig. Und was ist das hier?«

»Ein paar Überweisungen und ein Abschluss für den letzten Erwerb.«

»Exzellent. Und wie sind wir damit gefahren?«

»Wir haben unser Geld verdoppelt.«

»Du hast Talent, Laurence.«

»Das habe ich tatsächlich.« Er hebt das Glas. »Zum Wohl.«

»Zum Wohl.«

Wir trinken aus und geben dem Kellner ein Zeichen, dass wir noch eine Runde möchten.

»Wie steht es bei dir mit Geld?«, fragt er.

»Nicht schlecht.« Ich sehe zu den Toiletten. Unsere Frauen sind noch nicht zurück. »An wie viel dachtest du?«

»Hundertfünfundsiebzig.«

»Eine große Sache?«

»Gib mir sechs Monate, und wir verdreifachen es.«

»Verdreifachen?«

Er nickt bekräftigend. »Verdreifachen.«

»Bis wann brauchst du es?«

»Schaffst du es in zwei Wochen?«

»Das müsste klappen. Ist noch was auf den Online-Konten, das du benutzen kannst?«

»Jeweils zehn.«

»Okay, also hundertfünfundfünfzig innerhalb von zwei Wochen.«

»Zwei Wochen?«, fragt Amanda und setzt sich. »Was ist in zwei Wochen?«

Alice steht am Tisch. Ihre Bewegungen sind zögerlich. »Zwei Wochen«, sage ich und sehe sie an, »dann muss ich anfangen, mich gründlich in den nächsten Prozess einzuarbeiten. Das heißt, ich habe etwas Luft zum Atmen.« Ich streckte eine Hand aus, und Alice legt ihre hinein. »Seit ich mit diesem Job angefangen habe, ist meine Frau zu kurz gekommen. Jetzt habe ich etwas Zeit, um alles wiedergutzumachen.«

Als Alice sich abwendet und hinsetzt, zwinkere ich Laurence zu und nicke unauffällig.

Das Geld verdreifachen, sechs Monate. Klingt perfekt.

A

Ich kann vor Amanda nicht verbergen, dass ich gerade Probleme habe. Ich finde es viel schwerer, mich auf das Hier und Jetzt zu konzentrieren, statt auf jene Nacht.

Als wir zum Tisch zurückkamen, spürte ich, dass Paul log. Er und Laurence haben in diesem Moment nicht über die Zeit gesprochen, die ihm noch blieb, bevor er anfangen musste, an seinem nächsten Prozess zu arbeiten. Wahrscheinlich hat er mit Laurence über mich geredet und darüber, wie ich mich verändert habe. Ich frage mich, was er wohl gesagt hat und wie er andeuten konnte, dass etwas passiert ist, ohne direkt zu sagen, was. Ich weiß zwar, dass unser Geheimnis immer noch bei ihm sicher ist, aber ich finde die Vorstellung furchtbar, dass ich jetzt ein Gesprächsthema für ihn geworden bin.

Für den Rest des Abends beteilige ich mich nur hin und wieder an der Unterhaltung. Wir vier haben eigentlich immer Spaß zusammen, aber heute ist es anders. Es liegt an mir, das weiß ich, aber Laurence scheint auch nicht ganz bei der Sache zu sein. Am liebsten würde ich mich aufraffen, ein paar Gläser trinken und lachen. Ich möchte mich amüsieren. Das letzte Mal habe ich Spaß gehabt, bevor ich diesen Mann getötet habe. Und jetzt fürchte ich, ich werde mich nie wieder amüsieren können.

Zwischendurch fällt mir auf, dass Amanda mich beobachtet. Sie macht sich Sorgen um mich und nimmt mich am Ende des Abends besonders lange in den Arm. »Wenn du reden willst, kannst du mich jederzeit anrufen«, flüstert sie.

»Danke«, sage ich und küsse sie auf die Wangen.

Paul und ich gehen Arm in Arm zur U-Bahn-Station.

»Du hattest nicht besonders viel Spaß, oder?«, fragt er leise.

Ich bin ehrlich. »Nein, hatte ich nicht.«

»Tut mir leid.«

»Was genau?«

Wir bleiben stehen, und er sieht mir in die Augen. »Ich weiß nicht.« Er küsst mich auf den Mund und umarmt mich fest.

Als er mich loslässt, frage ich: »Und wenn dieses Gefühl nie wieder weggeht, Paul? Was dann?«

Er denkt lange darüber nach. »Alles wird …«

»Aber wenn nicht?«, falle ich ihm ins Wort, weil ich nicht schon wieder hören will, was er mir bereits mehrfach versichert hat.

Er lächelt wehmütig und verzieht die Lippen. Dann streicht er mit den Händen langsam meine Arme hinauf und hinunter, als versuchte er, sie zu wärmen. »Ich weiß nicht«, sagt er. »Ich weiß es ehrlich nicht.«

3

Das Handy von Detective Sergeant Katherine Wright vibrierte in ihrer Jackentasche. Unwillig zog sie es hervor, eigentlich wollte sie nicht abgelenkt werden. Sie hatte sich eine Stunde ihres Tages freigenommen, um Zeit mit dem Menschen zu verbringen, der auf all das, was sie zu ihm sagte, nicht mehr antworten konnte.

Doch am Telefon war Hillier. »Es ist wieder passiert«, platzte er aufgeregt heraus.

Sie blickte schweigend zu Boden.

»Hallo? Katherine, sind Sie am Apparat?«

»Ja«, antwortete sie abwesend. »Ich bin noch da.«

»Wo sind Sie?«

Sie wischte sich eine Träne von der Wange. »Ich … Ich war verabredet. Kein Problem. Ich kann das … absagen. Geben Sie mir die Adresse. Ich fahre sofort los.« Nachdem er die Adresse genannt hatte, fügte sie hinzu: »Wir treffen uns dort in einer halben Stunde.«

Sie hatte eine Stunde hier verbringen wollen, mit dem einzigen Mann, bei dem sie jemals das Gefühl hatte, dass sie sich auf ihn verlassen konnte. Sie vermisste ihn so sehr.

Sie kniete sich hin und legte die Hand auf den Grabstein, tastete mit den Fingern über die Beschriftung. *Dem geliebten Ehemann und Vater – ewig unvergessen.*

»Ach, Papa«, seufzte sie und schüttelte langsam den Kopf. »Hilf mir«, sagte sie tonlos. »Hilf mir, das alles durchzustehen.«

Über zwei Monate waren vergangen, und der »Klavierdrahtmörder«, wie die Presse ihn genannt hatte, war nicht wieder in Erscheinung getreten, dennoch rechnete man wie elektrisiert mit seiner Rückkehr. Bisher war die Suche nach ihm erfolglos geblieben. Nationale Datenbanken hatten keine neuen Erkenntnisse geliefert. Auch sämtliche Nachforschungen über den Klavierdraht, seine Verwendung bei zurückliegenden Verbrechen oder die Orte, wo man ihn kaufen konnte, hatten nichts Brauchbares ergeben.

Wright legte ihre Hand flach auf das Wort *Vater* und sprach stumm zu ihm. Heute vor fünf Jahren hatte sie ihn verloren, und sie würde alles dafür geben, ihn auch nur ein einziges Mal wiederzusehen, um sich richtig von ihm zu verabschieden. Wegen ihrer Arbeit hatte sie nicht gleich zu ihm kommen können, als er plötzlich erkrankt war, und als sie schließlich im Krankenhaus angekommen war, lag er schon in dem Koma, aus dem er nicht mehr erwachen würde. Sie war in seinen letzten Momenten an seiner Seite gewesen und hoffte bei Gott, dass ihm das bewusst gewesen war.

Ihr Glaube war nicht sehr ausgeprägt, doch für den Fall, dass es einen Gott gab, betete sie zu ihm, dass ihr Vater verstand, dass nur ihre Arbeit, aber nicht sie selbst dafür verantwortlich war, dass sie so spät zum Krankenhaus kam.

Traurig und voller Bedauern verabschiedete sie sich und ging zum Auto. Sie stieg ein und fuhr zu der Adresse, die ihr

Hillier genannt hatte: 1C Marston Mansions, Hillingdon. Während der Fahrt dachte sie an ihren Vater.

Die Zeit seit seinem Tod war so schnell vergangen.

In den frühen Morgenstunden war nur wenig Verkehr auf den Straßen, weshalb Wright für die Strecke nur knapp zwanzig Minuten brauchte. Sie parkte, umgeben von hektischer Betriebsamkeit. Polizeibeamte kamen und gingen, manche Absperrungen standen bereits, andere wurden gerade aufgebaut. Obwohl sie die uniformierten Beamten erkannte, die den Tatort absicherten, zeigte sie ihren Ausweis.

Der Name »Marston Mansions« war nicht übertrieben. Das dreistöckige ehemalige Herrenhaus war von Feldern umgeben, obwohl es sich in einem dicht besiedelten Teil Nordlondons befand. Diese Felder reichten so dicht ans Haus heran, dass sie das Gebäude von allem anderen abschnitten und den Eindruck vermittelten, als befände es sich mitten auf dem Land.

Wright öffnete eine dunkel lackierte, hölzerne Eingangstür mit ornamentierten Glaseinsätzen. Dahinter folgten eine luxuriöse Diele und eine gewundene Treppe, die man für Hochzeitsfotos hätte verwenden können. Sie ging über den dicken, cremefarbenen Teppich hinauf bis in die erste Etage. An der Wand hingen Porträtbilder. Hinter der Eingangstür befanden sich nur drei Wohnungen, die Nummer 1C war ganz hinten im Flur.

Vor der Wohnungstür stand ein uniformierter Polizist und blickte auf sein Handy. Wright räusperte sich und steckte sein Telefon schnell in die Tasche, als er merkte, dass sie mit ihrem Ausweis in der Hand näher kam. Sie ging hinein und stand sofort in einem Wohn- und Esszimmer, das so riesig war, dass ihre Wohnung locker dreimal hineingepasst hätte. Zur Linken befand sich das Wohnzimmer: Ecksofas, die acht Personen Platz boten, Beistelltische aus Gold und Glas, ein riesiger, an der Wand montierter Fernseher, ein ausgefeiltes Lautsprechersystem und eine Stereoanlage mit Plattenspieler. Es gab Regale voller Schallplatten und CDs. Auf der anderen Seite war der Essbereich: ein langer ovaler Tisch, um den acht Stühle platziert waren, auf beiden Seiten Vitrinen für Geschirr und Besteck.

Aus dem Flur auf der anderen Seite des Raumes trat Hillier in das große Zimmer. »Oh, da sind Sie ja.«

»Um wen geht es?«

»Simon Michael Ryman, 35 Jahre alt. Anwalt.«

»Hier sieht es sauber aus.«

»Allerdings, aber überall sonst nicht. Er hat heftig gekämpft.«

»Wo?«

»Im Schlafzimmer. Dort hat es jedenfalls aufgehört.«

»Zeigen Sie es mir.«

Sie gingen den Korridor entlang. Als Erstes fiel Wright die zerschmetterte Tür ganz am Ende auf. »Was ist da?«, fragte sie und zeigte darauf.

»Das Badezimmer. Es sieht aus, als hätte der Kampf dort angefangen. Wir glauben, er war unter der Dusche. Vielleicht wurde er überrascht, aber er war fit und kräftig. Dort ist auch alles durcheinander, aber nicht so schlimm wie im Schlafzimmer.«

Er zeigte es ihr. Auf dem Fußboden standen Wasserlachen, auf der einen Seite lagen ein durchnässtes Handtuch und Flaschen auf dem Fußboden, und etwas, das nach Shampoo aussah, war wie bei einem Pollock-Gemälde verspritzt.

»Kein Blut?«, erkundigte sie sich.

»Nein. Von hier aus sind sie irgendwie im Schlafzimmer gelandet.«

Er ging als Erster hinaus. Am Ende des Flurs war die Wandfarbe stark zerkratzt. Sie sah es sich an. »Ich kann mir vorstellen, dass er von hier an den Klavierdraht um den Hals hatte?«, dachte sie laut. »Er hat sich dagegen gewehrt.«

»Es sieht danach aus, ja.«

»Aber es gibt keine Wasserspuren auf dem Fußboden im Flur.«

»Wie bitte?«

»Kein Wasser, dabei kamen sie doch gerade erst aus der Dusche.« Sie zeigte auf den Boden. »Sehen Sie.«

»Stimmt, alles trocken.«

»Wo ist Emerson?«, fragte sie und ging weiter.

»Sie sind alle da drin«, sagte er und deutete auf die nächste Tür.

Sie standen in der Tür zum Schlafzimmer. In dem Raum drängten sich die Beamten der Spurensicherung, mittendrin stand Emerson und sah zu Wright.

»Katie, der hier ist wirklich übel«, sagte er und hob die behandschuhten Hände. Sie waren dunkelrot gefärbt.

Wright ließ ihren Blick durch den Raum schweifen. Der Begriff »Chaos« war untertrieben. Überall lag der Inhalt von Schubladen herum, die auf dem Boden zerschmettert worden waren. Was wohl auf den Kommoden gestanden hatte – Bilderrahmen, Erinnerungsstücke –, war ebenfalls überall verteilt. Das meiste war zerbrochen, manches überhaupt nicht mehr zu erkennen. Auch das Bettzeug lag auf dem Boden. Die Matratze hing über das Fußende des Bettes hinaus. Ein Kissen lag noch auf dem Bett, unmittelbar neben dem Kopf von Simon Michael Ryman. Sein Körper hing halb auf der Matratze und halb über sie hinaus. Seine Hand ruhte schlaff auf dem weichen Teppich. Er lag mit dem Gesicht nach unten. Bettzeug und Matratze waren blutgetränkt, weitere Blutspritzer waren an verschiedenen Stellen im Zimmer verteilt – an der Wand, der Garderobe und der Tür. Der Garderobenspiegel war zerbrochen, einige Splitter lagen auf dem Fußboden und der Matratze. Auch in Rymans Leichnam steckten Glassplitter.

»Gut«, hörte sie Emerson zu einem seiner Kollegen sagen. Dann wandte er sich an Wright. »Wir können ihn jetzt umdrehen.«

Sie antwortete nicht, sah aber ganz genau hin.

Als die Leiche vorsichtig umgedreht wurde, fiel Rymans Kopf nach hinten. Dort, wo einmal sein Hals gewesen war, befand sich ein klaffendes Loch. Wright konnte die hintere Wand des Halses sehen. Sie schluckte mühsam und wandte den Blick ab.

Hillier kam näher. »Verdammt!«, entfuhr es ihm.

»Ja, kann man so sagen«, meinte Emerson. »Diesmal war er richtig sauer. Er hat offenbar versucht, ihm den Kopf abzutrennen, und es auch fast geschafft. Wissen Sie, es gibt ein Foto von einem der Opfer des Rippers – ich glaube, es war Mary Kelly. Sie hatte dieselbe Art von Wunde, ein riesiges, klaffendes Loch.«

»Welcher Ripper?«, fragte Hillier.

»Jack«, antwortete Wright.

»Genau«, sagte Emerson und tat, als applaudierte er ihr. »Sie kennen Ihre Serienmörder.«

»Ich habe keine Hobbys«, erwiderte sie trocken. Sie sah sich das Opfer so genau an, wie ihr Magen es zuließ. »Wie wahrscheinlich ist es, dass der Killer dabei verletzt wurde?«

»Es ist kaum vorstellbar, dass er das nicht wurde. Kann sein, dass Fetzen von ihm hier herumliegen. Er kann es unmöglich geschafft haben, nichts von sich zurückzulassen – nicht nach so einem Kampf. Dafür ist das Chaos viel zu groß, und es gibt zu viele scharfe Splitter. Er ist hier irgendwo. Das Problem ist nur, herauszufinden, was tatsächlich zu ihm gehört.«

»Tun Sie es«, sagte sie. »Finden Sie ihn.« Sie trat von dem Bett zurück. Hillier folgte ihr. »Wie ist er hereingekommen?«

»Das wissen wir nicht. Es gibt keinerlei Zeichen gewaltsamen Eindringens an der Eingangstür oder den Fenstern.«

»Wie kommen Besucher ins Haus?«

»Die Tür wird mit der Gegensprechanlage geöffnet. Hier arbeitet ein Sicherheitsmann, der die Lobby kontrolliert.«

»Hat er heute jemanden hereingelassen, vielleicht sogar schon letzte Nacht?«

»Er sagt Nein.«

»Und außen am Gebäude gibt es nirgendwo Spuren?«

»Er überprüft das gerade.«

»Schön. Sobald er damit fertig ist, will ich, dass Sie noch einmal nachsehen.« Sie ging im Wohnzimmer umher und betrachtete die Fotos und die Bilder an der Wand. »Was ist schiefgelaufen?«, fragte sie sich selbst und gleichzeitig Hillier, der seitlich im Raum stand. »Hereinzukommen scheint ja kein großes Problem gewesen zu sein.«

»Vielleicht hat er sich den Falschen ausgesucht. Oder vielleicht war das Überraschungsmoment doch nicht so … überraschend.«

Wright hielt inne und sah auf den Fernseher. Er war nicht eingeschaltet.

»Wie meinen Sie das?«

»Er hat es geschafft, zwei junge, fitte Männer umzubringen, ohne dass sie auch nur einen Finger rühren konnten, um ihn abzuwehren. Beide Male ist er ungesehen und ohne Schwierigkeiten verschwunden, ohne eine Spur zu hinterlassen. Und hier fängt es so an wie die anderen Male – ein perfekter Einstieg –, aber beim Mord selbst ändert sich plötzlich alles. Etwas erwischt ihn unvorbereitet, oder er vermasselt etwas. Das ergibt keinen Sinn. Die beiden anderen Morde waren sauber und ordentlich. Geradezu perfekt.«

»Jeder macht mal einen Fehler, Katherine.«

Sie drehte sich zu ihm herum. »Das stimmt. Das ist sogar Jack the Ripper passiert, wenn man den Experten Glauben schenkt. Aber was genau ist schiefgelaufen?«

»Wie meinen Sie das?«

»Was hat er falsch gemacht? Was sehen Sie?«

Er zuckte mit den Schultern. Offenbar war er der Meinung, die Antwort liege auf der Hand. »Na ja, das Opfer hat sich gewehrt.«

»Das stimmt«, sagte sie und schnippte mit den Fingern. »Genau das. Er kämpfte, und das ist für uns auch völlig klar. Wir wussten das von dem Moment an, als wir hier reingekommen sind.«

»Ja.«

»Aber was ist mit den Dingen, die wir nicht sehen?«

»Ich kann Ihnen nicht ganz folgen.«

»Schauen Sie es sich an.« Sie nahm ihn am Arm und führte ihn bis ans Ende des Korridors, wo sich das Schlafzimmer befand. »Wie ist er herausgekommen?«

»Vermutlich so, wie er hereingekommen ist. Durch die Eingangstür.«

»Das vermuten Sie also?«

»Ja.«

»Und es gab einen heftigen Kampf, eine Auseinandersetzung, die Spuren hinterlassen haben muss. Umgekippte Möbel, alles liegt voller Glassplitter, die Wände sind mit Blut vollgespritzt. So, wie es hier aussieht, kann jemand, der hier drin gewesen ist, nur blutig und verletzt herausgekommen sein.«

»So sieht es aus. Ryman hat sich kräftig gewehrt.«

»Genau.«

»Worauf wollen Sie hinaus?«

»Sehen Sie genauer hin. Sehen Sie sich diese Wohnung an. In diesen beiden Bereichen sieht alles nach Kampf und Verletzungen aus. Aber außerhalb dieser Zimmer?«

Hillier blickte den Korridor hinunter, von der Schlafzimmertür bis zum Badezimmer, wieder dorthin zurück, wo er stand und danach zur Eingangstür. »Nichts«, sagte er.

»Genau. Nicht ein Blutfleck. Kein einziger Tropfen.«

»Keine einzige Spur. Nicht einmal auf dem Weg vom Badezimmer zum Schlafzimmer.«

»Das stimmt. Wir haben also einen Kampf, oder etwas, was nach einem Kampf aussieht.«

»Worauf wollen Sie hinaus?«, wiederholte Hillier.

»Was wäre, wenn es genauso war wie die anderen Male? Wenn alles genauso gelaufen ist, wie er es geplant hat? Er hat den Tatort unauffällig verlassen, und wir können nicht sehen, wie. Was ist, wenn er mit uns spielt?«

»Ist das Ihr Ernst?«

»Das hier ist inszeniert.« Sie nickte. »Es ist nicht das, wonach es aussieht. Ich will die Laborergebnisse, so schnell es geht. Alle Spuren, die auf ihn hinweisen. Aber ich habe das Gefühl, dass wir nichts finden werden.«

Sie blieb schweigend stehen – so lange, bis sich Hillier unwohl zu fühlen begann. »Was denken Sie, Katherine?«

»Ich glaube nicht, dass wir es mit einem Serienmörder zu tun haben. Ich glaube, wir könnten uns geirrt haben.«

»Wie kommen Sie denn darauf?«

»So, wie es aussieht, kann es nicht passiert sein. Dafür ist er zu gut. Es ist zu aufgeräumt, zu offensichtlich. Ein Serienmörder kann natürlich einen Fehler machen. Aber dann in die Nacht fliehen, ohne auch nur die kleinste Spur zu hinterlassen? Und das, nachdem er vorher ein solches

Chaos angerichtet hat und mit Sicherheit selbst verletzt worden ist? Nein, das hier ist kein Serienmörder.«

»Aber was ist es dann?«

Sie sprach die Worte bedächtig aus. »Ich glaube, es ist ein Profikiller.«

13. MÄRZ

P

»Ich will nicht allein zu Hause sein«, sagte Alice zu mir, als wir heute Morgen aufwachten.

Vor dem Prozess sollte es ein Treffen geben, für das ich heute in den Old Bailey kommen musste. Weil man mich bereits wenige Tage nach meinem Arbeitsantritt in meinen ersten Prozess hineingeworfen hatte und Alice damals mit Dingen beschäftigt gewesen war, die wir nicht beeinflussen konnten, hat sie meinen Arbeitsplatz bisher noch nicht gesehen. Deshalb habe ich sie heute mitgenommen.

Jedem Bezirksrichter wird eine eigene Privatsekretärin zugeteilt. Belinda ist meine. Sie hat schon am Blacksmith's für mich gearbeitet und war dort unersetzlich, deshalb nahm ich sie mit, als ich befördert wurde. Als Alice sagte, dass sie gern mitkommen würde, rief ich im Büro an und bat Belinda, sich etwas Zeit zu nehmen, um Alice im Gebäude herumzuführen. Ich versprach, ihr die interessanteren Bereiche selbst zu zeigen, sobald ich mich freimachen konnte.

Mein Büro befindet sich im neuen Gebäude, wo es auf drei Etagen jeweils drei Gerichtssäle gibt. Diese sind größer als im alten Teil des Gebäudes, wo sich sechs Gerichtssäle befinden, einschließlich des berühmtesten, des Gerichtssaals Eins. Das ist der Saal, in dem die berüchtigtsten Verbrechen in der Geschichte Großbritanniens verhandelt wurden. Saal Zwei ist normalerweise Verbrechen mit erhöhten Sicherheitsvorkehrungen vorbehalten, wie zum Beispiel Prozessen gegen mutmaßliche Terroristen.

Trotz der Geschichte des ältesten Gebäudeteils bevorzugen es die meisten Richter, mit denen ich bisher gesprochen habe, im neuen Teil zu arbeiten, weil die Arbeitsbedingungen dort angenehmer sind. Es passen mehr Menschen in die Gerichtssäle, und es gibt mehr Platz für die Geschworenen. Jeder Richter wird Ihnen bestätigen, dass man den Komfort der Geschworenen nicht auf die leichte Schulter nehmen sollte.

Vor meinem Treffen bringe ich Alice in den Saal Zwölf, der heute nicht benutzt wird. Ich möchte der Erste sein, der ihr das Innere eines Gerichtssaals zeigt. Wir stehen in der Mitte des Raumes, der wie ein Theatersaal aussieht, sind von grünem und lackiertem Holz umgeben, von Teppichen, Tischen und hohen Wänden. Es ist einschüchternd hier, aber auch beeindruckend.

Ich nehme Alice bei der Hand. »Hier«, sage ich. Wir gehen zum Podium. Ich ziehe für Alice einen Stuhl heraus, und als sie sich hinsetzt, sage ich: »Gnädige Frau.« Dann nehme ich neben ihr Platz. Befriedigt und mit dem Gefühl, jetzt wirklich dort angekommen zu sein, wofür ich geboren wurde, zeige ich direkt nach vorn. »Dort ist der Platz des Angeklagten. Neben ihm sitzen mehrere Aufseher, und seine Zukunft hängt von den zwölf Fremden ab, die dort sitzen.« Ich deutete auf die rechte Seite.

Oben an der Wand hinter meinem Stuhl hängt ein Wappen und darunter das Schwert der Justitia, das auf uns herunterzeigt beziehungsweise auf jeden, der auf dem Platz des Richters sitzt. »Das Schwert der Gerechtigkeit deutet auf den, der sie zügig und fair vollstrecken soll«, erkläre ich Alice.

Sie wirkt ernsthaft interessiert und beeindruckt, und ich bin froh, dass sie hier ist.

»Das hast du verdient«, sagt sie.

»Ohne dich hätte ich es nicht geschafft.«

»Du bist dafür geboren.«

Ich berühre zärtlich ihre Hand.

Dann sehe ich, wie spät es ist. Ich habe jetzt überhaupt keine Lust, Alice zu verlassen und mir etwas über die Cravens anzuhören, aber ich kann es nicht länger hinauszögern.

»Worum geht es bei diesem Fall?«, fragt Alice, als ich ihr sage, dass wir uns auf den Weg zu meinem Büro machen müssen.

Ich bekomme einen trockenen Mund. Ich möchte es ihr nicht sagen, ich will es mir nicht einmal selbst anhören.

»Das zu erklären würde zu lange dauern. Ich erzähle es dir irgendwann später.«

Auf dem Weg zu Belindas Büro, das hinter meinem ein Stück den Flur hinunter liegt, denke ich über die Cravens und das, was sie getan haben, nach. Sobald ich den Fall zugewiesen bekommen und die Notizen dazu gelesen hatte, wollte ich mit dem Verfahren nichts mehr zu tun haben. Aber es gelang mir nicht, mich gegen einen anderen Richter austauschen zu lassen. Es gab keinen plausiblen Grund, den ich den Entscheidungsträgern bieten konnte, und als

Neuling hat mein Wort noch kein Gewicht. Ich darf nicht riskieren, dass mein Wunsch auf diesen Wechsel allzu offensichtlich wird, also werde ich den Fall nicht los. Ich weiß nicht, wie ich damit fertig werden soll, ohne dass meine Probleme allzu auffällig werden.

»Guten Morgen, Belinda«, sage ich so fröhlich wie möglich. »Alice, erinnerst du dich an Belinda?«

»Selbstverständlich.« Sie lächelt.

Die beiden Frauen schütteln sich die Hände.

»Passen Sie gut auf sie auf«, bitte ich.

»Keine Sorge«, sagt Belinda. »Das werde ich.«

»Es wird nicht lange dauern«, erkläre ich Alice.

»Man erwartet Sie bereits«, meint Belinda. »Und alles, was Sie brauchen, ist schon da.«

Ich danke ihr, aber ich höre meine eigenen Worte nicht. Ich küsse Alice auf die Wange, verlasse mein Büro und mache mich auf das Bevorstehende gefasst.

A

»Bewahrst du immer noch eine Flasche in deiner Schublade auf?«, erkundige ich mich. »Für besondere Gelegenheiten?«

»Daran erinnerst du dich?« Das beeindruckt ihn.

Ich nicke.

»Natürlich.«

»Dann schenk uns einen Drink ein. Mit dir hier zu sein, das ist eine sehr besondere Gelegenheit.«

»Wie war die Tour?«, fragt er, während er hinter seinen Schreibtisch geht und eine Flasche sowie zwei Gläser aus einer Schublade holt. »War Belinda nett zu dir?«

»Sie ist reizend, ja. Und so hübsch, ich hatte ganz vergessen, wie sehr.« Eine Pause. »Es war gut, aber ich hätte lieber mit dir Zeit verbracht.«

Hinter ihm hängen ein paar eingerahmte Zeitungsartikel an der Wand – in einem davon ist ein Foto von uns beiden nebeneinander zu sehen. Mir ist, als wäre es erst gestern aufgenommen worden. So ein großer Tag, und er war so nervös! Paul, der normalerweise so selbstbewusst war, fühlte sich vor all diesen Leuten und den Kameras verlegen. Als wir für das Bild posierten, spürte ich, wie seine Hand an meinem Rücken zitterte. Auf dem Foto lächelt er zwar, aber dahinter verbirgt sich viel Furcht.

Er hält sein Glas hoch. »Zum Wohl«, sagt er.

Wir stoßen an.

»Zum Wohl«, sage ich. Ich bin es nicht gewöhnt, harten Alkohol zu trinken, deswegen verziehe ich das Gesicht.

»Es dauert eine Weile, bis man den Geschmack zu mögen lernt«, sagt er.

»Es ist schon okay«, sage ich ihm zuliebe.

Er trinkt, ohne zu zögern. »Und willst du jetzt, nach dem Drink, die richtige Tour erleben?«

»Die richtige Tour?«

»Du weißt schon – von jemandem, der wirklich weiß, wovon er redet.«

»Und wer sollte das sein?«

»Selbstverständlich ich. Außerdem komme ich überall hinein.«

»Ach, wirklich?« Ich habe den verspielten Paul vermisst. Ich lege eine Hand auf seine Brust. »Gut, wie könnte ich widerstehen, wenn das so ist.« Ich führe das Glas an den Mund und blicke ihm tief in die Augen, aber als ich den Bourbon hinunterschlucke, muss ich die Augen zukneifen, weil es so brennt.

»Ich werde dir ein paar besondere Dinge zeigen.«

Wir verlassen sein Büro, gehen durch eine Flucht von Korridoren, die ich nicht wiedererkenne, obwohl ich gerade erst eine Tour durchs Gebäude hinter mir habe, und gelangen schließlich zu einem Paar großer Holztüren.

»Das hier«, sagt Paul mit großen Augen, »ist der große Sitzungssaal. Er ist für die Öffentlichkeit geschlossen. Nur sehr wenige Menschen bekommen ihn zu Gesicht.«

»Ich fühle mich privilegiert.«

Ich betrete die schwarz, weiß und beige gemusterten Fußbodenfliesen. Der imposante Raum ist großartig, alles sieht kostbar und vornehm aus. Im Zentrum der Decke befindet sich eine hohe Kuppel mit umlaufenden Glasfenstern, die mich an die St.-Pauls-Kathedrale erinnert. In anderen Deckenabschnitten gibt es kleinere, halbkreisförmige Fenster. Fast die gesamte Decke ist mit Ornamenten verziert und die Wände sind bemalt. Auf Bodenhöhe reihen sich auf beiden Seiten des Saals Skulpturen aneinander.

»Hier darf ich jeden Tag arbeiten«, sagt er ehrfürchtig. »Dieses Haus hat so viel Geschichte. Ich schaue hier täglich vorbei, nur um mich daran zu erinnern, wie viel Glück ich habe.«

Er führt mich weiter. »Das hier«, sagt er und deutet zu einer weiteren Tür, »ist der Eingang zu Saal Eins. Hier fand der Prozess gegen die Krays statt. Ebenso der gegen den Yorkshire Ripper und der gegen Ian Huntley. Das Bild über der Tür zeigt Justitia, die Göttin der Gerechtigkeit in der römischen Mythologie. Sie steht auf den Stufen der St.-Pauls-Kathedrale, neben ihr Moses, der gerade die zehn Gebote entgegennimmt. Der Mann links von Justitia ist Alfred der Große, ein Gesetzgeber und König aus dem neunten Jahrhundert. Sie erinnern uns daran, wie wir uns benehmen sollen und was geschieht, wenn wir davon abweichen.«

Wir sind wieder von Menschen umgeben, es ist viel Kommen und Gehen. Ich denke unwillkürlich darüber nach, wer sie alle sind, wer welche Rolle hat und was jeder Einzelne von ihnen getan hat oder tun wird, um hier zu sein.

»Ein großer Teil der originalen Malerei, die von einem Künstler namens William Richmond angefertigt wurde, wurde 1941 im Zweiten Weltkrieg von Nazibomben zerstört«, erklärt Paul. »Sie wurde in den fünfziger Jahren erneuert. Damals hat man auch viele Bilder ergänzt, die an den Krieg erinnern. Das hier ist Charles der Erste und dort ist Charles der Zweite«, sagt er und deutet auf zwei der Skulpturen in unserer Nähe.

»Und der hier«, er geht zur nächsten Statue, »ist Sir Thomas Gresham, ein ehemaliger Oberbürgermeister von London. Dieses Gebäude befindet sich selbstverständlich im Besitz der Stadt, und er ist hier, um diese ewige Verbindung zu symbolisieren.«

»Und wer ist das?«, frage ich, als ich eine Statue entdecke, die sich von den anderen stark unterscheidet. »Eine Frau?«

»Das stimmt«, sagt er. »Elizabeth Fry.«

»Sollte mir der Name irgendetwas sagen?«

»Diese Elizabeth stand nur kurz im Rampenlicht. Sie hätte es verdient, bekannter zu sein, als sie ist, obwohl sie ihr Gesicht vor ein paar Jahren auf einen Fünfer geprägt haben. Jedes Mal, wenn ich Leuten gegenüber den Namen erwähne, ernte ich trotzdem nur verständnislose Blicke.«

»Wer war sie denn?«

»Eine Strafvollzugsreformerin des Viktorianischen Zeitalters, die dafür gekämpft hat, dass die Gefangenen humaner behandelt werden. Es ist ihr gelungen, Queen Victoria als Unterstützerin dafür zu gewinnen. Ich kann mir vorstellen, dass das bestimmt nicht einfach war. Sie hat einen interessanten Spitznamen.«

»Oh ja, nämlich?«

»Man nennt sie ›Engel der Gefängnisse‹.«

Vielleicht fange ich an, zu ihr zu beten, denke ich, ohne es auszusprechen. Es fühlt sich allmählich wie ein Date an, und ich will ihm keinen Dämpfer versetzen – dennoch, im Hintergrund lauern meine Ängste.

In regelmäßigen Abständen sehe ich Zitate an den Wänden. Beim letzten mache ich halt.

Das Gesetz der Weisen ist ein Brunnen des Lebens.

Paul sieht, wie ich es lese. »Das und die anderen sind Axiome, Aussagen, die wir unbedingt glauben sollen, die weiteres Nachdenken oder Diskussionen auslösen können«, erklärt er. »Offenbar soll ihre Anwesenheit hier den Glauben daran unterstützen, denn sie sind ja alle ach so wahr«, fügt er mit einer gehörigen Spur Sarkasmus hinzu.

Leben, denke ich, *das ich nahm, und das Gesetz, das darauf wartet, mich zu bestrafen.*

»Ziemlich inspirierendes Zeug«, sagt er. Ist das eine Frage? Ich bin mir nicht sicher.

»Absolut«, antworte ich für alle Fälle.

»Willst du noch etwas Selteneres sehen? Etwas, das so gut wie niemand zu sehen bekommt?«

»Was denn?«, frage ich. »Ich dachte, das hier sei schon der besondere Ort.«

»Es gibt etwas, das ist sogar noch geheimer. Ich muss dich warnen, es ist nicht schön, aber glaub mir, es lohnt sich.«

»Okay, na dann …«, sage ich zögernd.

Er führt mich in der Richtung zurück, aus der wir gekommen sind, und wir landen in einem ziemlich ungepflegten Treppenhaus. Dann gehen wir ein paar Etagen tiefer. Paul öffnet eine Tür am Ende eines langen Ganges aus Beton.

Drinnen gibt es auf beiden Seiten schmutzige, cremefarbene Ziegelwände und alle zwei bis drei Meter einen offenen Bogen aus denselben Ziegeln. Die Wände sind fleckig, und ab und zu sieht man einen großen, quadratischen Schachtdeckel auf dem Boden.

Der Korridor ist menschenleer. Ein unheimliches Gefühl breitet sich in meinem ganzen Körper aus.

»Wo sind wir hier?«, frage ich und fühle mich allmählich unwohl.

»Das hier«, sagt er stolz und bedeutsam, »ist der Gang der Toten.« Er geht ihn hinunter, und ich folge ihm zögernd. »Es gibt alle möglichen Gänge und Räume unter dem Old Bailey – und sogar einen Fluss! Das hier steht schon fast 370 Jahre. Wenn früher Kriminelle zum Tode verurteilt wurden, hat man sie hier heruntergebracht. Es war ihr letzter Weg zur Exekution. Hier ging man in südlicher Richtung, so wie wir es jetzt tun, zu einer Außenanlage neben dem Newgate-Gefängnis. Das Gefängnis und der Gerichtshof waren einmal durch diesen Gang miteinander verbunden. Dort wurden die Verurteilten öffentlich hingerichtet.«

»Vor diesen Bögen«, sagt er und klopft gegen einen, als er daran vorbeigeht, »gab es einmal Türen.« Auf den Ziegeln wächst grünes Moos, und überall sind Spinnweben. Ich finde es richtig unheimlich.

Wir gelangen ans Ende. »Von hier aus ging es weiter nach Westen«, sagt er und deutet in die Richtung, bevor er sich in Bewegung setzt, »… in diesen Raum, den man den Vogelkäfig nannte. Früher war ein Netz darüber gespannt, da oben, und es war der letzte Ort, an dem der Verurteilte nach oben blicken und den Himmel sehen konnte. Es war das letzte Mal, dass er oder sie natürliches Tageslicht zu Gesicht bekommen konnte. Danach gingen sie durch diesen Ausgang, bekamen einen Sack über den Kopf gestreift, dann führte man sie blind hinaus und auf das Gerüst, wo man sie aufknüpfte und sie für ihre Sünden und Verbrechen starben.«

»Sünden *und* Verbrechen?«

»Für religiöse Menschen ist es dasselbe, und religiös sind sie damals gewesen.«

Ich entferne mich von Paul, gehe zum südlichen Ende des Gangs der Toten und blicke hinunter. Er wirkt auf mich wie ein düsterer Tunnel. In meiner Vorstellung bin ich plötzlich aus einem anderen Grund hier: Ich steige aus einem gepanzerten Transporter, trage Handschellen und werde bewacht. Man bringt mich durch den Gang der Toten, und ein wütendes Publikum will sehen, wie mich mein Schicksal ereilt.

»Bist du okay?«, fragt Paul, eilt zu mir, nimmt meinen Arm und holt mich in die Realität zurück.

Ich habe angefangen zu zittern und es selbst gar nicht gemerkt. *Ich halte es hier nicht mehr aus.* »Ja, klar«, lüge ich. Aber mein Körper sagt etwas anderes, und er bemerkt es.

»Für manche ist das hier nichts«, sagt er. »Hör mal, es tut mir leid, ich wollte nicht … Komm, lass uns gehen, es ist okay.« Er hakt mich unter, führt mich hoch, raus aus dem Gebäude und an die frische Luft. Ich atme tief durch und huste.

Paul wartet geduldig und streicht mir vorsichtig über den Rücken. »Es ist okay«, sagt er. »Es ist okay.«

Ich fange an zu weinen. »Es tut mir so leid, Paul.«

»Schon gut, kein Grund zur Sorge.«

Doch je mehr ich versuche, mich zu beruhigen, desto befangener fühle ich mich. »Ich habe mich selbst gesehen, da unten. Ich hätte es verdient. Für das, was ich getan habe.«

»Oh Alice, nicht schon wieder. Fang jetzt nicht damit an.«

»Ich kann nicht, Paul. Ich kann nicht mehr so tun, als wäre alles in bester Ordnung.«

»Du musst auch gar nichts mehr vortäuschen. Es ist vorbei. Ab jetzt wird alles besser – wenn du es zulässt. Das verspreche ich dir.«

»Ich habe solche Angst, Paul.« Ich halte ihn fest, als ob es um mein Leben ginge; ich will ihn nie wieder loslassen. »Ich habe Angst, dass ich nie mehr vergessen kann, was geschehen ist.«

»Doch, natürlich kannst du das.«

»Was habe ich bloß getan?«

Ich mache einen Schritt zurück und schaue Paul in die Augen. Ich sehe, dass er versteht, was ich meine. Ich sehe Mitleid in seinem Gesicht. Seine Augen und seine

Worte schicken mir zwei sehr unterschiedliche Botschaften.

»Es ist okay«, sagt er nur, und das ist wenig überzeugend.

»Ich glaube dir nicht mehr.«

4

Man hatte ein Whiteboard hereingebracht und vor einer Wand in der Einsatzzentrale aufgestellt, die muffig roch. Die weiße Farbe blätterte ab, und in der Mitte hing ein Schwarzes Brett mit einigen vergilbten, zerknitterten Zetteln daran. Der Großteil des Raumes wurde von einem Tisch eingenommen, um den fast ein Dutzend Stühle standen.

Detective Sergeant Katherine Wright und Detective Constable Ryan Hillier sahen auf den Tisch voller Ordner, deren Inhalt daneben lag: Papiere und Fotografien.

Die wichtigsten Details waren auf dem Whiteboard vermerkt – die Namen der drei Opfer, Daten, geschätzte Todeszeitpunkte, Adressen, Details, Informationen über die Tatorte.

Opfer Nummer 1: Richard Dollard, 37 Jahre alt, Anwalt.

Opfer Nummer 2: Ethan Fleming, 37 Jahre alt, Anwalt.

Opfer Nummer 3: Simon Michael Ryman, 35 Jahre alt, Anwalt.

»Ihre Berufe sind die naheliegendste Verbindung«, sagte Wright. »Wir müssen herausfinden, ob es zwischen ihnen noch andere Gemeinsamkeiten gibt. Ob sie einander kannten, zum Beispiel. Sprechen Sie mit ihren Familien, ihren Freunden, Arbeitgebern und Kollegen, und finden Sie heraus, ob ein engerer Zusammenhang existiert oder ob es sich hier lediglich um Zufall handelt.«

Wright zog ein Knäuel Klavierdraht aus einer Tragetasche. »Ich habe das hier heute unterwegs gekauft. Fühlen Sie mal.«

Hillier strich mit den Fingern darüber. »Verdammt, ist der dünn.«

»Der schneidet mühelos durch Haut. Und wenn Sie sich jetzt vorstellen, wie der Täter dabei auch noch Kraft anwendet, was kommt dabei heraus?«

»Ein Blutbad.«

»Genau.« Wright nahm ein Foto des dritten Opfers vom Tisch, Simon Michael Ryman. »Wirklich eine Schweinerei«, stimmte sie zu.

»Ich treffe mich heute Nachmittag mit der Familie von Simon Michael Ryman«, kündigte Hillier an.

»Lassen Sie mich das übernehmen«, widersprach Wright. »Nehmen Sie sich lieber noch einmal jeden vor, den Sie bisher verhört haben, verteilen Sie Listen ans restliche Team, und setzen Sie alle auf Dollards und Flemings Angehörige an. Wir müssen eine Verbindung finden, die über das Berufliche hinausgeht. Sie muss irgendwo sein.«

DC Theo Yardley klopfte an die Tür und trat ein. »Das hier ist gerade hereingekommen«, sagte er und reichte Hillier einen braunen Umschlag.

Der dankte ihm, und als Yardley wieder gegangen war, öffnete er den Umschlag. »Der Bericht von Emerson.«

»Von wie vielen Personen wurden Fingerabdrücke gefunden?«, fragte Wright ungeduldig.

»Eindeutig unterscheidbar von 33 Personen«, antwortete er, »und dazu noch mehrere unvollständige Abdrücke.«

»Okay, rufen Sie Emerson an, und bitten Sie ihn um einen Abgleich der Fingerabdrücke, die an allen drei Tatorten gefunden wurden. Vielleicht gibt es irgendwelche Übereinstimmungen.«

»Das hat er schon gemacht«, erwiderte Hillier und las weiter im Bericht. »Hier, da steht's …« Er verstummte und las. »Nein, nichts.«

»Nichts?«, fragte sie ungläubig. »Kein einziger Fingerabdruck an mehreren Tatorten?«

»Kein Einziger, nein.«

»Verdammt.« Sie senkte den Kopf und kniff die Brauen zusammen. »Was ist mit anderen Spuren? Irgendetwas?«

»Ich suche gerade.« Er überflog die Ergebnisse der DNA-Auswertungen. Schließlich ließ er die Ausdrucke auf den Tisch fallen. »Viele Haare und Fasern, aber keine Übereinstimmungen. Nutzlos.«

Sie schloss die Augen. »Er ist gut«, sagte sie schließlich. »Zu gut.«

»Das ist er«, pflichtete Hillier ihr bei.

Wright ging zum Whiteboard und starrte auf die Namen, die dort standen. »Aber so gut ist er bestimmt auch nicht.«

Hillier trat zu ihr. »Mörder machen immer einen Fehler, stimmt's?«

»Früher oder später«, bestätigte sie.

»Also?«

»Er ist zu sauber. Keine Spur von ihm an den Tatorten. Kein Hinweis, wie er hinein- oder herausgekommen ist.

Klavierdraht – niemand hier im Gebäude hat jemals von jemandem gehört, der das als Waffe verwendet hat.«

»Es ist also ein Profi, wie Sie es vorhergesehen haben?«

»Ja. Das hier sind Auftragsmorde, Ryan, davon bin ich überzeugt. Aber es muss eine Verbindung geben. Wir müssen etwas übersehen.«

»Was zum Beispiel?«

»Ich habe absolut keine Ahnung«, antwortete sie frustriert.

P

Ein durchdringender Schrei weckt mich. Ich streiche mit der Hand über meine Brust und merke, dass sie mit kaltem Schweiß bedeckt ist – ich habe absolut keine Ahnung, wovon ich geträumt habe. Es muss ein Alptraum gewesen sein. Schlaftrunken und schwer atmend vermute ich, dass ich von meinem eigenen Schreien aufgewacht bin, aber der Schrei klingt mir weiterhin in den Ohren, obwohl meine Augen offen sind und ich hellwach bin.

Alice wälzt sich unruhig neben mir auf dem Bett.

Ich greife nach der Nachttischlampe, aber dabei stoße ich gegen ein Glas und höre, wie es auf den Teppich plumpst. »Mist.«

Als ich es geschafft habe, das Licht einzuschalten, drehe ich mich um und sehe Alice an. Sie wirkt, als hätte sie Schmerzen. Ihr hohes Wimmern bohrt sich in meinen Schädel. Das Leid, das sie durchmacht, ist ansteckend. Ich strecke den Arm nach ihr aus, streiche mit der Hand über ihre Stirn. »Alice«, sage ich und versuche, beruhigend zu klingen.

Sie fängt sich langsam und wird ruhiger, schluchzt aber immer noch. Ich nehme sie fest in den Arm. Mein Herz pocht spürbar, und ich möchte ihr unbedingt helfen, aber ich weiß nicht, was ich noch tun soll.

»Der Tunnel«, wimmert sie.

»Alice, was …«

»Der Gang der Toten! Die Polizei! Sie waren … hier … und sie haben mich … dorthin gebracht.« Ihr ganzer Körper zittert.

»Alice, hier ist niemand außer uns beiden. Keine Polizei. Es ist mitten in der Nacht. Sieh doch. Nur du und ich. Es geht dir gut.« Ich glaube nicht, was ich sage, deshalb wiederhole ich es für sie ebenso wie für mich. »Es geht dir gut.«

»Sie wussten, was ich getan habe, Paul! Sie wussten es!«

»Sie wissen gar nichts«, sage ich und fahre dann stumpf fort: »Es gibt nichts, worüber wir uns Sorgen machen müssten.«

»Ich kann es nicht vergessen. Du hast gesagt, dass ich es vergessen soll, aber ich kann es nicht. Ich erinnere mich immer noch daran. Diese erste Lüge – sie ist schuld daran, dass jetzt alles so ist.«

Sie dreht sich von mir weg und rollt sich zusammen. Ich bleibe auf den Knien und blicke hilflos auf sie hinunter. Ich sehe sie, aber ich verstehe sie nicht.

Ihre Zuckungen werden schwächer. Ich berühre sie zärtlich.

»Warum hast du mich dorthin gebracht, Paul?«, flüstert sie. »Warum?«

»Ich wusste nicht, dass du so reagieren würdest. Es tut mir so leid.« Meine Worte reichen nicht. Ich suche nach irgendetwas, das ihr hilft. »Hör mal, wie wäre es, wenn du zum Sozialkaufhaus zurückgehst und anbietest, dass du ihnen wieder zwei oder drei Tage die Woche hilfst?«, versuche ich es dann. »Vielleicht bringt dich das ja auf andere Gedanken?«

»Dort war es zu klaustrophobisch. Ich kann da nicht wieder hin. Ich will nicht aus dem Haus, Paul.« Sie setzt sich plötzlich auf. »Aber hier bleiben will ich auch nicht.«

»Was denn sonst? Was kann ich für dich tun, wenn du dir nicht selbst helfen kannst?«

»Du kannst die Zeit zurückdrehen.« Sie deutet auf den Wecker und wendet sich noch beim Sprechen ab. »Du kannst die Zeit in deine bloßen Hände nehmen, sie drücken und verstellen …«

Sie schreit wieder; die Hand, mit der sie zur Uhr zeigt, ist noch vorgestreckt.

»Was ist denn?«

Ich sehe, wo sie hinzeigt.

»Es ist drei Uhr morgens, Paul!«

Sie starrt mich an, unschuldig, flehend und hilflos. Ich weiß nicht, was ich sagen soll. Ich bin als Helfer nutzlos.

Außer …

Ich muss sie hier herausholen, weg von diesem Haus und den Erinnerungen an das, was wir getan haben. Weg von dem Schatten des Mannes, der uns verfolgt.

5

Detective Constable Ryan Hillier traf kurz nach elf Uhr morgens in 35 Denbigh Gardens ein. Die Fahrt nach Swindon hatte etwas über zwei Stunden gedauert. Gestern hatte er sich mit Karen Dollard getroffen, Richard Dollards Schwester, seiner einzigen lebenden Verwandten. Er hatte gehofft, dass es ihnen gelingen würde, eine Verbindung zwischen den Opfern zu finden, wenn sie nur hartnäckig genug blieben.

Karen Dollard hatte Richard als einen ehrgeizigen, hart arbeitenden jungen Mann beschrieben, dem seine Karriere wichtiger als alles andere war. Soweit sie wusste, hatte er keine Liebesbeziehung, weil er es vorzog, seine Energie in die Arbeit in der Kanzlei zu stecken. Er war entschlossen, seine Karriere so schnell wie möglich voranzutreiben. Sie berichtete, dass er bei ihrem letzten Gespräch darauf brannte, sich für eine neue Position zu bewerben, was seiner Meinung nach ein entscheidender Schritt in die richtige Richtung gewesen wäre.

Denbigh Gardens lag mitten in einem wohlhabenden, aber ländlichen Teil der Stadt. In der Straße – einer Sackgasse – gab es nur frei stehende Häuser, die im Vergleich zu den durchschnittlich großen Gebäuden, die Hillier sonst jeden Tag zu sehen bekam, geradezu prachtvoll wirkten.

Eine große Rosskastanie stand am Ende eines Weges, der zum Eingang des Hauses von Ethan Flemings Eltern führte. Sie warf ihren Schatten auf die Vorderseite des Gebäudes, das im Parterre zwei große Fenster und im ersten Stock drei Fenster hatte.

Hillier klopfte an die Tür, und schon bald öffnete ihm ein Mann, dem Anschein nach war er Anfang siebzig. Seine Augen, in denen Bedauern und Selbstzweifel geschrieben standen, ließen ihn allerdings deutlich älter aussehen.

»Alfred Fleming?«, fragte Hillier. Dann stellte er sich vor.

»Kommen Sie herein«, sagte Fleming leise. »Wir haben Sie schon erwartet.«

»Vielen Dank«, sagte Hillier und putzte seine Schuhe auf der Fußmatte ab.

»Möchten Sie eine Tasse Tee?«, fragte Alfred Fleming.

Hillier wusste, dass es vernünftiger gewesen wäre, das Angebot auszuschlagen, doch er konnte nicht widerstehen. Die Anreise war anstrengend gewesen. »Das wäre sehr freundlich, danke.« Er folgte dem alten Mann in die Küche und beobachtete schweigend, wie er mit großer Sorgfalt den Tee zubereitete.

Als Alfred Fleming damit fertig war, fragte Hillier: »Ist Mrs Fleming heute zu Hause?«

»Oh ja«, antwortete er. »Sie macht sich nur noch zurecht. Sie wird gleich herunterkommen.«

»Sie braucht sich wirklich nicht solche Umstände zu machen«, sagte Hillier. »Und Sie auch nicht.«

Fleming blickte ihn skeptisch an. »Ich fürchte, sie macht

sich für etwas anderes zurecht«, sagte er. Hillier begriff sofort, was er meinte.

»Ihr Verlust tut mir wirklich sehr leid.«

Ethan Flemings Vater hielt inne. »Mir auch.« Dann wiederholte er die Worte leise, wie um sich selbst zu beruhigen: »Mir auch.«

Man hörte Schritte, und seine Frau kam mit ausgestreckter Hand ins Zimmer. »Ich bin Judith«, sagte sie. »Danke, dass Sie gekommen sind.« Hillier schüttelte ihr die Hand.

»Ich habe zu danken«, erwiderte er.

»Mit Ihnen zu sprechen ist das Mindeste, was wir tun können«, sagte sie und schloss dann die Augen. »Schließlich versuchen Sie, herauszufinden, wer unseren Sohn umgebracht hat.« Sie senkte den Kopf und hustete in die vorgehaltene Hand. Dann hob sie den Blick, sah Hillier an und lächelte kläglich. »Bitte verzeihen Sie.«

Er schüttelte sanft den Kopf. »Sie brauchen sich nicht zu entschuldigen.«

»Tee«, sagte Alfred Fleming und reichte Hillier einen beigefarbenen Becher. »Ich habe dir auch einen gemacht«, sagte er zu seiner Frau. Sie nahm einen weiteren Becher entgegen.

Fleming ging voraus aus der Küche, nach rechts durch einen Flur, in dem Familienfotos hingen. Die meisten davon zeigten Ethan in verschiedenen Lebensabschnitten. Es war so etwas wie eine Tour durch sein Leben – von der Kindheit über die Universität bis zu seiner Anwaltskarriere. Als Hillier durch diesen Schrein ging, dachte er, dass die

Fotografien wahrscheinlich gleichermaßen eine Quelle des Trosts wie auch des Schmerzes für die Eltern waren, die ihren Sohn niemals wiedersehen würden.

Sie kamen ins Wohnzimmer und gingen zum Esstisch. Alfred wies Hillier einen Stuhl zu. Er setzte sich und stellte seinen Becher vorsichtig auf den Tisch. »Bitte lassen Sie mich nochmals mein Beileid ausdrücken. Sie sollen wissen, dass wir alles tun, was wir können, um den oder die Täter zu finden«, fing er an.

»Das wissen wir zu schätzen«, sagte Alfred Fleming.

»Können Sie mir zu Beginn etwas über Ethan erzählen?«

»Was möchten Sie denn wissen?«, fragte Judith Fleming.

»Zunächst nur ganz Allgemeines. Erzählen Sie mir alles, was Sie möchten, das ist immer ein guter Einstieg.«

»Sie haben schon viele solcher Gespräche geführt?«, fragte Alfred Fleming. Hillier konnte nicht sagen, ob es neutral oder abwehrend gemeint war.

Er blickte dem alten Mann in die Augen. »Mehr, als mir lieb ist, ja. Aber ich habe die Erfahrung gemacht, dass es für mich ein guter Ansatzpunkt ist, wenn ich zuhöre, wie mir jemand von einem nahestehenden Menschen erzählt. Manchmal stoße ich dadurch auch auf Details, auf die ich vielleicht nicht gekommen wäre, wenn ich einfach damit begonnen hätte, irgendwelche Routinefragen zu stellen. Deshalb würde ich es schätzen, wenn Sie mir von ihm erzählen, als würden Sie mit einem Fremden reden, der ihn nicht gekannt hat. Vielleicht erzählen Sie mir zuerst, worauf Sie besonders stolz sind.«

»Oh, das ist einfach«, sagte Judith und atmete aus. »Er war ein ausgesprochen begabter Student.«

»Ja, das war er«, flüsterte Alfred Fleming.

»Es gab wirklich nichts, was er nicht konnte. Er schrieb wunderbar, er begriff alles, was er las, hatte einen Sinn für Mathematik und andere Wissenschaften. Er verfolgte das Weltgeschehen, interessierte sich für die Vergangenheit und beschloss schon früh, Anwalt zu werden – da war er vierzehn oder fünfzehn. Er wusste es einfach, es war seine Berufung. Und als er dann nach dem Vorstudium Jura und Politik die verschiedenen Möglichkeiten betrachtete, die für ihn infrage kamen, erfuhr er, was ein Barrister tut, und das sprach ihn mehr als alles andere an. Sobald er wusste, was er werden wollte, konnte ihn nichts mehr aufhalten.«

»Das stimmt«, fügte Alfred Fleming hinzu. »Wenn er sich etwas in den Kopf gesetzt hatte, wich er nicht mehr davon ab. So war unser Ethan. Ich habe immer gesagt, wenn er so sportlich gewesen wäre, wie er intelligent war, dann hätte er bestimmt Rekorde gebrochen.«

»War er ehrgeizig?«, fragte Hillier.

»Er wollte so gut sein, wie er nur konnte«, antwortete Mrs Fleming. »Und wenn das auf einen Wettkampf hinauslief, schreckte er davor nicht zurück. Er hatte Selbstvertrauen und erreichte alles, was er sich in den Kopf gesetzt hatte.«

»Fast alles«, murmelte ihr Ehemann.

Judith Flemming warf ihm einen raschen Blick zu.

Danach trat eine Stille ein, deshalb fragte Hillier bei Alfred Fleming nach. »Was meinten Sie denn damit?«

»Womit?«

»Fast«, wiederholte Hillier. »Sie sagten, er erreichte *fast* alles, was er sich in den Kopf gesetzt hatte.«

Alfred Fleming trank langsam, dann stellte er den Becher auf den Tisch und verschränkte die Hände. Seine Frau richtete sich auf. »Er war ambitioniert und hatte immer seine Möglichkeiten im Fokus. Er ist öfter befördert worden, als manche Menschen ihre Hemden wechseln. Aber was ihm wirklich vorschwebte, war, eines Tages seine eigene Kanzlei zu eröffnen. Er wollte seinen Namen auf einem Gebäude und einem Briefkopf sehen. Er war ein stolzer junger Mann, unser Ethan. Es war für das vergangene Jahr geplant, mit einem Freund aus seiner Studienzeit, aber sie hatten eine Art Meinungsverschiedenheit oder so etwas. Ich weiß nicht genau, weshalb, er hat es nie genauer erzählt. Ich glaube, es war ihm peinlich, deshalb habe ich nicht danach gefragt. Aber ich weiß, dass es ihn schwer getroffen hat.«

»Dieser Freund«, fragte Hillier, »kennen Sie seinen Namen?«

»Leider nicht.«

Hillier warf Judith Fleming einen fragenden Blick zu. Sie schüttelte den Kopf.

»Welche Universität hat er besucht?«

Diesmal antwortete Mrs Fleming. »Er hat sein Juraexamen am Jesus College in Cambridge gemacht.«

Hillier machte große Augen. »Wie bitte?«

»Wie wir bereits sagten, er war ein intelligenter junger Mann. Deshalb war es nur natürlich, dass er nach Cambridge oder Oxford ging. Er mochte das College, sobald er den Fuß hineinsetzte.«

»Das Jesus College?«

»Ganz genau«, sagte sie und strahlte stolz.

Jesus College.

A

Seit Oktober kämpfe ich – tagsüber um meine Konzentration und abends darum, schlafen zu können. Jede Nacht habe ich versucht, mich in den Schlaf zu weinen. Wegen seiner Arbeit war Paul sehr oft nicht da. Ich weiß, dass er sein Bestes gab, doch es hat nicht gereicht. Ich brauche mehr. Ich brauche ihn.

Ich werde dich unterstützen, hatte er in jener Nacht zu mir gesagt. *Ich bin für dich da.* Das will ich immer noch, mehr als alles andere.

Aber Paul ist schon wieder nicht zu Hause.

Ich denke an das Gespräch zurück, das ich mit Amanda geführt hatte, als wir neulich Abend mit ihr und Laurence essen waren. Sie erwähnte den Arzt. Er hat mir einmal geholfen, soweit man mir damals helfen konnte, und vielleicht wäre er auch jetzt für mich das Beste.

Seine Praxis liegt in der Harley Street. Vor vier Jahren gab Paul ein Vermögen aus, um mir zu helfen. Ich will eigentlich nicht nach London, aber Dr. Barks ist ein geduldiger, aufmerksamer Psychiater, und er wird sich an mich erinnern, deshalb mache ich heute eine Ausnahme.

Der Rezeptionist, der mich so freundlich begrüßt, sieht anders aus als bei meinem letzten Besuch, aber Dr. Barks hat sich nicht verändert. Er führt ein gutes, entspanntes

Leben, das er damit verbringt, sich die Probleme anderer Menschen anzuhören.

»Schön, Sie zu sehen«, sagt er leise. Ich erwarte, dass er noch mehr sagt, etwas Nichtssagendes wie: *Wie geht es Ihnen?* Oder: *Sie sehen gut aus.* Nur dass die Antwort auf die erste Frage nicht »gut« sein kann – schließlich bin ich hier –, und die zweite Behauptung wäre eine Lüge, ich weiß, dass ich furchtbar aussehe. Und er verzichtet auf Floskeln.

Stattdessen führt er mich zum Patientensessel, eine Art Sofa, und bedeutet mir mit der anderen Hand, dass ich mich dort hinsetzen sollte. Oder hinlegen, je nachdem, was bequemer ist.

Ich setze mich verlegen und stocksteif auf den Rand.

»Was kann ich für Sie tun?«, fragt er und sein Gesichtsausdruck wirkt beruhigend neutral.

»Es ist wieder so wie früher«, sage ich.

Als ich das nicht weiter ausführe, fragt er nach: »Wie fühlen Sie sich?«

»Niedergeschlagen. Ohne Energie.« Ich denke genau darüber nach. »Hoffnungslos, fürchte ich.«

»Haben Sie eine Vorstellung, was der Grund dafür sein kann?«

Ja! Ich will das Wort herausschreien. Ich weiß nicht, was ich sonst sagen soll, womit ich zufrieden wäre.

»Wissen Sie, wovor Sie Angst haben?«

Ja, ja, ja.

»Hat es etwas mit dem zu tun, was damals passiert ist?«, fragt er.

»Es ist dieselbe Art von Gefühlen.«

»Hoffen Ihr Ehemann und Sie immer noch, eines Tages Kinder zu haben? Falls Sie mir die Frage gestatten.«

»Nein«, sage ich, plötzlich entrückt. Ich bin in die Zeit zurückversetzt, als wir genau das wollten.

Ich kann unsere Kinder sehen.

»Aber die Gefühle spiegeln das, was Sie zu der Zeit erlebt haben?«

»Absolut.«

»Damals haben Sie immer gesagt, die Medikamente, die ich Ihnen verschrieben habe, helfen Ihnen, sich zu entspannen.«

»Ja, so war es«, sage ich und bin dabei innerlich fast schon auf dem Sprung.

»Sollen wir es wieder damit versuchen?«

»Was immer Sie meinen, Doktor.«

Ich kann sie sehen.

*

Als ich wieder zu Hause ankomme, gehe ich gleich in die Küche. Ich trinke ein Glas Rotwein und stelle die Flasche ins Regal zurück, bevor ich den Wasserkocher einschalte. Während er sich aufheizt, schaue ich aus dem Fenster. Der Garten hinter dem Haus ist zugewachsen, und ich sehe nur eine dunkelgrüne Masse.

Wir wollten Kinder.

Die Eingangstür wird geöffnet, und das Geräusch lässt mich aufhorchen. Paul kommt herein, mit einem breiten Grinsen im Gesicht. Er legt eine Zeitung auf das Sideboard und küsst meine Wange. »Ich werde dich hier rausholen«, sagt er unvermittelt, als das Wasser im Kessel zu kochen beginnt.

Das klingt überhaupt nicht nach Paul. »Wie das?«, frage ich. »Du hast doch gerade erst einen neuen Job angefangen.«

»Ich habe noch ein paar Wochen, bevor das nächste Verfahren beginnt. Du musst weg von all den Erinnerungen.« Er nimmt mich bei den Schultern und streichelt zärtlich über meine Arme. »Ich möchte, dass du das alles vergisst. Lass uns wegfahren – irgendwohin, wo du dich daran erinnerst, wie es sich anfühlt, wieder du selbst zu sein. Lass uns etwas tun, damit es dir besser geht.«

P

So nah und doch so fern. Anders lässt sich nicht beschreiben, wie es sich jetzt anfühlt, mit Alice verheiratet sein. Das muss sich ändern. Ich muss mich mehr anstrengen, um ihr zu helfen. Ich muss einen Weg finden, um zu ihr durchzudringen.

Das ist der Anfang, eine Chance auf neue Energie. Ich hoffe, dass ein Ortswechsel die Lösung sein könnte.

Drei Nächte im Big Apple; Zeit für sie, sich zu erholen und zu regenerieren. Eine Chance für uns, dahin zurückzukehren, wo wir uns noch vor ein paar Wochen befanden. Und vielleicht ganz egoistisch auch eine Gelegenheit für mich, einen Moment lang zu vergessen, welche Arbeit mir bevorsteht.

Der Craven-Prozess.

Nachdem ich die Reise gebucht und Alice am darauffolgenden Morgen erzählt hatte, was wir unternehmen würden, sagte ich zu ihr: »Pack auch das rote Kleid ein.«

Sie lächelte und dachte bestimmt an die Zeit zurück, als sie es zum ersten Mal getragen hatte. Es war das erste Geschenk, das ich für sie gekauft hatte, als ich nach meinen Praktikumsjahren eine Anstellung als ordentlicher Barrister bekommen hatte.

Wir trafen früh am Flughafen ein. Ich hatte alles im Voraus geplant: Zeit, um etwas zu essen und auch für ein paar Drinks. Zeit, sich zu entspannen.

Der Flug von London bis nach New York dauert knapp unter sieben Stunden. Ich hatte Businessclass-Tickets reserviert, die ein Vermögen kosteten, weil ich in letzter Minute gebucht hatte, aber ich war mir sicher, dass es die Sache wert war. Außerdem ist der Service von British Airways unvergleichlich. Er würde dafür sorgen, dass Alice sich wie etwas ganz Besonderes fühlte.

Zuerst ist sie nicht scharf darauf, Alkohol zu trinken, aber als wir unsere Plätze einnehmen, wird sie schnell weich. Als das Flugzeug schließlich auf die Startbahn rollt, sind wir beide schon bei unserem dritten Glas Champagner.

Als wir abheben, bin ich davon überzeugt, dass es eine ganz besondere Reise wird, die dazu beitragen könnte, dass sich die Dinge ändern. *Das ist ein Anfang. Sie kann sich wieder erholen.* Ich halte ihre Hand, hebe sie an meine Lippen und küsse sie. Sie legt den Kopf an meine Schulter, und ein großes Gewicht scheint von uns genommen zu sein, es versetzt mich viele Jahre in die Vergangenheit zurück, als wir zum ersten Mal gemeinsam ins Ausland geflogen sind. Es war eine Reise nach Mauritius. Damals flogen wir Economy, wir waren jung, pleite und voller großer Ideen. Wie sich die Zeiten geändert haben.

Wir wohnen im Roxy Hotel. Es liegt Ecke Broadway und 36ste Straße, angenehm und zentral, nur ein paar Blocks südlich des Times Square.

In Manhattan sind die Bürgersteige teilweise schneebedeckt. Schnee liegt auch auf dem bisschen Grün, das man erkennt, und ich bin erleichtert, dass der Wetterbericht von heute Morgen vorhergesagt hat, dass es erst nach unserer Abreise weiterschneien soll. Aber es ist trotzdem so bitterkalt, dass es wehtut.

Das Wort »Roxy« steht überraschend dezent in dunkelroter Kursivschrift über einer gläsernen Drehtür. Als wir hineinkommen, laufen wir in eine Wand aus dröhnend lauter Musik mit tanzbarem Rhythmus und jungen Gästen. Ich möchte Alice in die Vergangenheit zurückbringen.

Das Foyer hat cremefarbene Marmorwände und -fußböden sowie eine hohe Decke. In zwei Reihen sind an den Seiten in gleichmäßigen Abständen acht dunkle Holzpulte aufgestellt – hinter jedem steht eine attraktive junge Frau. Eine von ihnen checkt uns ein. Die Fahrstühle, sagt sie, befinden sich weiter hinten. Man erreicht sie durch einen Gang zwischen einem Büro und einem Gepäckaufbewahrungsraum.

Unser Zimmer liegt im siebten Stock. Das oberste Stockwerk des Hotels, wo die Rooftop-Bar ist, befindet sich in der dreizehnten Etage. Als wir aus dem Fahrstuhl herauskommen, wanken wir den Korridor entlang, glücklich, satt, betrunken und vor allem zufrieden.

Unser Zimmer ist – typisch für New York – ziemlich klein, doch das Bett ist geräumig und bequem, und man hat eine großartige Aussicht aus dem Fenster. Das Badezimmer ist luxuriös, hat ein extravagantes Waschbecken und eine offene Dusche, die in den gefliesten Boden übergeht.

»Das sieht interessant aus«, sagt Alice. »Ungewöhnlich.«

»Ich dachte, es könnte dir gefallen.«

»Das tut es.« Sie kommt zu mir und küsst mich. »Das ist etwas, das ich als Teenager spannend gefunden hätte, wenn ich es in einem Reisekatalog gesehen hätte. Ich fühle mich lebendig, Paul. Sogar die Luft ist anders. Ich danke dir.«

A

Ich wache auf, als sich die Tür mit einem lauten Schlag schließt. Es ist noch dunkel im Zimmer, und ich taste mit der Hand, um zu fühlen, ob Paul neben mir liegt. Doch er ist nicht hier. Mein Herz schlägt plötzlich schnell, ich setze mich auf und krieche zum Fenster hinüber, das sich am Fußende des Bettes befindet. Dort finde ich heraus, wie man die Jalousien öffnet, und Tageslicht fließt herein.

Sobald sich meine Augen an das Licht gewöhnt haben, lehne ich mich ans Fenster und spähe nach unten. Auf der Straße ist viel los, die Menschen strömen in alle Richtungen. Ich sehe Paul aus dem Hotel kommen und die Straße heruntergehen. Ich wünschte, er würde hochschauen und mich sehen, aber das tut er nicht. Ich hoffe, er kommt zurück. Ich weiß, ich bin unvernünftig, aber ich habe Angst, dass er mich hier ganz allein zurücklässt.

Um mich abzulenken, beschließe ich, zu duschen und mich anzuziehen, aber zuerst schalte ich den Fernseher ein, damit es nicht mehr so still im Raum ist. Das warme Wasser hilft mir ein wenig.

»Ich habe uns Frühstück mitgebracht«, sagt Paul, als er wieder ins Zimmer kommt und ich gerade aus der Dusche steige.

Erleichtert laufe ich zu ihm und schließe ihn fest in die Arme.

»Was ist denn los?«, fragt er.

»Ich hatte Angst … Ich weiß, es ist dumm, aber es war so.«

»Du dachtest wirklich, ich lasse dich hier zurück?«

Ich blicke verlegen woandershin. »Ich weiß nicht. Entschuldige.«

Er legt die Hand an meine Wange. »Es gibt überhaupt nichts, das dir leidtun muss. Ich freue mich so darüber, dass ich mit dir hier sein kann.«

Nach dem Frühstück aus Croissants und Kaffee gehen wir hoch in den Central Park, verbringen etwas Zeit am großen See und wandern zwischen Radfahrern, Joggern und Touristen umher. Es ist kalt, aber der Himmel ist strahlend blau und die Luft frisch. Wir kaufen ein paar geröstete Nüsse von einem Straßenhändler und füttern die Eichhörnchen. Ich bin erstaunt, wie nahe sie an uns herankommen. Wir gehen Arm in Arm, langsam und vollkommen unbekümmert.

Mittags schlendern wir ein paar Stunden durch das Metropolitan Museum of Art, genießen die Ausstellungen und die riesigen offenen Räume. Es ist so ruhig und friedlich hier, genau wie im Central Park, beide bilden einen starken Kontrast zum Rest der chaotischen, hektischen Stadt.

Danach verbringen wir ein wenig Zeit mit Shopping und gehen in südlicher Richtung die Fifth Avenue hinunter. New York ist eine der Modehauptstädte der Welt, und Paul weiß, wie sehr ich Mode liebe. Danach fühle ich mich verwöhnt und glücklich.

Es folgt ein Essen in einem französischen Restaurant mit einer guten Flasche Wein, und ich bin so entspannt wie seit vielen Monaten nicht. Als wir aufbrechen, bedanke ich mich bei Paul mit einem leidenschaftlichen Kuss.

»Noch eine Überraschung!«, sagt er.

Er winkt ein Taxi heran, und wir treffen gegen zwanzig Uhr am Rockefeller Center ein. »Ha!«, sagt Paul, als wir durch die Eingangstür treten und feststellen, dass dort keine Menschenseele zu sehen ist.

»Ist es geschlossen?«, frage ich ihn.

»Nein. Der Trick ist, eine Stunde vor Schluss einzutreffen, dann kann man einfach durchgehen.«

Und genau das tun wir.

Der Anblick der Lichter New Yorks von so hoch oben ist atemberaubend. Ich fühle mich, als würde ich schweben. Ich weiß überhaupt nicht, seit wie vielen Jahren ich nicht mehr so glücklich gewesen bin. Ich umarme Paul.

Er hält mich die ganze Zeit fest im Arm. Ich kuschle mich an ihn. Er ist mein Ehemann, und ich liebe ihn mehr, als Worte ausdrücken können.

»Danke«, sage ich.

»Wofür?«

»Für das hier. Für jede Minute, die wir hier verbracht haben.« Ich sehe ihn nicht an. »Für alles, was du für mich getan hast.« Ich weiß, dass ihm klar ist, was ich meine.

»Es gibt nichts, wofür du dich bei mir bedanken musst. Das Vergnügen ist ganz meinerseits.«

»Ich finde es großartig hier oben. Wir sind einander so nah und gleichzeitig so weit weg von allen anderen. Sie sehen so klein aus da unten. Wir können sie gerade noch sehen, aber sie können uns nicht berühren.«

Er drückt mich fester.

Ich sehe ihn an: »Ich möchte mit dir ins Hotelzimmer zurückgehen und dich lieben.«

Sein Arm sinkt tiefer, und er fährt mit der Hand über meine Hüfte. Ich bekomme weiche Knie und sinke gegen ihn.

»Bring mich hin«, flüstere ich.

Er legt die Hand unter mein Kinn, beugt sich herunter und drückt seine Lippen auf meine. Unser Kuss ist leidenschaftlich und sinnlich. Ich lege meine Hand an seine Wange.

Mein Paul.

*

Als wir am nächsten Morgen aufwachen, liegen wir uns nackt in den Armen. Wir machen uns entspannt fertig und frühstücken um die Ecke bei Starbucks. Danach nehmen wir ein Taxi, das uns in den Süden zur Church Street bringt. Es ist unser letzter Tag hier, und es nieselt leicht. Wir gehen zur Vesey Street, zu der Stelle, wo sich früher das World Trade Center befunden hat. Ich hatte unbedingt hierherkommen wollen. Das hier ist etwas, das ich mit eigenen Augen sehen muss.

Auf dem Weg dorthin scheint sich ganz New York City zu verändern. Die lauten Geräusche der Straßen und Boulevards sind gedämpft, und es wird plötzlich auffällig still.

Wir stehen vor dem One World Trade Center und schauen nach oben. Mit 104 Stockwerken und 358 Metern ist es das höchste Gebäude in Amerika und das vierthöchste der Welt. Es raubt mir den Atem. »Ich habe gelesen, dass seine Höhe in Fuß – 1776 – eine Hommage an den Tag ist, an dem die Unabhängigkeitserklärung unterschrieben wurde«, erklärt Paul.

Über die West Street betreten wir die Memorial Plaza, das offizielle Denkmal für die Opfer von 9/11. Dort, wo sich das Fundament der ursprünglichen Twin Towers befand, sind zwei große rechteckige schwarze Löcher tief in den Boden hineingeschnitten worden. Sie haben eine Fläche von jeweils einem halben Hektar, und an ihren Rändern fließt Wasser herunter, wie bei einem Wasserfall.

Wir umrunden langsam das nächstgelegene Bassin, das sich dort befindet, wo früher einmal der Nordturm stand, vorbei an den Namen der 2983 Opfer, die in die Brüstung eingraviert sind. Dann gehen wir zum zweiten hinüber. Zwischen den Namen gibt es oft Leerräume, in denen einzelne rote oder weiße Rosen liegen. Ich halte mich an Paul fest und werde von Melancholie überwältigt.

Ich verliere mich und starre lange ins Wasser, kann keinen klaren Gedanken fassen. Schließlich fragt Paul: »Sollen wir hineingehen?«

Die Fassade des 9/11 Memorial Museum erinnert mich an den Louvre: oberirdisch ist sie aus Glas und dreieckig, aber der Großteil des Museums liegt unterirdisch in den Fundamenten der originalen Twin Towers und um sie herum.

Eine Rolltreppe bringt uns nach unten, und wir betreten einen großen offenen, aber dunklen Raum. Die Stille von draußen ist uns hinein gefolgt; hier unten sind eine Menge Menschen, doch man kann sie kaum hören. Wir gehen mit dem Besucherstrom durch die Ausstellung, lesen, sehen und hören die Anblicke und Geräusche jenes schrecklichen Tages. Als wir die unterste Etage mit der Hauptausstellung erreichen, bin ich so mitgenommen, dass ich nicht weiß, wie ich mich davon jemals erholen soll. »Diese armen Menschen«, sage ich mit Tränen in den Augen. Es ist die intensivste, bewegendste Erfahrung meines Lebens.

Wir machen unsere Tour durch die Tiefen des Museums, überfliegen die Ausstellungen über die Entstehung von Al Kaida, den Tag der Angriffe bis zu den Nachwirkungen und den Konsequenzen, die bis heute spürbar sind. Dafür brauchen wir fast vier Stunden.

Wir sitzen auf Bänken in einem abgedunkelten Raum, der an zwei Seiten Ein- und Ausgänge hat, während die anderen beiden Seiten als Projektionsflächen benutzt werden. Dort werden Bilder der Opfer gezeigt, während ihre Angehörigen, die man hören, aber nicht sehen kann, von ihren Erinnerungen an sie erzählen.

Die Trauer wird überwältigend, als ich die Geschichte eines Mannes höre, dessen Frau nur Tage nach dem Angriff entbinden sollte und sich an ihr letztes Gespräch mit ihm erinnert. »Kümmere dich um unser Baby, sorg dafür, dass es weiß, dass ich es jeden Tag liebe, den ich nicht da bin.« Das kann ich nicht mehr ertragen und flüchte, als mir die Luft wegbleibt.

Paul folgt mir nach draußen. Er stellt sich neben mich. Ich spüre, dass er etwas sagen will, doch er bleibt stumm.

»Ich brauche frische Luft«, sage ich und gehe schnell auf die Rolltreppe zu. Oben angekommen drücke ich eine Nottür auf und laufe auf die Memorial Plaza. Ich atme so viel frische Luft ein, wie ich kann. Die Tränen kann ich nicht zurückhalten.

Ich dachte, es funktioniert. Ich dachte, New York würde helfen, aber dieser Ort riecht nach Tod; es ist überwältigend.

»Dieser Verlust«, sage ich und schlucke die Tränen herunter. »Sie haben alle so viel verloren.« Ich halte Paul. »Wir haben so viel verloren.«

»Aber nicht uns, Alice.«

»Wie können wir einander haben, Paul, wenn ich mich nicht einmal mehr selbst kenne?«

Das bringt ihn zum Schweigen. Ich drehe mich um und blicke ihn an, aber er sieht weg. Da ist etwas Seltsames in seinem Blick. Er hat allmählich genug von mir, das sehe ich. Aber ich kann nichts dagegen tun. So bin ich jetzt. So und nicht anders fühle ich mich.

Ich habe Angst, ihn zu verlieren.

Wir schlendern zu einer Bank, setzen uns hin und lassen die Zeit vergehen. Zuerst bleiben wir stumm und jeder für sich, dann rücken wir näher zusammen, und schließlich spricht Paul mit mir. »Es kommen wieder bessere Zeiten.« Er nimmt meine Hand und zieht mich hoch. »Abendessen. Und Drinks. Viele Drinks.«

Wir entscheiden uns für ein italienisches Restaurant, von dem Paul behauptet, es sei ein Familienbetrieb und für seine gute Weinkarte bekannt. Nachdem wir unsere Plätze eingenommen und bestellt haben, sagt Paul: »Erinnerst du dich noch an unser erstes gemeinsames Essen bei unserer ersten Auslandsreise?«

»Oh, du meinst das verdammte spanische Menü«, lache ich, aber damit übertünche ich nur meine Traurigkeit. »Tintenfisch ist nicht dein Ding, das haben wir gelernt, glaube ich.«

»He, ich wusste nicht, dass es Tintenfisch ist. Die haben gesagt, es sei ihre Spezialität.«

»Speziell war es auf jeden Fall. Können wir jetzt bitte Wein haben?«

Ich hoffe, der Wein – ein aromatischer Weißer – wird mir dabei helfen, mich wieder besser zu fühlen.

Als wir bei unserem zweiten Glas sind, sehe ich Paul an und denke: *Wir haben so viel verloren. Wie können wir jemals wieder so sein, wie wir waren?*

»Tut mir leid«, sage ich und versuche, meinen Ausbruch von vorhin wiedergutzumachen. »Ich weiß nicht, was über mich gekommen ist. Ich war albern.«

»Du warst überhaupt nicht albern«, sagt Paul. »Ich habe es auch gespürt. Aber ich denke darüber so positiv, wie ich nur kann. Dieser Ort und das, was hier geschehen ist, machen mir klar, wie glücklich wir mit dem sein können, was wir haben.«

Ich lächle ihn an, bin mir aber nicht sicher, ob es mir gelingt, meine wahren Gefühle zu verbergen.

»Das Leben kann einem so schnell genommen werden«, sagt er. »Deshalb müssen wir jeden Tag genießen, den wir haben. Wir müssen unsere gemeinsame Zeit so gut wie möglich nutzen, Alice, jeden Moment.«

»Du hast recht«, sage ich, obwohl ich nicht überzeugt bin. »Ich bin froh, dass wir hier sind.« Das hatte ich jedenfalls bis zum heutigen Tag so empfunden.

Paul hebt sein Weinglas. »Auf uns.«

Ich stoße mit ihm an. »Auf uns«, wiederhole ich. Aber ich fürchte, dass es sich bei mir hohl anhört.

*

Als ich morgens aufwache, tut mein Kopf nicht weh, trotz der Mengen Alkohol, die ich getrunken habe, und ich öffne besser gelaunt die Augen. »Letzter Tag«, sage ich, obwohl ich weiß, dass Paul noch schläft und mich nicht hören kann. Heute Abend fliegen wir. »Letzter Tag.« Die Vorstellung, nach Hause zurückzukehren, und die Erinnerungen an das Museum überschatten das Glück, das ich vorgestern gespürt habe.

Ich sehe den Mann an, mit dem ich für alle Zeiten verbunden bin. Er ist der Mann, den ich liebe, aber ich fühle so wenig, zumindest verglichen damit, wie viel ich noch vor 48 Stunden empfunden habe.

Er ist der Mann, der einen Plan hatte, wie er mich retten kann; er wusste, was mit der Leiche zu tun war. Ich schulde ihm sehr viel, aber ich fürchte, ich kann ihm gerade nichts geben.

Die Anstrengung in seinem Gesicht, nach jedem Spaten Erde, den er sich über die Schulter warf, war hässlich und schmerzhaft. Er hatte sich mehr abverlangt als jemals zuvor, und zwar für mich, trotz der Gefahr, in die er sich damit selbst gebracht hat. Er hat seine Karriere riskiert. So lange hatte er darauf gewartet, sein Ziel zu erreichen, so hart dafür gekämpft, und jetzt hat er es endlich geschafft. Aber es könnte von einem Moment auf den anderen alles verloren sein.

All das hat er für mich getan.

Ich sehe zu ihm hinüber und weiß, dass ich tiefe Liebe empfinden sollte. Ich kenne ihn von Grund auf, und niemand wird mich jemals besser kennen als er. Aber ich fühle mich immer noch leer. Ich kann den Verlust nicht verarbeiten.

Trotzdem haben wir keine Wahl, denn wir sind beide Verschwörer, deshalb müssen wir vereint bleiben, für alle Zeit. Wir müssen immer füreinander da sein, komme, was wolle.

6

Nachdem Hilliers Treffen mit Alfred und Judith Fleming ohne weitere Erkenntnisse geendet hatte, telefonierte er mit Wright.

»Wo hat er studiert?« Ihr Herz schlug plötzlich schneller.

»Am Jesus College«, wiederholte Hillier. »Genau wie Richard Dollard. Er war sogar zur selben Zeit im selben Seminar.«

»Fahren Sie dorthin«, sagte sie.

»Ich bin schon auf dem Weg.«

Das Jesus College wurde im späten fünfzehnten Jahrhundert gegründet und gehört zu den größten Instituten der Universität von Cambridge. Das Büro des Registrators Gethin Hughes lag am Rand des Bibliothekshofes, neben der Quincentenary Library, die zur Feier des 500. Jahrestages der Gründung des Jesus College 1996 eröffnet wurde.

Hughes war ein freundlicher Mann mit sehr dunklem, kurzem Haar. »Welches Jahr brauchen Sie?«, fragte er.

Hillier lächelte. »2001. Das wäre großartig.«

Gethin Hughes zwinkerte ihm zu: »Darf ich fragen, weshalb Sie sich ausgerechnet für diesen Jahrgang interessieren?« Gegen Ende des Satzes stieg seine Stimme immer mehr an, bis sie schließlich eine seltsame Tonlage erreichte.

Hillier lehnte sich an den Tresen, hinter dem Hughes arbeitete. Er wollte den Eindruck vermitteln, nicht uninteressiert an ihm zu sein. Man weiß nie, wessen Hilfe man eines Tages benötigen wird.

»Fragen dürfen Sie, aber leider darf ich es Ihnen nicht verraten«, antwortete Hillier mit einem flirtenden Unterton in der Stimme. Er sprach sanft, denn er hatte festgestellt, dass ihm das dabei half, sich Formalitäten zu ersparen, wenn er vorankommen wollte. »Aber Sie würden mir bei einer sehr wichtigen Sache helfen, zumindest das kann ich Ihnen versichern.«

Hughes zog sich in die Tiefen des Zimmers zurück, setzte sich dort an einen Computer und machte sich an die Arbeit. Es dauerte nicht lange, bis er zurückkehrte. »Bitte, das ist es«, sagte er und legte ihm ein paar Ausdrucke vor.

»Das ging ja schnell«, sagte Hillier. »Ich bin beeindruckt.«

»Jederzeit«, antwortete Hughes und deutete mit einer wegwerfenden Handbewegung an, dass die Sache ein Kinderspiel gewesen war.

»Haben Sie etwas dagegen, wenn ich das mitnehme?«, fragte Hillier.

»Kein Problem«, sagte Hughes. »Und …«, fügte er hinzu und zog etwas aus der Tasche, »… meine Karte. Falls Sie mich brauchen.«

Hillier verkniff sich ein Grinsen, nahm sie und dankte ihm. Draußen suchte er sich eine Bank, eine von vielen, die um einen Innenhof herum standen. Überall liefen Studierende umher, manche saßen auf den Bänken und nahmen dort ihr Mittagessen zu sich.

Hillier sah sich die Namen an und strich mit den Fingern über die Wörter. Und da stand es: *Richard Dollard.* Und dann: *Ethan Fleming.*

Er suchte weiter. Sein Finger bewegte sich langsam die Seite herunter. Aber mehr war da nicht. Er ging zum Anfang zurück und wiederholte das Ganze. Seine Augen wurden glasig. Eine Konzentrationsschwäche. Die Namen verschmolzen zu einem einzigen. Dann eine Pause.

»Moment mal.« Er blickte in den Himmel. »Das hätte ich mir denken können.«

Er zückte sein Handy und wählte eine Nummer. »Katherine«, sagte er, als Wright das Gespräch annahm. »Helfen Sie mir doch bitte kurz auf die Sprünge: Wie alt war Simon Michael Ryman?«

Sie brauchte es nicht nachzuschlagen. »Fünfunddreißig«, sagte sie, ohne zu zögern.

»Tss. Idiot.« Und weil er das Gefühl hatte, sich erklären zu müssen, fügte er hinzu: »Ich meine natürlich mich, nicht Sie.«

»Was denn? Was ist los?«

»Ich rufe Sie gleich zurück.« Er beendete das Telefonat und ging zurück ins Büro des Verwalters.

»Gethin«, sagte er mit einem strahlenden Lächeln. »Hören Sie, es tut mir leid, ich war durcheinander. Kann ich auch die Namen der Personen bekommen, die zwei und drei Jahre später ihr Examen machten, also 2003 und 2004?«

»Kein Problem. Einen kleinen Moment bitte.«

Hillier hatte schon wenige Augenblicke später die Ausdrucke und ging wieder nach draußen. Diesmal setzte er sich nicht hin. Er fing an, mit dem Finger über die Namen zu streichen, sobald er aus Gethin Hughes Sichtfeld war, und bewegte dabei tonlos die Lippen.

»Da haben wir dich ja«, sagte Hillier. Auf der Seite stand: *Simon Michael Ryman*.

Er griff wieder zum Telefon. Bevor Wright etwas sagen konnte, kam er ihr zuvor: »Simon Michael Ryman war zwei Jahre jünger als Ethan Fleming und Richard Dollard. Er machte seinen Abschluss hier zwei Jahre später.«

»Wo sind Sie? Sind Sie schon in Cambridge?«

»Ja. Sie haben alle hier studiert, im Jesus College, alle drei, aber Simon Michael Ryman war zwei Jahre nach Dollard und Fleming fertig. Das ist unsere Verbindung. Es muss etwas mit der ganzen Sache zu tun haben.«

»Wahrscheinlich.«

»Vielleicht so eine Art Rachefeldzug, eine Rivalität.«

»Es ist noch zu früh, um so etwas behaupten zu können. Kommen Sie doch mit den Listen hierher zurück.« Sie hielt inne. »Meinen Sie, Sie könnten die Namen von allen Studenten bekommen, die seit, sagen wir 1996, an der Fakultät studiert haben?«

Hillier blickte durch die Tür, sah Gethin Hughes, der ihn beobachtete, und winkte ihm kurz zu. »Ich glaube, das dürfte nicht allzu schwierig werden.«

P

Wir flogen nach London zurück, und dort führten wir zufrieden unser Leben fort.

Jedenfalls glaubte ich das.

New York war genau das gewesen, was Alice gebraucht hatte, zumindest bis wir zum 9/11-Museum kamen. Ich hätte wissen müssen, dass es ein Fehler war, aber sie hatte darauf bestanden, dorthin zu gehen. Davon abgesehen war die Reise trotzdem schön gewesen. Das musste doch auch etwas wert sein.

Wir kehrten irgendwie verwandelt und trotzdem noch genauso wie zuvor nach Hause zurück. Beide erneuert, beide gleichermaßen unverändert.

Wir fühlten uns zusammen wohler, als ob wir besser harmonierten, als ob unsere Verbindung stärker geworden sei. Aber eine Sache konnten wir weder ändern noch leugnen – und zwar unsere Tat. Was uns dazu gebracht hatte, zu verreisen, um zu vergessen, wartete auf uns, als wir nach Hause zurückkehrten.

Und jetzt, zwei Wochen später, erhebt der Craven-Prozess sein hässliches Haupt. Ich kann ihn nicht länger ignorieren; es ist an der Zeit, mich hineinzustürzen, auch wenn ich damit hadere. Das heißt, Alice muss damit fertig werden, häufiger allein zu sein.

»Ich muss ab morgen wieder Vollzeit in London arbeiten«, teile ich ihr mit, als ich ihr in der Küche begegne. Sie steht vor dem Spülbecken und schaut aus einem der Fenster in den Garten hinter dem Haus.

»Ab morgen?« Es gelingt ihr, sich nicht anmerken zu lassen, worüber sie gerade nachdenkt.

»Ich bin so lange nicht ins Büro gegangen, wie es ging.«

»Ich weiß.«

Sie hat sich immer noch nicht zu mir umgedreht.

»Werden es lange Tage?«

»Wie beim letzten Mal, vermute ich«, sage ich und gehe auf sie zu. Ich lege meine Hände auf ihre Hüften.

»Ich habe mich so allein gefühlt«, sagt sie.

Ich hebe meine Hände auf ihre Schultern und massiere sie sanft. »Ich werde jeden Tag so schnell ich kann nach Hause kommen, aber ich muss dorthin.«

»Ich weiß«, sagt sie und nickt.

»Alice, ich tue das für uns.«

Sie lacht auf, wendet mir aber das Gesicht nicht zu.

»Worüber lachst du?«

Sie dreht sich um, und ich sehe Tränen in ihren Augen. »Es geht um dich, Paul, immer nur um dich. Das ist das, was *du* dir immer gewünscht hast. Ich will nur einen Ehemann.«

Der Anblick ihrer Tränen verwirrt mich. »Jemand muss das alles hier doch bezahlen, Alice.« Ich deute durch den Raum. *Unglaublich, wie egoistisch sie ist.*

Sie schnieft. »Ich will umziehen.«

»Darüber habe ich auch schon nachgedacht.«

»Ich kann hier nicht leben, Paul. Wenn ich mit dir hier bin, okay, das bekomme ich hin, aber jeden Tag allein – nein, das schaffe ich nicht. Ich will dieses Haus verlassen.«

»Das hier hätte unser Traumhaus sein sollen.«

»Das war es auch, bis dieser Mann einen Alptraum daraus gemacht hat. Nein, ich kann nicht, Paul. Ich will hier raus. Wenn du jeden Tag endlose Stunden weg sein wirst, dann möchte ich, dass wir das Haus verkaufen.«

Ich versuche, überzeugend zu klingen. »Ich werde mir die Sache mal überlegen, und sehen, was ich tun kann.«

»Bitte, Paul, ich meine es ernst.«

»Ich verstehe, Alice. Ich meine es auch ernst. Ich werde mein Bestes geben. Vertrau mir.«

Ich hoffe, ich klinge aufrichtig. In Wahrheit weiß ich nicht, ob es eine realistische Möglichkeit ist, diesen Besitz ohne erhebliche finanzielle Einbußen loszuwerden. Ich habe mehrere Investitionen mit dem Eigenkapitalanteil von diesem Haus abgesichert – davon weiß sie allerdings nichts.

»Ich vertraue dir«, sagt sie und drückt ihre Lippen auf meine.

»Ich liebe dich«, sage ich.

Sie lächelt, doch sie erwidert die Worte nicht. Irgendwie habe ich das Gefühl, dass ich sie vielleicht nie wieder hören werde.

»Ich werde tun, was ich kann, damit ich um sieben zurück bin.«

*

»Kaffee?«, fragt Belinda und lehnt sich durch den Türspalt in mein Büro.

Etwas Stärkeres, denke ich, ohne es auszusprechen. Ich wusste, dass diese Vorbereitung hart werden würde, aber ich hatte nicht vorhergesehen, wie schwer mir das zusetzen würde, was ich lesen muss.

»Sehr gerne, danke«, sage ich mit einem gezwungenen Lächeln. »Und bringen Sie sich selbst auch einen mit.« Sie wirkt überrascht, aber mir ist gerade alles recht, um mich von diesen Dokumenten abzubringen.

Ich habe die Geschichte der Cravens gelesen und sehe Alice und mich. Frustriert lehne ich mich in meinen Sessel zurück.

Ich brauche eine Ablenkung, glaube ich. Oder einfach etwas anderes zu tun.

Belinda bringt meinen Kaffee herein, und ich danke ihr. »Wo ist Ihrer?«, frage ich, als ich sehe, dass ihre Hände leer sind.

Sie lächelt verlegen. »Geben Sie mir eine Sekunde.«

Belinda ist seit drei Jahren meine Sekretärin. Sie ist noch jung, aber gut in ihrem Job, und sie weiß um meine Eigenheiten, deshalb habe ich die Sekretärin abgelehnt, die mir vom Gericht zugeteilt wurde. Und ich war froh, als Belinda sich bereit erklärte, mir hierhin zu folgen.

»Bitte«, sage ich und deute auf den Stuhl mir gegenüber, als sie zurückkehrt.

Obwohl sie seit drei Jahren für mich arbeitet, kennt sie mich nicht besonders gut. Zwischen uns lief immer alles streng professionell ab, und es ist eindeutig, dass sie sich in meiner Gegenwart verlegen fühlt. Das sagt mir auch der Blick, mit dem sie mich gerade ansieht.

»Es ist schon okay«, sage ich. »Entspannen Sie sich. Ich kann etwas Gesellschaft gebrauchen. Diese Materie hier macht mich wahnsinnig.«

»Der neue Prozess?«, fragt sie und beugt sich leicht vor.

»Ja. Er fängt in einer Stunde an.«

Sie hat ein tief ausgeschnittenes Dekolleté und zeigt mit Sicherheit mehr, als sie beabsichtigt. Ich sehe hin. Sie hat eine schöne Haut – schließlich ist sie jung, erst 25 Jahre alt. Ihr Lächeln hat etwas, das mich entspannt. »Und wie gefällt es Ihnen hier, ich meine, seit wir hergekommen sind?«

»Ganz gut.« Sie lächelt. »Aber ich vermisse meine Freunde. Man ist hier sehr … abgeschieden.«

»Wie das?«

»Ich vermute, es liegt daran, dass hier niemand das ganze Jahr über arbeitet. Entweder das, oder es sind einfach verklemmte, arrogante Schnösel.«

»Wahrscheinlich Letzteres«, lache ich. Sie stimmt ein. Sie hat ein schönes Lachen, ihre Zähne sind strahlend weiß und perfekt gerade. »Ich bin froh, dass Sie mitgekommen sind«, gestehe ich ihr. »Ich glaube nicht, dass ich es ohne Sie geschafft hätte.«

Sie beugt sich vor. »Ich bin auch froh.«

A

»Ich will umziehen.«

Das hatte ich Paul vor über zwei Wochen gesagt, und er hat es seither nicht wieder angesprochen. Er hat die ganze Zeit gearbeitet, und ich habe ihn kaum gesehen.

Sieben Uhr? Ich kann froh sein, wenn er um neun zu Hause ist.

Ich fühle mich so einsam. Die letzten paar Wochen habe ich mich daran gewöhnt, dass Paul viel häufiger mit mir zusammen ist als üblich, aber jetzt ist er wieder in seinen normalen Alltag zurückgekehrt, und ich kann nicht mehr akzeptieren, dass alles so weiterläuft wie früher.

Ich war sehr gern mit ihm in New York, bis auf jenen letzten Tag, als alles um mich herum zusammenbrach. Es tut mir leid, wie ich mich benommen habe, dass ich nicht verbergen konnte, wie ich mich gefühlt habe, dass ich aus dem Museum geflüchtet bin und Paul Sorgen bereitet habe, aber ich kam einfach nicht mehr klar.

Es ist mir nicht gelungen, die Gefühle zu vergessen, die mir den Boden unter den Füßen weggezogen haben, und jetzt bin ich wieder allein. Nur Paul kann mich so trösten, wie ich es brauche, aber er ist nach der Arbeit meistens zu erschöpft, um auch nur zu reden.

Es ist Mittwoch, und ich habe einen großen Teil des Tages damit verbracht, aus dem hinteren Küchenfenster zu starren und Gin Tonic zu trinken. Unser Garten ist für mich eine Art visueller Ruhepunkt geworden. Ich kann mir nicht erklären, weshalb. Vielleicht, weil er außerhalb des Hauses liegt, nicht dort, wo *er* war.

Langsam werde ich müde und gehe die Treppe hinauf. Nach dem Aufstehen hatte ich das Bett nicht gemacht, deshalb lege ich mich einfach hinein. Ich schließe instinktiv die Augen – das geschieht häufig – und schlafe ziemlich schnell ein.

Ich weiß nicht, wie viel später es ist, aber ich erwache im Dunkeln mit schwerem Kopf und noch schwererem Herzen. Ich fühle mich verkatert und bin traurig. Meine Sinne sind abgestumpft, vielleicht durch die Dunkelheit im Zimmer, dessen Jalousien so dicht aneinanderliegen, dass kein Zentimeter Licht durch sie hindurchdringt, vielleicht liegt es aber auch an dem ganzen Alkohol, den ich getrunken habe – aber nur so habe ich das Gefühl, es ohne Paul an diesem gottverlassenen Ort aushalten zu können.

Da höre ich ein Geräusch, es ist dasselbe, das mich geweckt hat. Es kommt von unten und klingt wie eine rasselnde Kette. Jetzt erklingt ein metallisches Stampfen und dann zersplittert Glas. Ich richte mich auf und drehe mich zu Paul um. Aber er ist nicht da – er ist bei der Arbeit.

Ich stehe zitternd auf und schleiche zur Schlafzimmertür. Von der Schwelle aus kann ich in den Flur sehen. Ich gehe aus dem Zimmer ins Licht, und dann erstarre ich, weil ich Schritte höre, die die Treppe heraufkommen. Ich erwarte, dass Paul am oberen Ende der Treppe erscheint. Er muss es sein.

Die Schritte kommen näher, sie werden lauter, doch dann taucht nicht er, sondern eine dunkle Gestalt auf, viel größer als Paul, mit weniger Haar, schon ist er im Flur und kommt auf mich zu, immer näher und näher, immer noch im Dunkeln, und als nur noch zwei oder drei Meter zwischen uns sind, greife ich nach dem Lichtschalter – der Flur erstrahlt hell.

Er ist es, der Mann, den ich getötet habe, sein Hals und das weiße T-Shirt sind mit getrocknetem Blut überzogen. Ich starre ihm in die Augen, und er grinst mich durchtrieben an. Dann streckt er die Arme nach mir aus, und ich schreie, weil mich der Draht so erschreckt, den er zwischen beiden Händen hält.

Ich schreie und schreie, und dann öffnen sich meine Augen. Tageslicht sickert durch die Gardinen, Paul ist nicht neben mir, und ich bin allein. Ich bin schweißüberströmt, auch meine Seite des Bettes ist feucht. Ein Blick auf den Wecker verrät mir, dass es erst ein Uhr mittags ist.

Ich greife zitternd nach meinem Handy. Ich will Paul anrufen. Ich brauche ihn, ich ertrage das nicht länger. Das, was wir getan haben – was *ich* getan habe –, wird mich auf ewig verfolgen, und ich brauche seinen Trost. Ich brauche jetzt, dass er mich in die Arme nimmt.

Ich muss versuchen, wieder eine Verbindung zwischen uns herzustellen. Paul hat es in New York geschafft – jetzt bin ich an der Reihe, die Initiative zu ergreifen, mir etwas vorzunehmen und über meinen Schatten zu springen.

Ich beschließe, für ihn ein Kerzenschein-Menü mit drei Gängen vorzubereiten. Ich werde eine Flasche des besten Champagners kaufen – er liebt so etwas, speziell bei besonderen Gelegenheiten, und heute Abend kann eine solche Gelegenheit sein. Die Nacht, in der ich wieder normal werde.

Ich verbringe den ganzen Nachmittag mit den Vorbereitungen, die Vorfreude gibt mir ein gutes Gefühl. Ich bin fest entschlossen, alles richtig zu machen, und sage mir den ganzen Tag über immer wieder, dass ich mich bessern und auf uns beide konzentrieren will.

Kurz nach acht Uhr höre ich einen Wagen, der in die Einfahrt einbiegt. Ich schaue durch die Jalousien und sehe, dass Paul kommt. Ich bin erleichtert, denn es bestand die Möglichkeit, dass er erst sehr viel später nach Hause kommen würde.

Ich höre einen Schlüssel in der Haustür. Sie öffnet sich. Aber dann bleibt es still, deshalb gehe ich mit Champagnergläsern in der Hand in den Flur.

»Ich habe gekocht«, sage ich.

Er sieht mich verständnislos an.

»Überraschung.«

Er reibt sich mit einer Hand übers Gesicht. »Ich muss mich erst mal waschen, Alice.«

»Du musst dich waschen?« Er ignoriert das Glas Champagner, das ich ihm hinhalte. »Warum?«

»Weil ich mich schmutzig fühle.«

Ohne mich eines weiteren Blickes zu würdigen, geht er die Treppe hinauf.

Als Paul wieder herunterkommt – deutlich über eine halbe Stunde später – ist das Essen kalt. Ich sitze am Esstisch, alles ist gedeckt, und unsere Champagnergläser stehen unbeachtet da. Genauso fühle ich mich auch.

Ich verharre, als er ins Zimmer kommt. Dann sage ich: »Ich sagte, es gibt eine Überraschung, also … Überraschung.«

»Es tut mir leid, das wusste ich nicht.«

»Aber ich habe es doch gesagt.«

Er streckt eine Hand hoch, hält eine Zeitung zwischen den Fingern. »Ich habe nicht richtig zugehört. Ich hatte einen furchtbaren Tag. Die Dinge, die ich mir anhören musste …«

Ich stehe auf und nehme ihn in die Arme, aber er lässt die Zeitung nicht los. »Was ist passiert?«

Er schüttelt den Kopf. »Es ist nur dieser Prozess … Ich kann darüber nicht reden. Ich will es nicht … Hör mal, es tut mir leid.«

Er sieht mir nicht in die Augen, deshalb nehme ich ihn beim Kinn. »Schatz, ich bin hier und habe ein Essen für dich vorbereitet. Vergiss das alles.«

Er schüttelt wieder den Kopf. »Ich kann nicht. Ich bin zu mitgenommen.«

»Dann erzähl mir davon.«

Jetzt sieht er mir zum ersten Mal richtig in die Augen. Ich weiß nicht, was er sieht, wenn er mich anschaut, aber er sagt: »Bitte lass es«, – mehr nicht. Dann wendet er sich von mir ab und setzt sich auf den Stuhl gegenüber von meinem Platz.

»Ich habe Champagner gekauft«, sage ich, ohne mich zu ihm umzudrehen.

»Auf uns«, sagt er, und ich höre ihn schlucken, während ich dort allein und ohne ein Glas stehe. Als ich mich umdrehe, hat er schon ausgetrunken.

»Ich habe dieses Essen gekocht, um damit zu sagen, dass es mir leidtut, wie ich mich seit New York verhalten habe.«

Er sieht traurig aus. »Mir tut es auch leid«, sagt er.

»Wie soll ich damit umgehen?«, platzt es aus mir heraus, weil ich plötzlich die Gefühle nicht mehr unterdrücken kann, die sich in mir anstauen. »Ich brauche dich, Paul.«

»Und ich brauche dich.«

»Dann erzähl es mir.« Ich packe ihn und sehe ihm in die Augen. »Was ist passiert?«

Er versucht, mich abzuwimmeln. »Dieser Prozess … ich denke darüber nach, ob ich wirklich für diese Arbeit gemacht bin.«

»Aber natürlich bist du das, Paul. So viele Jahre lang hat dir dein Job alles bedeutet. Wir haben dafür unser ganzes Leben zurückgestellt. Kinder, meine ich …«

»Ich weiß, was du meinst«, sagt er gereizt. »Mach mir jetzt bitte keine Vorwürfe.« Er verharrt, fixiert den Blick auf meine Augen und schüttelt entschieden den Kopf. »Nein, Alice, jetzt nicht. Ich will nicht darüber reden.«

Ich beuge mich vor und küsse ihn auf die Wange, aber er entzieht sich mir, geht aus dem Esszimmer und lässt mich mit dem kalten Essen zurück.

Dabei sollte es doch alles besser machen.

»Überraschung«, sage ich leise zu mir selbst.

7

Detective Sergeant Katherine Wright und Detective Constable Ryan Hillier stiegen aus ihrem Wagen. Nach der Erkenntnis, dass die drei Mordopfer juristische Abschlüsse derselben Universität hatten, und weil die Gespräche mit den engsten Familienmitgliedern und Freunden der Opfer keine weiteren Spuren zutage brachten, war Wright klar geworden, dass ihnen nichts anderes übrig blieb, als Hilliers Liste aller Studenten abzuarbeiten und jeden einzelnen Absolventen zu besuchen.

Es war eine lange und zermürbende Aufgabe: insgesamt 73 Personen. Das ganze Team unternahm im Rahmen der ausgedehnten Ermittlungen ähnliche Besuche.

Sie betraten das Gebäude, und Hillier fragte einen Sicherheitsmann nach dem Weg. Er und Wright gingen einen langen Korridor hinunter und gelangten zu einer Bürotür. Hillier klopfte. »Ich suche den Richter Paul Reeve«, sagte er.

Belinda Adams sah von ihrer Arbeit auf. »Die Büroräume des Ehrenwerten Richters befinden sich weiter den Flur hinunter. Wer möchte ihn sprechen?«

Hillier stellte sich und Wright vor.

»Einen Moment, bitte.« Sie nahm das Telefon und wählte. »Paul, hier sind zwei Polizisten, die mit Ihnen wegen einer Ermittlung reden wollen.« Es entstand eine lange Pause, Wright und Hillier warteten geduldig. Belinda nickte mehrfach. Nachdem sie den Hörer aufgelegt hatte, sagte sie: »Hier entlang, bitte«, führte sie dann wieder den Korridor zurück, durch den sie gekommen waren, und klopfte an eine Tür. »Einen Augenblick, bitte«, sagte sie und trat ein. Sie schloss die Tür hinter sich.

Nach wenigen Minuten kam sie wieder. Neben ihr stand ein Mann.

»Mr Reeve?«, fragte Wright.

»Paul, bitte.« Er streckte ihr die Hand hin, und sie schüttelte sie. »Kommen Sie herein.« Er gab auch Hillier die Hand. »Nehmen Sie Platz.«

Sie setzten sich, und er kehrte zu dem dick gepolsterten, lederbezogenen Drehstuhl hinter seinem Schreibtisch zurück. »Etwas zu trinken?«, fragte er.

Beide lehnten dankend ab.

»Danke, Belinda.« Die Frau verließ das Zimmer.

Paul lehnte sich in seinem Stuhl zurück. »Was kann ich für Sie tun?«

»Wir ermitteln in drei Mordfällen.«

Paul beugte sich vor. »Großer Gott.«

Wright nickte. »Zwei der Opfer waren im selben Jahrgang des Jesus College wie Sie. Der andere besuchte dieselbe Fakultät, aber ein Jahr später. Sagen Ihnen die Namen Ethan Fleming und Richard Dollard etwas?«

»Selbstverständlich.«

»Kannten Sie sie gut?«

»Ja.«

»Gibt es irgendetwas Wichtiges, das Sie mir über die beiden erzählen können?«

Paul sank in seinen Stuhl zurück. »Richard, Ethan und ich waren gut befreundet.«

»Was ist mit Simon Michael Ryman?«

»Ich kannte niemanden namens Simon.«

»Erinnern Sie sich an etwas von der speziellen Gruppendynamik dieser Leute, mit denen Sie studiert haben?«, erkundigte sich Wright. »Oder fällt Ihnen eine Einzelperson ein, jemand, der seltsam war, sich komisch benommen hat oder der eine besondere Abneigung gegen diese Leute zeigte?«

Er schüttelte wieder den Kopf. »Nein. Nichts, woran ich mich erinnern könnte.«

»Können Sie mir die Namen der Personen nennen, die Ihnen am nächsten standen?«

»Sicher. Neben Richard und Ethan, meinen Sie?«

Paul nannte ein paar Namen, und Hillier schrieb sie auf. »Der Einzige, mit dem ich immer noch in Kontakt und eng befreundet bin, ist Laurence Sanders. Einem oder zwei von den anderen begegne ich hier und da, aber wir stehen uns nicht mehr nahe.«

»Wie würden Sie Ihre Beziehung zu Laurence Sanders beschreiben?«

Pauls Handy vibrierte auf seinem Schreibtisch, und er warf einen kurzen Blick darauf. »Er ist mein … bester Freund.«

»Wissen Sie, ob er ein freundschaftliches Verhältnis mit Dollard, Fleming oder Ryman pflegte?«

Paul zuckte mit den Schultern. Sein Telefon vibrierte noch einmal. Er räusperte sich und nahm es in die Hand. »Ich fürchte, das müssen Sie ihn selbst fragen.«

Wright merkte, dass Paul ein wenig blass geworden war. »Ist etwas nicht in Ordnung?«, fragte sie.

Er schüttelte den Kopf, etwas zu vehement. »Es ist meine Frau. Es geht ihr zurzeit nicht besonders gut.«

»Oje, ich hoffe, es ist nichts Ernstes.«

»Ganz und gar nicht, es ist nur …« Er riss sich zusammen. »Kann ich sonst noch etwas für Sie tun? Sie müssen mir verzeihen, ich bin gerade sehr mit einem Prozess beschäftigt.«

»Ich möchte Sie nicht beunruhigen, aber wir besuchen jeden, der dieselbe Fakultät wie Dollard, Fleming und Ryman besucht hat, um ihn vor dem Muster zu warnen, das wir entdeckt haben – nur für den Fall, dass es der Anfang von etwas Größerem sein könnte. Wir raten Ihnen sicherheitshalber, wachsam und vorsichtig sein. Ist Ihnen in den letzten Wochen in Ihrem Alltag etwas Ungewöhnliches aufgefallen, etwas Verdächtiges, das Ihnen ein ungutes Gefühl bereitet hat?«

»Nein, auch dazu fällt mir nichts ein.«

»Nur dass Ihre Frau sich nicht wohlfühlt.«

»Ganz recht.«

»Achten Sie darauf, wachsam zu bleiben, und falls Ihnen etwas einfällt oder sich etwas ergibt, lassen Sie es uns bitte unverzüglich wissen.« Hillier reichte Paul seine Karte.

»Das werde ich tun, aber ehrlich, es ist alles in Ordnung.«

»Gut, das höre ich gern.« Wright stand auf. »Und ich hoffe, dass es so bleibt. Passen Sie auf sich auf.«

»Das habe ich vor.« Auf dem Weg zur Tür drehte sich Wright um. »Ach, übrigens, meinen Glückwunsch zur Beförderung. Das muss aufregend für Sie sein.«

Paul legte verlegen den Kopf schief. »Danke. Es war … interessant.« Er deutete auf die Aktenberge auf seinem Schreibtisch. »Solche Vorbereitungen können manchmal schwierig sein. Und diese … Dinge nehmen einen oft ganz schön mit. Ich habe momentan einen besonders schweren Fall auf dem Tisch.«

»Entspricht das nicht Ihren Erwartungen?«

»In gewisser Weise schon.« Er zuckte mit den Schultern, doch dann schüttelte er den Kopf. »Nein, das stimmt nicht. Es ist alles, was ich mir jemals erhofft habe. Es ist nur dieser eine Prozess, der mich erschöpft. Ich hatte einfach nicht damit gerechnet, schon so früh etwas so Herausforderndes und Verstörendes zu bekommen.« Er lachte auf.

»Was ist denn?«

»Meine Frau erinnert mich immer daran, was ich ihr vor vielen Jahren über meine Ambitionen erzählt habe. Anscheinend sagte ich ihr, dass ich für diese Position töten würde, falls sich jemals die Möglichkeit dazu bietet. Das klingt jetzt seltsam: für etwas zu töten, das geistig so erschöpfend ist. Ich hatte keine Ahnung.«

»Na ja, aber trotzdem. Wie ich gelesen habe, haben Sie Geschichte geschrieben. Deshalb nochmals meine Glückwünsche.«

Er atmete hörbar aus. »Ja, Geschichte. Das stimmt wohl.« Es trat ein unbehagliches Schweigen ein, das er schließlich brach. »Ich danke Ihnen, Detective.«

Paul begleitete Wright und Hillier bis hinaus, dann schloss er die Tür und lehnte sich von innen dagegen. Erleichtert seufzte er auf.

P

Ich hatte gestern Abend nach der Arbeit viel getrunken – so viel, dass ich es erst nach Mitternacht geschafft hatte, nach Hause zu kommen. Ich hatte Alice eine Nachricht geschickt und mir eine Entschuldigung ausgedacht, weil ich nicht wollte, dass sie erfuhr, wie ich nach dem Besuch der Polizisten eingeknickt war. Ich hatte damit gerechnet, dass sie wach sein würde, wenn ich nach Hause kam – selbst zu so später Stunde –, um mir die Leviten zu lesen, wenn sie sah, wie betrunken ich war. Doch sie schlief, als ich ins Haus kam, und ich dankte meinen Schutzengeln.

Der Alkohol war nötig gewesen, ich hatte mich vom Besuch dieser Polizisten erholen müssen. Nachdem wir uns in mein Büro gesetzt hatten, hatte ich erwartet, dass sie mir von einem vermissten Mann erzählen würden, während ich fieberhaft darüber nachgedacht hatte, was ich darauf bloß erwidern sollte.

Ich war erleichtert gewesen, dass sie ihn nicht erwähnt hatten. Aber die unerwarteten Fragen zu dem Tod der drei Männer hatten mich verunsichert, und ich mache mir Sorgen, wie meine Reaktion bei ihnen angekommen ist. Natürlich hatte ich von den Todesfällen gewusst, das war landesweit in den Nachrichten, aber ich glaube, Detective Wright hatte mich auf die Probe gestellt.

Und nachdem sie mich jetzt einmal besucht haben, fürchte ich, dass sie wiederkommen werden. Ich glaube, ich habe nicht genug richtige Dinge gesagt, um sie zu beschwichtigen. Ich fürchte sogar, ich könnte etwas gesagt haben, das ihnen Anlass dazu gibt, wiederzukommen.

Alices Textnachrichten haben auch nicht gerade geholfen. Sie waren exakt im falschen Moment eingetroffen und hatten meine Verwirrung noch vergrößert. Ich bin mir sicher, dass es mir nicht gelungen ist, die Besorgnis zu überspielen, die sie in mir ausgelöst hatten. In letzter Zeit habe ich viele solcher Nachrichten bekommen, und sie werden immer drängender. Langsam fürchte ich, dass der Tag nicht mehr fern sein könnte, an dem ich ihr überhaupt nicht mehr helfen kann. Wann immer ich nicht bei ihr zu Hause bin – und das passiert zurzeit jeden Tag – bekomme ich von ihr paranoide Nachrichten, in denen sie von den Dingen schreibt, die sie sieht, den Geräuschen, die sie hört, und dem, was ihr durch den Kopf geht. Das ist eine Menge. Nichts von dem, was ich sage, scheint sie beruhigen zu können.

Ich steige mit wackligen Beinen aus dem Bett. Alice schläft noch. Vielleicht ist es das dumpfe Dröhnen in meinem Kopf, das mich davon abhält, zu ihr zu gehen, obwohl ich weiß, dass ich den Besuch der Polizisten nicht vor ihr geheim halten kann.

Schlecht gelaunt und mit schmerzendem Kopf gehe ich die Treppe hinunter, koche Kaffee und nehme zwei Ibuprofen. Ich weiß, dass ich es verdient habe. Dass ich in der vergangenen Nacht so dumm war, ist schuld daran. Ich lehne mich an den Küchentresen und seufze, weil ich vor lauter Bäumen den Wald nicht sehe.

Zwei Mordermittler der Polizei schnüffeln herum. Eine Frau verliert die Kontrolle. Ein toter Mann in meinem Haus und ein Geheimnis, das ich um jeden Preis bewahren muss. Eine erste Lüge – und wie viele mehr werden jetzt nötig sein?

Alles verdichtet sich.

»Du bist noch hier?«

Alices Stimme überrascht mich. Ich drehe mich erschrocken um. »Jesus, du hast mich vielleicht erschreckt.«

»Erschreckt?«, fragt sie spöttisch.

Ich schnaufe. »Ich hatte nicht so früh mit dir gerechnet. Gerade eben hast du noch geschlafen.«

»Nein, habe ich nicht.« Sie sieht traurig aus. »Auch gestern Nacht nicht, als du hereingestolpert bist. Hattest du ein bisschen viel getrunken?«

»Das hast du mitbekommen?«

Sie nickt. »Habe ich.«

»Tut mir leid, ich war …«

»Gib dir keine Mühe«, sagt sie und fängt an, sich einen Kaffee zu machen. »Fühl dich nicht verpflichtet, mich zu belügen.«

»Alice …«

»Oder dich zu erklären. Paul, ich … kann einfach nicht mehr.« Sie ignoriert den Becher, der vor ihr steht, und starrt aus dem Fenster.

Ich warte darauf, dass sie weiterredet, aber das tut sie nicht. Ich nehme einen Schluck Kaffee und versuche, ruhig zu klingen: »Ich hatte gestern Besuch von zwei Polizisten.«

»Weshalb?«, fragt sie abwesend und starrt weiter aus dem Fenster.

»Einen furchtbaren Moment lang dachte ich, dass sie sich nach ihm erkundigen wollten«, ich lache kurz auf, »aber das war es gar nicht. Drei Typen, mit denen ich studiert habe, sind ermordet worden.«

Jetzt wird sie aufmerksam und wendet mir das Gesicht zu.

»Ermordet?«

»Ja, aber das wusste ich schon. Es ist nicht so wichtig.«

»Wie kann das nicht wichtig sein? Sie sind gekommen, um mit dir zu sprechen.«

»Das hatte ich nicht gemeint. Ich meine, ich wollte nicht, dass sie einen Grund haben, wiederzukommen. Ich will nicht, dass sie in meinem Leben herumschnüffeln.«

»Weshalb sind sie denn gekommen, und warum wollten sie mit dir sprechen?«

»Sie haben sich nach Richard und Ethan erkundigt.«

»Richard und Ethan?«

»Das sind die beiden Männer, die ermordet wurden.«

»Du hast von drei Männern gesprochen.«

»Und Simon … Mike.«

»Und, weißt du etwas darüber?«

»Nein, natürlich nicht. Sei nicht albern. Das ist doch gar nicht der Punkt. Aber sie deuteten auch an, dass ich in Gefahr sein könnte.«

»O Gott, Paul …«

»Ich bin okay, mach dir um mich keine Sorgen.«

»Begreifst du denn nicht, Paul …?«

»Was denn?« Das Pochen in meinem Kopf setzt meiner Geduld heute enge Grenzen.

»Er. Der Mann in unserem Haus. Der Mann, den ich umgebracht habe. Was, wenn er hier war, um dich auch umzubringen?«

Ich lache. »Mich?« Die Vorstellung ist lächerlich.

Dann denke ich einen Moment darüber nach.

»Mich.« Mir wird klar, dass ich einen großen Fehler begangen habe.

A

Es gelingt mir von Tag zu Tag weniger, zur Ruhe zu kommen. Ich muss immer an den Mann denken, den ich getötet habe.

Aber jetzt mache ich mir auch noch ständig Sorgen um Paul. Falls der Mann in unser Haus eingedrungen ist, um ihn umzubringen, muss es einen Grund dafür geben, vielleicht sogar einen Hintermann. Was bedeutet, dass die Sache auch nach seinem Tod womöglich noch nicht ausgestanden ist. Was, wenn Pauls Leben noch immer in Gefahr ist?

Wenn er bei der Arbeit ist, habe ich unentwegt Angst, wie ein ängstliches Kind im Dunkeln. Ich stelle mir seine Fahrt zur Arbeit vor, seine Zeit im Old Bailey, die Flure, die er ganz allein entlanglaufen muss, und seine Heimfahrt. So viele Gelegenheiten, so viele Augenblicke, in denen ihm etwas zustoßen könnte.

Und wenn er mir genommen würde? Es fällt mir jetzt schon schwer, alles zu bewältigen. Wie könnte ich ohne ihn überleben?

Dann kommt mir ein anderer Gedanke: Was ist, wenn die Polizei zu uns nach Hause kommt, um Paul zu sprechen, und ich ganz allein hier bin? Wie sollte ich mit ihnen umgehen? Sollte ich so tun, als wüsste ich nichts, wenn sie davon sprechen, oder sollte ich zugeben, was Paul mir erzählt hat? Noch schlimmer wäre, wenn sie mich unter Druck setzen und mir sagen würden, sie wüssten, dass Paul ihnen noch nicht alles erzählt hat – was sollte ich ihnen dann antworten?

Ich muss mit Paul reden, aber er ist bei der Arbeit. Ich muss mich vergewissern, dass er in Sicherheit ist, und wir müssen genau festlegen, was wir sagen, falls die Polizei wiederkommt. Wir brauchen einen Plan – oder zumindest ich. Bevor alles furchtbar schiefgeht.

Ich rufe bei ihm an, mache mir aber keine großen Hoffnungen, ihn zu erreichen. Er ist wahrscheinlich in der Verhandlung.

Er geht nicht ans Handy, deshalb versuche ich es bei seiner Sekretärin. Ja, das Gericht tagt gerade, erzählt sie mir.

Ich kann nicht warten, deswegen stehe ich auf und ziehe mich an. Es bleibt mir wohl nichts anderes übrig, als nach London zu fahren.

8

Wright und Hillier arbeiteten sich durch den größten Teil der Liste aller Absolventen. Sie erfuhren viel über Ethan Fleming, Richard Dollard und Simon Michael Ryan, ihre Beziehungen innerhalb ihres Jahrganges und ihre Praktikumskollegen, aber wenig davon brachte die Ermittlungen voran.

Richard Dollard war von den dreien der Geselligste, Experimentierfreudigste und Waghalsigste. Er hatte in seiner Freizeit Drogen konsumiert, zeitweise viele Freundinnen und One-Night-Stands gehabt und wilde Partys gefeiert. Gleichzeitig studierte er jedoch auch intensiv und erfolgreich.

Ethan Fleming hatte fast während seiner ganzen Studienzeit eine feste Freundin. Er strengte sich sehr an, aber im Gegensatz zu dem, was seine Eltern erzählt hatten, war er eine eher unauffällige Persönlichkeit.

Simon Michael Ryan, der Jüngste der drei, schien sich akademisch am meisten hervorgetan zu haben. Seine Tutoren, Praktikumsmentoren und Kommilitonen sangen Loblieder auf ihn. Er war so beliebt, dass ihm die Kanzlei, in der er sein Praktikum absolvierte, eine Vollzeitstelle anbot, die er annahm und auch bis zu seinem Tod innehatte.

Alle waren gut in ihren Jobs, alle waren erfolgreich und ziemlich wohlhabend. Vor jedem von ihnen lag eine strahlende Zukunft. Ansonsten jedoch gab es nur wenige Gemeinsamkeiten, was den Fall kompliziert machte und bedeutete, dass Wright und Hillier noch keine größeren Fortschritte erzielt hatten.

Tim Yardley war im Ausland gewesen, als Hillier ihm den ersten Besuch abstattete. Er hatte sich ein Jahr Auszeit von seiner Arbeit genommen und sollte erst in einigen Wochen zurückkehren. Jetzt war er wieder im Land, und Wright und Hillier verabredeten einen Besuch mit ihm, um dieselben Fragen mit ihm durchzugehen, die sie auch allen anderen gestellt hatten, weil sie hofften, vielleicht etwas Neues zu erfahren.

Eine Frau, die ein nur flüchtig zugeknöpftes blaues Männeroberhemd trug, das ihr weißes Höschen nicht ganz bedeckte, öffnete die Tür.

»Oh«, sagte Hillier.

»Oh«, wiederholte sie. »Detective?«

»Ryan Hillier. Und Sie sind Miss …?«

»Sayles. Lucy Sayles.« Sie sah zu Wright. »Schön, Sie wiederzusehen, Detective.«

»Ganz meinerseits«, Wright räusperte sich, dann wandte sie sich an Hillier. »Wir haben uns vor ein paar Wochen kennengelernt. Miss Sayles war in Dollards und Flemings Jahrgang«, erklärte sie. Dann wandte sie sich wieder an Lucy Sayles. »Gibt es einen Grund, weshalb Sie hier sind?« Wright wollte nicht unhöflich sein, aber es war ihr im Moment gleichgültig, ob sie der jungen Frau zu nahe trat.

»Tim und ich sind zusammen.«

Wright wirkte überrascht.

»Es ist kompliziert«, stellte sie klar, als Tim Yardley hinter ihr erschien und Lucys Hinterteil tätschelte.

»Lass doch die Leute rein, Baby«, meinte er vergnügt.

Lucy Sayles trat beiseite, und Wright und Hillier gingen hinein. »Das Haus meiner Eltern«, räumte er ein, als sie ein großes offenes Wohn- und Esszimmer betraten. »Sie verbringen sechs Monate des Jahres in Spanien. Dort aalen sie sich gerade in der Sonne, deshalb bin ich hier, bis sie im Sommer zurückkommen.«

»Und was machen Sie dann?«, erkundigte sich Wright.

»Dann muss ich mir wohl was Eigenes suchen. Oder bei Lucy einziehen«, sagte er und zwinkerte ihr zu.

Tim und Lucy setzten sich aufs Sofa, Wright und Hillier bot er die Armsessel an.

»Sie hatten gar nicht erwähnt, dass Sie eine Beziehung miteinander haben«, sagte Wright zu Lucy.

Sie grinste schief. »Sie haben nicht danach gefragt.« Dann rieb sie mit der Hand über Tims Knie und kicherte. »Es ist nur so eine … Art Beziehung.«

»Wir sind mal zusammen, und dann wieder nicht«, ergänzte Tim. »Es ist nicht so wichtig.«

»Außerdem«, sagte Lucy, »haben Sie nach Ethan und Richard gefragt, falls ich mich recht erinnere, und nicht nach Tim.«

»Erinnern Sie sich an die beiden?«, fragte Wright Tim und kam damit gleich zum Grund ihres Besuchs.

»Natürlich erinnere ich mich«, sagte er. »Seit ich in den

Nachrichten gehört habe, dass sie tot sind, habe ich sie auch nicht mehr aus dem Kopf bekommen. Das alles klingt furchtbar.«

»Wohin sind Sie gereist?«, fragte Wright.

»Kreuz und quer durch Thailand. Ein faszinierendes Land. Vielleicht fahre ich noch einmal hin. Ich könnte dich mitnehmen.« Er stupste Lucy an. »Ich habe die kleinen Inseln gesehen, wo sie diesen Bond-Film gedreht haben. Weißt du, *Der Mann mit dem goldenen Colt*. Eine wirklich beeindruckende Gegend.«

»Wurde in den thailändischen Nachrichten über diese Morde berichtet?«, erkundigte sich Hillier ungläubig.

»Schon mal von Social Media gehört, Detective?« Tim zuckte mit den Schultern. Wright mochte ihn nicht, er war arrogant, selbstgefällig und großspurig – mit Privilegien geboren und kein bisschen dankbar dafür.

»Wie nahe standen Sie ihnen?«, fragte sie.

Tim dachte einen Moment lang nach. »Hm, wie soll ich das sagen?«, antwortete er, und es klang, als würde er laut denken.

Wright und Hillier saßen abwartend da, aber Wright hatte genug von ihm und war kurz davor, die Geduld zu verlieren.

»Ethan Fleming war ein guter Junge. Ein bisschen zu gut, wenn Sie wissen, was ich meine. Nun, das Wort langweilig beschreibt ihn am besten, wenn ich ehrlich bin. Ein Gutmensch, wirklich. Er hat sich richtig reingehängt … bei seinem Studium und auch seiner abgrundtief hässlichen Freundin. Der hätte sich nie für die Dinge interessiert, mit denen ich mich beschäftigt habe. Ich war …« Er lachte und sagte dann zu laut und zu plötzlich: »Ein Partylöwe, Sie wissen schon.«

Wright blieb unbeeindruckt. »Und was ist mit Richard Dollard?«

Tim ließ Lucy los. »Oh, Richard.« Er holte tief Luft und rieb sich die Hände. »Rich und ich waren sehr eng befreundet. Wir waren, äh, an denselben Dingen interessiert – vorwiegend Mädchen und Drogen, um weiter ehrlich zu Ihnen zu sein.«

»Wann haben Sie ihn zum letzten Mal gesehen?«

»Das ist jetzt einige Jahre her. Als wir mit unseren Praktika anfingen, blieben wir in Kontakt und trafen uns manchmal an den Wochenenden, dann nur noch ein paarmal im Jahr, und schließlich verloren wir uns aus den Augen. Ich weiß nicht einmal mehr, wann wir zum letzten Mal etwas voneinander gehört haben.«

»Fallen Ihnen vielleicht irgendwelche Mädchen aus seiner Universitätszeit ein, mit denen er später in Verbindung geblieben sein könnte?«

»Er hat viele gekannt, viel zu viele, um den Überblick zu behalten. Er war … ein Freigeist. Zu sehr, würde ich sagen, um lange den Kontakt zu einem Mädchen aufrechtzuerhalten, nachdem er eine Nacht mit ihr verbracht hatte. Es war ihm am liebsten – und mir auch, muss ich gestehen –, schon weg zu sein, wenn das Mädchen aufwachte. Das ersparte eine Menge Scherereien.«

Wright sah Lucy an, die eine intelligente Frau zu sein schien, und fragte sich, was zum Teufel sie mit diesem Widerling zu schaffen hatte.

Er hat Geld, war ihre Schlussfolgerung.

»Wissen Sie, ob er sich jemals jemanden zum Feind gemacht hat? Irgendwelche Konflikte? Hat überhaupt einer von Ihnen irgendwelche Probleme mit anderen gehabt?«

»Nein«, antwortete Tim und schniefte übertrieben. »Rich war so entspannt, er hatte mit niemandem Stress. So ist das, wenn man Drogen nimmt, wenn Sie wissen, was ich meine.«

Wright lächelte nur dünn. »Was ist mit Simon Michael Ryman? Kannten Sie ihn?«

»Nein, eigentlich nicht. Ich habe ihn manchmal gesehen, aber nicht viel Zeit mit ihm verbracht. Er war jünger, und ich war ein Snob.« Er lachte über sich selbst.

Wright erhob sich zuerst, danach Hillier. »Danke für Ihre Zeit, Mr Yardley.« Dann entdeckte Wright eine Sammlung von Fotos auf einem Regal über dem Kamin. Ein Gruppenfoto weckte ihre Aufmerksamkeit. Darauf trugen alle abgebildeten Personen die Gewänder der Abschlussfeier – schwarze Umhänge und Kappen. Sie ging hin und nahm das Foto in die Hand.

Tim kam hinzu und linste über ihre Schulter. Er rückte nah an sie heran – etwas zu nah. »Die Zeit vergeht so schnell«, flüsterte er in ihr Ohr. Hillier fand ihn ebenso widerlich wie unverschämt.

Auf dem Foto waren mehrere Reihen junger Männer und Frauen zu sehen, mit einem Lächeln im Gesicht, manche mit einem Bier in der Hand, manche mit Zigaretten oder etwas Ähnlichem. Sie ließ den Blick über das Foto schweifen und entdeckte Tim Yardley. Hinter ihm stand

Ethan Fleming. Dann sah sie, dass Yardley neben Richard Dollard stand. Sie hielten einander in den Armen.

Sie betrachtete ein weiteres Foto. Auf diesem waren wieder die drei zu sehen, die die Arme umeinandergelegt hatten. Und im Hintergrund zwei andere … »Der da«, sagte Wright und zeigte auf einen.

Tim Yardley kam noch näher. Wright konnte sein Aftershave riechen, und ihr wurde übel. »Paul?«, sagte er.

Wright rückte ein Stück von ihm weg. »Sie erinnern sich an Paul Reeve?«, fragte sie.

»Ob ich mich an ihn erinnere? Aber sicher, wir waren eng befreundet.«

»Und hier ist er mit Simon Michael Ryman?«

»Ja, sie teilten sich eine Wohnung. Zwei Jahre lang, glaube ich. Aber ich habe Mike nicht oft gesehen. Er hat sich meistens eingeschlossen und gelernt.«

»Mike?«

»Genau, so haben wir ihn genannt.«

A

Eine Bahnfahrt gefolgt von einem Spaziergang, dann bin ich nach anderthalb Stunden im Old Bailey. Dummerweise habe ich keinen Regenschirm eingesteckt, und es nieselt, seit ich in Euston ausgestiegen bin. Obwohl ich durch die Straßen gehetzt bin, bin ich durchnässt.

»Mist«, sage ich und betrete das Old Bailey. Ich zeige meinen Ausweis vor, trage mich am Besuchereingang ein und bitte darum, dass man mir den Weg zu den Toiletten zeigt. Ich möchte mich vorzeigbar machen, bevor ich Paul begegne. Er soll angenehm überrascht sein und nicht schockiert, weil ich so plötzlich auftauche.

Dann mache ich mich auf den Weg zu seinem Büro und klopfe, aber niemand meldet sich von drinnen. Deshalb gehe ich weiter den Flur entlang und betrete das Büro seiner Sekretärin. »Wann kommt Paul aus der Gerichtssitzung?«, erkundige ich mich.

»Wie meinen Sie das? Er ist in keiner gewesen.«

»Was wollen Sie damit sagen?«, frage ich verblüfft.

»Das Gericht ist heute nicht zusammengetreten.«

»Aber er hat doch gesagt …« *Wenn er nicht hier ist, sollte er bei mir zu Hause sein. Ich brauche ihn.*

»Er war hier«, sagt sie, weil sie ahnt, was ich als Nächstes wissen will. »Aber er ist zum Mittagessen gegangen und hat gesagt, dass er heute Nachmittag nicht zurückkommt.«

»Mit wem denn?«

»Ich weiß nicht.« Sie spielt die Dumme, das merke ich.

»Wohin?«, frage ich wie betäubt. *Warum sollte er gelogen haben? Er hat gesagt, er sei jeden Tag im Gericht.*

»Ins Hamilton«, sagt sie lächelnd.

Ich male mir jetzt aus, wie er gegenüber einer anderen Frau am Tisch sitzt, wie er sie anlächelt, mit Alkohol abfüllt. Und dann …

Der Mistkerl.

Sie senkt den Blick. »Mehr weiß ich leider auch nicht. Er ist plötzlich aufgebrochen und hat mir nichts weiter gesagt.«

Ich danke ihr nicht, sondern gehe einfach hinaus und bewege mich so zielgerichtet und entschlossen wie schon lange nicht mehr. Ich rufe ein Taxi und sage dem Fahrer, wohin ich will – dann bitte ich ihn, sich zu beeilen.

Als wir ankommen, springe ich geradezu aus dem Wagen. Es ist ein französisches Restaurant, gehobene Küche, teuer. An der Fassade begrüßt ein künstlicher Wasserfall mit Hintergrundbeleuchtung die Gäste. Am Eingang geht es zunächst ein halbes Dutzend Stufen hinauf. Ich nehme zwei auf einmal. Mein Herz schlägt heftig, und ich fürchte mich vor dem, was ich vorfinden werde.

Hinter einem kleinen Tresen bei der Tür steht eine junge Frau. Ich achte nicht auf das, was sie sagt, als ich hereinkomme, sondern gehe gleich an ihr vorbei. »Miss?«, ruft sie, und ich höre, wie sie versucht, mich einzuholen. Ich beschleunige das Tempo, auch wenn ich nicht weiß, wohin ich eigentlich gehe. Ich stoße eine große, schwere Doppeltür auf, vor mir befindet sich die größte Bar, die ich jemals gesehen habe, mit vielen Flaschen Alkohol, die in mehreren Reihen vor einem hohen Spiegel angeordnet sind. Ich sehe mich selbst, und die Wut steht mir ins Gesicht geschrieben.

Mir stehen zwei Wege zur Wahl – nach links oder nach rechts. Ich halte mich rechts. Das Restaurant öffnet sich dort zu einem großen Bereich mit Tischen und Stühlen, und ich lasse den Blick darüber schweifen. Ich sehe ihn nicht, deshalb drehe ich mich um und stoße mit der Frau zusammen, die an der Tür stand.

»Miss«, sagt sie, diesmal aggressiver.

Ich gehe wortlos an ihr vorbei und schaue bereits in die Richtung, wo sich der andere Teil des Restaurants befindet, den ich jetzt noch nicht richtig einsehen kann. Es geht um eine Ecke herum, dort gibt es eine große Säule, die mir die Sicht blockiert. Dahinter geht eine in schwarz gekleidete Frau gerade von einem Tisch weg. Ich komme näher und sehe Paul hinter der Säule sitzen. Er starrt auf sein Mobiltelefon. Erst als die Frau von der Tür mit mir zusammenstößt, weil ich plötzlich stehen geblieben bin, bemerkt er die Unruhe. Das Lächeln in seinem Gesicht verschwindet, und er legt das Telefon auf den Tisch.

»Oh«, stammelt er, »Alice«. Er blickt von der Frau zu mir und wieder zurück. Dann wieder zu mir. »Alice.« Dann steht er auf.

»Wer zum Teufel ist sie?«, platzt es aus mir heraus.

»Was …«

Ich schlage ihm fest ins Gesicht. Aus dieser Sache wird er sich nicht herauswinden können. »Wer, du Mistkerl?«, schreie ich so laut, dass das ganze Restaurant verstummt und sich alle Augen auf mich richten. Die Leute starren uns an und tuscheln miteinander, und ich spüre, wie die Frau an meinem Arm zieht. Ich schüttele sie ab. Und dann schreie ich wieder, ich kann mich nicht mehr kontrollieren: »Wie konntest du nur?« Ich weine hysterisch, und die Tränen strömen unkontrollierbar aus mir heraus.

Paul macht einen Schritt in meine Richtung und nimmt mich bei den Armen. Ich wehre mich dagegen, versuche, ihn abzuschütteln und wieder zu schlagen, aber er widersteht mir und hält mich unvermindert fest. »Alice, hör auf. Lass das.«

»Wie kannst du es wagen!« Ich kreische wie verrückt.

»Alice?« Die fragende, verwirrte Stimme ist männlich und gehört nicht zu Paul. Trotzdem ist sie vertraut – sie klingt leise und sehr überrascht.

Ich höre auf zu kämpfen. Paul lässt mich los. »Laurence.« Pauls Stimme zittert, als er den Namen ausspricht.

»Alice«, wiederholt Laurence leise und küsst mich auf beide Wangen.

Ich blicke mich um, sehe Paul an, Laurence, die Rezeptionistin und die Leute, die an ihren Tischen sitzen. Mein Blick landet bei der Frau im schwarzen Kleid. Die Frau, die von Paul wegging, als ich hereinkam, hat eine Speisekarte in der Hand. Sie ist eine Kellnerin.

Ich sacke zusammen. *O Gott.*

»Ist alles in Ordnung?«, fragt Laurence.

Was habe ich getan?

»Es tut mir so leid«, murmle ich und sinke auf einen Stuhl.

Ich kann die Worte nicht hören, die aus Pauls Mund kommen – ich habe nur ein Rauschen in den Ohren –, aber ich glaube, er entschuldigt sich sowohl bei den Angestellten, die um uns herumstehen, als auch bei den Gästen. »Es ging ihr in letzter Zeit nicht gut«, ist der einzige Satz, den ich verstehe.

Es gibt ein paar beschwichtigend klingende Stimmen anderer Personen, und dann ist Paul wieder an meiner Seite. Er hockt sich hin und fängt an: »Alice …«

»Deine Sekretärin hat gesagt, dass du heute nicht im Gericht warst. Ich musste dich aber sehen.«

»Die heutige Hauptzeugin ist kurzfristig erkrankt. Wir mussten die Sitzung absagen.«

»Das wusste ich nicht«, murmelte ich.

Paul streichelt meinen Rücken. »Schon okay«, sagt er. Ich schaue auf und sehe, wie er Laurence zunickt. Er macht eine besorgte Miene, aber er versucht, es zu überspielen.

»Mach dir keine Sorgen.«

»Es tut mir leid«, schluchze ich. »Es tut mir so, so leid.«

Er beruhigt mich und führt seinen Mund dicht an mein Ohr. »Das braucht dir nicht leidzutun«, flüstert er. Dann küsst er mich zärtlich auf den Kopf. Ich fühle mich wie ein dummes, kleines Kind.

P

»Alles okay?«

Ganz und gar nicht. Ich habe es gestern Nachmittag geschafft, Alice nach Hause zu bringen, aber sie weinte auf der ganzen Fahrt und danach den ganzen Abend lang. Ich konnte nichts tun, um sie zu trösten. Ich kam wieder an den Punkt, an dem ich ihr schon so oft erklärt hatte, dass das, was geschehen war, überhaupt keine Rolle spielte, bis ich selbst völlig davon überzeugt war, wegen ihrer Aktion nicht böse auf sie zu sein. Aber nichts funktionierte. Schließlich, das muss ich zu meiner Schande gestehen, ließ ich sie im Schlafzimmer allein und schlief auf dem Sofa – mit kräftiger Unterstützung von Woodford Reserve, um die Nerven zu beruhigen, die sie in mir aufgewühlt hatte.

Und jetzt bin ich wieder bei der Arbeit, habe einen Kater und mache mir Sorgen wie noch niemals zuvor.

»Es ist nichts«, murmle ich in Belindas Richtung.

Ich kämpfe mich durch die Vormittagssitzung und statte ihr danach einen Besuch in ihrem Büro ab, um zu sagen, dass ich zum Essen gehe. Aber zu meiner Überraschung entdecke ich eine weinende Belinda, was mich dazu bringt, meine Aufmerksamkeit von meinen eigenen Sorgen ab- und ihr zuzuwenden.

»Ist alles in Ordnung bei Ihnen?«

Sie versucht, mir zu antworten, bringt aber kein Wort heraus.

»Kommen Sie her.« Ich gehe um ihren Schreibtisch herum. Sie steht unbeholfen von ihrem Stuhl auf und fällt mir in die Arme. Ich beruhige sie, fast väterlich. »Ist ja gut«, sage ich, obwohl ich nicht die geringste Ahnung habe, was ihr so zusetzt.

Ich spüre, wie das Handy in meiner inneren Jackentasche vibriert. Es könnte Alice sein, die mich zu erreichen versucht, aber ich bin momentan in einer etwas ungünstigen Position, und gerade als ich es schaffe, mein Handy herauszuziehen, hört das Klingeln auf.

Ich streiche Belinda das Haar aus der Stirn.

Sie zieht sich langsam von mir zurück.

»Wollen Sie darüber reden?«

»Mein Freund hat mich verlassen. Wir wollten diesen Sommer heiraten«, schluchzt sie und fällt mir noch einmal in die Arme.

»Herrje«, seufze ich. Mein Handy vibriert wieder.

Belinda legt die Arme um mich. Ich spüre, wie sich ihre Brüste an meinen Körper pressen, und alle elterlichen Gefühle, die ich vielleicht hatte, verschwinden. Sexuelle Empfindungen vermischen sich mit Misstrauen.

Ich werfe einen kurzen Blick auf die Uhr. Es ist Mittagszeit. Dann schiebe ich Belinda sanft von mir weg. »Okay, ein Vorschlag. Wie wär's mit einem Mittagessen? Keine Beziehungsdiskussionen und nichts, was mit der Arbeit zu tun hat. Nur ein nettes Essen und eine Plauderei, um uns beide von unseren Sorgen abzulenken. Wie klingt das?«

Sie schnieft und wischt sich ein paar Tränen ab. »Das klingt perfekt«, sagt sie und zwingt sich, zu lächeln.

»Und ein Drink.«

»Ja, unbedingt bitte.«

Ich hole mein Handy heraus. Ich will Alice kurz zurückrufen.

Zwei verpasste Anrufe, aber sie sind nicht beide von meiner Frau. Nur einer ist von Alice, der zweite von Detective Sergeant Wright.

Mist, denke ich.

A

Ich wollte Paul überraschen, diesmal richtig, aber als ich mich dem Old Bailey näherte, bekam ich kalte Füße. Ich hatte mir Sorgen gemacht, dass er den Eindruck hat, mit einer verwirrten und labilen Frau verheiratet zu sein, und mich nicht als eine vollwertige Gefährtin sieht.

Aber er ging nicht ans Telefon, und jetzt ist das Taxi da. Ich weiß nicht recht, was ich tun soll. Gestern hatte ich versucht, spontan zu sein, aber besonders gut ist das nicht ausgegangen. Jetzt bin ich voller Zweifel, obwohl ich es diesmal richtig machen will.

Egal, denke ich und bezahle. Das viele Nachdenken macht mich fertig. *Einfach machen.*

Als ich aus dem Taxi steige, kommt Paul aus der Warwick Passage. Ich will gerade nach ihm rufen, da dreht er sich um und streckt die Hand aus. Eine junge Frau, die sich eine Kapuze übergezogen hat, ergreift sie. Dann gehen sie schnell die Straße hinunter.

Ich erkenne, dass es seine Sekretärin ist, aber warum zum Teufel nimmt er sie bei der Hand? Ich folge ihnen, jederzeit bereit, zu ihnen aufzuschließen, ihn am Arm zu packen und zu fragen, was er tut. Aber das lasse ich bleiben, weil ich es gestern getan und alles falsch verstanden hatte. Vielleicht passiert das Gleiche gerade wieder.

Aber da ist etwas an der Art, wie er sie hält und wie sie sich an ihn lehnt, die sich nicht richtig anfühlt.

Nachdem sie ein paarmal abgebogen sind, fängt es an zu regnen, und sie bleiben vor einem französischen Restaurant stehen. *Französisch*, denke ich, *genau wie in New York, als er und ich allein waren.*

Paul geht voran. Ich warte draußen. Ich möchte auch hineingehen, doch ich kann die Sache von gestern nicht wiederholen. Vielleicht ist es nur ein Geschäftsessen. Ich werde warten, und wenn sie herauskommen, weiß ich Bescheid. Dann werde ich wissen, was zu tun ist.

9

Laurence Sanders arbeitete für eine Firma, deren Geschäftsräume sich in der Liverpool Street befanden. Sein Büro lag im 37. Stock und bot einen spektakulären Blick auf die Londoner Skyline.

Eine freundliche Rezeptionistin teilte Detective Sergeant Katherine Wright mit, dass Sanders nicht mehr lange brauchen werde. Zwanzig Minuten später kam sie in den Wartebereich zu Wright, die gerade in Zeitschriften herumblätterte, und bat sie, ihr zu folgen. Sie führte Wright zu Sanders' geräumigem und luxuriös ausgestattetem Büro, das sich gut als Kulisse für einen teuren Hollywoodthriller über Anwälte geeignet hätte. Gegenüber der Tür stand ein riesiger Mahagonischreibtisch, der jedem, der ins Büro kam, sofort unmissverständlich klarmachte, wie wichtig sein Besitzer war. Davor waren tiefe Ledersessel platziert, von denen Wright vermutete, dass sie sehr teuer waren.

Hinter dem Schreibtisch saß Sanders selbst in einem hohen, lederbezogenen Drehstuhl, der seiner Erscheinung eine majestätische Eleganz verlieh. Zu Wrights Rechten stand mitten im Raum ein ledernes Ecksofa mit einem gläsernen Couchtisch vor einem an der Wand montierten Breitbildfernseher, der auf beiden Seiten von Regalen flankiert wurde, in denen schwere, ledergebundene Bücher standen. Sie sahen unberührt aus, verbreiteten aber eine Atmosphäre von Wissen und Intellekt. Ein quadratischer Teppich bedeckte den Parkettfußboden.

»Guten Tag, Detective«, begrüßte Sanders sie, ohne aufzustehen. »Bitte.« Er deutete auf einen der Sessel vor dem Schreibtisch.

Wright ging auf ihn zu und schaute sich in alle Richtungen um. »Beeindruckendes Büro.«

Sanders strahlte. »Danke sehr. Ich arbeite im Zivilrecht«, sagte er, als erklärte dies die Extravaganz.

»Ich werde Ihre Zeit nicht lange in Anspruch nehmen«, fing Wright an, setzte sich und zückte ihren Notizblock. »Ich ermittle wegen der Morde an drei Personen. Ihr Freund Paul Reeve sagte, dass Sie die Leute kannten.«

»Ja, er hat mir davon erzählt«, sagte Sanders. »Furchtbare Angelegenheit.«

»Woher kannten Sie sich?«

»Wir waren zur selben Zeit auf der Universität. Nicht auf demselben Campus, Gott bewahre, ich war in Cambridge auf dem King's College, aber unter Juristen kennt man einander.«

»Was können Sie mir über Richard Dollard und Ethan Fleming erzählen?«

»Sie waren Superstars«, kicherte Sanders. »Richard nicht im akademischen Sinne, aber im gesellschaftlichen. Wo immer es eine Party gab, war er mittendrin. Manchmal hatte er vielleicht ein bisschen zu viel Spaß, könnte man sagen. Aber er hat sich schließlich zu einem guten Anwalt gemausert, das kann ich Ihnen versichern. Und Ethan war einfach ein Naturtalent. Ich glaube nicht, dass er sich allzu sehr anstrengen musste.«

»Kannten Sie auch Simon Michael Ryman, der ein paar Jahre jünger war? Er war unter dem Namen Mike bekannt, glaube ich.«

»Mike, sicherlich«, sagte Sanders. »Er teilte sich eine Zeit lang mit Paul eine Bude. Aber ich habe ihn kaum gesehen, das kann ich Ihnen versichern. Er hatte den Kopf immer in einem Buch stecken. Ein langweiliger Sesselfurzer, wenn Sie mich fragen. Aber Paul, ich, Rich und in gewisser Weise auch Ethan standen uns recht nahe. Die juristische Fakultät von Cambridge ist eine ziemlich überschaubare Welt. Da gibt es eine Menge Kameradschaftsgeist. Das Studium ist intensiv, das Training schwierig und die Arbeitszeiten sind lang. Die Partys sind, sagen wir mal … nötig. *Alle* machen Party.« Er grinste selbstzufrieden.

»Können Sie mir etwas über ihn sagen?«

»Nichts, was Ihnen nicht auch jeder andere, der ihn kannte, erzählen könnte. Mike war introvertiert.«

»Warum Mike und nicht Simon?«

»So wurde er von unserem inneren Kreis genannt. Wir waren nur eine kleine Gruppe. Ich kannte ihn nicht besonders gut, aber alle nannten ihn so, deshalb tat ich es auch. Wenn mich die Erinnerung nicht trügt, glaube ich, dass es zuerst als Scherz begann, der dann hängenblieb. Zumindest in der Gruppe. Simon Michael Ryman war Mike, schlicht und einfach. Das war ganz lustig, denn ich habe gehört, dass er, nachdem er seinen ersten Job bekommen hat, nicht einmal mehr auf den Namen Simon reagierte.«

»Wie nahe standen sich Paul Reeve und Simon Michael Ryman?«

»Ziemlich nah, vermute ich. Wie schon gesagt, sie teilten sich eine Wohnung. Nur habe ich nicht viel von Mike mitbekommen. Paul schon. Aber sie haben nichts mehr miteinander zu tun.« Er korrigierte sich. »Hatten nicht mehr, wollte ich sagen. Tut mir leid. Sie wissen schon, bevor Mike … Jedenfalls war zwischen den beiden irgendetwas vorgefallen.«

»Wissen Sie, was genau das war?«, fragte Wright.

»Ich habe keinen blassen Schimmer.«

P

Es geht nichts über den Klang des Lachens einer jungen Frau und diesen bestimmten Blick in ihren Augen, der sagt, dass sie dankbar, glücklich und zufrieden ist.

Ich hatte vergessen, wie das ist, einfach nur entspannt zu sein und Spaß zu haben. Das Leben mit Alice ist … nun ja, anders als früher.

Jetzt erlebe ich an Belinda eine ganz andere Seite, und ich genieße ihre Gesellschaft. So wie sie meine genießt – daraus macht sie keinen Hehl.

Sie hat zwar nur ein Glas Wein getrunken, aber das hat in Verbindung mit ein paar Scherzen und amüsanten Geschichten von mir ihren Blick wieder geklärt und ihre Tränen getrocknet.

»Danke«, sagt sie.

»He!« Ich versuche zu scherzen. »Mir war gar nicht bewusst, wie sehr ich das gebraucht habe.« Plötzlich merke ich, dass ich eigentlich die Wahrheit sage. Mir wird klar, dass ich mich besser fühle, weil ich mit Belinda hier bin. Ganz unabhängig davon, was es ihr bringt, habe ich das Gefühl, dass es auch mir sehr guttut. Ich brauche Abstand von allem, ich brauche eine Ablenkung.

Die Sache mit Alice ist mir zu viel geworden.

»Nicht über Beziehungen und nicht über die Arbeit reden«, sagt sie. »Das hätten wir schon vor Jahren tun sollen. Erzählen Sie doch mal – ganz unter uns –, wie es sich anfühlt, da oben zu sitzen und ein Richter zu sein.«

»Unter uns?«

»Ja, keine von diesen Standardantworten über den Respekt vor dem Amt und dass Sie es schon immer machen wollten, um Ihrem Land zu dienen. Wie fühlt es sich wirklich an, wenn man weiß, dass man über das Schicksal von Menschen entscheidet?«

Ich denke einen Moment darüber nach, dann lächle ich. »Es fühlt sich … absolut phantastisch an«, strömt es dann ungefiltert aus mir heraus. »Es gibt einem Kraft, wenn man da oben sitzt. Jeder sieht einen an, und da ist dieses Gefühl, verehrt zu werden. Egal, was man sagt, alle hören zu. Und wenn man etwas entscheidet – na ja, dann spüren die Menschen noch jahrelang die Konsequenzen. Das ist mit nichts vergleichbar.«

Sie grinst über beide Ohren.

Dann werde ich wieder ernst und setze hinzu: »Und natürlich ist es eine Ehre, meinem Land zu dienen, und ein Privileg, ein so verantwortungsvolles Amt zu bekleiden.«

Sie lacht, und ich lache mit.

Als ich darüber rede, wird mir klar, dass mich Alice nie gefragt hat, wie meine neue Arbeit ist. Sie verbringt ihre Tage damit, über sich selbst und das Geschehene nachzudenken. Ich vermisse Alices Aufmerksamkeit und ihr Interesse an mir.

»Ich mag diese Seite an Ihnen«, sagt sie.

Ich auch, denke ich.

Es ist angenehm, mit ihr zu reden. Sie ist hübsch anzusehen und eine angenehme Gesellschaft.

Sie hat schulterlanges dunkles Haar, eine gebräunte Haut und tiefe, dunkle Augen. Ihre Wangenknochen sind hoch und ihre Lippen dunkelrosa. Sie trägt ein weißes Kostüm. Ihre Lippen spielen mit dem Rand des Glases, aus dem sie gerade trinkt, und sie verzieht lächelnd das Gesicht.

Sie führt etwas im Schilde.

»Was ist los?«, frage ich.

»Nichts«, sagt sie, senkt das Glas und streicht dann mit dem Finger über den Rand, während sie es über den Tisch hält. »Nur Sie. Ich wusste schon immer, dass Sie ein netter Kerl sind, aber Sie waren immer so … distanziert. Und jetzt kümmern Sie sich auf einmal um mich.« Sie beugt sich vor. »Danke, dass Sie so nett sind.«

Ich lächle: »Es ist mir ein Vergnügen.«

»Und ist es so gut, wie Sie es sich vorgestellt hatten?«

»Was denn?«

»Ein Richter zu sein.«

Sie ist kokett. Werde ich gerade rot?

»Ich weiß noch nicht.«

»Aber ich.« Sie beugt sich vor, und unerwartet spüre ich ihre Hand auf meinem Knie, die sich langsam meinen Oberschenkel hochbewegt. »Ich möchte Ihnen danken«, flüstert sie.

Das Handy vibriert in meiner Tasche. Eine Textnachricht. Ich schlucke und hole es heraus.

Die Nachricht kommt von Alice. *Wo steckst du? Was tust du? Warum gehst du nicht ans Telefon?*

Ich seufze.

Belindas Hand drückt zu. Ich stecke das Handy wieder in meine Tasche zurück.

»Sie haben sich schon bedankt, mehr gibt es dazu nicht zu sagen«, sage ich.

»Okay, dann möchte ich Ihnen zeigen, wie dankbar ich bin.« Sie sieht mich intensiv an. »Sie haben mir sehr geholfen.«

»Belinda, ich verst...«

»Ich fühle mich schon so viel besser Ihretwegen. Jetzt fehlt nur noch eines, damit es mir wieder richtig gut geht.«

»Belinda, ich ...« *O Gott, ich bin in Versuchung.*

»Ich weiß, was ich will, und ich weiß, worum ich bitte. Sie würden mich niemals ausnutzen, Paul.«

Ich raffe mich zu einem Protest auf. »Es wird Zeit, dass wir zurückgehen.«

Sie geht um den Tisch und streicht mit den Händen über meine Schultern. Dann beugt sie sich herunter an mein Ohr. »Niemand muss es erfahren«, flüstert sie.

A

Er hat auf meine Nachricht nicht geantwortet.

Sie kommen heraus. *Soll ich hingehen oder ihnen folgen?* Es könnte sein, dass ich wieder überreagiere. Wahrscheinlich tue ich das. Ich muss mich einfach mal entspannen.

Sie wenden sich in die Richtung, aus der sie gekommen sind. Ich bin erleichtert und will mich gerade abwenden, als sie unerwartet nach links in eine Straße abbiegen, die weg vom Old Bailey führt.

Es regnet heftig, und sie hakt sich Schutz suchend bei ihm unter. Ich bin durchnässt und allein.

In einiger Entfernung folge ich ihnen. Schließlich gehen sie am Bush House vorbei.

Das Waldorf Astoria. *Nein.*

Sie gehen hinein. Ich verberge mich in einer Mauernische auf der gegenüberliegenden Seite der Eingangshalle. Sie gehen zum Check-In. Ich tue so, als würde ich ein öffentliches Telefon benutzen. Der Rezeptionist gibt Paul eine Schlüsselkarte. Ich fummele mit dem Telefon herum. Sie drehen sich um und gehen auf die Fahrstühle zu. Als sie den Lift betreten, lasse ich das Telefon los und laufe hin. Über den Fahrstuhltüren ist ein Zeiger, der anzeigt, welches Stockwerk der Fahrstuhl gerade erreicht.

Er hält im fünften Stock. *Mein Gott, was tut er da?*

Was tut er mir an?

Sie sind da oben, Paul und seine Sekretärin. Und ich weiß nicht, was ich machen soll. Ich bin wie erstarrt und kann meine Beine nicht bewegen. Ich fühle mich leer, aber merkwürdig schlecht. Mir ist kalt, aber merkwürdig heiß.

Ich bin deinetwegen hergekommen, Paul, weil ich mich entschuldigen wollte.

Aber jetzt, heute –

Ein Hotelzimmer kann nur eines bedeuten, ich bin nicht dumm. Wie können wir unsere Krise bewältigen, wenn er hier ist und … Was tut er mir an, unserer Ehe, unserer Zukunft?

Durchnässt und verschwitzt bleibt mir nur, zu gehen. Ich werde nicht warten und ihn zur Rede stellen, wenn er wieder herunterkommt. Ich kann mich nicht noch einmal demütigen.

Draußen regnet es immer noch in Strömen. Ich verzichte auf die Kapuze an meinem Mantel. Ein Taxi erspare ich mir. Ich bin schon nass, und weshalb sollte mich kümmern, was mit mir geschieht? Ich habe alles verloren. Es gibt niemanden mehr, der sich um mich sorgt.

Stattdessen lasse ich mich über The Strand treiben – langsam, ziellos.

Beim Herumstapfen fällt mir ein, dass ich vergangenes Jahr im Oktober zum letzten Mal so nass war. In jener Nacht, als Paul und ich untrennbar verbunden wurden. Und doch ist er mir jetzt so fern, wie es nur geht.

Obwohl ich es damals nicht sehen konnte, riss da eine unüberbrückbare Kluft zwischen uns auf.

Ich werde den ganzen Weg bis nach Euston zu Fuß gehen. Noch durchnässter als in jener Nacht kann ich nicht werden.

Jene Nacht, die alles kaputtgemacht hat.

Das ist mir jetzt egal.

P

Belinda und ich liegen nebeneinander. Sie raucht, und ich trinke etwas aus der Minibar. Der Johnny Walker ist weich und so entspannend, dass ich nicht wieder aufstehen will. Ich rauche nicht mehr, aber manchmal hält sie mir ihre Zigarette vor den Mund, und dann nehme ich einen Zug. Es ist lange her, seit ich regelmäßig geraucht habe, aber es ist genauso wohltuend wie der Alkohol.

Sie drückt ihre Zigarette aus und rückt näher an mich heran. Dann fängt sie an, mit meinen Brusthaaren zu spielen, und streichelt mit der Hand über meinen Bauch. »Genau das habe ich gebraucht«, murmelt sie.

»Gott, wenn mein Leben immer so sein könnte, wäre alles so viel einfacher«, sage ich unwillkürlich.

»Jederzeit«, sagt sie, und ich lache.

Sie lässt mich dort liegen und springt unter die Dusche. Dort bleibt sie lange und kommt schließlich angezogen heraus. »Zurück zur Arbeit, schätze ich.« Sie gibt mir einen leidenschaftlichen Kuss.

Ich schaue auf meine Uhr. »Ich glaube auch.«

Sie lächelt mich an. »Wie ich schon sagte, jederzeit.« Dann verschwindet sie.

Mein Handy klingelt. Ich linse aufs Display und erwarte dort Alices Namen.

Es ist Detective Sergeant Wright.

Ich weiß, dass ich mit ihr sprechen muss, aber ich kann nicht, nicht jetzt.

Der Gedanke an Detective Wright und das, was Alice und ich getan haben, katapultiert mich zurück. Das mit Belinda war zwar eine gute Ablenkung – die auch dringend nötig war, aber ich kann ohne Alice nicht sein.

Ich sitze in der Falle.

Und das führt dazu, dass ich zum ersten Mal Schuldgefühle verspüre. Ich liege hier und denke an Alice. Vielleicht ist sie zu Hause, liegt allein in unserem Ehebett und leidet immer noch an den Schuldgefühlen, die sie empfindet. Ich sollte dort bei ihr sein.

Jederzeit hat Belinda gesagt. »Das darf nicht noch einmal passieren«, schärfe ich mir ein. Und ich meine es auch so.

Wir haben ein Geheimnis, das bewahrt bleiben muss, und Dummheiten mit Belinda, so wohltuend sie auch sind, können das nur in Gefahr bringen.

Ich kann das nicht riskieren.

A

Ich habe keine Energie, bin wie betäubt. Es ist jetzt drei Tage her. Ich komme nicht aus dem Bett heraus.

Ich hatte gedacht, ich warte, bis Paul nach Hause kommt, und stelle ihn dann zur Rede. Ich hatte mir vorgenommen, ihm ins Gesicht zu schreien, dass er verschwinden soll.

Aber ich konnte es nicht tun. Er schläft mit seiner Sekretärin, und ich habe einen Mann umgebracht. Ich brauche ihn, obwohl ich ihn nicht will – obwohl ich glaube, dass ich ihn vielleicht hasse.

Verdient hätte er das mit Sicherheit.

Ich habe kaum etwas gegessen, seit ich ihn in das Hotel gehen sah. Ich habe keinen Hunger, fühle mich einfach leer.

Also liege ich nur hier und denke nach, wobei ich mich noch schlechter fühle.

Vor drei Tagen.

Ich stelle mir das Zimmer vor. Das Bett.

Und dann der Oktober letztes Jahr.

Es war ein langer Tag gewesen. Ich hatte damit gerechnet, dass Paul zum Abendessen nach Hause kommt. Er hatte sich verspätet, und ich war hungrig gewesen, deshalb hatte ich allein gegessen und seine Portion in den Ofen gestellt. Ich hatte mir ein Bad eingelassen. Der Dampf in dem Raum hatte meinen Lungen gutgetan, und ich hatte tief und entspannt durchgeatmet. Diese Mischung aus der Hitze, die von innen kam, und der kühlen Luft von draußen war genau das, was ich gebraucht hatte. Während das Badewasser einlief, hatte ich angefangen, mich auszuziehen, und war ins Schlafzimmer gegangen. Ich hatte Hose und Socken ausgezogen, stand nur in Schlüpfer und Hemd da, als ich glaubte, jemanden die Treppe heraufkommen zu hören – Paul, vermutete ich, aber auf jeden Fall hatte ich das Knarren der Fußbodendielen gehört. Einen Moment war ich froh gewesen, dass er zurück war. Aber anstelle von Paul hatte ich eine seltsame Gestalt ins Badezimmer gehen sehen. Ich hatte gewusst, dass diese Person gefährlich war. Der Brieföffner hatte nur einen Schritt von mir entfernt gelegen. Ich hatte ihn genommen und mich von meinen Instinkten leiten lassen.

Wie Gott auf seiner Wolke sehe ich mich selbst, wie ich auf Zehenspitzen zum Badezimmer laufe und inständig hoffe, nicht gehört zu werden. Ich stoße die Tür auf und stürze mich auf ihn. Er blickt über seine Schulter zurück, als ich mit dem Brieföffner aushole, so weit ich kann, dann stoße ich immer wieder zu. Ich steche mit all meiner Kraft auf ihn ein. Er schreit, als er getroffen wird. Seine Stimme ist wütend, voller Hass und Entschlossenheit, aber ich kann kein einziges Wort verstehen. Während er fällt, schreit er weiter, dann wird der Lärm gedämpft, als sein Kopf ins Wasser taucht. Eine Blutwolke breitet sich aus, das Wasser wird rot, ich schreie und weine und spüre nichts als Schmerz, obwohl ich körperlich unversehrt bin. Der Schmerz kommt daher, dass ich, schon bevor ich richtig verstanden hatte, was los war, wusste, dass ich alles ruiniert hatte, dass ich mein Leben zerstört hatte, dass ich für Paul und mich alles auf ewig verändert und etwas getan hatte, das er niemals vergessen könnte.

Ich habe einen Menschen getötet. Diese Tatsache hält mich die meisten Nächte wach, und wenn ich doch eindöse, dringt mein Unterbewusstsein in meine Träume ein. Ich hatte geglaubt, dass ich mich in Momenten der Verzweiflung immer an Paul wenden könnte. Aber jetzt bezweifle ich, dass ich das jemals wieder tun kann.

Und wie ich so daliege, frage ich mich unwillkürlich, ob es besser gewesen wäre, wenn der Mann mich getötet hätte – ich stelle mir vor, wie mich eine Klinge durchbohrt, wie sie die weiche Haut meiner Brust durchdringt.

Dann reiße ich die Augen auf. Ich keuche, setze mich auf, und das Sonnenlicht blendet mich. Am Fußende des Bettes steht jemand. Ich schrecke zurück, stoße gegen das Kopfende und fange an zu schreien. Aber dann höre ich seine Stimme.

»Noch im Bett?«, fragt er leise. Das Geräusch ist fast beruhigend, aber jetzt weiß ich, wer und was er ist, und kann es nicht zulassen.

Ich werfe einen Blick auf den Wecker. Es ist schon nach zwei Uhr am Nachmittag. Die Frage, wohin der Tag verschwunden ist, macht mich sprachlos.

»Ist alles okay, Alice?«, fragt Paul. »Fühlst du dich immer noch nicht gut?«

Vor zwei Tagen habe ich ihn zum ersten Mal eine Lüge aufgetischt, warum ich nicht aufstehe. »Ich fühle mich so schwach«, sage ich, was die Wahrheit ist, aber ich lüge auch, als ich hinzufüge: »Mein Magen.«

»Ich bin früher zurückgekommen. Ich dachte, ich könnte uns etwas zu essen kochen, falls du Lust darauf hast.« Er wartet auf meine Reaktion, aber ich sage nichts. »Vielleicht einen Salat, etwas Leichtes?« Als ich keine Antwort gebe, tritt er verlegen von einem Fuß auf den anderen. »Alice, du musst essen, damit du stark bleibst. Herrje, du musst stark sein.«

Ich drehe mein Gesicht zum Fenster. Am liebsten würde ich ihn anschreien: *Ich weiß es!* Ich will sehen, wie er sich windet. Er würde versuchen, sich aus der Sache herauszulügen, denn so etwas kann er gut. Aber ich kenne sein schmutziges kleines Geheimnis. Ich will, dass er so leidet wie ich.

Doch ich sage nichts dergleichen. »Vielleicht einen Salat«, murmle ich stattdessen. Aber ich sehe ihn nicht an, denn ich will nicht, dass er mich für dankbar hält.

»Warum versuchst du nicht, aufzustehen?« Er marschiert herum und versucht, mich zum Aufstehen zu motivieren.

»Lass mich in Ruhe!«, schreie ich plötzlich. Mein Ausbruch kommt für mich selbst unerwartet.

Er fährt geschockt zurück und breitet die Arme aus. »Okay, okay.« Er starrt entsetzt auf mich herunter. Ich beobachte ihn aus den Augenwinkeln. Er ist besorgt. »Okay, ich werde dich nicht … berühren.« In seiner Stimme ist eine gewisse Sanftheit zu hören. »Ich mache etwas Salat. Komm runter, wenn du so weit bist. Falls du magst.«

*

Es dauert fast eine Stunde, bis ich den Mut aufbringe, nach unten zu gehen. Als ich mich der Küche nähere, höre ich Pauls Stimme. Sie klingt knapp und schroff. »Sagen Sie ihr einfach, dass ich nicht zu sprechen bin, denken Sie sich etwas aus. Ich bin mit dem Fall beschäftigt, irgendetwas.«

Als ich eintrete, sehe ich Paul nicht in die Augen. Ich lüge nicht gut genug, um verbergen zu können, was ich empfinde.

Auf dem Tisch steht eine Schüssel mit Salat, daneben etwas Dressing. Paul steht an der Spüle. Er trinkt eine Cola, zweifellos mit einem Schuss Whisky darin, und starrt auf sein Handy.

»Das Essen steht auf dem Tisch«, sagt er.

Jetzt schickt er der Schlampe eine Nachricht, denke ich, und gehe keinen Schritt weiter in den Raum.

»Ich habe schon gegessen«, sagt er. »Tut mir leid, aber du warst ewig oben.«

Ich gehe zum Tisch, setze mich und nehme ein paar Bissen Salat, langsam. Er ist trocken, deshalb füge ich etwas Dressing hinzu. Ich kann spüren, wie sich Pauls Blicke in meinen Rücken bohren.

Plötzlich höre ich einen Knall. Er hat sein Handy zu energisch auf den Tresen gelegt. »Hör mal, Alice«, sagt er laut.

Trotz seines Nachdrucks drehe ich mich nicht um. Mein Magen fühlt sich aufgebläht an, er ist plötzlich geschwollen, und in mir steigt Galle auf. Ich lasse die Gabel fallen und kann es nicht mehr zurückhalten. Ich halte mir die Hände vor den Bauch, drehe mich um und laufe dorthin, wo Paul steht. Es muss mein Gesichtsausdruck sein, denn er weicht erschrocken zurück und macht einen Schritt zur Seite, als ich auf die Spüle zusteuere. Es schießt mir schon aus dem Mund, bevor ich sie erreiche. Ich beuge mich über die Spüle, krümme und übergebe mich.

Ich spüre Pauls Hand in meinem Nacken, die mich streichelt, aber seine Berührung wirkt auf mich, als würden Rasiermesser an mir schaben. Ich verspanne meine Schultern, spüle das Waschbecken aus, mache mich los und hole ein paar Papiertücher.

Mein Körper ist leicht, mein Kopf auch. Sobald ich damit fertig bin, alles aufzuwischen, gehe ich wieder an den Tisch. Ich esse nichts, sondern stütze nur meine Ellenbogen auf das harte Holz.

Pauls Stimme klingt weit entfernt. »Was ist los?«

Ich stütze den Kopf in meine Hände. Ich kann nichts dagegen tun – ich fange an, leise zu schluchzen. *Du bist schuld. Es ist alles deinetwegen. Deinetwegen und ihretwegen. Und wegen dieses Mannes.*

Ich kann es nicht mehr unterdrücken. Ich stoße ein lang gezogenes und jämmerliches Heulen aus. Sofort ist Paul an meiner Seite und sieht zu mir herunter. Schließlich lege ich den Kopf in den Nacken, und als ich Paul sehe, schreie ich ihn an, lasse meine Wut heraus, aber ohne ein verständliches Wort.

»Alice?« Seine Miene ist voller Abscheu – oder ist er erschrocken? »Was ist denn los?«

»Du!«, schreie ich.

»Was meinst du damit?«

»Du, du, du«, wiederhole ich und schlage nach ihm.

»Hey! Was meinst du damit: *ich*?«

»Du …« Ich bin durcheinander. Ich weiß nicht, was ich sagen soll. Es gibt zu viel, ich weiß nicht, wo ich anfangen und wie ich es sagen soll. »Warum hast du das getan?«

»Was getan?«, fragt er durch zusammengebissene Zähne.

»Warum hast du mich … die Leiche verstecken lassen? Und warum …« Ich versuche es, aber ich kann es nicht aussprechen. »Warum hast du es getan?«

Warum schläfst du mit ihr?

Er kauert sich neben den Tisch und streichelt meinen Arm. Er stößt mich ab, und doch bringt es mich fast dazu, mich in seine Arme zu stürzen.

Die besten Lügen sind überzeugend …

»Wir mussten es tun, Alice«, sagt er leise. Er streichelt mir übers Haar und schiebt mir eine Strähne aus dem Gesicht. »Es hieß wir oder er, weißt du nicht mehr?«

Ich schließe die Augen. »Ich sehe ihn, wenn ich wach bin. Ich sehe ihn, wenn ich die Augen schließe.«

»Alles wird gut.«

»Ich kann nicht schlafen!« Ich bohre meinen Blick in Pauls Augen. »Ich sehe dich auch.«

Er mustert mich misstrauisch und antwortet nach einer langen Pause: »Ich habe getan, was getan werden musste.«

»Das meine ich nicht«, sage ich.

Pauls Handy vibriert auf dem Tresen. Wir sehen es beide an. Ohne nachzudenken laufe ich hin. Er folgt mir sehr schnell, aber ich schaffe es, vor ihm da zu sein.

»Alice!«

»Das hier!«, rufe ich und halte es hoch. Er macht ein schuldbewusstes Gesicht.

»Alice …«

»Warum …« Es kommt mit voller Wucht wie aus dem Nichts. Ich zucke unvermittelt und beuge mich vor, das Handy fällt herunter. Ich halte meinen Bauch fest. Mein Magen leert sich wieder, teilweise auf den Fußboden und teilweise auf Pauls Schuhe und Hose.

Ich gehe zu Boden und höre ihn eindringlich meinen Namen rufen, doch er berührt mich nicht. Ich bin auf allen vieren auf dem Boden und fixiere den Blick auf die Fliesen unter mir. Ich kann Paul nicht sehen, aber ich höre ihn. Ich höre, wie er sich bewegt, höre seine Schritte und seinen Atem. Dann etwas anderes – ja, ein ersticktes Schluchzen.

Ich bleibe auf Händen und Knien hocken, ohne hochzusehen. Pauls Handy liegt neben mir. Ich strecke mich, um es zu holen, aber meine Hand lässt mich im Stich.

Auf dem Handy ist eine Nachricht eingegangen. Ich weiß, dass sie von ihr ist. Das spüre ich.

Ich muss sie sehen.

Aber ich komme nicht heran.

Paul dreht sich um, schlägt die Hände vors Gesicht und geht mit gebeugtem Kopf und hängenden Schultern aus der Küche. Das Handy und mich lässt er zurück.

10

Weil es Detective Sergeant Katherine Wright drei Tage lang nicht gelang, Paul Reeve zu lokalisieren oder sich mit ihm in Verbindung zu setzen, und zwar weder auf der Arbeit noch über sein Handy, kehrte sie zu seinem Haus zurück, ohne sich allerdings große Hoffnungen zu machen. Diesmal stand sein Wagen jedoch in der Einfahrt. Sie klopfte aggressiv an die Tür.

Paul Reeve öffnete. Er wirkte sehr überrascht, Wright zu sehen. »Detective«, sagte er und versuchte ein wenig zu bemüht, munter zu klingen.

»Falls es Ihnen jetzt passt«, sagte sie, »würde ich gerne mit Ihnen sprechen. Sie haben mich nicht zurückgerufen, und es ist nicht leicht, Sie persönlich zu erreichen.«

»Tut mir leid.« Er zögerte und warf einen Blick über die Schulter ins Haus. »Meiner Frau geht es nicht gut«, sagte er dann leise. »Es war alles ein bisschen viel, und ich bin an den meisten Tagen am Gericht. Wird es lange dauern?«

»Das hängt von Ihnen ab«, sagte sie leise.

Er trat zur Seite und führte sie durch das Wohnzimmer ins Esszimmer. »Einen Drink?«, erkundigte er sich.

Sie setzte sich. »Nein, danke.«

Er blieb stehen und schenkte sich einen Drink ein.

»Sie sagten, Ihrer Frau gehe es nicht so gut?«

»Ja, sie hat sich wohl einen Magen-Darm-Virus zugezogen, vermute ich.«

»Wünschen Sie ihr bitte gute Besserung von mir.«

»Das mache ich, danke.« Er sah sie erwartungsvoll an. »Etwas sagt mir, dass Sie nicht hergekommen sind, um mit mir über die Gesundheit meiner Frau zu sprechen.«

»Da haben Sie recht.« Dann fragte sie beiläufig: »Wie gut kennen Sie Tim Yardley und Lucy Sayles?«

»Ich … Also, ich habe Lucy vor einigen Jahren ein- oder zweimal getroffen. Und Tim, den kenne ich noch von der Universität. Wir haben uns schon eine ganze Weile nicht mehr gesehen.«

»Ich habe sie kürzlich kennengelernt.«

»Ich verstehe wirklich nicht, was die beiden mit mir zu tun haben sollen, abgesehen davon, dass Tim auch ein ehemaliger Kommilitone ist. Sie erwähnten, dass ich in Gefahr sein könnte. Wollen Sie etwa behaupten, dass ich etwas von Tim und Lucy zu befürchten haben könnte? In dem Fall kann ich Ihnen ganz klar sagen, dass Sie weit daneben …«

»Nein, Mr Reeve, das will ich nicht behaupten.«

»Ich fürchte, dann verstehe ich nicht …«

»Welche Beziehung hatten Sie zu den drei Männern?«

Er hatte es geahnt. Schon die ganze Zeit. »Ich muss mich entschuldigen«, sagte er ohne Umschweife, weil er sich dazu entschieden hatte, jetzt das zu tun, was er von vornherein hätte tun sollen. »Ich vermute, Sie meinen insbesondere Mike.«

»Ganz recht, so ist es.«

»Ich hätte es gleich beim ersten Mal erzählen sollen. Tut mir leid, dass ich es nicht getan habe.«

»Ich bin neugierig, weshalb Sie es verschwiegen haben. Wenn Sie zusammengewohnt haben, dann müssen Sie sich doch ziemlich nah gestanden haben?«

»Wir waren Freunde, aber er war sehr verschlossen. Und ja, ich stand ihm wahrscheinlich näher als die meisten anderen.«

»Also …«

»Nun ja, anfangs haben Sie von einem Simon gesprochen, da dachte ich nicht an Mike.«

»Aber Sie wussten von den Morden.«

Er nickte. »Ja, wie schon gesagt. Meine Frau … Ich war … abgelenkt. Ich habe nicht logisch gedacht. Und ich wollte nicht über ihn reden. Ich wollte … nichts damit zu tun haben. Hören Sie, ich habe einen Fehler gemacht. Wir kannten einander, wir haben uns eine Wohnung geteilt, aber nur gut anderthalb Jahre lang. Seitdem habe ich ihn nicht mehr gesehen und nur ein einziges Mal etwas über ihn gehört, und zwar, als ich erfuhr, dass er umgebracht wurde.«

»Aber es war Ihre bewusste Entscheidung, dieses Detail zu verbergen. Sie haben ziemlich ausführlich über Richard Dollard und Ethan Fleming gesprochen.«

»Ja, das habe ich getan, dafür habe ich keine Ausrede. Wie gesagt, es war ein Fehler. Ich wollte einfach nicht … Die Wahrheit ist …« Er machte eine Pause, und es dauerte einige Zeit, bis er sich wieder gefasst hatte. »Die Sache ist die, Detective, vor vielen Jahren drohte Mike, mich umzubringen, und ich wollte einfach keine alten Wunden aufreißen. Es ist sehr lange her, und ich weiß, dass er es nicht ernst meinte. Ich hatte nie Angst um meine Sicherheit. Mike mochte einiges sein, aber er war nicht gerade gefährlich.«

»Ihnen ist natürlich klar, wie Sie das möglicherweise dastehen lässt?«

»Selbstverständlich, doch ich versichere Ihnen, dass es nicht der Grund dafür war, weshalb ich geschwiegen habe.«

»Ich bin mir leider nicht sicher, ob ich Ihnen das abnehmen kann.«

»Glauben Sie, was Sie wollen, aber das alles war vor dreizehn Jahren, Detective. Seitdem ist eine Menge passiert.«

»Und seit damals hatten Sie nie wieder Kontakt zu ihm? Und gesehen haben Sie ihn auch nicht?«

Er schüttelte entschieden den Kopf. »Nie.«

Sie glaubte ihm. Er wirkte sehr entschlossen, und das war vermutlich das Einzige, womit sie sich bei ihm sicher war.

»Dann kann es ja nicht schaden, wenn Sie mir jetzt erzählen, was damals genau geschah.«

Reeve leerte sein Glas und atmete tief durch. Er fuhr sich über das Gesicht. »Mike hatte eine feste Freundin. Und ich habe … sie ihm ausgespannt. ›Gestohlen‹, wie er es nannte. Ich war zu arrogant, um die Sache ernst zu nehmen, das war natürlich ein Problem. Ich habe ihn vorgeführt, verstehen Sie, und dafür gesorgt, dass er sich wie ein Stück Dreck fühlte. Ich war kein guter Freund. Dann hat er mich eines Nachts betrunken attackiert und gesagt, dass er mich irgendwann töten würde.« Er hob die Hände. »Das war das letzte Mal, dass ich mit ihm gesprochen habe.«

»Denken Sie, dass er alles vergeben und vergessen hat?«

»Nein, das glaube ich nicht, aber er hat ganz sicher niemals etwas in dieser Richtung unternommen.«

»Und was ist mit Ihnen?«

Er lehnte sich an den Tisch und blickte von oben auf sie herunter. »Ich werde diese Frage beantworten und auch die Unterstellung ignorieren, die sich dahinter verbirgt.« Sie hielt seinem Blick stand. Er war ein mächtiger Mann und nicht daran gewöhnt, herausgefordert zu werden. Es missfiel ihm sichtlich. »Ja, ich habe vergessen. Und ich hatte – genau genommen – nichts zu vergeben. Schließlich war ich derjenige, der ihm die Frau weggenommen hat, die er für die Liebe seines Lebens hielt. Kurz bevor es passierte, hatte er ihr noch einen Heiratsantrag gemacht. Sie waren jung. Er war naiv. Und sie war von seiner Intelligenz fasziniert. Doch das hat nicht ausgereicht, um sie von mir fernzuhalten.«

»Was ist aus ihr geworden?«

»Sie heißt Alice und ist jetzt meine Ehefrau. Also, Sie verstehen, es tut mir zwar leid, was ich getan habe, aber ich bedauere es nicht. Denn hätte ich das nicht getan, würde ich nicht jeden Tag mit der Frau verbringen, die ich liebe. Sie ist der wichtigste Mensch in meinem Leben, Detective. Ich würde ihr mein Leben anvertrauen.«

Als klar wurde, dass er nicht mehr sagen würde, fragte Wright: »Wollen Sie mir vielleicht noch etwas mitteilen, oder ist das jetzt wirklich alles?«

»Das ist alles. Und ich möchte mich noch einmal bei Ihnen entschuldigen.«

»Entschuldigung angenommen. Können Sie mir sagen, wann Ihre Frau zu Hause sein wird?«

»Das ist sie gerade.«

»Könnte ich mit ihr sprechen?«

»Ich weiß nicht, wie sie Ihnen helfen könnte.« Paul Reeve setzte sich und rutschte auf seinem Stuhl herum. Dann fing er leise an zu sprechen. *Vorsichtig*, dachte Wright. »Sie ist krank, wie ich schon sagte, so eine Magen-Darm-Sache. Sie ruht sich aus. Aber das ist nicht alles. Wir machen eine schwierige Phase durch, und das schon seit geraumer Zeit. Ich habe es bei meiner Frau mit einigen sehr persönlichen Problemen zu tun. Sie ist auch noch auf andere Weise krank. Es ist eine Art … Depression. Es wird zusehends schwieriger, damit umzugehen, und wir suchen Hilfe. An dem Tag, an dem Sie das letzte Mal bei mir gewesen sind, war es ganz besonders schlimm. Das hat bestimmt mit dazu beigetragen, dass ich bei der Beantwortung Ihrer Fragen so unklar gewesen bin. Ich hoffe auf medizinische Hilfe, aber trotzdem haben wir noch eine lange Strecke vor uns, und sie braucht Zeit. Sie braucht Ruhe. Und Aufregung kann sie ganz sicher nicht gebrauchen.«

Wright nickte. »Das tut mir sehr leid«, sagte sie.

»Mir auch«, erwiderte er.

P

Ich kann mich nicht konzentrieren.

Ich sitze auf der Richterbank und bin mit den Gedanken immer wieder ganz woanders. Oft denke ich an Alices unkontrollierbare Übelkeitsattacken, die sich fortgesetzt haben, oder an die Wut, die aus ihr herausplatzt. Und ich habe Angst, dass Detective Wright wieder aufkreuzen könnte, weil ich nicht genug gesagt habe, um sie zufriedenzustellen.

Und dann ist da noch Belinda. Ich habe die Zeit mit ihr genossen, aber jetzt schickt sie mir auch außerhalb der Arbeit ständig Nachrichten. Sie hat bereits mehrfach versucht, wieder etwas anzufangen. Meistens ist es mir gelungen, zu widerstehen, aber sie hat mich oft in meinen schwächsten und unglücklichsten Momenten erwischt – leider habe ich doch ein paarmal nachgegeben.

Es ist alles zu viel. Alkohol hilft nicht wirklich, und doch brauche ich ihn jeden Abend, oft auch tagsüber. Ich darf gar nicht an den Ärger denken, den ich mir einhandeln würde, wenn man mich dabei erwischte, wie ich auf der Arbeit trinke. Und als Krönung kann ich auch nicht richtig schlafen.

Mir geht alles Mögliche durch den Kopf, aber man erwartet von mir, konzentriert zu sein, während die Verteidiger und die Staatsanwälte komplizierte Fälle darlegen und Zeugen ins Kreuzverhör nehmen.

Der Prozessgegenstand macht die Dinge nur noch schlimmer. Mir graute vor dem Tag, an dem ich die Angeklagten kennenlerne – Mitchell und Rosaline Craven, beide 42 Jahre alt, die im Verdacht stehen, die 21-jährige Lauren Moore getötet zu haben. Bald werde ich sie jeden Tag sehen müssen.

Mitchell Craven wurde Moores Sugardaddy. Die Beziehung war für ihn sexuell erfüllend und für sie finanziell attraktiv gewesen und zog sich über ein Jahr hin. Seine Frau fand es schließlich heraus und nahm dann persönlich Rache.

Was mir bei dem Fall am meisten zu schaffen macht: Er half ihr, die Leiche loszuwerden.

Die Übereinstimmungen zwischen dem, was die beiden getan hatten, und dem, was Alice und mir passiert war, bringen mich an den Rand des Abgrunds. Die Cravens sind hier, sie sitzen mir gegenüber am anderen Ende des Gerichtssaals, hinter dickem Schutzglas und von vier Wachen flankiert. Ihr Schicksal ist besiegelt, soweit ich das sagen kann, und sie können sich keine Hoffnung machen, dass ihnen eine lange Gefängnisstrafe erspart bleibt. Doch alles, woran ich denken kann, ist: *Das könnten wir sein, da oben.* Auch Alice hat uns einen toten Mann ins Ehebett gelegt. Das könnte uns vernichten.

Dafür soll sie verdammt sein, wie dieses Pärchen verdammt ist. Und sie soll für das Wrack verdammt sein, in das sie mich verwandelt hat.

Ich höre ein Räuspern neben mir. Es ist Jenny, die Gerichtsdienerin. »Ja?«, frage ich.

»Es sind jetzt zwei Stunden. Meinen Sie nicht, die Geschworenen sollten eine kurze Pause machen?«

Ich werfe einen kurzen Blick auf meine Uhr – unnötigerweise, denn Jenny ist eine unfehlbare Zeitnehmerin. »Ja, selbstverständlich«, flüstere ich ihr zu. Und dann falle ich unerwartet dem Ankläger ins Wort, ohne zu merken, was ich tue, und wende mich an die Anwesenden: »Wir machen jetzt eine fünfzehnminütige Pause, damit die Geschworenen Luft holen können.«

»Geht es Ihnen gut?«, flüstert Jenny besorgt.

Ich weiß nicht, wie ich aussehe, aber gut ganz bestimmt nicht. Ich nicke und hoffe, sie damit abzuwimmeln.

»Bitte erheben Sie sich«, sagt Jonathan, der Gerichtsdiener, zu den etwa vierzig Anwesenden.

Alle stehen auf, zuletzt ich, ich verbeuge mich, die Verbeugung wird erwidert, dann gehe ich hinaus. Jenny folgt mir.

Die grüne Polsterung der Tür erinnert mich an eine Gummizelle in der Psychiatrie, und ich fühle mich ziemlich klein. Jenny hält mir die Tür auf. »Sind Sie sicher, dass alles in Ordnung ist? Sie wirken gar nicht wie Sie selbst!«, ruft sie mir nach, nachdem ich an ihr vorbeigegangen bin.

»Was meinen Sie damit?« Ich versuche, mich nonchalant zu verhalten und Augenkontakt zu vermeiden. »Alles bestens.«

»Sie wirken … abgelenkt und angeschlagen. Es sieht nicht so aus, als würden Sie der Verhandlung angemessen folgen.«

Ich halte mir den Bauch. »Ich fühle mich nur nicht besonders gut, das ist alles, aber das wird schon wieder.«

»Wollen Sie für heute Schluss machen?«

»Nein«, sage ich bestimmt. »Ich brauche nur eine Pause.«

Sie lächelt und nickt verständnisvoll – mein Signal, mich in mein Büro zurückzuziehen, das sich nur ein kleines Stück den Flur hinunter befindet. Dort hole ich mein Handy aus der Schreibtischschublade und lasse mich aufs Sofa fallen.

Eine weitere Textnachricht von Alice. *Bist du heute Abend pünktlich zu Hause oder nicht?* Ich seufze und lasse das Handy auf den Boden fallen.

Die Tür geht auf, Belinda kommt herein und schleicht an der Wand entlang. Sie spielt eines ihrer Spielchen.

»Belinda, mir geht es nicht so gut.«

»Oh, sei doch nicht so«, sagt sie neckisch. Hinter meinem Sofa angekommen beugt sie sich über mich. »Ich kann dafür sorgen, dass du dich besser fühlst.«

»Hör bitte auf.«

»Sei doch nicht so«, wiederholt sie, kommt herum und setzt sich neben mich aufs Sofa.

»Belinda ...«

Sie schneidet mir das Wort ab, indem sie mich auf den Mund küsst. Ich drücke sie weg. »Ich sagte Nein. Wirklich, ich kann nicht.« Sie steht entsetzt vor mir, und mir wird klar, was ich getan habe. Sie könnte Alice alles erzählen. Sie könnte die Dinge für mich sogar noch schlimmer machen.

Was habe ich nur getan?

Ich muss sie bei Laune halten. »Es tut mir leid, bitte, ich brauche nur eine Verschnaufpause.« Ich richte mich auf und küsse sie auf die Wange. Aber dann ist mir übel, und ich tue etwas, was absolut gegen die Regeln verstößt. Obwohl ich komplett für den Gerichtssaal angezogen bin, flüchte ich aus meinem Büro und steuere auf den Ausgang zu. Dann laufe ich auf den Innenhof und pumpe meine Lungen so voll Luft, wie ich nur kann.

Beim Tor am Warwick Square ist ein Mann von der Security postiert, der die Aufgabe hat, den sogenannten Oberbürgermeister-Eingang zu bewachen, einen etwas diskreteren Zugang ins Gebäude, der für die Öffentlichkeit gesperrt ist. Er starrt mich an, und ich winke ab. »Alles okay«, rufe ich, obwohl es mich Mühe kostet. Ich beobachte, wie er ein Handy zückt, deshalb wende ich mich ab.

Ich muss nachdenken. Ich muss durchatmen. Ich brauche Zeit.

Ich muss weit weg von hier, muss allein sein. Frei von Alice. Frei von Belinda, frei von den Cravens und ihrem Verbrechen. Frei von der lauernden Detective Wright.

Ich muss dem entfliehen, was wir getan haben.

Eine Tür wird aufgerissen, und Jenny erscheint. »Oh mein Gott«, höre ich sie sagen, als sie zu mir gelaufen kommt. Ich krümme mich. »Um Gottes willen, Sie sehen furchtbar aus.«

Vor mir dreht sich alles. »Ich glaube, mir wird übel.«

»Holen Sie Hilfe!«, ruft sie zu dem Mann von der Security hinüber, der sofort ins Gebäude läuft. »Hier.« Sie legt mir die Hand auf den Rücken und führt mich seitlich ans Gebäude zu einer Mauer. »Setzen Sie sich.« Sie zieht mir die Perücke ab.

»Oh, nein«, sage ich. »Ich habe sie aufbehalten.«

»Das ist okay«, beruhigt sie mich. »Sie müssen sich ausruhen. Das wird schon alles wieder.«

Gefolgt vom Wächter erscheint der Gerichtsdiener Jonathan. Er hat eine Flasche Wasser dabei. »Danke«, sage ich, nehme das Wasser und stürze es hinunter.

»Langsam«, sagt Jenny sanft. »Langsam trinken.«

Nach einer kleinen Weile gehen wir wieder hinein. »In zehn Minuten machen wir weiter«, sage ich zu Jenny.

»Seien Sie nicht albern. Es ist keine Schande, wenn man sich ausruht, wissen Sie.«

»Ich weiß.« Ich atme tief durch. »Okay«, füge ich hinzu, weil mir klar wird, wie dumm ich mich verhalte. »Wir werden die Morgensitzung noch regulär durchführen, den Nachmittag sage ich ab.« Ich werfe einen Blick auf meine Uhr. »Es sind nur noch vierzig Minuten. Irgendwie werde ich die auch noch schaffen.«

Sie nimmt meinen Arm und geht an meiner Seite. Langsam bewegen wir uns den Flur hinunter.

»Bitte erheben Sie sich«, sagt Jonathan, als ich den Raum betrete. Ich taumele zu meinem Sessel; mein ganzer Körper ist schweißbedeckt. Ich lasse den Blick durch den Saal schweifen und setze mich hin. Alle im Raum tun es mir nach. »Ich entschuldige mich«, sage ich in den Raum und huste. »Mir geht es heute nicht gut. Deshalb werden wir diese Morgensitzung zu Ende bringen, aber die Nachmittagssitzung muss entfallen. Es tut mir sehr leid.«

Jetzt wird ein Gerichtsmediziner als Zeuge verhört, und ich gebe mein Bestes, um mir Notizen auf dem Laptop zu machen, bin aber in Gedanken fast sofort wieder ganz woanders, und mein Magen dreht sich um.

Ich muss nach Hause gehen, mich hinlegen und allem entziehen. Aber ich kann mir vorstellen, was geschieht, sobald ich dort ankomme. Eine wütende, aufgebrachte Alice wird auf mich warten. Ein paar unangemessene Nachrichten von Belinda werden mich erreichen. Und Detective Wright wird auf meiner Türschwelle stehen. »Wir haben einen Fehler begangen«, wird sie mir mitteilen. »Sie sind nicht in Gefahr, Mr Reeve, Sie sind ein Verdächtiger.« Mir werden Handschellen um die Handgelenke gelegt. Und Alice wird da sein, aber ich kann nicht sagen, ob sie beobachtet, wie mich die Polizei wegkarrt, oder ob sie zusammen mit mir weggebracht wird.

Jenny unterbricht mich wieder in meinen Gedanken, als es dreizehn Uhr wird. Ich sage nichts, aber Jenny spricht, und dann höre ich Jonathans laute Stimme. »Bitte erheben Sie sich.«

Die Versammelten, die vor mir stehen, verbeugen sich. Ich nicke und mache mich auf den Weg nach draußen. Jenny nimmt meinen Arm, führt mich zur Tür, und wir gehen hinaus. Ich lehne mich an eine Wand. »Sie hatten recht«, sage ich. »Ich muss mich ausruhen. Es tut mir leid. Und danke. Wir sehen uns am Donnerstag.«

»Bis Donnerstag, Euer Ehren.«

Ich verbringe fast eine Stunde auf dem Sofa in meinem Büro. Ich muss eingenickt sein, denn ich werde von einem Klopfen an der Tür geweckt. *Herrje, schon wieder Belinda*, denke ich. Ich ignoriere es, aber es klopft immer weiter und dann ruft eine Stimme laut meinen Namen. Sie gehört John Fletcher-Smythe, meinem ehemaligen Mentor, deshalb bleibt mir nichts anderes übrig, als ihn hereinzulassen. Als ich aufstehe, geht es mir deutlich besser.

Aber anscheinend sieht man mir das nicht an. »Oh Gott, Paul, Sie sehen furchtbar aus«, sagt er.

»Danke«, sage ich und atme hörbar aus. »Ich glaube, es könnte eine Lebensmittelvergiftung sein«, gebe ich vor.

»Mensch! Nun, dann frage ich Sie wohl besser nicht, ob Sie mit mir zu Mittag essen wollen.«

»Ich fürchte, es ist sogar noch mehr als das«, sage ich, ohne allzu melodramatisch klingen zu wollen. »Ich habe gewisse, äh, Schwierigkeiten. Bei mir türmt sich so einiges auf, und mir scheint, mein Körper reagiert sensibel darauf.«

»Die Leute sehen einfach nicht, wie herausfordernd diese Arbeit ist«, sagt er und nimmt Platz. »Ja, sie ist mit Status, Respekt, Geld und Macht verbunden, aber es gehört auch ein so großes Maß an Verantwortung dazu, wie die meisten Menschen es niemals erfahren oder auch nur verstehen werden. Wenn dann noch ein leicht dubioses Essen dazukommt, hat man eine teuflische Kombination.«

Ich zögere. Ich weiß, dass sich nicht oft die Gelegenheit bietet, mit einem klugen Mann zu sprechen, dem ich so sehr vertraue. »John, darf ich Sie um einen Rat bitten? Es könnte mir guttun, aber ich will Ihnen natürlich kein Ohr abkauen.«

»Bei so einer Diät wäre es auch kein Wunder, wenn Sie krank würden«, scherzt er.

Ich versuche, zu lächeln, aber mein Magen schmerzt immer noch.

»Selbstverständlich«, sagt er und deutet auf das Sofa.

Ich gehe bereits in die Richtung, aber dann frage ich: »Kann ich Ihnen was zu trinken anbieten?«

»Einen Drink habe ich noch nie abgelehnt, und ich werde jetzt nicht damit anfangen.«

Ich gieße ihm mit zitternder Hand ein und will mir danach automatisch auch selbst etwas einschenken, halte aber inne. Er sieht mich zögernd an. »Wissen Sie, wenn Sie sich sowieso schon schlecht fühlen, kann das auch nicht mehr viel schaden«, meint er. Ich zucke mit den Schultern, gieße mir selbst einen kleinen Schluck ein und setze mich.

»Wie geht es der guten Alice?«, fragt er.

Ich beuge mich vor und spiele mit meinem Glas, während er aus seinem trinkt.

Er merkt, dass ich nicht recht weiß, wie ich anfangen soll. »Trinken Sie schon, Mann«, sagt er. »Das hilft, die richtigen Worte zu finden.«

Ich folge seinem Rat. »Um Himmels willen, John, ich habe einen Riesenfehler begangen und weiß nicht, was ich tun soll.« Ich weiß nicht recht, wie viel ich sagen sollte, und konzentriere mich auf die Frauen. Vielleicht kann er mir helfen, aus diesem Durcheinander herauszukommen. Das ist dann zwar noch nicht alles, aber ein Anfang. »Ich glaube wirklich, dass Alice vielleicht den Verstand verliert. Sie leidet unter einem starken Verfolgungswahn, und ihr Verhalten … Es ist so merkwürdig. Sie schläft nicht, und dann steht sie nicht auf und bleibt den ganzen Tag im Bett. Und ihr ist heftig übel. Es ist eine Art Depression, ich weiß nicht mehr weiter.«

»War sie schon bei einem Arzt?«

»Nein, um Gottes willen. Da würde sie nicht hingehen. Und ich kann ihr nicht helfen. Nichts von dem, was ich tue, funktioniert. Herrgott, ich bin mit ihr nach New York geflogen, und das scheint alles noch schlimmer gemacht zu haben. Das ist nicht die Frau, die ich geheiratet habe, John, sie ist definitiv nicht dieselbe Frau, in die ich mich verliebt hatte.«

»Und lieben Sie sie denn?«

»Wie sollte ich das?« Ich zucke mit den Schultern. »Ich weiß, wie furchtbar das klingt, aber es ist die Wahrheit.« Sie hat mir keine andere Wahl gelassen. »Ich weiß nicht, wie ihr zu helfen ist.«

»Nun ja, normalerweise lassen sich größere Verhaltensänderungen auf einen Vorfall – vielleicht traumatischer Natur – zurückführen. Ist etwas geschehen, das die Veränderung, die Sie bei ihr wahrnehmen, ausgelöst haben könnte?«

Ich schließe die Augen und schüttle den Kopf. Es ist eine Lüge, und in mir schreit es: *Ja! Sie hat einen Mann umgebracht, und wir haben die verdammte Leiche versteckt!* Ich kenne die Ursache. Aber wie soll man jemanden nach einer Lösung fragen, die vielleicht nicht einmal existiert, wenn die Ursache ein Geheimnis bleiben muss?

»Denken Sie genau nach. Da muss irgendetwas sein, das sie so aufgewühlt hat. Es ist nicht nachvollziehbar, so plötzlich sein Verhalten zu ändern und ein ganz anderer Mensch zu werden.«

»Es ist einfach so passiert …« Ich schnippe mit den Fingern. »Diese Sache. Ich weiß nicht, weshalb.«

»Atmen Sie tief durch, gehen Sie in sich und überlegen Sie noch einmal ganz genau. Gehen Sie der Sache auf den Grund. Seien Sie ehrlich zu sich selbst. Sie werden die Antwort auf die Frage finden, wenn Sie von Anfang an ganz ehrlich an die Sache herangehen.«

»Sie lässt mich nicht mehr an sich heran, John.«

Er schlägt die Beine übereinander und lehnt sich zurück. »Geht das wirklich von Ihrer Frau aus, oder ...«

Ich nicke. »Vielleicht habe ich sie auch nicht an mich herangelassen.«

»Ah.« Er blickt in die Zimmerecken und dann wieder zu mir. »Hat *sie* einen Namen?«

»Wie kommen Sie darauf?«

»Wenn sich eine Ehefrau aufregt und der Ehemann sagt, dass es dafür keinen Grund gibt, bedeutet das normalerweise, dass eine andere Frau im Spiel ist.«

»Aber das kann sie unmöglich wissen!«

»*Kann sie unmöglich* und *eine andere Frau* passt einfach nicht zusammen.«

»Wie kann ich das Problem lösen?«

»Wer ist sie?«

»Belinda, meine Sekretärin.«

»Oh, Paul, nein! Keine Sekretärin.«

»Ich weiß, es könnte nicht klischeehafter sein ...«

»Und gefährlich«, fällt er mir ins Wort. »Ich meine, es gibt wirklich keine Frau, die mit Ihnen mehr zu tun hat und Ihnen nähersteht als Ihre Sekretärin. Das wächst sich sehr schnell zu einem Problem aus.«

»Das ist bereits geschehen. Belinda will mehr von mir.«

Er zieht die Brauen hoch. »Und Sie sagen ihr, dass sie aufhören soll?«

Ich wende den Blick von ihm ab und murmele: »Manchmal.« Dann halte ich inne, als er den Kopf schüttelt und angestrengt nachdenkt. »Und einmal, als wir zusammen waren, habe ich ihr etwas Unmögliches gesagt.«

»Und zwar?«

»Ich sagte ihr sinngemäß, dass es mir lieber wäre, wenn mein Leben immer so sein könnte wie in jenem Moment.«

»Sie meinen, wenn Sie mit ihr leben könnten?«

Ich winde mich vor Pein. »Ja.«

»Oh, Sie Idiot«, sagt er und verzieht das Gesicht.

»Es war eine dumme und einfach so hingeworfene Bemerkung. Ich hatte genug von Alices seltsamem Benehmen und war endlich mal wieder entspannt. Es hat nichts bedeutet.«

»Vielleicht nicht für Sie, aber …«

»Ich weiß, ich weiß.«

»Sie haben einen furchtbaren Fehler begangen, Paul.«

»Sie kommt hier immer wieder herein und schickt mir ständig alberne Textnachrichten. Es ist alles süß und klingt unschuldig, aber sie wird allmählich anstrengend.«

»Wie könnte Alice es herausgefunden haben?«

»Ich kann mir nicht vorstellen, dass es ihr gelungen ist, aber …«

»Gibt es Beweise? Überlegen Sie genau.« Er klingt jetzt eindringlicher.

»Nein, absolut nicht. Ich bin vorsichtig gewesen. Und es ist wirklich nicht so oft vorgekommen.«

Er beugt sich vor, sein Interesse ist erwacht. »Aber Sie haben eine Ehefrau und eine Geliebte. Die Frau verhält sich plötzlich irrational. Sie glauben, die Geliebte sei ein Geheimnis, aber alle Geheimnisse und Lügen kommen irgendwann ans Tageslicht, Paul. Seien Sie nicht naiv. Sobald Sie einmal gelogen haben, können Sie sich bei nichts mehr sicher sein. Wenn Ihnen nichts anderes einfällt, dann ist es wahrscheinlich diese Sache. Vielleicht hat sie Sie zusammen gesehen, vielleicht hat sie eine der Nachrichten gelesen, oder vielleicht hat ihr Belinda etwas gesagt.«

»Nein, nein, nein«, sage ich und schüttele die ganze Zeit den Kopf, doch innerlich fürchte ich, dass er vielleicht recht hat, dass Alice es irgendwie herausgefunden hat, auch wenn ich weiß, dass es für ihr Verhalten noch einen echten, geheimen Grund gibt – *das traumatische Ereignis*, wie John es genannt hat. Vielleicht kommt das hier noch dazu und hat ihr endgültig den Rest gegeben.

»Sehen Sie sich das lieber noch einmal genauer an. Nur, um sicherzugehen.«

»Ja«, stimme ich zu. »Das sollte ich wohl tun.« Ich nippe an meinem Drink. Der Alkohol verschlimmert meine Magenschmerzen. »Ich weiß nicht, wie ich Belinda dazu bringen kann, sich zu beruhigen.«

»Sie müssen es ihr ganz direkt sagen.«

»Es ist so verdammt … schwierig.«

»Sie sind erwachsen, Paul, und vergessen Sie nicht, Sie sind ihr Chef. Sie ist die Jüngere, die Unvernünftige. Sie hätten diese Grenze niemals überschreiten dürfen, aber jetzt müssen Sie die Regeln wieder durchsetzen und sie daran erinnern, dass Sie das Sagen haben und dass Ihre Sekretärin außerhalb der Arbeit auf Abstand zu Ihnen gehen soll, falls ihr etwas an ihrem Job liegt. Sie müssen ehrlich mit ihr sein, auf eine höfliche, aber bestimmte Art. Machen Sie ihr klar, dass Sie sich ganz sicher dabei sind, Ihre Affäre nicht fortsetzen zu können, vor allem aber, dass Sie keine gemeinsame Zukunft haben.«

Ich weiß, dass er völlig recht hat und ich natürlich genau das tun sollte. Ich muss entschlossen sein, unnachgiebig und stark, und ich muss die Kontrolle über mein Leben zurückgewinnen.

Ich bedanke mich bei John, der noch einen zweiten Drink nimmt, auf den ich verzichte, dann verlasse ich das Old Bailey und mache mich langsam auf den Heimweg. Während der Fahrt klingelt mein Handy. Ich erwarte, dass Alices Name auf dem Display erscheint, aber da steht *Belinda*. Ich gehe nicht dran, aber beim ersten Parkstreifen, an dem ich vorbeikomme, fahre ich an den Straßenrand. Bis zum Halt ist schon eine Textnachricht eingetroffen.

Bist du OK, Baby?

Ich treffe die nächste dumme Entscheidung.

Ich schreibe: *Belinda, bitte, lass mich in Ruhe. Wir hatten eine schöne Zeit, aber mehr kann daraus nicht werden. Ich bin dein Chef, du bist meine Angestellte, es hat Spaß gemacht, aber lassen wir es dabei bewenden. Schick mir keine Nachrichten mehr aufs Handy. Ich musste heute früher weg, weil mir übel geworden ist, aber wir unterhalten uns vernünftig, wenn ich wieder zurück bin.*

Ich drücke auf Senden und bleibe danach lange dort stehen, wo ich mich befinde. Ich bedaure sofort, was ich getan habe. Mir sind die Schwierigkeiten allzu bewusst, die Belinda mir bereiten könnte.

Aber sie ist so jung und attraktiv. Und vor allem ist sie jetzt gerade nicht Alice.

Wohin man sieht, nur Bedauern.

Auf dem Nachhauseweg halte ich an einem Hilton-Hotel und gehe in die Bar. Ich brauche etwas, um meine Nerven zu beruhigen, trinke langsam einen Whisky und versuche erfolglos, mir zu überlegen, wie meine nächsten Schritte aussehen sollten.

Nach etwa einer Stunde fahre ich nach Hause.

Als ich mich unserer Einfahrt nähere und über das Gespräch nachdenke, das ich gleich mit Alice haben werde, kommt Belinda hinter einem Baum hervor und stellt sich mir in den Weg. Ich trete schockiert auf die Bremse. Sie starrt mich durch die Windschutzscheibe an. Sie sieht sehr wütend aus.

Die Nachricht.

Sofort läuft sie um den Wagen herum und beschimpft mich wütend durch das Fahrerfenster.

Ich will unbedingt, dass sie leise bleibt, deshalb öffne ich den Wagenschlag. »O Gott, wirst du wohl leise sprechen!« Ich werfe einen kurzen Blick zum Haus, um zu sehen, ob Alice uns aus einem Fenster beobachtet. Ich kann sie zwar nicht sehen, aber das heißt nicht, dass sie nicht da ist. »Steig sofort ein!«

»Nein, das werde ich ganz sicher nicht tun!«

»Belinda …«

»Du hast mich benutzt. Und du hast mich verführt. Es war nur Spaß? Du Mistkerl!«

»Beruhigst du dich endlich?« Ich will, dass sie aufhört und verschwindet.

»Ihr Männer seid alle gleich.«

»Hör mal, ich habe nie gesagt … Ich war in dem Moment nur so fertig. Es waren nur Worte, Belinda.«

»Du hast mich belogen.«

»Wie hätte das jemals mehr sein können als Sex? Du arbeitest für mich, und ich bin verheiratet. Es war entspannend, und es war gut, aber sonst nichts. Du kannst doch nicht mehr erwartet haben.«

»Verheiratet? Auf einmal bist du verheiratet? Also wenn das das einzige Hindernis ist – darum kann ich mich kümmern.«

Sie dreht sich um und läuft die Auffahrt hinauf.

»Belinda, nein!« Ich schreie fast und springe aus dem Wagen. Als ich sie eingeholt habe, packe ich sie von hinten.

Sie dreht sich um und schlägt mir ins Gesicht. »Du bist einfach nur erbärmlich, das seid ihr Männer alle. Du hast mich auch nur benutzt, genau wie die anderen. Aber mir reicht es. Ich will mit deiner Frau sprechen!«

Sie geht von mir weg und lässt mich dort stehen. Ich weiß nicht, wie ich reagieren soll. Sie hat schon die halbe Auffahrt hinter sich, und ich weiß, dass sie meine Ehe zerstören könnte. Eine Ehe, die ich bewahren muss, für unser beider Zukunft und zu unserem Besten, aus Gründen, die nur Alice und ich verstehen.

Das kann sie nicht machen.

Ich taumele zum Wagen zurück und überlege, was zu tun ist. Mir bleiben nur noch Sekunden.

Ich bin ihr Chef, John hatte das bereits gesagt; sie ist meine Angestellte, und das hier ist mein Leben, mein verdammtes Haus, und sie hat mich gerade geschlagen. Was zum Teufel bildet sie sich ein? Jetzt sollte sie mir einmal zuhören.

Ich springe in den Wagen, und in dem Wissen, dass mir nur noch Sekunden bleiben, aber ohne klar nachzudenken, ramme ich den Fuß aufs Gaspedal. Der Wagen macht einen Satz nach vorn und fährt die Auffahrt hoch. Ich bin nur noch wenige Meter von ihr entfernt, als mir klar wird, was ich unterbewusst vielleicht zu tun versuche. Sie dreht sich um, als sie hört, wie die Autoreifen den Kies hochschleudern. Sie macht ein schockiertes Gesicht. Wir sehen einander in die Augen, als ich sie fast erreicht habe, ich halte ihr Leben in den Händen und umklammere das Lenkrad. Aber ihr Blick, der an ein Reh im Scheinwerferlicht erinnert, lässt mich auf die Bremse steigen. Sie wirkt wie ein verängstigtes Kind. Der Wagen rutscht mit blockierten Rädern weiter und bleibt direkt vor ihr stehen. Sie taumelt zur Seite. Obwohl mir mein Verhalten selbst Angst einjagt, bin ich wütend auf sie. Ich trete wieder auf das Gaspedal und öffne das Fenster. »Tu, was ich dir sage, und halte dich verdammt nochmal aus meinem Leben raus!«, fahre ich sie an. »Oder du kannst dir einen anderen Job suchen!« Ich sehe mich nicht um, als ich aus dem Wagen steige, die Tür zuknalle und auf das Haus zustürme. Ich sehe nur ihre zusammengesunkene Gestalt in der Entfernung und ihre hängenden

Schultern, als sie weggeht. Dann schließe ich die Vordertür und sperre sie aus meinem Leben aus. Für immer, hoffe ich.

*

Alice war nicht unten, als ich hereinkam, deshalb ging ich in die Küche und goss mir etwas zu trinken ein – einen anständigen Bourbon. Ich wollte das Brennen im Magen spüren. Ich trank ihn in einem einzigen, schmerzhaften Zug aus, dann nahm ich mir einen zweiten.

Während ich trinke, kommt Alice in den Raum. Sie ist wackelig auf den Beinen. Ich glaube, sie hat diese Schlaftabletten genommen, die sie neuerdings heimlich konsumiert. »Du bist lange draußen gewesen«, lallt sie.

Ich habe keine Lust auf sinnlose Gespräche oder einen weiteren Streit, deshalb ignoriere ich sie. Sie kommt auf mich zu, ihre Hand gleitet über das Sideboard. »Ich sagte, du warst lange draußen«, wiederholt sie eindringlicher, aber sehr langsam.

Ich wende mich ihr zu. »Ich *war* draußen.«

»Stimmt es etwa nicht, was ich sage?«, fragt sie, plötzlich sehr aufgebracht und wütend.

»Was redest du da? Wie viele von den Pillen hast du genommen? Oder bist du nur betrunken?«

»Wie kannst du es wagen!«, sagt sie leise und kommt näher. »Du bist es doch, der einen Drink in der Hand hat.«

»Hör mal, Alice, was willst du von mir? Was willst du *heute*? Denn es ist doch garantiert etwas anderes als gestern. Und ich wette, morgen wird es wieder etwas anderes sein.«

Sie schwankt beträchtlich. »Wie kannst du es wagen, mir Vorwürfe zu machen?«

»Ich habe keine Lust, mit dir zu streiten.«

»Na los«, sagt sie und kommt unangenehm nahe an mich heran. »Schlag mich doch!«

»Was redest du da?« Sie verblüfft mich. Ich versuche, an ihr vorbeizugehen, aber sie stellt sich mir in den Weg. Ich schiebe sie mit dem Arm zur Seite. »Ich brauche Zeit für mich allein.«

Sie stolpert mir vor die Brust und greift nach mir. »Zeit für dich allein? Du bist doch nie hier! Na los, lass mich wieder im Stich.«

Das kann ich nicht ignorieren, ich muss dagegenhalten: »Ich habe dich nicht im Stich gelassen. Ich musste dasselbe Problem bewältigen wie du.« Ich stoppe. Dann sehe ich es deutlich. »Aber du hast aufgegeben.« *Ich kann mir keine gemeinsame Zukunft mehr für uns vorstellen.*

Als ich versuche, das Zimmer zu verlassen, zerrt sie an meiner Kleidung.

»Das … das, was wir eine Ehe nennen … Ich kann das nicht mehr«, teile ich ihr mit. Diesmal gelingt es mir, an ihr vorbeizukommen.

»Nein!«, schreit sie und packt mich von hinten am Hals. Ihre Fingernägel drücken in meine Haut, und sie krallt sich fest. Ich wehre mich, schreie. »Verdammt! Hör damit auf! Lass mich gefälligst los!« Sie drückt mir auf die Luftröhre, deshalb bleibt mir keine Wahl. Ich packe ihr Handgelenk und drehe es herum. Sie stößt mit dem Rücken in das Sideboard und sackt danach zu Boden. Mit einem Aufschrei fasst sie sich an den Bauch, ihr Gesicht ist schmerzverzerrt.

Dieser Anblick tut mir weh. Erschreckt von dem, was ich getan habe, knie ich mich hin und strecke den Arm nach ihr aus. »Bist du okay?«

Ihr entfährt ein animalischer und verzweifelter Schrei, aus ihrem tiefsten Inneren. »O Gott, Alice?« Das ist nicht normal, etwas stimmt nicht. Ich laufe ins Wohnzimmer, greife nach dem Telefon und haste, noch während ich die 999 wähle, in die Küche zurück. Sie liegt jetzt ausgestreckt auf dem Fußboden. »Alice?«

Sie antwortet nicht.

Ich setze mich auf den Fußboden. »Ich bin da«, sage ich, so sanft ich kann, während meine Nerven aufs Äußerste gespannt sind, und reibe ihr den Rücken. »Ich bin da.«

Nach zwanzig Minuten trifft der Rettungswagen ein. Die ganze Zeit über weint Alice laut und lässt sich nicht beruhigen. Sie ist nicht imstande, auch nur ein Wort zu mir zu sagen. Sie hält sich nur den Bauch.

Die Sanitäter stellen mir Fragen, aber ich begreife nicht, was sie sagen. Sie arbeiten einfach um mich herum.

Eine sich windende Alice wird auf eine Trage gehoben. Die Sanitäter wirken verwundert. Ich folge ihnen aus dem Haus und die Auffahrt hinunter, als sie sie zum wartenden Rettungswagen tragen. Sie heben sie hinein, und ich will gerade ebenfalls einsteigen, als ich Alice knurren höre: »Nein, ich will ihn hier nicht drin haben!«

Ich bin erschrocken. Einer der Sanitäter teilt mir mit, dass ich nicht einsteigen darf und ihnen in einem anderen

Fahrzeug folgen muss, falls ich zum Krankenhaus will. Das will ich natürlich. Außerdem möchte ich Alice begreiflich machen, dass die Worte, die ich gesagt hatte, als sie zusammenbrach, nicht mehr von Bedeutung sind. Die Sorge, die ich um ihr Wohlbefinden habe, hat mir verdeutlicht, dass ich sie nicht verlieren will.

Ich greife mir meine Autoschlüssel, verschließe die Eingangstür, springe in mein Auto und gebe Gas, um den Krankenwagen einzuholen. Doch als ich ans Ende der Auffahrt gelange, sehe ich ihn nicht, deshalb nehme ich die Route, die ich für die schnellste zum Krankenhaus halte.

Unterwegs schwitze und fluche ich, überfahre eine rote Ampel und werde fast seitlich gerammt. Schon auf halber Strecke bin ich außer Atem und völlig panisch. Ich mache mir Sorgen, warum mich Alice nicht mit im Krankenwagen fahren ließ. Ich fürchte, dass ich sie verloren haben könnte, obwohl das doch das Letzte ist, was ich will. Außerdem habe ich Angst, dass sie irgendetwas sagen könnte. Ich will, dass sie weiß, dass sie mir alles bedeutet und wir zusammenbleiben müssen. Wir können nicht ohne einander überleben; unsere Zukunft liegt jeweils in den Händen des anderen.

In der Haltebucht für Notfall-Fahrzeuge vor dem Krankenhaus steht ein Rettungswagen, dessen hintere Türen offen stehen. Öffentliche Parkplätze sind weiter hinten und auf der rechten Seite. Ich nehme mir nicht die Zeit, zu bezahlen, sondern laufe gleich zum Hauptgebäude und suche nach Schildern in Richtung Notaufnahme. Dann stürme ich durch ein paar Doppeltüren. Etwa zehn Meter vor mir befindet sich ein Empfangstresen, dazu jede Menge Sitzplätze, die meisten sind belegt. Der Flur ist ganz in Blau und Grau gehalten. Das ganze Gebäude riecht nach Desinfektionsmitteln.

Ich laufe zum Tresen. Dahinter steht eine Frau, die gerade mit einem älteren Mann redet. Hinter dieser steht noch eine andere Frau, die etwas in einem Aktenschrank sucht. »Entschuldigen Sie bitte«, rufe ich. »Wo ist meine Frau?«

Die Frau am Aktenschrank dreht sich um. »Stellen Sie sich bitte hinten an, Sir.«

»Sie verstehen nicht«, sage ich eindringlich. »Meine Frau, sie wurde vom Krankenwagen gebracht, und ich habe sie verloren. Wo kann ich sie finden?«

»Folgen Sie mir«, sagt sie und stampft genervt durch eine Seitentür hinaus. Wir eilen durch eine Reihe von Korridoren und landen schließlich in einem größeren Raum. Hier gibt es einen riesigen Empfangstresen und viele Leute, die schnell herumlaufen.

»Ihr Name, Sir?«

»Paul Reeve.«

»Und Ihre Frau?«

»Alice. Alice Reeve.«

Sie beugt sich über den Tresen und spricht schnell mit einer Frau, die als Antwort nickt. Dann wendet sie sich wieder an mich. »Warten Sie hier. Jemand wird sich um Sie kümmern.« Dann geht sie wieder in die Richtung zurück, aus der wir gekommen sind.

»Vielen Dank«, rufe ich ihr hinterher, aber ich weiß nicht, ob sie mich hört.

Ich schleiche unruhig herum – nach fünf Minuten fühle ich mich allein und nutzlos. Schließlich kann ich nicht länger warten und gehe zur Rezeption. »Entschuldigen Sie bitte«, rufe ich, als niemand aufblickt. Eine Frau mit lockigem, braunem Haar schaut hoch. »Ich warte hier, weil ich zu meiner Frau will. Alice Reeve. Die Rezeptionistin von dahinten …«, ich deute hinter mich, »… hat mich hierhergebracht und mir gesagt, dass jemand kommen wird, um mich zu holen.«

»Es dauert nicht mehr lange, Sir. Haben Sie einfach Geduld. Setzen Sie sich dorthin.« Sie zeigt den Flur hinunter zu einer Wartebucht. »Alles wird gut. Da gibt es etwas zu lesen. Man wird Sie nicht vergessen, aber das Wichtigste ist jetzt, dafür zu sorgen, dass Ihre Frau schnell behandelt wird.«

»Vielen Dank«, sage ich und gehe los. »Ich bin dann dahinten«, setze ich unsicher hinzu.

Während ich darauf warte, dass jemand zu mir kommt, werde ich immer nervöser. Es kommt mir vor, als wäre schon eine Ewigkeit vergangen. Ich kann mich nicht auf alte Zeitschriften konzentrieren, ich kann mich nicht hinsetzen. Wahrscheinlich vergeht höchstens eine Viertelstunde, aber selbst das dauert mir viel zu lange, und ich fange an, mir Dinge einzubilden. Ich frage mich, was sie ihnen wohl gerade offenbart.

Ist das jetzt der Anfang vom Ende für uns?

Schließlich bin ich kurz davor, verzweifelt herumzubrüllen, als sich Schritte nähern. Ein Mann um die fünfzig in einem Arztkittel erscheint. Ich bin zuerst voller Hoffnung, aber dann zutiefst besorgt, als ich sehe, dass ein Polizist ihm folgt.

»Mr Reeve«, sagt der Doktor. Es ist keine Frage, aber ich nicke trotzdem mit dem Kopf.

»Ich möchte meine Frau sehen.« Sein Gesichtsausdruck sagt mir, dass etwas nicht stimmt. »Was ist los?«

Er zögert. Der Polizist tritt vor und nennt seinen Namen. Ich kann ihn mir nicht merken, denn mein Verstand ist benebelt. »Ihre Frau hat eine Anschuldigung gegen Sie vorgebracht, und das bedeutet, dass wir Sie zurzeit nicht zu ihr lassen können. Falls sie sich dazu entschließt, Sie wegen Körperverletzung anzuzeigen, werden Sie Ihre Frau vermutlich eine Zeit lang nicht sehen.«

»Was meinen Sie mit ›Körperverletzung‹?« Ich kann es nicht glauben. »Sie hat mich angegriffen. Sie ist nur nach hinten gefallen, als ich versucht habe, sie von mir abzuschütteln.«

»Sie werden viel Zeit haben, Ihre Sichtweise zu erläutern, wenn Sie Ihre offizielle Aussage machen – das heißt, falls Ihre Frau sich dazu entschließt, die Sache weiterzuverfolgen. Für den Moment hat sie darum gebeten, Sie von ihr fernzuhalten, bis sie eine Entscheidung darüber getroffen hat, was sie als Nächstes tut.«

»Aber das ergibt doch keinen Sinn«, erwidere ich und habe mehr Angst als je zuvor. *Was ist denn, wenn sie plötzlich rachsüchtig wird?*

Ich sehe meinen Amtsverzicht fast schon bildhaft vor mir.

Aber das würde auch sie zerstören; das wird sie bestimmt begreifen. Sie wird kaum erklären können, was letzten Oktober in unserem Haus geschehen ist, ohne auch sich selbst zu belasten.

Ich muss Alice sehen. Ich muss ihr sagen, dass ich es nicht so gemeint habe, dass ich sie will. Dass wir einen Weg finden können, damit alles wieder besser wird. »Bringen Sie mich zu meiner Frau«, verlange ich.

»Haben Sie getrunken, Sir?« Er schnuppert übertrieben.

»Ich hatte einen Drink. Aber ich verstehe nicht, was das mit dieser Sache zu tun haben sollte. Ich bin Richter, um Himmels willen. Wissen Sie, was das heißt? Das hier ist ein furchtbares Missverständnis. Wir haben uns gestritten. Ich wollte weggehen; sie hat mich festgehalten, und als ich sie abschütteln wollte, ist sie gestürzt. Ich hatte absolut nicht vor, ihr wehzutun. Was geschehen ist, bedeutet nichts.«

»Bei dem momentanen Zustand Ihrer Frau bedeutet es mit Sicherheit etwas. Sie hätten vorsichtiger sein müssen, auch wenn Sie beide vielleicht von Ihren Gefühlen hingerissen wurden.«

Ich bin zum Schweigen gebracht. Ich öffne den Mund, aber es ist, als läge ein Schalldämpfer auf meinen Stimmbändern.

Ihr *Zustand?*

»Ich schlage vor, Mr Reeve, dass Sie jetzt nach Hause gehen und warten, bis Sie entweder von uns oder von Ihrer Frau hören. Falls Ihre Frau uns mitteilt, dass sie Anzeige gegen Sie erstatten will, bekommen Sie Besuch von Beamten, die eine Aussage von Ihnen wollen. Oder aber Ihre Frau ruft Sie an und sagt Ihnen, dass es okay für Sie ist, vorbeizukommen und sie zu besuchen. Sie müssen jetzt nur geduldig sein und warten.«

Ich kann nicht mehr klar denken. Ich sage nichts mehr und gehe auf eine Tür zu. Vielleicht ist es der Ausgang, ich weiß es nicht.

»Ihre Frau wird sich wieder erholen!«, ruft der Arzt mir nach. »Sie ist nur angeschlagen und aufgewühlt. Was sie jetzt braucht, ist Ruhe, sie bleibt ein oder zwei Tage zur Beobachtung hier.«

Er ahnt nicht, dass das nicht das Einzige ist, was ich wissen möchte.

Nach Hause zurückgekehrt lasse ich mich mit einer Flasche Woodford Reserve in einer Hand und einem Glas in der anderen aufs Sofa sinken.

Welcher *Zustand?*

Ist Alice etwa schwanger? Ausgeschlossen. Wir haben wegen meiner Karriere damit so lange gewartet, und als wir es dann schließlich versuchten, haben die Ärzte uns gesagt, dass es bei uns nicht klappen könnte.

Wir können keine Kinder bekommen.

Aber wenn sie sich geirrt haben? Vielleicht darf ich dann mein Kind niemals sehen. Das könnte passieren, falls Anklage gegen mich erhoben wird. Und nicht nur das, Alice könnte der Polizei von dem Mann erzählen, dessen Leiche wir versteckt haben, und dann wäre sie mich für immer los. Ich könnte im Gefängnis enden, ohne Anwaltslizenz und ohne eine Familie, ohne das Kind, auf das zu hoffen ich mir längst verboten hatte.

Ich könnte Vater werden. Der Gedanke steigt mir in den

Kopf, schwirrt dort herum, und ich fühle mich, als würde ich schweben. Ich bin euphorisch, mein Traum wird wahr.

Doch dieses Gefühl hält nicht lange an, Schuldgefühle und Verlustängste peinigen mich bald. Ich trinke viel, weil ich hoffe, sie so zu verdrängen. *Was wäre, wenn ich Alice oder mein Kind nie wiedersehen würde?* Ich habe die Flasche schon über die Hälfte geleert, als die ersten Tränen fließen und ich von Selbstmitleid überwältigt werde. Wieso sollte ich glauben, dass Alice mir die Chance geben wird, der Vater zu sein, der ich immer sein wollte? Hätte sie gewollt, dass ich Anteil am Leben des Kindes habe, hätte sie die Schwangerschaft ganz bestimmt nicht geheim gehalten. Und sie hätte der Polizei auch nicht befohlen, mich von ihr fernzuhalten.

Ein Baby.

Ich möchte Vater sein.

Fünf Jahre erfolgloser Versuche, nachdem ich meine Karriere aufgebaut hatte. Dreimal künstliche Befruchtung. Nur Fehlschläge und Leid.

Ich lege mich hin, weil ich mich nicht mehr aufrecht halten kann; ich weiß, dass es morgen an der Tür klopfen könnte. Die Polizei würde davorstehen, und dann wäre es vorbei. Sie wissen bestimmt schon alles.

Es könnte aber auch ein ganz anderer Telefonanruf sein. Eine bekannte Stimme, die sagt: »Paul, es tut mir leid, ich habe einen dummen Fehler begangen. Ich möchte dich hier haben, sofort.« Und ich könnte zum Krankenhaus gehen, wir könnten uns umarmen und sagen, dass es uns leidtut, und noch einmal ganz von vorn beginnen.

Wie auf Autopilot hole ich das Handy aus meiner Tasche und schreibe Worte, die ich nicht sehen kann: *Du bist entlassen.*

Ich möchte ganz von vorn beginnen. Ich möchte Vater sein. Und das bedeutet, dass ich ein guter Ehemann sein muss.

Ich schließe die Augen, bete und tauche ins schwärzeste Dunkel hinab.

*

Erst kurz vor Mittag am nächsten Tag schaffe ich es, wieder die Augen zu öffnen. Mein Kopf dröhnt. Der Alkohol hat mein Leid nicht gelindert, sondern nur verstärkt. Ich bedauere jeden Schluck.

Ich denke an Alice und kann immer noch nichts weiter tun als warten.

Ich nehme mir ein Glas Wasser und hoffe auf ein Wunder. Bei jeder Bewegung spüre ich einen heftigen, durchdringenden Schmerz. Ich schließe die Augen und versuche, ihn verschwinden zu lassen, aber er hat sich tief eingegraben und ist verdammt hartnäckig.

Ich lege mich auf den Rücken, starre an die Decke und versuche, nachzudenken. Zuerst ist da Wut – auf mich selbst, mein Benehmen und meine Handlungen. Aber auch auf Alice, weil sie mich belogen und das größte denkbare Geheimnis vor mir verborgen hat. Aber wer kann ihr deswegen einen Vorwurf machen? Ich weiß nicht, wie viel sie von dem weiß, was ich getrieben habe, aber der heftige

Streit, den ich gestern mit Belinda hatte, fand direkt vor ihrer Nase statt. Es könnte deshalb sein, dass sie längst alles weiß. Außerdem bin ich wütend auf diesen Eindringling, wer auch immer er gewesen sein mag, weil er unser Leben so auf den Kopf gestellt hat.

Ich stelle mir unser Kind vor.

Ich werde ein besserer Ehemann sein. Ein besserer Mann.

Für den Rest des Tages rühre ich keinen Tropfen mehr an, aber als es nicht an der Tür klopft und auch das Telefon nicht klingelt, fange ich wieder an, mir Sorgen zu machen. Kurz nach vier Uhr rufe ich im Krankenhaus an. Ich bitte darum, mich zur Station durchzustellen, auf der Alice liegt. Es vergeht eine lange Zeit, bevor am anderen Ende jemand rangeht.

»Ich darf Ihnen nur mitteilen, dass sie sich gut erholt.«

Ich lege auf, bin frustriert, weil ich nicht weiterkomme, aber auch erleichtert, dass die Handschellen noch nicht zugeschnappt sind. Das bedeutet, dass wir noch eine Chance haben. Ich muss warten.

*

Ich weiß nicht, wie lange ich schlafe. Es hat Ewigkeiten gedauert, bis ich einschlafen konnte, aber nun werde ich von einem Geräusch geweckt – es ist das Rasseln einer Kette, dann folgt ein Rumms. Das ist die Eingangstür, die sich schließt. Ich warte darauf, dass Alice am oberen Ende der Treppen erscheint. Doch als die Gestalt sichtbar wird, ist sie es nicht. Er ist es. Alice liegt neben mir, und er kommt ihretwegen. Ich muss ihr helfen, aber meine Arme sind hinter meinen Rücken geschnallt und meine Beine an den Boden gekettet. Ich bin hilflos. Voller Angst und verzweifelt bemüht, sie zu retten, kämpfe ich mich frei, zerbreche das Metall mit meinen bloßen Händen und schaffe es, benommen in den Flur zu taumeln.

Dort stehe ich plötzlich Alice gegenüber.

Für einen Moment kommt es mir vor, als träumte ich noch. Sie ist wie ein himmlisches Wesen, das in der Luft schwebt. Ich flüstere ihren Namen. Sie gleitet wie ein Engel bis auf wenige Zentimeter vor mein Gesicht und dann spüre ich, wie ihre Hände erst über meine Schultern und dann mein Gesicht streicheln. Sie umarmt mich.

»Warum?«, bringe ich hervor und greife nach ihren Händen, um mich zu vergewissern, dass sie real ist.

»Warum hast du nichts davon gesagt?«

Sie schaut mir in die Augen. »Ich sage es dir jetzt.«

A

»Ich bin schwanger«, sage ich.

»Wirklich?« Pauls Grinsen ist so breit, wie ich es noch nie gesehen habe.

Ich nicke. »Ja, wirklich.«

Er küsst mich und umarmt mich lange und innig. »Das ist … einfach phantastisch!«, stottert er. Dann sagt er: »Danke.«

»Wofür?«

»Dafür, dass du zurückgekommen bist. Weil du mir eine Chance gibst. Weil du mich nicht anzeigst.«

»Warum sollte ich das tun?«

»Weil ich es verdient hatte, dass du böse auf mich warst. Man hat mir gesagt, dass du dich weigerst, mich zu sehen.«

»So war es auch. Aber ich habe meine Meinung geändert.«

»Ich bin froh, dass du das getan hast. Du wirst mich Vater sein lassen?«

»So sieht es aus.«

»Ein Vater neben einer wunderbaren Mutter.«

»So wie es immer sein sollte«, sage ich.

Er küsst mich wieder.

In jener Nacht liegen wir nebeneinander im Bett. Irgendwann schläft Paul ein, aber ich bleibe hellwach. Ich schmiege mein Kinn zwischen seine Schulterblätter und fange an, mit mir selbst zu reden. Ob ihn meine Worte erreichen? »Jeden Tag denke ich an das, was wir getan haben, und mir wird übel. Ich war verloren, aber jetzt habe ich mich wiedergefunden. Jetzt ist da ein Kind, an das ich denken muss. Es gibt einen Grund, weiterzumachen.«

Sein Handy vibriert auf seinem Nachttisch. Ich greife danach und lese die Nachricht.

Warum sollte mich das wundern?

»Aber wird es jemals Grund genug für dich sein, Paul? Nein, dir kann man nicht trauen. Das bedeutet, du wirst beweisen müssen, dass du es verdient hast, der Papa meines Babys zu sein. Du wirst es mir zeigen müssen.«

Selbst ohne Kind habe ich immer an unsere Zukunft geglaubt. Jetzt ist alles möglich.

Natürlich könnte ich damit auch sehr, sehr falschliegen.

11

An einem Schreibtisch in der Kommandozentrale saß Detective Constable Ryan Hillier und telefonierte. »Okay, danke. Das klingt wie das, wonach wir suchen. Bitte schicken Sie es rüber ... Okay, ich sehe gleich nach.« Er erweckte den Computer zum Leben und klickte ein paarmal mit der Maus. »Ja, ist angekommen. Nochmals vielen Dank.«

Er lehnte sich zurück und sah sich lächelnd um.

Detective Sergeant Katherine Wright spürte seine Blicke auf sich und sah von den Akten hoch, über denen sie gerade brütete. »Worum geht es?«

»Einer unser Ansprechpartner in Österreich. Sie haben einen ungelösten Fall, der vielversprechend klingt.«

»Erzählen Sie mir davon.«

»Ich leite gerade die Dateien an Sie weiter.«

»Die sehe ich mir gleich an, aber geben Sie mir schon mal eine Zusammenfassung.«

»Alexander Pavlik wird seit fünfzehn Jahren wegen einer Serie von Auftragsmorden gesucht. Zu den Opfern gehörten einige sehr prominente Personen. Er war teuer, weshalb er sich auch scheinbar in Luft auflösen konnte – anscheinend sehr effektiv. Militärischer Hintergrund, hat für die Sicherheitskräfte des Landes gearbeitet. Seine spezielle Mordwaffe?«

»Klavierdraht«, erriet Wright.

Hillier nickte. »Die Opfer wurden immer garrottiert. Zwölf Opfer im Laufe von vier Jahren, und dann ist er verschwunden. Der letzte Mord war ungewollt nachlässig, man hat Fingerabdrücke von ihm gefunden.«

»Wie war das möglich?«

»Anscheinend wurde er gestört und musste vom Tatort fliehen. Bei seinem Versuch, davonzukommen, hat er einen Handschuh verloren. Weil man glaubte, dass er das Land verlassen hatte, wurde ein internationaler Haftbefehl ausgestellt. Inzwischen geht man davon aus, dass er unmittelbar nach der Tat ausgereist ist. Es gibt eine bestätigte Sichtung hier in Großbritannien vor fast einem Jahrzehnt, aber seitdem ist er nicht wieder aufgetaucht. Er ist wie ein Geist, der ungestraft Gott weiß was anstellt.«

»Falls das unser Mann ist, wissen wir genau, was er getan hat und womit er davongekommen ist«, sagte sie. »Bis jetzt.« Sie spürte neue Energie. »Gab es hier – abgesehen von den drei Fällen, die wir bereits kennen – im Laufe der letzten zehn Jahre Morde, bei denen das Opfer mit Klavierdraht garrottiert wurde?«

»Wir haben noch nichts gefunden.«

»Also wäre es möglich, dass er vor etwa zehn Jahren hergekommen ist und sich bis zu seiner letzten Mordserie eine andere Tötungsmethode angewöhnt hat – oder er war all die Jahre abgetaucht und kommt jetzt wieder aus dem Ruhestand zurück.«

»Es sei denn, wir übersehen etwas. Ich meine, warum sollte er plötzlich etwas ändern, nachdem er zwölf Opfer mit der gleichen Methode erledigt hat? Schließlich hatte er damit früher bereits viel Erfolg. Vielleicht war er nur auf Tauchstation und braucht jetzt das Geld.«

»Oder er hatte einen Grund, sich in jemand anderen zu verwandeln.«

»Wieso das?«

»Um uns von seiner Spur abzubringen, falls er wusste, dass man international nach ihm sucht. Ohne Klavierdraht konnte man ihn nicht so leicht zurückverfolgen.«

»Möglich, aber warum greift er jetzt plötzlich wieder auf seine alte Methode zurück?«

»Keine Ahnung.« Wright öffnete eine der Dateien. »Eine Porträtaufnahme«, sagte sie. Auf ihrem Monitor war ein Foto von Alexander Pavlik zu sehen, das anscheinend vor zwanzig Jahren während seiner Zeit in der österreichischen Armee aufgenommen worden war. »Hier steht, er hat es bis zum Oberst gebracht, genoss ein hohes Ansehen.« Sie sah sich das Bild genauer an. Es zeigte einen Mann mit kurzen Haaren und dunklen Augen in einer Uniformjacke. Sie interessierte sich besonders für seine Augen. »Sehen Sie sich diesen Blick an. So leer, wie tot. Können Sie das sehen?«

Hillier öffnete das Foto auf seinem Monitor. »Ja, das sehe ich. Aber wahrscheinlich sieht er inzwischen ganz anders aus, dieses Foto ist viel zu alt und für uns relativ nutzlos.«

»Vielleicht, doch seine Augen werden die gleichen sein.«

»Er könnte sich verändert haben.«

»Aber das, was hinter diesem Blick liegt, bleibt erhalten, ganz gleich, was passiert. Es wird immer derselbe tödliche

Blick sein, so etwas bleibt an einem haften. Man kann nicht verstecken, was im Blick eines Menschen liegt. Lassen Sie uns vom Computer Bilder generieren, auf denen er zwanzig Jahre älter aussieht. Eine andere Frisur, Haarfarbe, Gesichtsbehaarung, Gewichtszunahme. Setzen Sie ihm eine Brille auf. Sie wissen ja, wie das läuft.«

»Ich kümmere mich darum.« Er wandte sich wieder zu seinem Computer.

»Ach, Ryan?«

»Ja?«

»Gute Arbeit.«

Er lächelte, und sie machte sich wieder daran, die Akten auf ihrem Monitor zu überfliegen.

P

Als ich aufwache, liegt Alice noch im Bett. Ich ziehe mir etwas an, gehe nach unten und frühstücke. Dann komme ich wieder nach oben, um Alice einen Abschiedskuss zu geben. Als ich mich dem Schlafzimmer nähere, höre ich, dass im Badezimmer Wasser läuft.

»Alice?«, frage ich.

»Ich lasse mir ein Bad ein«, sagt sie.

Als sie die Tür nicht öffnet, sage ich: »Ich gehe jetzt zur Arbeit.«

»Hab einen schönen Tag«, antwortet sie. Ihre Stimme klingt seltsam kalt.

»Ist mit dir alles in Ordnung?«

»Ich werde ein Bad nehmen«, wiederholt sie.

Ich werfe einen kurzen Blick auf meine Uhr. Ich kann jetzt nicht länger warten. Mein Blick bleibt an der Badezimmertür hängen – dieser furchtbare Ort dahinter, an dem sich Alice gerade befindet, und ich frage mich, ob wir das Haus nicht doch verkaufen sollten, wie Alice es ursprünglich verlangt hatte. Vielleicht brauchen wir einen neuen Anfang, weit weg von hier. Ein Kind, ein neues Zuhause. Darüber werden wir heute Abend reden.

»Bis später«, sage ich, und als sie darauf nicht antwortet, setze ich hinzu: »Ich liebe dich, Alice.«

Sie erwidert immer noch nichts.

Als ich draußen bin, erwarte ich nicht, mich erleichtert zu fühlen, doch genau das passiert. Mir kommt es vor, als wäre ich einem hartnäckigen schwarzen Loch entkommen.

Auf den Straßen ist überraschend wenig los, und ich schaffe es, in relativ kurzer Zeit zur Arbeit zu kommen. Zögernd stecke ich den Kopf in Belindas Büro. Sie ist nicht da, was ungewöhnlich ist, weil sie immer vor mir eintrifft. Ich sehe Jenny. »Hat Belinda angerufen?«, frage ich sie. »Wissen wir, warum sie nicht hier ist?« Das ist eine sinnlose Frage, weil ich sehr gut weiß, dass ich wahrscheinlich der Grund bin, weshalb sie nicht zur Arbeit kommt. Ich versuche, mich überrascht zu geben, als Jenny antwortet: »Nein, nicht dass ich wüsste.«

Weil heute mein erster richtiger Arbeitstag nach meiner krankheitsbedingten Fehlzeit ist und es eine Menge zu tun gibt, bitte ich: »Könnten Sie bitte herausfinden, wo sie steckt? Und falls sie heute nicht kommen kann, würden Sie dann bitte eine Vertretung organisieren, die ans Telefon geht und ein paar Sachen für mich tippt? Nichts Kompliziertes.«

»Kein Problem.«

Ich gebe Jenny einige Dokumente, von denen ich möchte, dass sie bei meiner Ankunft im Gerichtssaal auf die Bank gelegt werden. Sobald sie weg ist, denke ich an Belinda, die normalerweise genau hier ist, wo ich momentan stehe, und frage mich, wo sie ist und was sie gerade empfindet. *Hasst sie mich?*

Ich überlege, ob der Vorfall vor dem Haus ausgereicht

hat, um sie für immer aus meinem Leben zu entfernen. Dann steigt eine entfernte und undeutliche Erinnerung in mir hoch. Eine Textnachricht vielleicht. Betrunken und wütend. *Was habe ich getan?*

Ich öffne die Nachrichten auf meinem Handy und erwarte die Liste der Nachrichten, die sie und ich im Laufe der vergangenen Wochen ausgetauscht haben. Falls ich ihr eine Nachricht geschickt habe, müsste sie ganz oben stehen.

Aber dort ist keine Nachricht an sie gespeichert. Keine einzige.

Seltsam, denn ich kann mich nicht erinnern, etwas gelöscht zu haben. Aber ich bin mir auch nicht mehr ganz sicher, ob ich ihr etwas getextet habe. Ich hatte eindeutig zu viel getrunken.

Es klopft an der Tür, und Jenny streckt ihren Kopf um die Ecke. »Wir sind so weit«, sagt sie.

Ich blicke auf das Handy und frage mich, was mit den Nachrichten passiert sein könnte.

»Euer Ehren?«, fragt Jenny förmlich, um meine Aufmerksamkeit zu erregen.

Ich stecke das Handy in meine Tasche, setze meine Perücke auf, nehme mir einen Aktenordner und gehe hinaus.

Zum Klang von »Bitte erheben Sie sich« betrete ich den Saal und gehe am Podium entlang zu meinem Sessel hinter der vorderen Bank. Ich stelle mich davor, verbeuge mich und blicke auf die Anwesenden hinunter. Alle diese Augen, sie warten darauf, auf mich zu reagieren, wenn ich so weit bin. In einem Gerichtssaal spürt man die respektvolle Atmosphäre. Ich kann mir nicht vorstellen, dass das irgendwann Gewohnheit wird. Zwar bin ich wegen meiner Nachrichten an Belinda verunsichert, aber es baut mich auf, hier zu sein. Das habe ich mir verdient. Hier gehöre ich hin.

Ich nehme Platz. Während der ersten zehn Minuten fällt es mir schwer, mich zu konzentrieren, aber die Befragung des Gerichtsmediziners durch den Staatsanwalt wird schnell so detailliert, dass mir nichts anderes übrig bleibt, als mich dazu zu zwingen, dem Fall zu folgen. Es dauert nicht lange, bis ich voll und ganz darin aufgehe und mein übriges Leben vorübergehend in den Hintergrund gedrängt wird.

Die Morgensitzung vergeht wie im Flug, und ich bin in meine Arbeit so vertieft wie schon lange nicht. Das baut mich auf und wirkt befreiend – am liebsten möchte ich dieses ausgefüllte Gefühl mit nach Hause nehmen und auf mein Leben mit Alice übertragen.

Ich verlasse den Gerichtssaal für die Mittagspause, und sobald ich in meinem Büro bin, klopft es an der Tür. Ich öffne. Dort steht eine junge Frau, etwa Mitte zwanzig, neben ihr Jenny. »Das ist Colette Fisher«, sagt sie. »Sie ist für den Rest des Tages als Vertretung bei Ihnen.«

»Dann haben Sie noch nichts von Belinda gehört?«

»Nein, leider nicht.«

Colette streckt mir ihre Hand entgegen, und ich schüttle sie.

»Hat man Sie schon herumgeführt?«

»Ja«, sagt sie und zeigt ein strahlend weißes Lächeln, das einen kräftigen Kontrast zu ihrem langen, glatten, schwarzen Haar und ihren dunkelroten Lippen bildet.

Ich reiche ihr einen Stapel Notizen und sage: »Es wäre großartig, wenn Sie zunächst das hier abtippen könnten.«

»Soll ich Ihnen etwas zu trinken holen?«, fragt sie. »Oder etwas anderes?«

Sie erinnert mich an Belinda. Ich verdränge den Gedanken. »Nein, danke. Das ist alles.« Sie geht, und ich wende mich an Jenny. »Hat … hat es jemand geschafft, Belinda zu erreichen?«

»Nein, sie geht bei beiden Telefonnummern, die wir von ihr haben, nicht an den Apparat. Sie lebt allein, doch es gibt eine Angehörige, deshalb haben wir diese Nummer angerufen – ihre Schwester –, und sie hat gesagt, sie würde ihr Bestes tun, sie zu erreichen. Wir warten darauf, dass sie sich bei uns meldet.«

»Okay, gut, Colette scheint …«, ich suche nach dem richtigen Wort, »… nett zu sein.«

»Ich bin sicher, dass Sie mit ihr gut zurechtkommen werden«, sagt Jenny mit einem Lächeln. »Und jetzt wünsche ich Ihnen ein angenehmes Mittagessen«, fügt sie hinzu und lässt mich allein.

Ich durchsuche noch einmal mein Handy. Keine einzige Nachricht von oder an Belinda. Ich verstehe es überhaupt nicht. *Wo sind die nur geblieben?*

A

Ich bin seit acht Jahren nicht mehr hier gewesen, doch jetzt bin ich zurückgekehrt. Ich stehe am Ende des Weges und strecke den Hals, damit ich die Spitze des Gebäudes sehen kann.

Acht lange Jahre. In dieser Zeit habe ich so viel durchgemacht und nie an diesen Ort gedacht. Mir ist völlig klar, dass hier auch niemand an mich gedacht hat.

Doch jetzt bin ich zurück. Ich brauchte eine Bestätigung, aber ich hatte keine Ahnung, woher ich sie bekommen konnte. Ich verließ das Haus und ging los. Meine Füße brachten mich hierher.

Nun mache ich einen vorsichtigen Schritt und gehe weiter bis zur Tür. Ich drücke meine Hand dagegen und denke an all die Male zurück, als ich hier ohne zu zögern hineingegangen bin, stolz und glücklich, und das Gefühl hatte, dass mir jeder Besuch etwas bringt. Jedes Mal, wenn ich gegangen war, hatte ich mich mehr wie ich selbst gefühlt.

Ich drücke und die Tür geht auf. Vor mir liegt ein großer, offener Raum, danach folgt die nächste Doppeltür. Hier ist mir alles vertraut. Es hat sich nichts verändert.

Nicht alles ändert sich.

Nach der nächsten Tür gelange ich in einen riesigen Raum. Vor mir stehen reihenweise Holzbänke. Weiter hinten ist ein grauhaariger Kopf zu sehen, mehr nicht, der in die andere Richtung blickt. Sie dreht sich nicht zu mir um, obwohl ich mir sicher bin, dass die Person meine Schritte hören kann, als ich zu einer Bank gehe. An diesem Ort konzentriert man sich ganz von allein.

Ich setze mich, ziehe den Mantel aus und lockere meine Schultern, dabei blicke ich zu dem Kreuz an der Wand über dem Altar. Dort hängt die Figur eines Mannes mit gesenktem Kopf und zerschmettertem Körper. Er ist ans Kreuz genagelt, und er kann nichts tun, um davon loszukommen. Er wird es nicht einmal versuchen.

Mir ist, als sollte ich mit ihm reden, aber mir fehlen die Worte. Deshalb sitze ich schweigend da und lasse die Atmosphäre auf mich wirken. Sie ist leer und kalt, aber ganz und gar nicht beunruhigend, sondern tatsächlich friedlich.

Von hinten nähern sich mir Schritte, aber ich reagiere nicht darauf. Nach einer Weile brummt eine leise Stimme: »Bist du hier, um zu beichten?«

Ich drehe mich um. Der Priester ist ein plumper Ire um die sechzig. Er hat ein freundliches, rundes Gesicht. Er war noch nicht hier, als ich noch mit meinen Eltern jeden Sonntag herkam.

»Tut mir leid«, sage ich. »Ich kenne Sie nicht.«

»Ich bin nur ein Paar Ohren zum Zuhören und ein Paar Hände, um dich wieder mit Gott in Verbindung zu bringen.« Er lächelt verschmitzt. »Du brauchst mich nicht zu kennen.«

Wieder in Verbindung bringen?

»Aber ich habe keine … Verbindung mehr«, sage ich.

»Dann komm mit.«

Er deutet einladend mit der Hand auf den kleinen Beichtstuhl neben der Sakristei.

Mein Körper steht wie von selbst auf. Der Beichtstuhl ist noch so, wie ich ihn von früher kenne, mit weißen Wänden und einer Trennwand, in deren Mitte sich ein mit Gaze bespanntes Fenster befindet. Ich kann den Priester nicht deutlich sehen, er sitzt in seiner Hälfte bereits auf seinem Platz, und man erkennt nur seinen Schatten.

»Fang an, wenn du bereit bist«, sagt er, als er meine Hemmungen spürt. »Lass dir Zeit.«

»Segne mich, Vater, denn ich habe gesündigt«, sage ich, als ob sich plötzlich acht Jahre in Luft aufgelöst hätten. »Meine letzte Beichte ist … acht Jahre her.«

Er atmet tief ein. »Dann sprich, und lass Gott dir helfen.«

Ich muss wissen, was ich tun soll. Ich muss mir sicher sein, dass ich recht habe.

P

Die Mittagszeit ist schneller vorbei als gedacht, und die Nachmittagssitzung verläuft nach Plan. Der Prozess wird auf morgen vertagt.

Ich ziehe mich in meinem Büro um und packe meine Tasche. Als ich gerade die Tür abschließe, kommt Jenny. »Ist es Ihnen recht, wenn Colette morgen wiederkommt, falls wir nichts von Belinda hören?«

»Sie war gut, ja. Es gibt also immer noch nichts Neues von Belinda?«

»Ihre Schwester hat sich gemeldet. Sie kann sie nicht erreichen, wir können momentan wahrscheinlich nicht mit ihr rechnen. Ich werde Colette auf jeden Fall bitten, morgen zu kommen. Dann ist sie hier, wenn Sie eintreffen, und es gibt keine Verzögerung.«

»Vielleicht arrangieren Sie es gleich für den Rest der Woche, nur für alle Fälle. Und bleiben Sie mit Belindas Schwester in Verbindung. Sobald sie von ihr hört, möchte ich es erfahren.«

Ich fahre während der Hauptverkehrszeit nach Hause, deshalb dauert es fast 90 Minuten, bis ich ankomme. Ich mache mir die ganze Fahrt über Sorgen. Obwohl ich weiß, dass Belinda nicht wieder zur Arbeit kommen wird, kann ich mir nicht vorstellen, wohin sie verschwunden ist. Sie müsste auf jeden Fall mit ihrer Schwester in Kontakt sein. Ich weiß, dass sie sich nahestehen.

Ich biege in die Einfahrt ab und trete sofort auf die Bremse.

Das Haus ist völlig dunkel. Die Eingangstür … steht offen. Alices Wagen parkt in der Auffahrt.

Es läuft mir eiskalt den Rücken herunter.

Es passiert schon wieder.

Ich fahre noch ein Stück, dann steige ich aus.

»Alice?«, rufe ich in das Dunkel und trete ein. »Nein«, flüstere ich. Die Parallelen zu jener Nacht überwältigen mich.

Ich schalte das Licht in der Diele an und rufe wieder ihren Namen. Ich will nicht weiter hineingehen, doch mir bleibt keine andere Wahl.

Ich werfe schnell einen Blick in alle Zimmer im Erdgeschoss – sie sind leer. Dann eile ich die Treppe hinauf bis zur Schlafzimmertür. Hier hat alles begonnen. Ich erwarte fast, die Silhouette von Alice zu sehen, die auf dem Bett sitzt. Sofort schalte ich das Licht ein.

Sie ist nicht da.

Also ins Badezimmer. Ich mache mich auf alles gefasst, als ich vor der Tür stehe. Mein Herz pocht, während ich die Tür aufdrücke. Ich gehe langsam hinein und erschrecke, als ich die Badewanne sehe. Sie ist mit Wasser gefüllt. »Nein«, keuche ich. Am Boden der Wanne liegt mein Brieföffner.

»Alice«, flüstere ich, ohne mir einen Reim darauf machen zu können.

Ich ziehe mein Handy heraus. Keine Nachricht von ihr. Kein verpasster Anruf. Ich wähle ihre Nummer, ohne meinen Blick vom Wasser lösen zu können. »Geh ran«, flehe ich. Es klingelt und klingelt. »Geh ran, Alice.« Dann schaltet sich die Mailbox ein. »Alice«, sage ich nach dem Signalton. »Ich bin zu Hause. Wo bist du? Möchtest du, dass ich zu dir komme? Bitte melde dich.«

Ich reiße mich von der Badewanne los und gehe verwirrt nach unten. Ich weiß nicht, was ich tun soll. Die Leere im Haus ist überwältigend. Es fühlt sich nicht mehr wie mein Zuhause an.

Ich wähle noch einmal die Nummer. Wieder schaltet sich die Voicemail ein. »Alice, ist alles in Ordnung?«, frage ich diesmal eindringlicher. »Lass mich bitte wissen, wo du steckst.«

Ich fühle mich völlig verloren. Inzwischen ist es acht Uhr abends, ich bin allein und ratlos. Ich rufe Amanda an, sonst fällt mir niemand ein. Sie geht beim zweiten Klingeln ran. »Nein, ich habe nichts von ihr gehört oder gesehen, schon seit ein paar Tagen nicht«, erklärt sie mir.

»Bist du sicher, dass du nicht weißt, wo sie sein könnte?«

»Sie ist wahrscheinlich nur zum Shoppen ausgegangen oder so. Ich würde mir keine Sorgen machen.«

»Du weißt, dass das nicht stimmt. Es ist später Abend, und ihr Auto ist noch hier, Amanda.«

»Ich weiß es nicht, Paul. Ich weiß es wirklich nicht. Tut mir leid. Ich werde Laurence fragen. Er kann bestimmt helfen.«

»Nein, sag ihm nichts. Ich werde das klären. Alles wird gut.« Ich verstumme kurz. »Ich melde mich wieder.«

Als ich auflege, habe ich einen Knoten im Bauch.

Ich kann nur verloren und hilflos auf mein Handy starren. Solche Gefühle sind mir fremd; innerlich schreie ich.

Voller Selbstmitleid steuere ich auf die Küche zu. Ich brauche einen Drink.

Nein, sage ich und hadere mit mir, *in den letzten Wochen hat der Alkohol schon so viel Schaden angerichtet. Ich muss einen klaren Kopf bewahren.*

Ich sitze auf dem Sofa und warte, das Handy in einer Hand, das Festnetztelefon in der anderen. Ich warte und warte und werde immer ängstlicher. Stunden vergehen. Es ist schon nach zehn, als ich Alices Nummer noch einmal wähle. Jetzt gelingt es mir nicht mehr, die Panik in meiner Stimme zu unterdrücken, sie strömt einfach aus mir heraus. *Was, wenn sie nicht zurückkommt?* Inzwischen halte ich das für eine reale Möglichkeit. »Alice, wo bist du? Was ist los? Bitte sag mir, dass es dir gut geht. Bitte, o Gott, ruf zurück, ich flehe dich an.«

Meine Hände zittern. Ich richte mich auf und taumele in die Küche. *Scheiß drauf*, denke ich. Ich ziehe ein Bier aus dem Kühlschrank, öffne es und trinke es in einem Zug aus. Es reicht noch nicht, deshalb hole ich die Flasche Woodford Reserve aus dem Esszimmer. Ich erinnere mich daran, was mir die letzte Flasche eingebracht hat, aber gerade ist es mir egal – ich kann mir nicht helfen, ich muss mich betäuben. Ich nehme ein Glas aus dem Schrank, fülle es und trinke den Inhalt in einem Zug aus. Und noch eines. Jetzt spüre ich allmählich die Wirkung des Alkohols. Bis ich mit einer viel leichteren Flasche in der Hand wieder auf dem Sofa sitze, weiß ich schon nicht mehr, wie viele Drinks es waren. Ich habe das Glas auf dem Esszimmertisch stehen lassen.

»Wo bist du, Alice?«, rufe ich zur Decke. »Wo zum Teufel steckst du?«

*

Ich setze mich ganz plötzlich auf. Es fühlt sich an, als tobte ein Erdbeben in meinem Kopf. Ich schließe die Augen, presse die Lider fest zusammen und öffne sie dann wieder. Nur langsam gewöhnen sie sich an das Licht des frühen Morgens. Es ist Viertel nach sieben, ich nehme mein Handy und schaue aufs Display. Keine Nachricht von Alice. »Verdammt«, stöhne ich.

Ich höre ein Geräusch, etwas raschelt im Flur.

Mühsam kämpfe ich mich aus dem Sofa hoch und taumele aus dem Wohnzimmer, dabei stütze ich mich an der Wand ab.

Auf dem Fußboden neben der Eingangstür liegt ein Umschlag. Ich hebe ihn auf, und als ich mich bücke, rauscht mir das Blut in den Kopf. Es dauert einen Moment, bis ich wieder ganz aufrecht stehe.

Der Umschlag ist nicht beschriftet: kein Name, keine Adresse, keine Briefmarke, kein Poststempel. Ich reiße ihn auf und ziehe ein einzelnes Blatt Papier heraus. Darauf stehen zwei mit der Schreibmaschine geschriebene Zeilen.

Eine Leiche. Ein Ehepaar. Ein Geheimnis.

Ein sehr großer Fehler.

»Was zum Teufel …«, sage ich, und mein Herz beginnt heftig zu klopfen.

Dann schaue ich zur Haustür. Mein Blick fällt auf den Briefschlitz. Was ich vorhin gehört habe, muss das Geräusch des Briefes gewesen sein, der durchgeschoben wurde. Ich öffne die Tür und gehe nach draußen, wobei ich immer noch den Brief in der Hand habe. Ich lasse den Blick über die Umgebung schweifen, doch ich kann niemanden entdecken.

Es muss jemand hier sein. Der Brief wurde gerade erst eingesteckt.

So schnell ich kann gehe ich die Auffahrt hinunter und spüre bei jedem Schritt stechende Kopfschmerzen. Ich betrachte die Bäume und Büsche und sehe nichts. Am Ende der Auffahrt suche ich links und rechts, in der Nähe und weiter weg. Leere Autos und sonst nichts. Ich gehe an den Rand der Auffahrt und spähe durch die Bäume aufs Nachbargrundstück. In der Nähe seines Hauses steht unser Nachbar Bob. Er wäscht seinen Wagen. Ich gehe am Zaun entlang, bis ich auf seiner Höhe bin. »Hallo, Bob!« Ich versuche ruhig zu klingen, obwohl ich mich ganz und gar nicht so fühle.

»Guten Morgen, Paul!«, ruft er zurück. Er klingt munter.

»Haben Sie gerade jemanden gesehen oder gehört, der etwas geliefert hat?«

»Nein, tut mir leid. Ich bin noch nicht lange draußen und konzentriere mich zu sehr auf dieses neue Baby.« Er macht einen Schritt zurück und streckt stolz die Arme aus, als wäre es ein Landschaftsgemälde, das er nach tagelangen Mühen gerade fertiggestellt hätte. »Maserati«, prahlt er.

Ich gratuliere ihm mit erhobenem Daumen und heuchle Interesse. »Ich muss mal für eine Spritztour rüberkommen.«

»Jederzeit, Paul. Jederzeit.«

Mein Blick sucht unablässig alles ab. »Na, dann wünsche ich einen guten Tag.«

Als ich ins Haus zurückgehe, höre ich seine zufriedene Stimme. »Oh, den werde ich haben.«

Ich schließe die Tür, bleibe stehen und starre auf die Worte auf dem Stück Papier.

Jemand weiß Bescheid.

Jemand spielt Spielchen mit uns, bedroht uns. Und trotz des Schmerzes, der in meinem Kopf herumtobt, fällt mir plötzlich auf, dass durchaus die Möglichkeit besteht, dass Alices Verschwinden etwas mit diesem Brief zu tun hat. Was ist, wenn der Verfasser dieser Zeilen sie entführt hat?

Was ist, wenn jetzt der Komplize des Toten zugeschlagen hat?

Der Zettel fällt aus meiner zitternden Hand auf den Fußboden. Ich gehe so schnell ins Wohnzimmer, wie ich in meinem Zustand kann, dort nehme ich mein Handy und rufe noch einmal bei Alice an, obwohl ich weiß, dass es vergeblich ist. Diesmal wird nicht einmal mehr die Mailbox aktiviert – es klingelt und klingelt und hört irgendwann auf.

Ich komme nicht weiter. Ich weiß nur, dass ich heute nicht zum Gericht gehen kann. Ich kann nirgendwo hingehen. Erst wähle ich Belindas Nummer, bis mir klar wird, dass sie ebenfalls verschwunden und wahrscheinlich auch nicht mehr meine Sekretärin ist. Dann fällt mir ein, dass ich nicht weiß, wie ich Colette erreichen kann.

Kraftlos falle ich auf den Lehnstuhl und rufe Jenny an. »Es tut mir leid, aber wir müssen absagen. Mich hat ein schlimmer Magen-Darm-Virus erwischt. Ich glaube, ich habe den ersten noch nicht ganz überstanden, und diesmal hat es mich doppelt so schwer erwischt.«

»Oh, nein. Das tut mir leid, Paul. Soll Colette bei Ihnen anrufen, wenn sie kommt?«

»Nein, nein. Bitten Sie sie nur, die Dokumente von gestern weiter abzutippen. Ich werde versuchen, mich gesundzuschlafen, und bin morgen hoffentlich wieder da.« Ich sage das, obwohl ich weiß, wie unwahrscheinlich es ist. Erst muss ich Alice finden und herausbekommen, wer um alles in der Welt diesen Brief geschickt hat. Das ist das Einzige, was zählt.

Ich rufe erneut bei Amanda an.

»Sie ist noch nicht nach Hause gekommen«, sage ich, ohne meine Sorge verbergen zu können. »Bist du sicher, dass du nichts von ihr gehört hast?«

»Nichts, nein. Das sieht ihr gar nicht ähnlich.« Sie klingt ehrlich besorgt. Fast bin ich enttäuscht, dass sie nicht Alices Komplizin bei einem üblen Scherz ist.

»Nein, das passt nicht zu ihr. Fällt dir sonst jemand ein, bei dem sie sein könnte?«

»Ich weiß nicht. Tut mir leid.«

»Egal wer … selbst wenn es ein Mann ist. Das ist jetzt auch nicht mehr wichtig. Ich wäre nicht sauer, auch wenn es jemand anderen gäbe. Ich muss sie nur finden.«

»Alice ist nicht so, Paul. Das weißt du doch.«

»Ja, natürlich«, sage ich schuldbewusst.

Ich scrolle durch die Kontaktliste meines Handys und rufe jeden an, den wir beide kennen. Niemand hat von ihr gehört, die meisten seit Wochen oder Monaten nicht – seit Alice depressiv wurde. Seit jener Nacht.

Ich logge mich bei Facebook ein, um zu sehen, wann sie zum letzten Mal etwas gepostet hat: Das war vor über einem Monat. Dann klicke ich auf ihre Freundesliste, weil ich hoffe, dort jemanden zu entdecken, an den ich nicht gedacht habe. Es dauert nicht lange, bis alles verschwimmt. Ich erreiche gar nichts, werde nur immer frustrierter, enttäuschter und paranoider.

Nein, es gibt nur noch eine einzige Möglichkeit, nur noch einen anderen Ort, wohin sie gegangen sein könnte. Obwohl ich tief im Innersten weiß, dass es der unwahrscheinlichste Ort der Welt ist.

Ich muss dorthin zurückkehren. Mir bleibt keine Wahl.

*

Ich halte vor 3 Mortimer Drive an. Seit acht Jahren war ich nicht mehr hier. Ich bleibe im Wagen und starre auf die Eingangstür. Nur ein Tor und ein kleiner Weg trennen mich von ihnen.

Alices Eltern leben hier schon seit einer Ewigkeit, nur wenige Kilometer von unserem Haus entfernt. In diesem Haus ist Alice aufgewachsen, ihr Zimmer war hinter dem Fenster ganz oben links. Aber soweit ich weiß hat sie seit jenem Märzabend, als die Beziehung zu ihren Eltern zerbrach, keinen Fuß mehr hineingesetzt. Damals taten sie ihr etwas an, das für sie der größte Verrat war.

Es fällt Alice schwer, zu vergeben.

Trotzdem bin ich jetzt hier und halte es für möglich, dass sie tatsächlich zurückgekehrt ist. Wahrscheinlich geben sie mir die Schuld an den Entscheidungen, die Alice an jenem Abend getroffen hat. Ich bin wahrscheinlich äußerst unwillkommen, trotzdem muss ich an diese Tür klopfen.

Vorsichtig gehe ich durch das Gartentor und überschreite damit die Linie, die ihr Haus all die Jahre lang als Feindesland gekennzeichnet hat. Ich räuspere mich und klopfe an die Haustür. Eine Kette rasselt auf der anderen Seite, und dann sehe ich die überraschte Miene auf dem stark gealterten Gesicht von Alices Vater Arthur.

»Paul«, sagt er und klingt so überrascht, wie er aussieht.

»Mr Morton«, sage ich, weil ich glaube, dass ich am besten förmlich bleiben sollte.

»Arthur, du weißt doch, ich heiße Arthur«, sagt er leise.

Ich nicke. »Arthur.«

»Komm herein«, sagt er und tritt zur Seite. Der Flur ist schmaler, als ich es in Erinnerung habe, und ich bin ihm unangenehm nahe, als wir beide im Haus sind. Die Luft riecht abgestanden.

»Kann ich dir etwas zu trinken anbieten?«, fragt er.

»Nein, danke. Ich, äh, will dich auch nicht lange stören, ich muss dich nur fragen, ob du Alice gesehen hast.«

»Sie gesehen? Wann?«

»Gestern, heute. Irgendwann in der letzten Zeit.«

Er schüttelt den Kopf. »Nein, habe ich nicht.«

»Bist du sicher, dass deine Frau auch nichts von ihr gehört hat?«

»Das hätte sie mir gesagt. Warum? Was ist passiert?«

»Sie ist verschwunden«, gebe ich zu. Ich benutze zum ersten Mal dieses Wort, und ich höre, wie ernst es sich anhört; meine Knie werden weich.

Arthur Morton streckt den Arm nach mir aus. »Bist du okay, Paul?«

Ich halte eine Hand hoch. »Ich bin nur etwas überfordert, das ist alles. Ich dachte, sie wäre vielleicht hier. Es ging ihr nicht besonders gut.«

»Nein, hier ist sie nicht.« Es folgt eine nachdenkliche Pause. »Mein Gott.« Er holt tief Luft. »Ich weiß wirklich nicht, was ich sagen soll. Ich glaube nicht, dass ich helfen kann. Willst du nicht doch etwas trinken?«

»Nein, nein danke. Ich mache mich am besten wieder auf den Weg.« Ich wende mich zur Tür.

»Hierherzukommen war sehr mutig von dir«, sagt er zu meinem Rücken. Ich zögere. »Vor allem ganz allein.«

»Ich hatte keine Wahl«, sage ich, ohne mich umzudrehen.

»Ich bin froh, dass du es getan hast«, sagt er leise. Jetzt drehe ich mich um und sehe einen in sich zusammengesunkenen Mann vor mir, ganz und gar nicht mehr die Person, an die ich mich erinnere. Vor seiner Stirn, gleich unter seinen dünnen weißen Haaren, sitzt eine Brille, die er noch nicht brauchte, als ich ihn zum letzten Mal sah. Seine Wangen sind eingefallen, sein Rücken ist krumm und sein Blick traurig.

»Weißt du, vielleicht werde ich …«

Das Geräusch schneller Schritte unterbricht mich. Ich blicke auf und sehe Daphne Morton die Treppe herunterfegen. »Du hast vielleicht Nerven«, sagt sie barsch, »nach all der Zeit hier aufzukreuzen!«

»Darling«, schaltet sich Arthur schnell ein. »Alice ist verschwunden. Paul ist gekommen, um uns um Hilfe zu bitten.«

»*Unsere* Hilfe?«, schimpft sie. »Das ist die Höhe. Acht Jahre lang haben wir nichts von euch gehört. Was ist denn jetzt los? Hast du sie endlich aus dem Haus geekelt? Ich wusste immer, dass du so etwas tun würdest.« Sie ist mir so nah, dass ihre Spucke auf meiner Wange landet. »Ich habe immer zu Arthur gesagt, der macht nur Ärger, wart's ab. Jetzt sieht man, was daraus geworden ist.«

»Ich wollte nur sehen, ob sie hier ist, das ist alles«, sage ich und würde am liebsten sofort gehen.

Sie hebt ihre Stimme. »Und was in deinem kleinen Hirn lässt dich glauben, dass sie jemals wieder den Fuß in dieses Haus setzen würde? Du hast es doch damals gehört, oder? *Für mich seid ihr tot* – das hat sie gesagt. In deinem Beisein! Du hast sie uns mit deiner Gehirnwäsche weggenommen!«

»Mrs Morton, Sie irren sich …«

»Tot sind wir! Und weil Leichen nicht reden können, haben wir dir auch nichts zu sagen.«

Einen Moment lang herrscht Schweigen. »Tut mir leid«, unterbreche ich die Stille schließlich und gehe zur Tür. Ich habe nicht vor, mich zu streiten. Sie haben genug durchgemacht, und ich mache ihr nicht zum Vorwurf, dass sie so reagiert.

»Danke, Arthur«, sage ich leise, und er nickt. »Es tut mir leid«, sage ich zu seiner Frau, dieser Person voller Bitterkeit und Zorn, die schon schimpfend vortritt, nach der Tür greift und sie zuknallt.

*

Als ich wieder zu Hause ankomme, hoffe ich, Alice vorzufinden, wundere mich aber nicht, dass sie nicht da ist. Mir wird klar, dass jetzt eigentlich nur noch eine einzige Option übrig ist. Auch wenn unser Leben noch riskanter wird, wenn ich die Polizei rufe, sehe ich keine Alternative mehr.

Zu viele Lügen, zu viele Geheimnisse. Jetzt ist alles in Gefahr, gerade als es so aussah, als wäre unsere Zukunft wieder gesichert.

Ich öffne die nächste Flasche Bourbon. Nach mehr Drinks, als ich zählen kann, rufe ich Belinda auf ihrem Handy an, obwohl ich absolut nicht weiß, weshalb – abgesehen davon, dass mir gerade danach war. Sie könnte der Grund sein, weshalb Alice verschwunden ist – doch sie geht nicht ans Telefon. Dann wähle ich noch einmal Alices Nummer. Nach dem siebten oder achten Klingeln weiß ich, dass sich die Mailbox wieder nicht einschalten wird. Dann spreche ich zu ihr, als wäre sie am anderen Ende. »Warum hast du mich verlassen? Womit habe ich das verdient?« Ich warte auf eine Antwort, die nicht kommt. Ich fange an zu schluchzen. »Es tut mir alles so leid. Es tut mir leid, wie und was ich bin. Ich habe dir so viel versprochen und nichts eingehalten.« Es hört auf zu klingeln, und die Leitung wird stumm, aber ich höre nicht auf. »Bist du entführt worden? Bist du verletzt?«

Ich stelle mir vor, wie ein Mann in unser Haus einbricht. Er schleicht sich die Treppe hoch. Ich schlafe tief und fest, und Alice ist im Badezimmer. Er packt sie von hinten, legt ihr die Hand über den Mund, schleift sie den Flur entlang, die Treppe hinunter. Vielleicht schlägt er sie. Vielleicht tötet er sie, bricht ihr den Hals, als wäre es ein trockener Zweig. Dann bugsiert er ihren leblosen Körper nach draußen und in den Laderaum eines wartenden Lieferwagens. Er fährt mit ihr in die Dunkelheit.

Ich weiß, wer er ist, und ich weiß genau, wo er sie hinbringt.

Er wirft ihre Leiche auf die feuchte Erde und fängt an zu graben. Es regnet unbarmherzig.

»Alice!«, rufe ich laut und reiße die Augen auf. Meine Hose ist nass, ich sehe an mir herunter und finde mein umgekipptes Glas Woodford auf meinem Schoß. »Mist«, sage ich, ziehe meine Hose aus und setze mich wieder hin. Dabei raschelt etwas unter mir. Ich greife nach hinten und ziehe ein Blatt Papier heraus.

Der Brief. Ich lese noch einmal, was dort steht:

Eine Leiche. Ein Ehepaar. Ein Geheimnis.

Ein sehr großer Fehler.

So viele verdammte Fehler.

Ich versuche, tief durchzuatmen, der Traum hat mich so erschreckt wie die Realität, in die ich wieder aufgewacht bin. Durch meinen vernebelten Verstand arbeitet sich ein

Gedanke: *Zwischen Alices Verschwinden und diesem Brief gibt es einen Zusammenhang. Es muss so sein.*

Mir ist schwindelig; ich schwanke nach oben und suche mir eine frische Hose. Ich habe viel zu viel getrunken, um noch zu fahren, aber ich muss dorthin; es zieht mich an wie ein Magnet.

Ich steige in den Wagen, drücke den Startknopf und packe das Lenkrad. Ich muss vorsichtig sein. Benommen schüttle ich den Kopf. Die Auffahrt verschwimmt vor meinen Augen, und ich bereue meine Entscheidung sofort.

Ich fahre langsam, aber nicht so langsam, dass ich die Aufmerksamkeit auf mich lenken könnte. Den ganzen Weg über versuche ich, mich auf die Straße zu konzentrieren, was mir nicht leichtfällt.

Für die Fahrt, die sonst nur zwanzig Minuten dauert, brauche ich eine gute halbe Stunde, und ich bin schweißgebadet, als ich schließlich mein Ziel erreiche. Ich parke den Wagen und bin schon auf dem Weg zum nächsten Zugang in den Wald, als mir plötzlich klar wird, wie wehrlos ich bin. Ich bin betrunken, und ich habe nichts, womit ich mich verteidigen könnte, falls ich in eine gefährliche Lage geraten sollte.

Da fällt mir ein, dass im Kofferraum ein Wagenheber liegt; den nehme ich. Er ist schwer und schlecht zu tragen, und da ich ohnehin schon mit meinem Gleichgewicht zu kämpfen habe, komme ich damit nur langsam voran, aber ich fühle mich sicherer damit.

Ich kämpfe mich über matschige Wege, an Bäumen und Büschen vorbei. Schließlich stoppe ich einige Meter vor der

Stelle. Ich spähe um einen Baum herum und versuche zu erkennen, ob noch jemand dort ist. In der Dunkelheit sehe ich nichts, die Nacht ist ruhig.

Vorsichtig gehe ich weiter und stehe schließlich auf seinem Grab. Könnte Alice hier irgendwo sein? *Könnte sie da unten liegen?* Das einzige Geräusch ist das einer Brise in der kalten Nachtluft. Ich gehe auf die Knie und versuche, herauszufinden, ob die Erde kürzlich bewegt wurde. Es fühlt sich nicht so an. Ich greife in meine Tasche und suche nach einer Taschenlampe, aber ich habe vergessen, eine einzustecken. Also lausche ich. Das Einzige, was ich hören kann, ist mein eigener schwerer Atem.

Jetzt bin ich hier und weiß schon wieder nicht, wie es weitergeht. Ich stehe in vielerlei Hinsicht im Dunkeln. »Warum musstest du auftauchen?«, flüstere ich in Richtung Erdboden. »Du hast mich ruiniert.«

Ich weiß nicht, mit wem ich rede. Es ist mir auch egal. Ich werfe den Wagenheber auf den Boden und lasse ihn auf seinem Grab liegen. »Hoffentlich schmorst du in der Hölle.«

*

Ich wache benommen auf, als mein Handy klingelt. Erwartungsvoll melde ich mich mit: »Ja?«

Ich höre Worte, aber den Anfang bekomme ich nicht mit. Die Stimme gehört nicht zu Alice, aber sie klingt vertraut.

»Ja, Sie kommen heute zum Gericht, oder ja, Sie sind noch krank?«

Ich merke, dass es Jenny ist, und werfe verstohlen einen Blick auf meine Uhr. Ich brauche einen Moment, bis ich die Zeiger scharf erkennen kann. Zwanzig vor zehn Uhr. Herrje. Genau in diesem Moment sollte ich mich bereit machen, um in den Gerichtssaal zu gehen. »O Gott, tut mir leid, Jenny. Es ging mir so schlecht, Sie haben mich gerade geweckt. Ich fühle mich furchtbar. Ich glaube, es könnte so eine Art Lebensmittelvergiftung sein. Wir werden für heute absagen müssen.«

»Mit ›wir‹ meinen Sie mich?« Sie klingt nicht besonders erfreut.

»Es tut mir leid, bitte geben Sie meine Entschuldigung weiter. Ich werde alles tun, um morgen wieder gesund zur Arbeit zu kommen. Gegen Ende des Tages melde ich mich noch einmal und gebe Ihnen Bescheid.«

Während ich rede, höre ich im Hintergrund ein Geräusch. Es klingt vertraut, aber ich bin zu vernebelt, um es richtig zu deuten. Jedenfalls beschleunigt es meinen Puls.

Ein Rascheln – aus dem Flur. Eine leichte, schwebende Berührung, ein gleitendes Geräusch.

Dann begreife ich: Etwas wird durch den Briefschlitz geschoben.

Ich beende das Telefonat und schleppe mich in den Flur. Vor der Haustür liegt ein Umschlag. Diesmal hebe ich ihn nicht auf, sondern laufe vor die Tür. Außer Atem stemme ich die Hände in die Seiten, beuge mich vor und verrenke den Hals, um mich umzusehen, während ich gleichzeitig versuche, Luft zu holen.

Nirgendwo eine Menschenseele.

»Wer bist du?«, frage ich laut.

Frustriert knalle ich die Tür zu und hebe den Umschlag auf. Er ist unbeschriftet, genau wie der letzte. Ich ziehe ein einzelnes Blatt Papier heraus und lese die Worte. Wieder maschinengeschriebener Text.

Ich habe Beweise. Ich weiß, wen Sie umgebracht haben. Und ich weiß, was Sie mit der Leiche getan haben.

Sie beide.

»Oh Gott!« Ich knülle ihn verzweifelt und wütend zusammen. *Wer steckt dahinter?*

Erst als ich ins Wohnzimmer zurückgehe und mein Handy aufsammle, sehe ich, dass ich eine ungelesene Textnachricht habe. Jenny hat sie um halb acht geschickt. »Habe nichts von Belinda gehört. Werde mich heute bei ihrer Schwester erkundigen.«

Ich rufe im Büro an. Colette nimmt den Anruf entgegen. »Colette, hier ist Paul.«

»Oje, Paul, ich habe gehört, was los ist. Sie Armer, wie geht es Ihnen?«

»Furchtbar«, sage ich unumwunden. »Aber hören Sie, Sie müssen mir die Telefonnummer von Belinda Adams' Schwester besorgen. Fragen Sie Jenny, sie wird sie Ihnen geben. Und sobald Sie sie haben, rufen Sie mich zurück. Meine Nummer lautet …«

»Ich kann Ihre Nummer hier auf dem Display sehen.«

»Okay, melden Sie sich gleich wieder bei mir.«

Nach Colettes Rückruf wähle ich Esther Adams' Nummer. Ich habe sie im Laufe der Jahre erst ein- oder zweimal getroffen, aber von den paar Worten abgesehen, die wir miteinander gewechselt haben, weiß ich nur sehr wenig über sie.

»Esther, hier ist Paul Reeve. Wir sind uns ein paarmal begegnet – Belinda arbeitet für mich.«

Einen Moment lang herrscht Schweigen. Schließlich sagt sie: »Ja, ich erinnere mich.« Ihre Stimme hat einen seltsamen Unterton.

»Ich suche nach ihr. Sie ist jetzt schon seit fünf Tagen nicht zur Arbeit gekommen. Wir können sie nicht erreichen.«

»Wie ich ihrer Kollegin bereits sagte, habe ich Belinda nicht gesehen. Ich habe ihr eine Nachricht geschickt, und sie hat gestern Nacht geantwortet, dass es ihr gut geht, mehr nicht. Ich fürchte, sonst kann ich Ihnen nicht weiterhelfen.«

»Gut, dann haben Sie wenigstens von ihr gehört, Gott sei Dank«, sage ich erleichtert. »Ich glaube, dann können wir aufhören, uns Sorgen zu machen«, setze ich hinzu, weil ich es irgendwie für angebracht halte.

»Sie haben sich Sorgen gemacht?«, fragt sie mit einem sarkastischen Unterton.

Ich bin wie vor den Kopf gestoßen. »Natürlich habe ich das.«

»Aber trotzdem haben Sie fünf Tage gewartet, bis Sie mich persönlich angerufen haben.«

Ich räusperte mich. »Es ging mir nicht besonders gut. Tatsache ist, dass ich jetzt gerade krank zu Hause bin. Es tut mir leid. Wenn ich die Sache anders regeln könnte, würde ich es tun.«

»Na gut. Wie ich Jenny schon sagte: Ich bin sicher, dass Belinda sich melden wird, wenn oder falls sie das möchte.«

Sie beendet das Gespräch, bevor ich noch etwas sagen kann.

Als ich über Belinda nachdenke, fällt mir auf, dass sie verschwand, kurz bevor der erste Brief eintraf. Sie war wütend auf mich gewesen. Sie hatte mir gedroht, ich hatte sie fast überfahren. Vielleicht rächte sie sich jetzt für alles? Vielleicht hat sie Alice und mir hinterherspioniert? Was wäre, wenn sie beobachtet hätte, wie wir die Leiche fortgeschafft haben?

Könnte es sein, dass Belinda sich Alice geschnappt hat?

Es klingt lächerlich, ich weiß, aber es passt alles zusammen. Vielleicht finde ich auch meine Frau, wenn ich Belinda finde.

»Colette«, sage ich, schon bevor sie zu reden beginnt, »können Sie in Belindas Personalakte nachsehen, ob dort Esther Adams' Adresse aufgeführt ist?«

»Sind Sie okay, Paul? Sie klingen irgendwie angespannt.«

»Lebensmittelvergiftung«, antworte ich. »Es wird schon wieder.«

Ich höre ein paar Klicks, dann geht sie wieder an den Hörer. »Ja, hier stehen die Daten. Esther Adams, Belindas Schwester.«

»Die Adresse ist irgendwo in Cambridge, wenn ich mich nicht irre?«

»Ja.« Colette liest sie mir vor, und ich schreibe mit.

»Danke, das war mir eine große Hilfe. Hören Sie, ich habe den Verdacht, dass wir die Gerichtssitzung morgen auch ausfallen lassen müssen. Vielleicht wäre es tatsächlich besser, wenn ich einfach für den Rest der Woche absage, um mich vollständig zu erholen und Montag einen frischen Start hinzulegen. Aber ich werde Sie auf dem Laufenden halten.«

Cambridge ist etwas mehr als eine Stunde entfernt, und ich verwende die Navigations-App des Handys, um die schnellste Route zu finden. Esther Adams lebt in einem Reihenhaus in einer überraschend ruhigen Straße. Ich klopfe an die Haustür, die zum großen Teil aus einer undurchsichtigen, bunten Glasscheibe besteht. Niemand öffnet mir. Auf der linken Seite befindet sich ein Summer, den ich ein paar Sekunden länger drücke, als jemand, der hier wohnt, es noch für höflich halten würde.

Ich ziehe in Erwägung, Esther Adams auf dem Handy anzurufen, aber ich möchte sie unvorbereitet erwischen und komme zu dem Schluss, dass ich am besten hier warte und sie bei ihrer Rückkehr überrasche. Ich parke auf der gegenüberliegenden Straßenseite und warte.

Zwei Stunden später, meine Blase ist unangenehm voll, und ich überlege, ob ich mir eine Toilette suchen sollte, sehe ich jemanden näher kommen. Als ich merke, dass die Person auf das Haus zugeht, springe ich aus dem Wagen und laufe über die Straße. Ich komme zur selben Zeit an wie sie.

Als sie mich vor sich stehen sieht, bleibt sie plötzlich stehen. Zuerst hat sie Angst, aber dann sehe ich an ihrem Blick, dass sie mich erkennt. »Mr Reeve«, sagt sie kühl.

»Ms Adams«, erwidere ich erleichtert. »Ich brauche Ihre Hilfe.«

»Ich habe Ihnen alles gesagt, was ich weiß.« Sie zielt mit ihrem Hausschlüssel auf das Schloss und macht einen Schritt von mir weg.

»Bitte, nur fünf Minuten.« Sie zögert. »Ich flehe Sie an, ich mache mir Sorgen. Fünf Minuten, dann gehe ich. Sie haben mein Wort.«

Sie nickt, ohne mich anzusehen. »Okay, kommen Sie herein.«

»Kann ich Ihnen etwas anbieten?«, fragt sie, hängt ihren Mantel an die Garderobe und ihre Handtasche an den Treppenpfosten.

»Danke, nein. Ich habe versprochen, dass Sie mich gleich wieder los sind, und ich habe vor, mein Wort zu halten. Aber ich möchte ganz schnell Ihre Toilette benutzen, falls Sie nichts dagegen haben.«

»Die Tür unter der Treppe«, erwidert sie.

Als ich herauskomme, ist Esther Adams in der Küche, in die man durch eine Tür rechts von der Toilette gelangt.

»Sie haben eine schöne Wohnung«, sage ich und hoffe, ihr damit zu schmeicheln.

»Ich liebe Cambridge«, antwortet sie. »Es ist teuer, hier zu leben, aber es ist ein schönes Haus und eine herrliche Stadt.« Sie bedeutet mit mir einer Handbewegung, mich zu setzen. Ich lächle.

»Also, was führt Sie her? Hatten Sie nicht gesagt, dass Sie krank sind?«

»Das bin ich auch, aber meine Sorgen sind schwerwiegender als meine Krankheit. Wir haben immer noch keinen Kontakt zu Belinda und machen uns Sorgen. Wir haben kein einziges Wort von ihr gehört, Sie dagegen schon.« Sie sagt nichts, aber sie starrt mich inquisitorisch an. »Okay, *ich* mache mir Sorgen«, räume ich ein.

»Sind Sie inzwischen nicht irgendwie eine wichtige Persönlichkeit? Es klingt etwas seltsam, dass jemand in Ihrer Position so weit fährt, nur weil eine Sekretärin nicht zur Arbeit gekommen ist. Die sind doch ersetzbar, oder nicht?«

Ich bin hin- und hergerissen, wie viel ich ihr verraten soll. Vielleicht beantwortet sie Fragen ebenso rasch, wie sie Bemerkungen hinwirft, deshalb frage ich sie: »Was hat Ihnen Belinda über mich erzählt?«

»Wir stehen uns sehr nahe«, sagt sie, »den Rest können Sie sich denken.«

Ich lächle verlegen und reibe mir die Schläfe. »Und was wissen Sie über Belinda und mich?«, frage ich.

»Ich weiß alles, Mr Reeve.« Sie klingt böse, deshalb bitte ich sie nicht, mich Paul zu nennen. »Sie hat Ihnen geglaubt, als Sie sagten, dass Sie mit ihr zusammen sein wollen, wissen Sie.«

»So war es nicht. Es war eine einmalige, hingeworfene Bemerkung. Ich habe ihr gar nichts versprochen.«

»Sie brauchen sich nicht bei mir zu entschuldigen. Ich verstehe, was Sie getan haben. Belinda ist jung und sehr attraktiv, und … unglaublich naiv. Ich habe ihr ein paarmal gesagt, dass sie aufhören soll, in ihren Phantasien zu leben – in dieser Hinsicht habe ich Ihnen wahrscheinlich sogar noch zu helfen versucht, aber sie hat es nicht begriffen. Sie war geblendet. Sie sind ein mächtiger Mann, Mr Reeve, und Sie haben anscheinend ein Faible für junge Frauen. Sie nutzen diejenigen aus, die nicht intelligent genug sind, zu begreifen, womit sie es eigentlich zu tun haben. Sie begehren die Frauen, aber Sie wollen nicht mit ihnen zusammen sein.«

Ich möchte etwas zu meiner Verteidigung vorbringen, doch sie ahnt es schon, hält eine Hand hoch und fährt fort: »Ich will Ihnen nicht zu nahe treten. Ich kann Sie verstehen, deshalb stelle ich lediglich eine Tatsache fest: Es gibt viele Männer wie Sie, Sie sind nichts Besonderes. Es hat etwas mit der Macht zu tun, und die resultiert aus der beruflichen Position. Aber Belinda sieht Sie nicht als das, was Sie sind. Als wir zum letzten Mal miteinander gesprochen haben – drei Tage ist das her –, hat Belinda mir erzählt, was Sie getan haben. Ich habe ihr gesagt, dass sie sich nicht zu wundern braucht. Sie hatte Sie in die Enge getrieben, und aus einer solchen Bedrängnis gibt es nur einen einzigen Ausweg: Sie mussten sich wehren und ihr wehtun. Sie waren bösartig und gemein, weil Sie sie verscheuchen mussten. Aber ihr haben schon zu viele Männer wehgetan.«

»Ich muss mit ihr sprechen.«

»Das glaube ich nicht.« Sie schüttelt vehement den Kopf. »Ich weiß nicht, wo sie ist, und selbst wenn ich es wüsste, würde ich es Ihnen nicht sagen. Sie haben ihr genug wehgetan. Jetzt sollten Sie sie in Ruhe lassen. Sie sagte, sie brauche Zeit. Falls Belinda mit Ihnen sprechen oder Sie wiedersehen möchte, wird sie sich bei Ihnen melden, aber ich hoffe, dass sie das nicht tut. Wenn sie noch halbwegs bei Verstand ist, wird sie darauf verzichten.«

An dieser Stelle beugt sie sich nach vorn und klopft auf den Tisch. »Ist es so nicht auch am besten für Sie, Paul?

Sie sind doch immer noch verheiratet? Ich meine, wenn sie nicht wieder zur Arbeit kommt und in Ihrem Leben keine Rolle mehr spielt, dann können Sie Ihrer Frau auch weiterhin vorspielen, dass das Leben einfach prima ist. Ist das nicht toll?«

»Ich muss mit ihr sprechen«, wiederhole ich langsam und deutlich. »Es ist wirklich wichtig.«

»Sie haben Belinda aufgefordert, zu verschwinden, und jetzt wundern Sie sich, dass sie nicht mit Ihnen reden will. Hören Sie doch auf.«

»Meine Frau ist verschwunden«, sage ich nur.

Sie verzieht das Gesicht. »Na und?«

Ich darf nichts über die Briefe sagen. »Und ich möchte wissen, ob Belinda …«

»Was? Ob Belinda Sie verpfiffen haben könnte? Sie Armer. Sie müssen mir vergeben, wenn ich nicht das geringste Mitgefühl für Sie habe. Wenn sie es Ihrer Frau erzählt und die dann die Beine in die Hand genommen hat, dann haben Sie es verdient. Sie haben Belinda wie ein Stück Dreck behandelt. Sie sind für alles selbst verantwortlich, was passiert ist.«

Sie versteht es nicht. Es war doch ganz anders.

»Ich habe mich gefragt, ob Belinda vielleicht … bei Alice ist.«

»Bei Alice ist?« Sie lacht schrill auf. »Was haben Sie denn für Ideen?«

»Okay, ob Belinda sie entführt hat.«

»Meine kleine Schwester? Was, Sie glauben, dass Belinda Ihre Frau gekidnappt hat? Oh, kommen Sie, Paul, machen

Sie sich doch nicht lächerlich. Es ist mehr als wahrscheinlich, dass Ihre Frau von Ihrer Affäre erfahren und das Weite gesucht hat. Das würde ich jedenfalls tun. Nein, da können Sie sich sicher sein, es war ganz anders. Belinda ist von der Bildfläche verschwunden, weil sie Ihren Anblick nicht mehr erträgt, und nicht, weil sie irgendetwas falsch gemacht hat. Sie ist auch früher schon weggelaufen, das ist nicht das erste Mal, und immer wegen eines Mannes. Sie wird einfach nicht schlauer. Aber eine Entführung? So etwas Absurdes habe ich in meinem Leben noch nicht gehört.«

»Ich weiß, es klingt lächerlich …«

»Weil es das ist. Ich fürchte, Sie werden etwas tiefer in sich gehen müssen, wenn Sie sich dieses Chaos erklären wollen. Und falls Ihre Frau so dumm ist und zu Ihnen zurückkommt, würde ich vorschlagen, Sie danken Ihrem Glücksstern und ändern sich von Grund auf, um zu verhindern, dass Sie sie noch einmal verlieren. Also, hatten Sie nicht etwas von fünf Minuten gesagt?«

Ich spüre, dass ich mit Esther Adams keinen Schritt weiterkommen werde, deshalb stehe ich auf und danke ihr dafür, dass sie sich Zeit für mich genommen hat. Sie bringt mich zur Haustür. Auf der Türschwelle sage ich: »Falls Sie von Belinda hören …«

»Werde ich Sie nicht benachrichtigen«, unterbricht sie mich und schlägt mir die Tür vor der Nase zu.

Ich steige in den Wagen. Jetzt mache ich mir wirklich Sorgen – über das, was gerade mit Alice geschieht und geschehen wird. Vor allem habe ich Angst um die Sicherheit unseres ungeborenen Babys. Ich weine um das Kind, das ich zu bekommen glaubte, das Kind, von dem ich früher einmal glaubte, dass ich es niemals haben kann, das Kind, das ich mir verzweifelt wünsche.

Ich weine um das Kind und die Frau, die mit ihm schwanger ist.

*

Als ich wieder zu Hause bin, ignoriere ich das Bedürfnis, Alkohol zu trinken, und lasse mich einfach ins Bett fallen.

So früh ins Bett zu gehen, tut mir gut. Ich wache kurz vor halb sieben auf und fühle mich fit, erinnere mich aber bald, dass ich Jenny nicht angerufen habe, um die heutigen Gerichtssitzungen abzusagen.

Ich nehme mein Handy und schicke ihr eine Textnachricht: *Es geht mir noch immer nicht besser. Ich werde zum Arzt gehen. Bitte sagen Sie die Termine für den Rest der Woche ab. Ich werde mich bis Montag auskurieren.*

Das kann nicht mehr ewig so weitergehen; ich weiß, dass ich nächste Woche wieder zum Gericht gehen muss, ganz egal, ob Alice auftaucht oder nicht. Ich kann das nicht mehr lange aufrechterhalten, und je länger ich so weitermache, desto mehr gefährde ich möglicherweise meine neue berufliche Stellung.

Kaffee, denke ich. Ich stehe mit dem Handy in der Hand auf und begebe mich in die Küche. Als ich an der Haustür vorbeigehe, sehe ich aus den Augenwinkeln etwas Weißes auf dem Boden liegen.

Ein weiterer Briefumschlag.

Mein Körper krümmt sich instinktiv, als ob ich einen Schlag abbekommen hätte. Heute habe ich nichts gehört, und ich bin schon früh auf, also wer weiß, wie lange er dort schon liegt.

Ich mache mir nicht die Mühe, die Haustür zu öffnen. Ich nehme den Umschlag mit in die Küche. Dort lege ich mein Handy auf den Tresen und öffne den Brief vorsichtig.

In ihm befindet sich, genau wie die letzten beiden Male, ein gefaltetes A4-Blatt. Aber diesmal ist etwas auf dem Papier, was auf den anderen nicht war: etwas Rotes, wie von einem Pinsel einmal von oben nach unten diagonal über die Seite gestrichen. Ich weiß sofort, was es ist, noch bevor ich eines der mit schwarzer Tinte geschriebenen Worte gelesen habe, über die es hinwegschmiert: Blut.

Sagen Sie Hallo zu Ihrer Frau. 100 000 £ für ihre sichere Rückkehr (und die des Baby's). Oder mehr Blut.

Sie haben 24 Stunden.

Meine Hände zittern, und ich fühle mich benebelt. Ich klammere mich an dem Stück Papier fest, aber die Worte verschwimmen. Das Einzige, was ich klar erkenne, ist das Blut.

Das Blut meiner Frau. Das Blut, das unser Baby am Leben erhält.

Ich kann Alice und unserem Kind nicht helfen. Diese Person, wer immer sie auch ist, Belinda oder jemand anderes, hält alle Karten in der Hand. Mir fällt nichts mehr ein, ich will sofort zahlen. Ich möchte ihnen sagen, dass ich ihnen, egal, wer sie sind, alles Geld geben will, das sie haben wollen, dass sie Alice nicht wehzutun brauchen und dass sie mein Baby in Ruhe lassen sollen. Das Geld bedeutet nichts; sie können alles haben.

Aber ich kann es ihnen nicht sagen, weil das Einzige, was ich habe, dieses Stück Papier ist.

Es dauert lange, bis ich mich beruhigt habe. Ich muss mich erst an den Esstisch setzen und einen großen Drink zu mir nehmen, um die Dinge klarer sehen zu können. Was ist, wenn ich das Geld übergebe und sie Alice und das Baby nicht freilassen? Es gibt keine Garantie. Was dann?

Vielleicht sollte ich verhandeln. Aber wie kann man mit jemandem verhandeln, der ein Geist ist, der alles zu sehen scheint, aber der gleichzeitig unsichtbar ist?

Ich rotiere innerlich. Plötzlich schrecke ich auf, weil mein Handy vibriert. Ich nehme das Gespräch an, ohne darauf zu achten, wer auf dem Display angezeigt wird. »Alice?«, frage ich hoffnungslos.

»Paul, sind Sie okay?« Es ist Jenny. Ich antworte nicht. Weil sie nur hört, wie ich versuche, meine Tränen hinunterzuschlucken, wiederholt sie ihre Frage: »Paul, sind Sie in Ordnung? Ich mache mir wirklich Sorgen um Sie.«

Ich möchte überzeugend klingen, aber ich weiß überhaupt nicht, wie das jetzt noch gehen soll. Ich kann nicht lügen. Diese Fähigkeit ist mir abhandengekommen. »Es ist schrecklich«, bringe ich heraus. »Ich kann einfach nicht. Tut mir leid.«

»Paul …«

»Ich brauche mehr Zeit. Das wird schon wieder. Bitte regeln Sie das dort für mich.«

»Das werde ich. Kann ich Ihnen sonst irgendwie helfen?«

»Ich gehe heute zum Arzt. Das wird schon wieder.«

Ich beende das Gespräch und schreie. Meine Augen sind geschlossen, aber als ich sie öffne, geraten die Worte aus dem Brief langsam in mein Blickfeld.

Diese Worte.

Ich sehe genauer hin. *»Und des Baby's.«*

Ich strecke den Arm aus, bin plötzlich hellwach und halte den Brief näher an meine Augen. »Und des Baby's«, lese ich noch einmal laut. »Diese Schlampe.«

Eine von Belindas Schwächen war ihr Umgang mit Grammatik. Besonders der Gebrauch des Apostrophs machte ihr zu schaffen, sie benutzte ihn oft fälschlich bei einem Genitiv.

Sie muss es sein.

Jetzt weiß ich, was ich zu tun habe. Ich will es nicht tun, weil ich weiß, welches Risiko ich mir damit aufhalse, aber ich kann Belinda nicht allein finden, und ihre Schwester wird mir nicht helfen, obwohl ich mir sicher bin, dass sie weiß, wo Belinda ist.

Ich werde vorsichtig sein müssen, und falls man mir auf die Schliche kommt, muss ich besser lügen, als ich in meinem ganzen Leben jemals gelogen habe.

Ich gehe zum Küchenregal, hole eine Visitenkarte heraus und betrachte den Namen, der darauf gedruckt ist. Ich habe keine andere Wahl.

Detective Sergeant Katherine Wright.

12

Fast eine Stunde nachdem Paul Reeve die Voicemail hinterlassen hatte, hörte Detective Sergeant Katherine Wright sie ab. Seine Worte waren ziemlich kryptisch, er bat um Hilfe und sagte, dass er in Schwierigkeiten stecke. Er sei besorgt und es habe etwas mit seiner Frau zu tun. Er musste das Wort *Kidnapping* gar nicht aussprechen.

Jetzt stand sie an seiner Haustür und klopfte.

Er öffnete sehr schnell. »Danke, dass Sie so schnell gekommen sind«, sagte er in einem Ton, in dem eine Mischung aus Dringlichkeit und Erleichterung mitschwang. »Kommen Sie herein.«

Sie nahm im Lehnstuhl Platz, und er setzte sich aufs Sofa. »Was kann ich für Sie tun?«

Paul Reeve verschränkte seine Finger. »Meine Frau ist verschwunden.«

»Wie meinen Sie das – *verschwunden*?«

Er stöhnte. »Ich habe sie seit fünf Tagen nicht gesehen und nichts von ihr gehört. Ich habe absolut keine Ahnung, wo sie ist. Gerade war sie noch da, alles in Ordnung, und als ich von der Arbeit nach Hause kam, war sie einfach weg. Ihr Wagen steht draußen und wurde nicht bewegt. Sie geht nicht an ihr Handy. Die ersten paar Male schaltete sich ihre Mailbox ein, wenn ich sie angerufen habe. Jetzt klingelt es nur noch lange und hört dann plötzlich auf. Ich habe sämtliche Bekannte angerufen, und alle sagen, dass sie nichts von ihr gehört haben. Es gibt keinen Grund, ihnen nicht zu glauben.«

»Warum haben Sie mich angerufen?«

»Sie waren die Einzige, die mir einfiel. Ich habe Angst, Detective, Angst um meine Frau und um das Baby.«

»Sie ist schwanger?«

Er nickte.

»Davon haben Sie mir nichts gesagt, als wir uns das letzte Mal unterhalten haben.«

»Weil ich es zu dem Zeitpunkt selbst noch nicht wusste.«

»Ihr Unwohlsein.«

»Das mit der Übelkeit, ja. Aber ich habe Ihnen die Wahrheit gesagt. Es ging meiner Frau nicht gut, und sie hatte auch so etwas wie eine Depression. Jetzt fühle ich mich völlig hilflos, und für jemanden, der in meinem Berufsfeld arbeitet, ist das eine sehr erschreckende und ungewohnte Erfahrung. Ich habe Sie angerufen, weil ich Ihre Hilfe benötige. Allein kann ich Alice nicht finden.«

»Es gibt Dienstvorschriften, die ich im Falle vermisster Personen einhalten muss, Mr Reeve. Das ist Ihnen sicherlich klar.«

»Da ist noch mehr«, sagte er eindringlich. Er schien zu spüren, dass sich Wright nicht selbst mit seinem Anliegen befassen, sondern ihn an irgendein anonymes Sonderkommando vermitteln wollte, dessen Aufgabe es war, vermisste Personen aufzuspüren.

Sie legte den Kopf auf die Seite. »Ja?«

Er stand auf, ging zur Kaminumrandung, von der er ein Stück Papier nahm. »Ich habe diesen Brief bekommen«, sagte er, kam zurück und reichte ihn ihr.

»Wann haben Sie das bekommen?«

»Heute Morgen. Ich habe versucht, mich selbst darum zu kümmern, aber durch den Brief wurde mir klar, dass mir nichts anderes übrig blieb, als Hilfe zu suchen. Deshalb habe ich Sie angerufen.«

»Wie hat der Brief Sie erreicht?«

»Jemand hat ihn durch den Briefschlitz geschoben. Er war schon da, als ich aufgewacht bin.«

»Um welche Uhrzeit war das?«

»Ungefähr halb sieben.«

»Und Sie haben nichts gehört, niemanden gesehen?«

»Nein, nichts.«

Das raschelnde Geräusch, das er bei den vorangegangenen Briefablagen gehört hatte, wollte er nicht erwähnen, auch die vorherigen Briefe verschwieg er lieber, denn sie enthielten belastende Aussagen. Der heutige Brief musste ein einmaliges Vorkommnis gewesen sein.

Es waren immer mehr Lügen nötig.

»Haben Sie irgendeine Idee, wer das hier geschrieben haben könnte?«

Er lockerte seine Schultern. »Eigentlich schon.« An dieser Stelle war ein Stück Wahrheit vonnöten. Er wusste, dass er sich selbst in ein sehr schlechtes Licht rücken würde, wenn er offen über seine Beziehung mit Belinda sprach, doch diesen Preis war er bereit zu zahlen, falls es bedeutete, dass er Alice zurückbekam.

»Meine Sekretärin, die ebenfalls erst kürzlich verschwunden ist. Ihre Schwester hat mir gesagt, dass sie untergetaucht sei, um eine Zeit lang allein zu sein. Aber sie ist seit einiger Zeit wütend auf mich. Die Sache ist die: Wir hatten eine kurze Affäre, und sie verschwand, nachdem ich ihr unmissverständlich klargemacht habe, dass die Sache vorbei ist. Sie müssen wissen, dass ich meine Frau liebe, sie bedeutet alles für mich. Ich weiß, ich bin ein Idiot, mich mit einer so jungen Frau einzulassen. Aber es ist geschehen, und ich kann es nicht mehr ändern. Als ich sie zum letzten Mal gesehen habe, habe ich sie verärgert, als ich ihr sagte, dass ich Alice nicht verlassen wollte. Sie wurde wütend auf mich, und ich glaube, dass sie mich bedroht hat.«

»Das … glauben Sie?« Wright wirkte unbeeindruckt.

»Ich habe in letzter Zeit deutlich zu viel getrunken, weil ich versucht habe, mit all dem Druck fertig zu werden, und mit Alices Krankheit. Der Schnaps trübt meine Erinnerungen.« Beschwichtigend fügte er hinzu: »Ich habe jetzt aufgehört. Ich werde keinen Tropfen mehr anrühren, das schwöre ich, aber sie war mit Sicherheit wütend genug, um sich rächen zu wollen.«

»Also hat Ihre Sekretärin, die Sie vielleicht bedroht hat oder auch nicht, Ihre Frau vielleicht entführt oder auch nicht. Ist es das, was Sie mir sagen wollen?« Der Tonfall von Wrights Stimme ließ darauf schließen, dass sie nicht sonderlich überzeugt war.

»Okay, sehen Sie …« Er ging zu Wright und legte seinen Finger auf das Wort »Baby's«, das in dem Brief stand. »Der Apostroph, der dort nicht hingehört. Das ist ein typischer

Fehler von Belinda.« Er lachte verhalten. »Das ist alles, was ich habe, und vielleicht wirkt es wie an den Haaren herbeigezogen, aber zusammen mit allem anderen kommt es mir absolut logisch vor. Belinda hat Alice. So muss es sein. Helfen Sie mir, Belinda zu finden, dann finden wir auch meine Frau.«

»Das klingt für mich sehr weit hergeholt«, sagte Wright. »Jedenfalls haben Sie keinen konkreten Beweis, sondern nur ein Bauchgefühl und einen ziemlich verbreiteten Grammatikfehler.« Sie spürte, dass er kurz davor stand, sie anzuflehen, und seufzte. »Sie erwähnten, dass Belinda eine Schwester hat?«

»Ja.«

»Wie kann ich sie erreichen?« Paul gab Wright die Telefonnummer und die Adresse in Cambridge. »Ich kann ihr eine Nachricht schicken und etwas herumstöbern. Ich werde sehen, ob wir da weiterkommen, aber versprechen kann ich nichts.«

Paul kam ihr unangenehm nahe. »Ich danke Ihnen«, sagte er.

»Wahrscheinlich kommt nichts dabei heraus, also versprechen Sie sich nicht zu viel davon«, sagte sie. »Wenn ich in den nächsten 24 Stunden keine Ergebnisse habe, müssen Sie eine offizielle Vermisstenmeldung aufgeben. Ich bin verpflichtet, den Dienstweg einzuhalten.«

Er lächelte erleichtert. »Danke«, sagte er. »Und bitte, halten Sie mich auf dem Laufenden.«

»Das werde ich.«

Ihm war klar, dass er sich selbst – und möglicherweise

auch Alice – in Gefahr gebracht hatte, als er die Wahrheit über seine Beziehung zu Belinda offenbarte. Er setzte darauf, dass Wright mit ihm in Kontakt bleiben würde, und hoffte, dass sie ihn zu Belinda führte. Er musste sie sprechen, sobald man sie aufgespürt hatte, und durfte nicht riskieren, dass Detective Wright sie zuerst allein traf. Falls Belinda tatsächlich wusste, was Alice und er getan hatten, konnte niemand vorhersehen, was sie aussagen würde. Er hatte allerdings keine Ahnung, wie er das hinbekommen sollte.

Paul ging davon aus, dass ihr Schweigen eine Menge Geld kosten würde, aber er war bereit, so viel zu zahlen, wie nötig war.

Er war darauf eingestellt, alles zu tun, damit Belinda schwieg. Aber jetzt hatte er Detective Wright ins Spiel gebracht, und ihm blieb nichts anderes übrig, als zu versuchen, das zu seinem Vorteil zu nutzen.

P

»Irgendwelche Neuigkeiten?«, frage ich Detective Sergeant Wright, obwohl sie mich erst vor zwei Stunden verlassen hat. Ich hoffe, ich wirke wie ein Ehemann, der verzweifelt seine Frau zu finden versucht, und nicht wie jemand, der unbedingt ein Geheimnis bewahren will.

»Ich bin gerade erst in Cambridge angekommen«, seufzt sie. »Hören Sie, Mr Reeve, Sie müssen mir ein bisschen Raum zum Arbeiten geben, wenn ich die Zeit sinnvoll nutzen soll. 24 Stunden gehen sehr schnell vorbei, das können Sie mir glauben. Ich habe es ernst gemeint, als ich sagte, dass ich Sie anrufe, falls sich etwas ergibt. Behalten Sie einfach Ihr Handy bei sich und üben Sie sich in Geduld.«

Ich entschuldige mich und beschwöre sie noch einmal, mit mir in Verbindung zu bleiben. Ich hoffe bei Gott, dass sich Belinda nicht im Haus ihrer Schwester versteckt. Ich würde sie wohl nicht rechtzeitig erreichen können, bevor Detective Wright sie dort findet.

Bei diesem Gedanken frage ich mich, ob ich die Polizei etwas zu voreilig eingeschaltet habe.

Vielleicht sollte ich in Cambridge oder in der Nähe sein, nur für alle Fälle. Meine Unentschlossenheit ist frustrierend, deshalb entschließe ich mich, impulsiv zu handeln. Ich packe eine Tasche und schließe das Haus ab. Als ich auf mein

Auto zugehe, sehe ich etwas Weißes an der Scheibe, das unter den Scheibenwischer geklemmt ist. Ich sehe genau hin.

Es ist ein Briefumschlag. Ich ziehe ihn heraus und blicke mich um, doch wie üblich ist niemand zu sehen.

Ich öffne den Brief. Zwei Zeilen fett gedruckter Text:

£ 100,000 in einer Tasche. Legen Sie sie in den Papierkorb hinter den öffentlichen Toiletten beim See. St.-Albans-Park. 15 Uhr. HEUTE.

Mein erster Reflex ist, Detective Wright anzurufen, aber dann fällt mir wieder ein, wo sie ist – und wenn ich genau darüber nachdenke, könnte mich diese Sache sogar meiner Sorgen entledigen. Ich habe die Chance, Alice zurückzubekommen, und kann gleichzeitig hoffentlich Belinda aufspüren, während Detective Wright aus dem Weg ist. Es könnte keinen besseren Zeitpunkt dafür geben, allem ein Ende zu bereiten.

Vielleicht hört es heute auf.

Ich fahre in die Londoner Innenstadt zu einem Schließfach, das ich in der Finchley Road habe. Außer es in Immobilien zu investieren, verwahre ich einen Großteil meines Vermögens als Bargeld in Fächern wie diesem – ich bin zu paranoid, um mein ganzes Geld auf Bankkonten festzulegen. Außerdem habe ich einen Teil davon erwirtschaftet, ohne die erforderlichen Steuern zu zahlen, deshalb ist es sicherer, es an Orten wie diesem zu verwahren.

Ich nehme exakt die Summe, die im Erpresserbrief genannt wurde, und schiebe den Kasten wieder in den Schlitz. Dann hetze ich zurück nach St. Albans. Mir bleibt eine Stunde, bevor ich das Lösegeld ablegen muss, und ich beschließe, frühzeitig meinen Beobachtungsposten einzunehmen.

Nach dem Parken ziehe ich mein Handy heraus. Ich habe einen Anruf von Detective Wright verpasst. Einen Moment lang überlege ich, sie zurückzurufen, aber dann entscheide ich mich dagegen. Vielleicht gibt es in einer guten Stunde keinen Grund mehr, sie noch einzubeziehen. Mein Rückruf kann warten, bis ich mehr weiß.

Ich überquere die kleine Brücke und gelange zum Uferbereich. Der Papierkorb befindet sich auf der linken Seite hinter dem Zementbau der öffentlichen Toiletten. Es ist ein alter, hölzerner Papierkorb mit verbogenen, beschädigten Seitenleisten, und ich verstehe, weshalb die Wahl auf ihn fiel: Er wird auf einer Seite von dem Gebäude und auf der anderen von Gebüsch verborgen.

Ich setze mich auf eine Bank, die man erreicht, wenn man etwa drei Viertel des Rundwegs um den See gegangen ist. Es ist nicht weit von den Toiletten entfernt, und obwohl der Papierkorb selbst außer Sicht ist, habe ich den Weg dahin im Blick; ich kann jeden sehen, der sich ihm nähert.

Soweit ich mitbekomme, geht niemand auch nur in die Nähe des Papierkorbs. Als es endlich drei Uhr ist, bewege ich mich mit der Tasche in der rechten Hand darauf zu. Mein Plan ist es, das Geld dort zu deponieren, weiterzugehen, ohne mich umzublicken, die Brücke zu überqueren, mir dann einen Rückweg durch den Fluss zu suchen und dabei außer Sicht zu bleiben.

Nachdem ich die Tasche beiläufig in den Papierkorb geworfen habe, gehe ich zum Flussufer. Das Wasser sieht nur knöcheltief aus, und im Flussbecken liegen eine Menge großer Steine.

Ich mache einen großen Schritt vom Ufer ins Wasser. Ich beeile mich, um so schnell wie möglich durch den Fluss zu waten. Dabei rutsche ich auf den Steinen aus und lande auf den Knien. Ich schramme mit der Haut über den Grund und stöhne vor Schmerz.

Ich humpele wegen meines verletzten Beins und ziehe mich am anderen Ufer an Land. Durchnässt versuche ich, zu Atem zu kommen. Als ich aufstehe, stelle ich fest, dass ich Aufsehen erregt und einige Zuschauer gewonnen habe.

Dessen ungeachtet haste ich die Uferböschung hinauf, lasse mich kurz vorm höchsten Punkt auf den Bauch fallen und spähe über die Hügelkuppe. Von hier aus habe ich den Papierkorb im Blick. Hoffentlich habe ich noch nichts verpasst.

Ich sehe mir jede Person an, die nicht allzu weit davon entfernt ist. Niemand sieht verdächtig aus. Solange ich warte, nähert sich niemand. Die untere Hälfte meines Körpers liegt unbequem, aber ich bin entschlossen, das durchzustehen. Ich will nach der Uhrzeit sehen, aber das Glas meiner Armbanduhr hat einen Sprung, und die Zeiger bewegen sich nicht. Aus Sorge, dass auch mein Handy beschädigt sein könnte, ziehe ich es aus meiner Hosentasche. Es funktioniert, aber ich habe einen weiteren verpassten Anruf von Detective Wright. »Mist«, sage ich zu mir selbst.

Ich versuche, Detective Wright aus meinem Kopf zu verbannen und mich wieder zu konzentrieren. Belinda, oder wer auch immer es sein mag, muss irgendwo hier sein.

Ich versuche, sie mir in irgendeiner Verkleidung vorzustellen. Mit einem Hut vielleicht, einem Schal oder einer Sonnenbrille. Vielleicht hat sie sich auch das Haar gefärbt oder kurz geschnitten.

Ich sehe mir die Gesichter genauer an und hoffe, einen einzelnen Gesichtszug auszumachen, der mich an sie erinnert, doch als ich damit keinen Erfolg habe, fühle ich mich zusehends verzweifelt. »Komm schon«, flüstere ich. »Du musst hier irgendwo sein. Wo bist du? Du musst es doch sein.«

Weitere fünfzehn Minuten vergehen, und in mir wachsen Zweifel. *Was, wenn ich mich irre? Wenn es nicht Belinda ist, wenn ich nach der falschen Person gesucht und dabei die richtige verpasst habe? Wenn es jemand geschafft hat, unbemerkt zum Papierkorb zu kommen und das Geld herauszunehmen?*

Ich weiß nicht, wie lange ich noch warten soll; ich fürchte, meine Zeit zu vergeuden. Ich fühle mich wie ein Vollidiot, hier klatschnass herumzuliegen.

Plötzlich sehe ich, wie jemand – ein Mann – zum Papierkorb geht und dort verharrt. Ich bin mir sicher, dass er einen schnellen Blick hineinwirft, danach bewegt er den Kopf in einem Halbkreis und lässt den Blick über die Umgebung schweifen. Er bleibt mehrere Minuten in der Nähe, schlurft herum und kommt dann Stück für Stück näher an den Papierkorb heran. Dann macht er eine schnelle Bewegung, dreht sich um, zieht den Kopf ein und beugt sich darüber.

Ohne nachzudenken stehe ich auf und laufe auf der anderen Seite des Hügels hinunter. Ich jage durch die Büsche und zerkratze mir die Beine, aber ohne Geschwindigkeit einzubüßen. Ich bin nur wenige Meter entfernt, und er ist noch da, den Kopf gesenkt, die Schultern hochgezogen. Ich strecke die Arme aus, packe ihn am Nacken und reiße ihn nach hinten. Er dreht sich erschrocken um, gibt ein klägliches Wimmern von sich, und ich sehe mich einem Knaben von vielleicht vierzehn Jahren gegenüber, mit einer Zigarette im Mund. Er öffnet den Mund weit und die Zigarette fällt auf die Erde.

Die Tasche liegt noch im Papierkorb. Ich begreife, dass ich einen Jungen beim heimlichen Rauchen gestört habe. »In deinem Alter darfst du nicht rauchen!«, sage ich so streng wie möglich und stoße ihn zur Seite. Ich greife in den Papierkorb, nehme die Tasche und bringe sie in mein Auto zurück. Mich ärgert die Zeitverschwendung, die die ganze Sache offensichtlich war.

Darum ging es vielleicht von Anfang an – ein Versuch, mich zu quälen und meinem Verstand einen Streich zu spielen. *Hier, nimm deine Frau und dein Kind zurück. Ach nein, ich habe meine Meinung geändert, du kriegst sie doch nicht.* Ich kann nur ahnen, was im nächsten Brief stehen wird.

Völlig niedergeschlagen fahre ich nach Hause. Ich dachte, ich hätte einen Plan. Ich dachte, ich könnte Belinda bezahlen oder ihr zumindest ins Gewissen reden, ihr Angst machen und dann Alice zurückbekommen. Ich hatte mich geirrt.

Als ich in unsere Auffahrt abbiege, klingelt mein Telefon. Detective Wright ruft schon wieder an. »Verdammt noch mal.« Ich kann das Gespräch nicht annehmen. Ich habe keine Erklärung dafür, den ganzen Tag nicht erreichbar gewesen zu sein, und lügen kann ich anscheinend überhaupt nicht mehr.

Ich drücke auf Ignorieren und will nichts weiter als eine Flasche nehmen und meine Sorgen wieder ertränken. Das ist der einzige Trostspender, den ich habe. Ich lache wehmütig auf. Wie anders bis vor Kurzem alles war! Wie großartig das Leben war! Dann kam jene erste Lüge – und die anderen, die folgten.

Als ich ins Haus gehe und meine schlammigen Schuhe ausziehe, sehe ich, wie dreckig meine Hose ist. Bevor ich mich ins Vergessen trinke, möchte ich die Erinnerungen an meinen Aufenthalt im Park von mir abspülen. Als ich mich dem Badezimmer nähere, starre ich auf die Tür. *Ich möchte es erleben. Ich möchte sie jetzt und in diesem Moment spüren. Ich möchte empfinden, was sie empfand.*

Ich möchte sie verstehen.

Dieser verdammte Raum. Ich gehe hinein und lasse Badewasser ein, so wie sie es getan hat. Dann stehe ich davor, starre in die Wanne und kann meine eigene Dummheit und mein Elend nicht leugnen.

Als die Wanne halb voll ist, gieße ich etwas Badezusatz dazu. Reglos stehe ich da, während das monotone Rauschen des Wassers den Raum erfüllt, betrachte die Badewanne, die Fliesen, den Duschvorhang. Das alles war erst vor wenigen Monaten voller Blut. Jetzt ist die Erinnerung an jene Nacht das Einzige, was mich mit dieser Zeit verbindet. Trotzdem ist es eine Erinnerung, die sich nicht auslöschen lässt.

Ich starre in die Wanne. Dampf steigt auf. Das Geräusch des einlaufenden Wassers. Im Hintergrund spielt Musik, sie übertönt alle anderen Geräusche. Er schleicht sich herein, kommt durch den Dampf, der Duschvorhang ist zugezogen. Er schiebt ihn zur Seite, und dann durchdringt ihn eine scharfe Hitze, als die Klinge immer wieder in seinen Hals gestoßen wird und sein Körper in die Wanne sackt.

Als meine Vorstellungskraft den Teil der Nacht zu Leben erweckt, den ich nicht selbst erlebt habe, spüre ich die Wärme zweier Hände, die sich auf meine Schulterblätter legen. Ich denke: *Er ist da, er ist zurückgekommen, er will mich holen*, aber dann wird mir klar, dass das unmöglich ist, er ist tot. Mir bleibt das Herz stehen, ich drehe mich um und mache mich auf das Schlimmste gefasst, doch stattdessen sehe ich ein vertrautes Gesicht.

Alice.

Sie nimmt meine Hände und sagt leise: »Du bist zur Geldübergabe gekommen, du wolltest mich zurückhaben.« Dann drückt sie zärtlich ihre Lippen auf meine.

Ich will etwas sagen, aber es kommen keine Worte heraus. Ich bin sprachlos.

Sie kann meine Gedanken lesen. Sie versteht, dass ich wissen will, *weshalb*.

Sie löst sich von mir. »Ich musste wissen, ob du mich wirklich zurückhaben wolltest. Ob du mich liebst. Ich musste wissen, ob du es verdienst, der Vater meines Babys zu sein. Und vor allem musste ich sicher sein, dass wir einander mehr bedeuten als dir deine Sekretärin.«

»Ich will dich«, bringe ich heraus, aber das ist auch alles, was mir über die Lippen kommt.

»Du willst doch bestimmt nicht, dass die Wanne überläuft«, sagt sie beiläufig. »Vielleicht solltest du den Hahn zudrehen.«

A

Während unserer ersten fünf Ehejahre wollte Paul nicht Vater werden. Seine Karriere war für ihn das Wichtigste, und ich hatte mich dazu entschlossen, ihn bedingungslos zu unterstützen.

Doch dann änderten sich die Dinge. Wir waren in Paris, um unseren fünften Hochzeitstag zu feiern, und wohnten in einem schönen Fünf-Sterne-Hotel; mit Pauls Karriere ging es glänzend voran. Am zweiten Tag aßen wir am Eiffelturm zu Abend, er stieß mit mir auf eine erfolgreiche Zukunft an. Wir gingen zu unserem Hotel zurück, das Grand Hotel du Palais Royal, ein hinreißendes Hotel an der Rue de Valois, und liebten uns. Und es war wirklich Liebe – jede Geste, jeder Kuss, jede Bewegung war voller Sorgfalt, Aufmerksamkeit und Zärtlichkeit. Vielleicht war es die Intensität unserer Liebe, die uns davon überzeugte, dass ein Kind das natürliche Ergebnis davon sein würde.

Deshalb traf es mich vollkommen unvorbereitet, als ich Wochen später, während Paul erwartungsvoll auf dem Bett saß, einen Schwangerschaftstest machte und wir eine durchgezogene blaue Linie, also ein negatives Testergebnis erhielten. Aus dem Badezimmer herauszukommen, mich vor Paul hinstellen zu müssen, der von einem Ohr zum anderen grinste, und ihm zu sagen, dass es nicht geklappt hatte, dass wir nicht schwanger wären, war mit das Härteste, was ich jemals getan habe. Er war am Boden zerstört und konnte seine Enttäuschung nicht verbergen. Er fand zwar die richtigen Worte, sagte, dass es nicht wichtig sei und wir noch Zeit hätten, aber ich erkannte die Wahrheit in seinem Blick: Er litt.

Ich fühlte mich, als ob ich ihn enttäuscht hätte. In meinen Augen war es ein Scheitern. Wir hatten – oder *ich* hatte – bei etwas völlig Natürlichem versagt.

In den folgenden drei Jahren versuchten wir es mehrfach, ohne Erfolg. Doch dann leuchteten meine Augen schließlich, als ein blaues Kreuz bestätigte, dass es tatsächlich geschehen war. Ich war schwanger geworden! Nie hatte ich Paul glücklicher erlebt.

Es war uns aber nur zwei kurze Monate vergönnt, das Glück miteinander zu teilen, bis eine Hebamme bei einem Scan eine Eileiterschwangerschaft feststellte. Ich erinnere mich noch an ihre Worte: »Ich fürchte, es gibt keine andere Wahl als einen Abbruch.« Wir waren verzweifelt. Ich zog mich innerlich zurück, und Paul tat dasselbe. In diesem Jahr unternahmen wir keinen weiteren Versuch. Ich kam über den Schmerz nicht hinweg. Paul wollte es weiterhin versuchen, doch ich konnte es nicht. Es war mein Körper, und wie sollte er verstehen, wie es war, wenn man wusste, dass etwas in einem heranwuchs und man dann schließlich gesagt bekam, dass einem das kleine Wesen wieder weggenommen wurde?

Ich erinnere mich nicht mehr an das Gespräch, das uns dazu brachte, es schließlich doch wieder zu versuchen, aber im Laufe von anderthalb Jahren gelang es mir noch zweimal, schwanger zu werden, doch jedes Mal mit demselben Ergebnis: eine Schwangerschaft außerhalb der Gebärmutter, die keine andere Wahl ließ, als sie zu unterbrechen.

Es war uns nicht bestimmt, das sahen wir schließlich beide ein – wenn auch widerstrebend.

Eine künstliche Befruchtung wäre zwar in Betracht gekommen, aber Paul war darauf ebenso wenig erpicht wie auf eine Adoption. Er wollte, dass es sein *eigenes* Kind war, was auch immer das bedeuten sollte. Im Laufe der Zeit redeten wir immer weniger über das Thema, und schließlich kamen wir unabhängig voneinander zu dem Schluss, dass wir keine Kinder haben würden.

Deshalb war ich so glücklich, geschockt und – wenn ich ganz ehrlich bin – auch verängstigt, als ich entdeckte, dass ich schwanger war. Es war während unseres Aufenthalts in New York passiert. Ich stellte schon sehr früh fest, dass es diesmal anders war, doch die Vorstellung, Paul davon zu erzählen, machte mich nervös. Ich dachte jeden Tag an den Mann, den ich getötet hatte, und es fiel mir schwer, mich Paul gegenüber noch zu öffnen. Dann begann die morgendliche Übelkeit, mir zuzusetzen. Und als ich herausfand, dass Paul eine Affäre hatte, war die Sache für mich gelaufen.

Er hatte dieser Polizistin erzählt, ich sei labil. Als ich ihre Unterhaltung belauschte, war ich so wütend wie selten zuvor. Und an dem Tag, als er mich schubste und ich hinfiel, in diesem Moment erstarrte ich vor Angst um das Leben meines Babys. Ich dachte eine Zeit lang, dass ich es allein schaffen könnte – aber nachdem ich eine Nacht darüber geschlafen und dabei von dem Glück unserer frühen gemeinsamen Jahre und unserem Kinderwunsch geträumt hatte, änderte ich meine Meinung. Ich konnte ihn nicht anzeigen. Paul hatte ein Jahrzehnt lang Vater sein wollen, und das konnte ich ihm nicht versagen.

Dann ergab es sich, dass er vom Krankenhausarzt von der Schwangerschaft erfuhr, und ich konnte das Glück in seinen Augen sehen, als ich nach Hause zurückkehrte. Ich glaubte seinen Worten, den Versprechungen, die er machte, glaubte, dass er darauf brannte, sich um uns zu kümmern, und dass er mich liebte.

Aber … dann sah ich die Textnachricht, die er fünf Nächte zuvor verschickt hatte. Ich hatte ihn und seine Sekretärin zwar am Hotel gesehen, aber die Nachricht bewies noch einmal, was geschehen war.

Die Worte sind mir ins Gedächtnis gebrannt: *Belinda, bitte, lass es. Wir hatten eine schöne Zeit, aber mehr kann daraus nicht werden. Ich bin dein Chef, du bist meine Angestellte, es hat Spaß gemacht, aber lassen wir es dabei bewenden. Schick mir keine Nachrichten mehr aufs Handy.*

Nein, er verdiente dieses Kind nicht.

Deshalb musste er beweisen, wie sehr er es wollte. Er musste mich und unser Baby zurückgewinnen.

Ich beschloss, dass wir ein Spiel spielen würden, nach meinen Regeln. Er sollte mich überzeugen, zu ihm zurückzukehren. Hätte er auch nur einen falschen Schritt gemacht, wäre es vorbei gewesen, und er hätte nie wieder von mir gehört.

Er hatte nur eine einzige Chance.

Den ersten Teil hatte er bestanden, aber das ist nicht das Ende. Das Spiel wurde erst jetzt interessant.

*

Ich habe Paul dazu gebracht, in die Badewanne zu steigen, und da sitzt er jetzt und schaut zu mir hoch, wie ich auf dem Badewannenrand hocke.

»Alice, bist du sicher, dass mit dir alles in Ordnung ist?«

»Es ging mir noch nie besser«, sage ich munter.

»Es tut mir leid«, sagt er.

»Das kann ich mir vorstellen.« Ich nehme eine Flasche Flüssigseife und einen Schwamm. Dann wische ich damit über seinen Körper. »Wusstest du, dass ich da war, als ihr ins Waldorf gegangen seid?« Sein Blick ist Antwort genug. »Ich war gekommen, um dich zu treffen. Ich war so blöd, mit meinem Ehemann zusammen sein zu wollen. Du hast mich nicht gesehen, aber ich dich, und die Art, wie du sie beim Gehen umarmt hast, war nicht so, wie ein Mann normalerweise mit seiner Sekretärin umgeht. Ich will jetzt keine Geständnisse und auch nicht, dass du es abstreitest. Ich weiß ohnehin alles.«

»Ich bin so furchtbar dumm gewesen.«

»Du hast sie benutzt, Paul. Und mich auch.«

Er setzt sich auf. »O Gott, es tut mir so leid. Ich brauche dich, Alice. Du bist mein Leben.«

Ich lächle und nicke. »Und du hast den ersten Schritt getan, um es mir zu zeigen. Aber ein Schritt muss noch gemacht werden – ein sehr großer. Du wirst es deiner *kranken* Frau beweisen müssen. So hast du mich doch Detective Wright gegenüber genannt, oder nicht?«

»Ich brauchte nur eine Entschuldigung, damit sie lockerlässt. Ich wollte, dass sie Mitleid mit mir hat.« In seiner Stimme schwingt Panik mit.

»Aber nicht mit mir.«

»Ich bin ein egoistischer Mistkerl gewesen. Es tut mir leid.«

»Ich habe Angst, Paul.«

»Wovor?«

»Davor, dass du mich wieder belügst. Dass du ihr nachgibst, falls sie zurückkommt.«

Er packt mit beiden Händen den Rand der Wanne. »Das werde ich nicht. Du hast mein Wort.«

»Dein Wort ist längst nicht mehr viel wert.«

»Diesmal meine ich es ernst«, sagt er langsam. »Außerdem wird sie nicht zurückkommen.«

»Woher willst du das wissen?«

»Ich weiß es einfach.«

»Männliche Intuition?«, lache ich.

»Sie wird definitiv nicht zurückkommen.«

»Es gibt nur eine Methode, um es wirklich zu wissen.«

»Wie meinst du das?«

»Ich will, dass du ganz sicher bist.«

»Alice …«

Ich beuge mich vor und flüstere: »Ich will, dass du sie umbringst.«

13

Detective Sergeant Katherine Wright klopfte an der Vordertür. Sie war frustriert davon, dass es ihr nicht gelungen war, Paul Reeve telefonisch zu erreichen.

Als niemand öffnete, klopfte sie drei weitere Male, jedes Mal lauter, weil sie glaubte, dass er im Haus war, schließlich stand sein Wagen in der Einfahrt.

Endlich öffnete er, in einen tropfnassen Bademantel gewickelt, die Tür. Er wirkte nervös. »Oh, Detective. Es tut mir leid.« Er stolperte verlegen ins Haus und sagte: »Kommen Sie rein. Ich will mich erst mal vernünftig abtrocknen. Ich war gerade unter der Dusche. Nehmen Sie doch in der Küche Platz, dann bin ich in wenigen Augenblicken fertig.« Er sah ihr zu, wie sie in die Küche ging, und wollte gerade wieder nach oben, als er Alices Jacke an der Garderobe entdeckte. Er überlegte: Hatte er gesagt, dass sie die Jacke trug, als er Wright zum ersten Mal anrief, um sie um Hilfe zu bitten?

Er konnte sich nicht erinnern. Er hoffte, dass Wright sie nicht gesehen hatte, hob sie heimlich vom Haken und nahm sie mit nach oben.

Als er das Schlafzimmer betrat, kam Alice hinter der Tür hervor und fragte fassungslos: »Was macht die denn hier?«

»Sie hat mich den ganzen Tag lang angerufen und …« Er verstummte und dachte nach.

»Und was?«, herrschte sie ihn im Flüsterton an.

»Und ich habe sie ignoriert, verstehst du. Diese verdammte Geldübergabe hat mich davon abgelenkt.«

»Weshalb ist sie hier? Wieso stehst du überhaupt in Kontakt mit ihr?«

Er drückte die Schlafzimmertür zu, warf ihre Jacke aufs Bett und drehte sich zu ihr um. »Weil ich geglaubt habe, dass du entführt worden bist, und was ich auch versucht habe – ich sah keine Chance, dich zu finden. Ich rief sie an, als ich das Gefühl hatte, dass mir keine andere Möglichkeit blieb. Ich hatte keine Wahl.«

»Oh doch, die hattest du, Paul, und damit hast du eine sehr schlechte Wahl getroffen.«

»Das weiß ich jetzt auch.« Er dachte nach. »Wenn du nicht weggelaufen wärst …«

Alice schüttelte den Kopf. »Untersteh dich! Sieh mal, das braucht kein Problem zu sein. Bleib einfach ruhig, sprich mit ihr und finde einen Weg, sie schnell wieder loszuwerden. Den Rest überlegen wir uns hinterher. Sie glaubt, dass ich verschwunden bin. Wenn sie gleich geht, sollte sie das immer noch glauben, verstehst du? Sag ihr nicht, dass ich zurückgekommen bin. Es hat sich nichts verändert, seit du letztes Mal mit ihr gesprochen hast. Ist das klar?«

»Ich verstehe«, gab er angespannt zurück, »aber das ist schon wieder eine Lüge, die wir beachten müssen.«

Sie griff nach dem Ärmel seines Bademantels. »Wir haben noch eine Menge zu erledigen. Das darf sie uns nicht kaputtmachen. Hör dir an, was sie zu sagen hat, gib dich besorgt und warte, bis sie geht. Wir werden ein Baby haben, vergiss das nicht. Du wirst Vater. Es kann immer noch gelingen. Sie loszuwerden ist nur ein weiterer Schritt auf dieser Reise. Falls sie fragt, sag ihr, dass du keine Ahnung hast, wo ich bin, und dann soll sie weiterhin ihre Zeit damit verschwenden, nach mir zu suchen. Ich werde am Ende mit einer einleuchtenden Erklärung wieder auftauchen, vielleicht schiebe ich es auf pränatale Depressionen, aber erst, wenn es *uns* passt. Am Ende wird alles gut. Du musst nur die Fäden in der Hand behalten.«

Er ging wieder nach unten und nahm plötzlich einen Parfümduft wahr. Stammte er von dort, woher er kam, oder von dort, wohin er ging? Es war der Duft von Alice, der ins Haus zurückgekehrt war.

Er warf einen Blick in die Küche. Sah Detective Wright so aus, als hätte sie Verdacht geschöpft? Hatte sie etwas bemerkt? Er war sich nicht sicher.

Er ging hinein und bot ihr etwas zu trinken an, was sie ablehnte, danach setzte er sich ihr gegenüber an den Küchentisch. Er nahm nicht das geringste Misstrauen in ihrem Blick wahr.

»Ich habe heute Esther Adams besucht«, fing sie an. »Seit Ihrem Besuch bei ihr ist es ihr nicht gelungen, ihre Schwester zu erwischen. Sie sagte, dass es wirklich nicht zu ihr passe, dass sie sich sehr nahestehen würden und dass Belinda zwar schon einmal verschwunden sei, sie aber stets miteinander telefoniert hätten. Sie macht sich insbesondere Sorgen, weil das Telefon abgestellt war, als sie die letzten

Male versuchte, bei ihr anzurufen, und sie meint, dass das zuvor noch nie geschehen sei. Haben Sie von ihr gehört?«

»Nein, habe ich nicht. Aber als ich Esther Adams traf, war sie nicht im Mindesten um ihre Schwester besorgt. Und dann tauchen Sie auf und plötzlich gibt sie sich völlig anders? Zu mir hat sie gesagt, Belinda sei erwachsen und entscheide selbst, wann sie komme und wann sie gehe.«

»Dann hat sie ihre Meinung wohl geändert.«

»Ich habe sie erst gestern gesprochen. 24 Stunden sind nicht gerade eine lange Zeit.«

»Wie lange hat es gedauert, bevor Sie angefangen haben, sich wegen Alice Sorgen zu machen, als Sie sie nicht finden konnten?«

Er hob einlenkend die Hand. »Okay, da haben Sie recht.«

»Und da wir gerade von Ihrer Frau sprechen: Haben Sie von ihr gehört?«

Er zögerte kurz. »Nein.«

»Und Sie haben keine Idee, wo die beiden sind?«

»Ich habe *Sie* um Hilfe gebeten, schon vergessen?« Sie verzog ihr Gesicht. »Verzeihen Sie, das klang jetzt ganz falsch. Es ist nur so frustrierend, nichts zu wissen. Nein, ich habe keine Ahnung.« Dann setzte er hinzu: »Und ich mache mir wirklich Sorgen.«

»Glauben Sie immer noch, dass die beiden zusammen sind, dass Alice gegen ihren Willen festgehalten wird?«

»Ja, wegen des Briefs. Sie haben ihn doch gesehen.«

»Esther Adams meinte, als sie zum letzten Mal mit Belinda gesprochen hat, sagte die ihr, dass Sie versucht haben, sie mit Ihrem Auto zu überfahren.«

Paul Reeve rieb sich augenscheinlich gequält mit der Hand durchs Gesicht. Er keuchte unwillkürlich und wusste nicht, ob er lügen oder die Wahrheit sagen sollte, doch seinen Schock konnte er nicht verbergen. Er wollte sich nicht selbst belasten, er wollte Wright aus dem Weg haben, und außerdem hatte er nichts mit Belindas Verschwinden zu tun. Ja, das mit dem Auto war eine Dummheit gewesen, aber er hatte es von selbst abgebrochen und sie nur erschreckt, er hätte sie niemals wirklich überfahren, dachte er.

»Das ist gelinde gesagt ziemlich übertrieben«, antwortete er schließlich. »Sie stand mitten im Weg, als ich die Auffahrt herunterkam. Ich stoppte und fuhr dann um sie herum, als sie nicht Platz machte. Sie war hier, um mich zu bedrohen, sie war wütend, und ich sagte ihr, dass sie verschwinden solle.«

»Warum war sie wütend?«

»Sie hatte sich eingebildet, dass ich meine Frau für sie verlassen würde. Sie drohte, Alice von uns zu erzählen.«

»Das könnte man für einen guten Grund halten, jemanden verschwinden zu lassen, oder nicht? Ich meine, wenn man es dem Gericht präsentiert.«

»Aber so war es nicht. Ich weiß, wie es klingt, doch ich habe Belinda nichts getan. Ich kann nicht einmal meine Frau finden, um Himmels willen. Ich habe Sie angerufen, damit Sie mir helfen, nicht, damit Sie mich beschuldigen.«

»Genau.« Oben quietschte etwas. Sie machte eine Pause. *Es sind nur die Rohre.* Ich tue, als würde ich es nicht bemerken, als wäre es ein alltägliches Vorkommnis. »Esther Adams zufolge hat ihr Belinda erzählt, dass sie in Sie verliebt sei.«

»Verliebt? Das ist lächerlich. Ich war ihr Lückenbüßer – hat Ihnen Esther Adams das auch erzählt?« Wright blieb stumm. »Sie war nicht in mich *verliebt*«, fuhr Paul höhnisch fort. »Sie wollte von mir getröstet werden, nachdem ihr Freund sie abserviert hatte. Vermutlich sah sie nur meinen Wohlstand und meine Stellung und wurde davon angezogen.«

»Das würde bedeuten, dass sie sehr materialistisch eingestellt war.«

»Sind junge Frauen denn anders?« Er runzelte die Stirn, als ihm klar wurde, welchen Fehler er begangen hatte. »Tut mir leid. Das hätte ich nicht sagen dürfen. Es ist der Druck. Es fällt mir wirklich sehr schwer, mit alldem fertigzuwerden.«

»Natürlich«, sagte sie und der Tonfall ihrer Stimme veränderte sich. »Ihr Wohlstand.«

»Was meinen Sie?«

»Haben Sie einen Ehevertrag mit Ihrer Frau, Mr Reeve?«

»Nein«, antwortete er unwillkürlich.

»Warum nicht?«

»Wir lieben einander. Die Frage ist lächerlich.« Dann sprach er nachdrücklicher weiter. »Ich hätte Sie nicht anzurufen brauchen, aber ich habe es getan. Hätte ich etwas mit dem Verschwinden einer der beiden Frauen zu tun, wäre ich ja wohl verrückt, Sie zu kontaktieren. Ich bin der festen Überzeugung, dass Sie Alice finden werden, wenn

Sie Belinda finden. Nur deshalb bitte ich Sie um Ihre Hilfe, aus keinem anderen Grund.«

»Verstehe.«

»Ich habe nichts falsch gemacht, außer die Frau zu betrügen, die mir alles bedeutet. Bitte kümmern Sie sich um sie.« Er machte eine Pause. »Meine Frau braucht Ihre Hilfe.«

»Ich gebe Ihnen noch einen Tag. Ich möchte, dass Sie in 24 Stunden eine offizielle Vermisstenanzeige für Alice aufgeben. Dann haben Sie 48 Stunden meiner Zeit gehabt.« Sie stand auf. »Mehr gibt es nicht.«

»Danke«, sagte er.

Als sie in Richtung Haustür gingen, sah Paul Alices Schuhe oben auf dem Schuhregal stehen. Sie waren schlammig, und der Schlamm sah frisch aus. Sein Blick blieb daran haften.

Wright drehte sich zu ihm um. »Und, Paul?«

»Ja«, sagte er und riss seine Aufmerksamkeit schnell von den Schuhen los.

Sie sah von der Haustür aus zu ihm hinüber. Ihm war, als hätte sie kurz zum oberen Treppenabsatz hingesehen. »Tragen Sie bitte Ihr Handy immer bei sich.«

P

Ich bleibe noch einige Zeit an der Haustür stehen. Erst als Alice mich von oben ruft, löse ich mich aus meiner Erstarrung. Auch wenn ihr Verhalten nicht darauf schließen ließ, dass sie etwas gesehen hatte, mache ich mir Sorgen, dass Detective Wright womöglich Alices Jacke oder ihre Schuhe entdeckt haben könnte. Und dass sie ein anderes Frauenparfüm als ihr eigenes gerochen hatte. Das Geräusch, das Alice oben gemacht hatte, hatte sie auf jeden Fall gehört.

Das ist zu viel. Es fällt mir schwer, bei all den Lügen noch den Überblick zu behalten. Wohin soll das nur alles führen?

Alice ruft mich wieder.

»Ich komme!«, erwidere ich und werfe einen letzten Blick auf die Schuhe. Ich beschließe, die Sache Alice gegenüber nicht anzusprechen.

»Und?«, fragt sie, als ich wieder nach oben komme.

»Du hast dummerweise ein Geräusch gemacht. Ich glaube, sie hat es gehört. Oh, und sie scheint zu glauben, dass ich mit euer beider Verschwinden etwas zu tun habe. Es wäre leichter gewesen, ihr die Wahrheit zu sagen. Gott weiß, was sie jetzt von mir denkt.«

»Ich tauche ja schon bald wieder auf.«

»Nun ja, das ist nicht alles. Ironischerweise scheint Belinda tatsächlich verschwunden zu sein.«

»Du hattest nichts damit zu tun, oder?«

»Warum macht dir das keine Sorgen? Wenn du jetzt auftauchst und sie denkt, dass ich Belinda aus dem Weg geschafft habe?«

Sie sieht mich fragend an.

»Nein, damit habe ich überhaupt nichts zu tun.«

»Dann würde ich es kaum ein Verschwinden nennen, und wir brauchen uns keine Sorgen zu machen. Sie ist wahrscheinlich irgendwo und leckt ihre Wunden. Nachdem du sie fast überfahren und ihr diese Nachricht geschickt hast, gehörst du wohl kaum noch zu ihren Lieblingsmenschen. Aber nichts ist leichter, als eine hilfsbedürftige Frau zu manipulieren. Und so klingt sie für mich.«

»Sie ist einfach jung und naiv.«

»Tu, was ich dir sage, dann kommt sie zu dir zurückgerannt.«

»Wie meinst du das?«

»Ich habe meine Meinung nicht geändert, Paul, und das werde ich auch nicht. Sie *wird* zurückkommen. Das muss sie, denn du hast noch eine letzte Hürde vor dir, um mir deine Liebe zu beweisen.«

Ich gehe ins angrenzende Badezimmer. Ich möchte jetzt nicht mit ihr zusammen sein. Obwohl ich gerade gebadet habe, fühle ich mich schmutzig. Ich springe unter die Dusche und strecke den Kopf unter den intensiven Strahl. »Schaffe ich das?«, frage ich mich selbst und presse die Lider aufeinander.

»Natürlich schaffst du das.« Zwei Arme schlingen sich von hinten um meinen Körper, und ich spüre Alices nackte Haut, die sich an meinen Rücken presst.

»Du schaffst alles, was du dir vornimmst.«

A

»Wir machen es so: Du schickst ihr eine Nachricht, mit der du sie zum Essen einlädst. Hierher. Vergiss nicht, ich werde vermisst, deshalb hast du das Haus ganz für dich allein. Du bedauerst, was du gesagt hast, du hast deine Meinung geändert, bla bla bla. Vielleicht werde ich nicht zurückkehren. Vielleicht ist für dich die Zeit gekommen, ein neues Leben zu beginnen. Du füllst sie mit Wein und Essen ab, und wenn der Moment gekommen ist, bringst du sie um.«

Ich kann sehen, wie sein Adamsapfel auf und ab hüpft, als er mühsam schluckt. »Wie genau?«

»Du wirst sie hier hochbringen, angemessen die Wiedervereinigung feiern und mit ihr ins Bett gehen. Dann wirst du sie erwürgen.«

Ich gehe in Richtung Wandschrank. Mit dem Rücken zu ihm sage ich: »Und ich werde hier drin sein und zusehen.« Dann drehe ich mich um und starre ihn bedrohlich an. »Beweise mir, dass wir dir wichtiger sind als sie.«

»Das seid ihr«, sagt er kopfschüttelnd, »aber Alice, das kann ich nicht tun, du weißt, dass ich das nicht kann.«

»Wenn du ein Vater sein willst, wirst du es tun.«

»Aber …«

»Dieser besondere Ort, dieses Bett, wo wir so viele Male

erfolglos versucht haben, ein Kind zu zeugen, das ich austragen kann. Jetzt ist es der Ort, der dich auf ewig zu einem Vater machen wird.«

»Und was schlägst du vor, wie ich sie hierherbekomme? Ich weiß nicht einmal, wo sie ist.«

»Gib mir dein Handy.«

Ich schreibe die richtigen Worte: »Schick ihr das.«

»So einfach?«

Ich nicke. »So einfach.«

Er nimmt mir das Handy ab und liest. Dann starrt er auf das Display. Ich sehe das Zögern in seinen Augen, doch ich brauche nichts mehr dazu zu sagen. Nach einigen Augenblicken sieht er vom Display zu mir auf und drückt auf Senden, ohne den Blick wieder zu senken.

»War das schon die ganze Zeit dein Plan?«, fragt er.

»Nicht die *ganze Zeit*.« Es könnte sein, dass ich lächle.

»Hast du mich manipuliert?«

»Wie hätte ich das sollen?«

»100 000 Pfund für ihre sichere Rückkehr. Und die des *Baby's*.«

»Oh, du meinst den falschen Apostroph. Gut gesehen. Ich war mir nicht sicher, ob du es merken würdest.« Ich mache eine kleine Pause. »Ich habe nur benutzt, was du mir erzählt hast, Paul.«

»Du hast mich reingelegt.«

»Du hast dich oft über ihre fehlerhafte Rechtschreibung beklagt. Es schien einfach zu passen.«

»Ihr Verschwinden hat die Dinge etwas verkompliziert.«

»Keine Sorge«, sage ich. »Es könnte uns sogar geholfen

haben. Schließlich wird sie bereits vermisst. Sie würde also nicht unerwartet gesucht werden, wenn sie tot ist.«

»Falls sie auf die Nachricht antwortet.«

»Oh, ich glaube, wir werden bald von ihr hören. Sehr bald.«

14

Detective Constable Ryan Hillier stand in dem kleinen Konferenzraum, der von der Einsatzzentrale abging. Die Rollos waren hochgezogen, um das trübe Tageslicht hereinzulassen.

Hillier hatte den Tisch des Konferenzraums in drei Bereiche untergliedert und eine Reihe von Dokumenten und Fotografien darauf verteilt. Ein Laptop stand neben ihm auf dem Tisch.

Auf der gegenüberliegenden Seite des Zimmers befand sich eine fahrbare Tafel, auf der Gemeinsamkeiten aufgelistet waren. Mit großen schwarzen Buchstaben standen auf der weißen Tafel die Worte METHODE, BERUF und UNIVERSITÄT. Darunter waren jeweils in kleinerer Schrift weitere Details aufgeführt, außerdem klebten große Farbfotos von jedem Tatort auf der Tafel. Oben war ein Porträtfoto des Verdächtigen aus seiner Armeezeit angebracht – das einzige, das man hatte organisieren können. Darunter stand der Name ALEXANDER PAVLIK.

Hillier überprüfte, ob er womöglich etwas übersehen hatte, während seine Kollegen weiterhin Akten und Informationen auswerteten. Er verteilte Papiere aus einem großen Stapel auf die entsprechenden kleineren Stapel auf dem Tisch. Alles, was er für nicht hilfreich hielt, war auf einem der lederbezogenen Bürostühle aufgetürmt.

Eine Frau mit braunen Locken steckte den Kopf durch die Tür. »Noch mehr Akten«, verkündete sie.

»Danke, Steph.«

Sie legte sie auf einem kleinen Beistelltisch neben der Tür ab und ging wieder.

Hillier tat der Nacken weh, und er war müde. Er hatte genug davon, im Nebel herumzustochern und dabei das Gefühl zu haben, nicht voranzukommen. Aber er war auch lange genug Detective, um zu wissen, dass Geduld für jemanden in seinem Beruf die wichtigste Charaktereigenschaft war. Hinzu kam die Fähigkeit, ohne viel Schlaf auszukommen.

Die Antworten sind hier irgendwo, hoffte er.

Er überflog weiter die Ausdrucke und entschied, wohin jedes Blatt gehörte. Er sah sich ein Dokument an, das aus einer Liste gesendeter und empfangener E-Mails bestand, die von Simon Michael Rymans PC stammten. Die Verschlüsselungssoftware hatte den Zugriff darauf verzögert.

Die Betreffzeile einer E-Mail weckte Hilliers Aufmerksamkeit: Bewerbungsschreiben. Er nahm das Telefon und bat das Computerteam, ihm die vollständige E-Mail weiterzuleiten. Sie traf fast umgehend ein, und er öffnete sie auf dem Laptop.

Er las die Mail über die große Herausforderung, die die Position darstellte, und dass der Verfasser, obwohl noch relativ jung, davon überzeugt war, die nötige Erfahrung mitzubringen, um erfolgreich sein zu können. Er nannte eine

Berufung in das Amt *historisch,* und sein Enthusiasmus war geradezu greifbar.

Hillier erinnerte sich an seine Unterhaltung mit Karen Dollard, Richard Dollards Schwester, über dessen Begeisterung, ein außergewöhnliches Stellenangebot erhalten zu haben. Ein großer Schritt nach vorn, eine große Herausforderung, etwas, was nie zuvor geschehen war.

Er suchte die Notizen heraus, die er nach jener Begegnung gemacht hatte, und überflog sie. »Nein«, murmelte er. »Nein.« Er markierte Karen Dollards Telefonnummer oben auf der Seite mit seinem Finger, und wählte sie auf seinem Handy.

Als sie ranging, entschuldigte er sich für die Störung.

»Kein Problem, ich helfe gern.«

»Sie erwähnten, dass Ihr Bruder wegen eines Stellenangebotes aufgeregt war. Es war etwas, was er Ihnen als einen entscheidenden Schritt beschrieb.«

»Was ist damit?«

»Wissen Sie, um welche Position es dabei ging?«

»Natürlich«, sagte sie und verriet es ihm. Hilliers Adrenalinspiegel schnellte hoch. »Ich kann Ihnen sogar noch mehr sagen. Ich kenne den Namen der Person, die die Bewerbungsgespräche vereinbart hat.«

Ihm klingelten die Ohren, er dankte ihr und legte auf. »Mein Gott«, sagte er tonlos und blickte auf seinem Computermonitor auf den Namen, den ihm Karen Dollard gerade genannt hatte.

Er überflog die Liste der E-Mails von Ethan Flemings Account auf der Suche nach dem Namen Alma Patrick, doch er konnte ihn nicht finden. »Verdammt«, sagte er und googelte schnell ihren Arbeitsplatz. Er wählte die Nummer, die er fand, und bat darum, zu ihr durchgestellt zu werden.

»Personalabteilung, Alma Patrick«, meldete sie sich.

Hillier nannte Namen und Dienstrang und erklärte, er ermittele in einer Mordsache und hoffe, dass sie ihm helfen könnte. Er erzählte ihr von der freien Stelle, für die sich sowohl Richard Dollard als auch Simon Michael Ryman beworben hatte. »Haben Sie auch Unterlagen von jemandem mit dem Namen Ethan Fleming bekommen?«, fragte er schließlich.

Sie erwiderte, sie würde ihm gerne helfen, benötigte aber etwas Zeit, um die entsprechende Akte zu suchen. Hillier blieb am Apparat und wartete eine gefühlte Ewigkeit, aber schließlich kehrte Alma Patrick zurück. »Ja, da haben Sie recht«, zwitscherte sie.

»Könnte ich wohl eine vollständige Liste aller Bewerber für diese Position bekommen?«, fragte er.

»Ich fürchte, dafür bräuchten Sie wegen der Datenschutzgesetze wohl einen Gerichtsbeschluss.«

Das wusste er natürlich, und er hatte nur gefragt, weil er hoffte, die Dinge beschleunigen zu können. »Den besorge ich umgehend. Ich wäre Ihnen aber dankbar, wenn Sie inzwischen schon alles für mich vorbereiten könnten. Ich melde mich bald zurück«, sagte er und dankte ihr.

Er ging zur Wandtafel, zog Pfeile von dem Feld BERUF unter dem Namen jedes Opfers zu einer freien Stelle darunter und schrieb dort in Großbuchstaben hin: BEWERBUNG FÜR DAS AMT DES BEZIRKSRICHTERS.

P

Sag einfach wann. x.

Die Antwort kam wirklich sehr schnell. Ich bin verblüfft, wie richtig Alice gelegen hatte.

»Das habe ich dir doch gesagt«, meint sie und blickt mit einem unangenehmen Grinsen im Gesicht über meine Schulter.

»Was soll ich schreiben?«, frage ich unsicher.

»Heute Abend«, antwortet sie. »Neun Uhr.«

»Alice, das kann nicht dein Ernst sein.«

»Es ist mir todernst.«

Ich atme tief ein.

»Schreib es ihr«, insistiert sie.

»Alice …«

»Schreib es!«, wiederholt sie, diesmal noch eindringlicher.

Ich fühle mich wie eine Marionette.

Sie spürt meinen Widerstand. »Wir brauchen einander, Paul, falls wir das überstehen wollen. Wir beide haben gelogen und müssen das geheim halten. Niemand kann unserem uneingeschränkten Glück im Weg stehen, weil es unsere absolute Sicherheit davor ist, dass jemals die Wahrheit herauskommt.«

Ich weiß genau, worauf sie hinauswill.

Heute Abend, 21 Uhr.

Belinda antwortet fast sofort: *xxx*.

»Wir haben eine Menge zu tun, am besten bereiten wir schon einmal alles vor«, sagt Alice und legt die Hände aufeinander. »Zuerst ein Probelauf.« Sie nimmt meine Hände und sieht mich an. »Ich bin sie.«

»Wie bitte?«

»Wir tun so, als ob ich sie wäre. Dann wird es nachher nicht dein erstes Mal sein, und du vermasselst es nicht.«

»Ich habe schon gesagt, dass ich es tun werde, reicht das nicht?«

»Es ist schon genug schiefgelaufen, Paul.« Sie verzieht das Gesicht, dann legt sie ihre Hände auf meine Brust. »Wir haben gerade wundervoll gegessen. Ich habe mich daran erinnert, wie charismatisch du bist und weshalb ich mich überhaupt in dich verliebt hatte. Du hast mich nach oben in dein Schlafzimmer gebracht, wo wir uns versöhnen wollen. Es wird etwas ganz Besonderes werden. Das perfekte Ende eines perfekten Abends.« Sie küsst mich intensiv. Ich versuche, Widerstand zu leisten, aber sie wird nur leidenschaftlicher.

»Leg mich hin«, instruiert sie mich, und ich lasse sie aufs Bett sinken. »Jetzt leg dich auf mich.«

Sie schlingt die Arme um meinen Hals und zieht mich näher an sich heran. »Wenn du an diesem Punkt bist und ich es offensichtlich genieße, dann wirst du es tun.« Sie nimmt eine meiner Hände und legt sie sich an den Hals. »Drück«, befiehlt sie, und ich führe zögernd aus, was sie von mir verlangt. »Fester.« Ich gehorche. Dann klopft sie auf meine andere Hand, die ich nach oben bringe, bis meine beiden

Hände an ihrem Hals sind. »Fester«, flüstert sie. Ich drücke.

Sie macht ein Geräusch, das halb lustvolles Stöhnen und halb erschrecktes Keuchen ist. *Ich könnte jetzt alles beenden*, denke ich. Sie fängt an, sich zu wehren; sie greift nach meinen Handgelenken. Dann windet sie sich unter mir, und mir wird bewusst, dass ich den Ursprung aller Probleme, die ich gerade habe, auslöschen könnte. *Vielleicht ist Alice nie zurückgekehrt* – diese Option ist verführerisch. Ich könnte es tun und die Sache jetzt beenden, aber das würde auch den Tod meines Babys bedeuten. Ich senke den Blick und sehe auf ihren Bauch.

Da drin wächst mein Kind.

Bei dem Gedanken lasse ich sie los. »Was soll das?« Ich schreie und blicke auf meine Hände. »Was für ein mieses Spiel lässt du mich da spielen?«

Sie japst nach Luft und sagt: »Du hast es gespürt, oder nicht? Ich wusste, dass du es in dir hast. Erzähl mir nicht, dass es nicht erregend war.«

Ich strecke die Hände hoch, als stünde ich vor der Polizei. »Was stimmt nicht mit dir?«

»Ich bin krank, schon vergessen? Ich habe eine Scheißdepression. Und du hast mich betrogen!«

»Aber ich habe dir gesagt, dass ich dich liebe.«

»Du hast mit einer anderen geschlafen!«

»Es ist vorbei, sie hat mir nichts bedeutet.«

Alice lacht. Ihr Lachen klingt erschreckend. *Das ist nicht meine Frau.*

»Du bist so verändert.«

Sie sieht mich durchdringend an. »Das ist deine Schuld.«

Dann lässt sie mich auf dem Bett sitzend zurück. Ich lege mich hin und starre an die Decke; etwas anderes will ich nicht sehen.

*

Ich öffne die Haustür und Belinda kommt herein, als tauche sie aus einem dichten Nebel auf. Ich gehe einen Schritt zurück und betrachte sie von oben bis unten. Sie trägt ein schwarzes Minikleid mit Spaghettiträgern. Ihr langes braunes Haar glänzt, und ihr Duft zieht an mir vorbei. Es ist ein süßer Geruch, den ich vermisst habe.

Sobald sie im Haus ist, dreht sie sich wortlos um, küsst mich und drückt mich gegen die Garderobe. Die Weichheit ihrer jugendlichen Lippen erregt mich.

»Ich freue mich so, dass du mich hierher eingeladen hast«, sagt sie und küsst mich wieder.

»Du siehst … hinreißend aus.« Das Kompliment ist ehrlich gemeint.

»Da riecht etwas gut«, sagt sie.

»Komm rein.«

Ich führe sie ins Wohnzimmer und fordere sie auf, es sich bequem zu machen. Dann bringe ich uns eine Flasche Weißwein mit zwei Gläsern und gieße jedem von uns etwas ein. »Auf uns«, sage ich.

Sie steht auf und sieht mich an. »Auf uns.«

Als wir ausgetrunken haben, serviere ich das Essen. Wir sitzen am Tisch und essen langsam. Es ist ihr nicht anzumerken, ob sie nervös ist.

Die zurückliegende Woche erwähne ich nicht. Zunächst spreche ich von trivialen, alltäglichen Dingen. Als sich die Atmosphäre allmählich natürlicher anfühlt, konzentriere ich mich auf Themen, von denen ich weiß, dass sie sich dafür interessiert.

Nach dem dritten Glas fühle ich mich geistig etwas umnebelt. Ich bin es nicht gewohnt, Wein zu trinken. Belinda berührt meine Hand und sagt mir, wie herrlich das Essen gewesen sei. Dann küsst sie mich wieder. Sie führt mich ins Wohnzimmer und zum Sofa. »Nicht hier«, sage ich. »Oben.«

Belinda blickt im Schlafzimmer herum, bevor sie hineingeht. »Oh, Paul«, haucht sie, als sie bemerkt, mit welcher Sorgfalt es vorbereitet wurde: Vasen mit Blumen, brennende Kerzen.

Ich hebe sie hoch, lege sie aufs Bett und küsse sie. Sie genießt es. Es dauert nicht lange, bis ich eine Hand hebe und an ihren Hals lege. Ich drücke ein wenig und bringe dann meine andere Hand in Position.

Mit beiden Händen an Ort und Stelle warte ich und denke nach. Ich kann es nicht tun. Ich kann ihr nicht das Leben nehmen, ihre Jugend, ihre Lebendigkeit.

Weil sie meine Pause mit Ermüdung verwechselt, rollt uns Belinda herum und setzt sich rittlings auf mich. Sie ruft meinen Namen, was ich fälschlicherweise für den Ausdruck von Lust halte. Bevor ich merke, was überhaupt passiert, spritzt mir etwas in die Augen, die ich sofort instinktiv schließe. Ich nehme meine Hände von ihrem Körper und reibe mir übers Gesicht. Jetzt spüre ich, wie eine Flüssigkeit über meine Brust läuft. Ich öffne die Augen und sehe Blut an meinen Händen, dann blicke ich zu Belinda, deren Miene verwirrt wirkt – aus ihrem Hals schießt das Blut; da ist dieser leere Blick in ihrem Gesicht, und schließlich sackt ihr Körper nach vorn. Bevor sie auf mir landet, sehe ich an der Stelle, wo sich gerade noch Belinda befand, Alice mit einer Art Draht in den Händen. Ihr Blick ist wuterfüllt, aber dann wird es dunkel, und ich sehe nichts mehr. Danach ist alles still.

*

»Ich brauche deine Hilfe, weißt du.«

Alices schneidende Stimme reißt mich aus den Träumen, in denen ich mir Belindas Tod vorstelle.

»Komm schon, wir haben nicht mehr viel Zeit.«

Sie verlässt das Zimmer. Ich liege noch auf dem Bett und sehe zur Decke empor. *Sie hat sie getötet. Und es fiel ihr so leicht.*

Es dauert nur einen kurzen Augenblick. Man braucht nicht viel Planung.

Ich setze mich auf, nehme mein Handy und überprüfe die Uhrzeit. *17:15 Uhr.*

Jetzt dauert es nicht mehr lange. Ich möchte es nicht tun, aber ich muss zugeben, dass es verlockend ist. Wenn Belinda aus dem Weg wäre, würden die Dinge einfacher werden. Und ich weiß, dass Alice nicht zögern würde – weshalb sollte ich es nicht tun?

Der Grund ist das, was ich bin und wofür ich stehe.

Aber was genau ist das?

Ich koche ein Currygericht mit extra langer Garzeit, und Alice sucht einen Wein aus. Ich mache im Erdgeschoss des Hauses sauber, und sie bereitet das Schlafzimmer vor. Solange sie damit beschäftigt ist, gehe ich nicht hinein, doch als sie ruft, dass es fertig sei, gehe ich nach oben, um zu sehen, was sie getan hat. Sie hat die Betten frisch bezogen und im Zimmer ein paar Duftkerzen angezündet.

Alles, was auf Alice, meine verschwundene Frau, hindeutet, ist verborgen.

Ich starre auf das Bett, den Ort, wo es geschehen soll, und spüre, dass ich die Dinge zu weit gehen ließ, aber ich muss zugeben, dass ich mich der Idee nicht völlig verschließen kann, Belinda aus dem Spiel zu nehmen. Dann würde ich – genau wie im Traum – morgen aufwachen, und alles wäre komplett anders. Jeder neue Tag bringt eine neue Möglichkeit.

Ich bin mir nur nicht sicher. Mir läuft die Zeit davon, und ich habe bisher keinen Plan. Egal, wofür ich mich schließlich entscheide – ich muss mir meiner Sache völlig sicher sein.

Alice tritt einen Schritt zurück und betrachtet ihre Arrangements. »Schön, oder nicht?«, fragt sie.

Ich stehe neben ihr, drehe den Kopf und sehe ihr ins Gesicht. »Das macht dir Spaß, was?« Was aus ihr geworden ist, stößt mich ab. Und jetzt fürchte ich mich vor dem, was aus mir werden könnte.

»Nein, Paul, ich tue nur, was nötig ist. Ich räume das Chaos auf, das du hinterlassen hast.«

»Indem du ein anderes verursachst?«

»Was genau soll das sein?«

»Du verlangst von mir, zusätzlich zu dem Verbrechen, das wir bereits vertuscht haben, ein weiteres zu begehen.«

»Darum würde ich mir keine Sorgen machen. Schließlich bist du sehr akribisch darin, deine Spuren zu verwischen, oder etwa nicht, Paul? Du bist der perfekte Lügner. Sieh dir nur an, wie erfolgreich du damit gewesen bist, seit wir das letzte Mal hier zusammen gewesen sind. Ich habe ohne zu zögern jeden einzelnen deiner Expertenratschläge befolgt. Und seitdem habe ich sie keine Sekunde vergessen können. Außerdem wurden deine sorgfältigen Vertuschungskünste in der Zwischenzeit noch ausgefeilter.«

»Du bestrafst mich.«

»Nein, Paul, das ist andersherum. Heute Abend wirst du alles wiedergutmachen.«

»Indem ich kaltblütig töte?«

»Du sollst wissen, wie sich das anfühlt.«

Sie kommt nahe an mich heran. Ich weiche vorsichtig nach hinten aus. In ihrem Blick ist etwas, das mich fassungslos macht.

Ihre Stimme klingt leise und bedrohlich. »Du hast keine Ahnung.«

»Ich habe eine verdammte Leiche für dich versteckt! Ich habe alles für dich getan, was ich konnte.«

»Alles?«, sagt sie und gibt sich spöttisch entsetzt.

»Ja, Alice, alles. Ich habe ein Verbrechen für dich begangen. Ich, ein verdammter Richter! Ich habe für dich gelogen, immer wieder, und das hat mich nur noch tiefer in diese Geschichte hineingeritten.«

»Alles, was wir in jener Nacht getan haben, haben wir gemacht, weil du es so wolltest! Du bist der Experte, hast du das schon vergessen? *Du* hast *mir* gesagt, was ich tun soll!«

»Ich habe dir nicht gesagt, dass du jemanden umbringen sollst!«, sage ich und bereue es sofort.

Ihr Gesicht wird aschfahl, ihre Stimme brüchig. »Das

stimmt, ich habe einen Mann getötet. Und jetzt muss ich damit leben. Was hast du getan, verglichen damit?«

»Ich hätte alles verlieren können, Alice. Alles, wofür wir gearbeitet haben.«

»Und ich habe tatsächlich alles verloren.«

Ich zögere, und meine Stimme klingt rau, als ich antworte. »So viel mehr, als ich jemals für möglich gehalten hätte.«

»Und bald wirst du mich verlieren. Tu, was ich dir sage, oder es ist vorbei.« Sie greift mir zärtlich ans Revers der Jacke. »Wenn du nicht mitspielst, werde ich nicht mehr lügen.«

»Willst du damit sagen, du gehst zur Polizei, wenn ich es nicht tue? Denn wenn du das tust, wird diese kranke Sache zwischen uns …«

»Was ich damit sagen will, ist …« Sie macht eine Pause. »Es gibt keine Alternative. Tu es, sonst wirst du für den Rest deines Lebens jede Entscheidung bereuen, die du jemals getroffen hast.«

Ich hole tief Luft. »Es ist noch nicht zu spät, Alice.«

»Es war schon vor langer Zeit zu spät, Paul.«

Ja, denke ich. *Das war es.* Anscheinend war ein Ende wie dieses unvermeidlich.

»Also, vergiss nicht zu husten, wenn du sie die Treppe heraufbringst. Ich werde bereit sein.«

Sie starrt mir tief in die Augen. »Für euch beide.«

A

Sie kommt pünktlich wie eine geldgeile Hure.

Aber eigentlich bin ich nicht fair zu ihr, schließlich hätte er auch Nein sagen können. Und deshalb muss er es tun – er muss einsehen, welchen Fehler er begangen hat. Sie ist einfach nur überflüssig.

Die Haustür geht auf. Ich bleibe im Schlafzimmer, deshalb kann ich nur gedämpfte Stimmen hören. Sie fangen leise an, aber die Tonhöhe steigt schnell, und das Gespräch wird munterer.

Für mich klingt es, als würden sie sich gut amüsieren.

Ich bin gespannt, ob er die Sache durchzieht. Ich weiß nicht, ob er das Zeug dazu hat, aber ich weiß, wie viel ihm das Baby bedeutet, und das habe ich phantastisch als Druckmittel benutzen können. Außerdem gibt es noch eine andere Methode, mit der ich sein Leben zerstören könnte. Ich glaube nicht, dass er eine allzu große Wahl hat.

Ja, es ist seine Strafe. Er sollte glauben, dass noch mehr dahintersteckt, aber das tut es nicht. Ich finde es schrecklich, was er mir angetan hat. Zuerst in jener Nacht, und später, als er mit Belinda schlief, während ich zu Hause litt – wegen jener Nacht, in der ich alles getan hatte, was er von mir verlangte.

Nach etwa einer Stunde höre ich ihre Stimmen nicht

mehr, sie sind wahrscheinlich im Esszimmer, deshalb schleiche ich den Flur entlang und stelle mich oben an die Treppe. Dort bleibe ich, ich weiß nicht, wie lange. Ich kann mir ihn und sie so lebhaft vorstellen, als wäre ich mit ihnen im Zimmer.

Das auffälligste Geräusch ist ihr Lachen. Es wiederholt sich wie ein Rhythmus. Seines klingt aufrichtig – dabei sollte er doch nur so tun, als ob. Falls er es auch noch genießt …

Als schließlich Bewegung im Wohnzimmer zu hören ist, gehe ich ins Schlafzimmer zurück und vergewissere mich, dass alles perfekt aussieht. Ich öffne den begehbaren Wandschrank und sehe hinein. Mein Sitzplatz für das Finale. Ich habe ihn ausgeräumt, deshalb ist dort viel Platz.

Ich horche auf, als jemand beim Näherkommen hustet. Und noch einmal. Es kommt vom unteren Treppenansatz.

Ich mache einen Schritt in Richtung Wandschrank, aber dann zögere ich. Das Husten hat aufgehört, und ich höre niemanden die Treppe heraufkommen. Ich lausche genauer.

Nein, nichts, nur Stille.

Ich wende mich dorthin, wo sie sein müssten. Das Einzige, was ich sehe, ist ein leerer Flur.

Er kommt nicht.

Enttäuscht schleiche ich aus dem Schlafzimmer, den Flur entlang und zur Treppe. Am oberen Absatz stelle ich mich so hin, dass ich sie hören kann, ohne gesehen zu werden.

»Paul, bist du okay?«, fragt sie besorgt.

Ich spähe um die Ecke und sehe sie. Er kniet vorgebeugt vor ihr auf der Treppe. Sie steht aufrecht hinter ihm. Sie halten sich noch an den Händen, sein Arm ist nach hinten gestreckt, damit er sie halten kann.

»Alles gut«, flüstert er, bewegt sich aber nicht. *Er bringt es nicht über sich.*

»Komm schon«, sagt sie, legt ihm die Hände auf die Schultern und streicht darüber. Sie will ihn dazu bringen, wieder aufzustehen.

Schließlich kommt er hoch, hustet und setzt sich in Bewegung.

Ich trete ins Blickfeld.

Sie erstarren, Belinda keucht kurz. Paul fixiert mich mit einem stummen, flehenden Blick und bewegt tonlos die Lippen: »Was tust du?«

Belinda ergreift als Erste das Wort. »Was zum Teufel ist das?« Ihr Blick springt zwischen Paul und mir hin und her.

Er dreht sich zu ihr um und streckt die Arme nach ihr aus. »Belinda, ich kann das erklären.«

Sie schlägt seine Hand weg. »Fass mich bloß nicht an. Was für ein krankes Spielchen spielst du? Was zum Teufel tut sie hier?« Sie kreischt jetzt in voller Lautstärke, ist völlig außer sich.

»Es ist nicht so, wie es aussieht …«

Sie ohrfeigt ihn und stürmt die Treppe hinunter. Als sie ihren Mantel vom Haken nimmt, sagt sie: »Du Mistkerl. Du hast mich doch hierher gelotst. Warum?«

Paul läuft ihr hinterher. »Belinda, du darfst nicht …« Er sieht wie ein armseliger, verlorener Schuljunge aus. Ich muss fast lachen und steige ein paar Treppenstufen tiefer, damit ich ihre letzten gemeinsamen Augenblicke beobachten kann.

»Krank«, sagt sie. »Du bist krank.« Sie stößt ihn aus dem Weg, öffnet die Haustür und flüchtet in die Freiheit.

Er lässt die Haustür offen stehen und kommt zur Treppe zurück. Nach ein paar Stufen stoppt er und sieht zu mir hoch. Wir starren einander an – zwischen uns liegen mehrere Meter – und versuchen zu erkennen, was im jeweils anderen vor sich geht.

Ich sehe, dass er zu jener Nacht im Oktober zurückkehren möchte. Er würde am liebsten das Telefon nehmen und die Polizei anrufen. Er will sehen, wie ich für das Verbrechen verhaftet werde; er bedauert jetzt, dass er mir dabei geholfen hat, es zu verschleiern. Aber ich bemerke auch, dass er sich davor fürchtet, was ich als Nächstes tun könnte. Er weiß, dass ich nicht allein untergehe. Und daran wird sich auch nie etwas ändern.

In seinem Blick liegt eine Mischung aus Wut und Schmerz. Er bedauert, was er geschehen ließ, und weiß zugleich, dass er in der Falle sitzt. Ich weiß nicht, was meine Augen verraten, doch ich bin mir sicher, dass ich die Bitterkeit und die Enttäuschung nicht verbergen kann, die ich empfinde. Enttäuschung wegen so vieler Dinge, besonders aber wegen dem, was nun folgen muss. Ich hatte wirklich gehofft, dass wir eine gemeinsame Zukunft haben würden.

»Alice …«, sagt er, schafft es aber nicht, den Satz zu Ende zu bringen.

Ich werfe mich die Treppe hinunter, taumle über jede

Stufe und gegen die Wand, und bleibe erst liegen, als ich an seine Beine stoße. Ich sehe noch den entsetzten Ausdruck in seinem Gesicht und höre ihn Belindas Namen rufen. Danach wird alles still und dunkel.

P

»Belinda!«, rufe ich. Dann schreie ich Alices Namen. Sie liegt regungslos mit dem Gesicht nach unten am Ende der Treppe.

Ich drehe sie instinktiv um, merke aber schon in dem Moment, als ich sie bewege, dass es ein Fehler ist. Unsere Blicke streifen sich kurz, aber in ihren Augen ist kein Ausdruck mehr. »O Gott«, sage ich und versuche, an ihrem Hals einen Puls zu spüren. »Was um alles in der Welt … was hast du getan? Was zum Teufel …«

»Paul!«, keucht Belinda hinter mir.

Ich drehe mich schnell um. »Belinda, es ist nicht … Sie ist gestürzt … Sie hat sich heruntergestürzt. O mein Gott!«

Sie überlegt, was zu tun ist. Ihre Gedanken werden von dem Alkohol beeinträchtigt, den sie getrunken hat, und sie weiß nicht, ob sie weiterhin wütend sein soll.

»Hilf mir«, sage ich und bleibe auf meine Frau fixiert. »Ruf einen Krankenwagen.«

Sie denkt kurz nach, dann läuft sie ins Wohnzimmer. Ich höre ihre Stimme. Sie spricht eindringlich und schärft der Person am anderen Ende ein, wie eilig es ist.

Sie kehrt zu mir zurück und kauert sich neben mich. »Danke«, sage ich.

»Du kannst mich mal«, antwortet sie, ohne mich anzusehen. Dann übernimmt sie die Kontrolle, stößt mich unsanft zur Seite und bringt Alice in die stabile Seitenlage.

15

Detective Constable Ryan Hillier traf sich mit Absolventen des Jesus College, die mit Richard Dollard, Ethan Fleming, Simon Michael Ryman und anderen studiert hatten, und mit weiteren Personen, deren Namen mit den Fällen in Verbindung gebracht worden waren. Zu jedem Treffen nahm er eine Reihe Fotos mit, die sehr natürlich wirkten, aber allesamt computergenerierte Bilder von Alexander Pavlik waren. Er sollte herausfinden, ob sich einer seiner Gesprächspartner erinnern konnte, Pavlik jemals begegnet zu sein; er wollte den Mörder finden, aber auch erfahren, ob vielleicht noch mehr Opfer auf der Liste standen.

Jetzt befand er sich im Büro von Laurence Sanders. Er war beeindruckt und erinnerte sich, dass Wright es als palastartig beschrieben hatte. Dem konnte er nicht widersprechen.

»Von denen kommt mir keiner bekannt vor«, sagte Sanders, nachdem er einen flüchtigen Blick auf etwa ein Dutzend Fotografien geworfen hatte.

»Sind Sie sicher? Niemand aus Ihrer Vergangenheit? Aus den Tagen in Cambridge vielleicht – auch wenn Sie auf einem anderen College waren. Wenn Sie ihn sich einfach jünger vorstellen würden? Ist Ihnen in den Monaten vor den Morden niemand gefolgt?«

»Nein«, sagte er. »Ich habe ihn noch nie in meinem Leben gesehen.« Er lehnte sich in seinen Sessel zurück. »Müsste ich mir Sorgen machen, Detective? Wollen Sie andeuten, dass auch weiterhin eine Gefahr besteht?« Er wirkte nicht sonderlich besorgt.

»Ich weiß nicht. Aber Sie alle sollten wachsam bleiben, mehr kann ich nicht empfehlen.«

»Haben Sie meinen Freund Paul Reeve gewarnt? Er hat mit zweien der Opfer studiert und sich mit Mike eine Wohnung geteilt.«

»Wir haben mit Mr Reeve gesprochen, ja.«

»Und er weiß, dass er die Augen offenhalten soll?«

»Ich denke schon, ja.«

Sanders erhob sich und ging um seinen Schreibtisch herum. »Schön, wenn das alles ist …«

»Ja, in der Tat. Danke für Ihre Zeit.«

Sanders legte die Hand sanft auf Hilliers Rücken und führte ihn zur Tür. »Wissen Sie«, lachte er leise, »das ist jetzt zwar alles sehr traurig, doch ich fand es höchst amüsant, als sie sich letztes Jahr alle um dieselbe Position beworben haben.«

Hillier stoppte. »Wer?«

»Richard, Ethan, Mike und Paul. Ich meine, wer hätte sich das damals träumen lassen, als wir studiert haben. Erst beste Freunde und dann erbitterte Rivalen bei der Bewerbung um den Posten des Bezirksrichters.«

»Sie haben sich alle dafür beworben?«

»Genau.« Er klatschte in die Hände. »Ich weiß, er ist tot, und Mike war zwar der Jüngste, doch er war bestimmt genervt, als er den Kürzeren zog. Er war außerordentlich karrierebewusst, und ich wette, dass er glaubte, er hätte es im Sack. Aber Paul hat den Sieg verdient. Niemand verdient ihn mehr als er.«

»Wussten alle, dass die anderen sich beworben hatten?«

»Ich habe keine Ahnung, aber ich vermute es. Schließlich wusste ich es ja auch.«

»Wie haben Sie es erfahren?«

»Paul hat es mir erzählt. Oh, das muss etwa acht, neun Monate her sein.«

Sobald Hillier das Gebäude verlassen hatte, rief er Wright an. »Alle drei«, sagte er aufgeregt, »haben sich auf den Posten beworben, der schließlich an Paul Reeve vergeben wurde.«

»Beschaffen Sie sich morgen früh die Liste aller Bewerber«, sagte sie sofort. »Ich werde als Erstes den Gerichtsbeschluss erwirken. Gott weiß, was ihn verzögert hat. Dann werde ich denen sagen, sie sollen den Beschluss sofort an das Personalbüro des Gerichts weiterleiten. Sagen Sie mir Bescheid, sobald Sie ihn bekommen haben.«

P

Belinda wartete mit mir auf das Eintreffen des Rettungswagens und fuhr auch mit zum Krankenhaus. Sie sagte, sie wolle sich vergewissern, dass Alice erfolgreich stabilisiert wurde.

»Danke«, wiederholte ich, als ich in den Wartebereich der Notaufnahme kam.

Sie sah mich wütend an und schüttelte den Kopf, als ob sie genug hätte. Dann drehte sie sich um, ging davon und ließ mich verdientermaßen allein zurück. Ich fühle mich wie ein kompletter Idiot. Jetzt weiß ich, dass ich sie nie wiedersehen werde.

Alice erlangte das Bewusstsein zurück, als wir beim Krankenhaus ankamen, doch sie war sehr erschöpft. Momentan schläft sie, und ich nutze die Gelegenheit, um etwas frische Luft zu schnappen und einen starken Kaffee zu trinken.

O Gott, könnte ich doch nur die Zeit bis zum letzten Oktober zurückdrehen und alles anders machen.

Ich kehre etwa zwanzig Minuten später auf die Station zurück und setze mich wieder neben Alices Bett. Sie sieht so friedlich aus. Ich nehme ihre Hand und sage ihr sanft, dass ich sie liebe. »Es tut mir leid, Alice, es tut mir so unendlich leid.«

Als ich meine Augen nicht mehr aufhalten kann, küsse ich Alice auf die Stirn, lehne den Kopf in den Nacken und schließe die Augen.

16

»Ich bin da«, meldete Hillier. »Ich habe den Gerichtsbeschluss.«

»Ausgezeichnet«, sagte Wright. »Und hören Sie: Ich hatte gerade Kontakt mit dem Cyber-Team. Paul Reeves Name taucht immer wieder auf. Anscheinend hat er Bitcoin gekauft, eine Crypto-Währung.«

»Mit Bitcoin kenne ich mich nicht besonders gut aus.«

»Ich wusste auch nichts darüber. Er hat sie anscheinend über *CoinJoin* gekauft. Das ist ein Service, der Nutzer zusammenbringt, die gleichartige Zahlungen machen wollen, und es ihnen erlaubt, gemeinsam zu bezahlen. Dadurch können sie ihre Bitcoin mischen und ihre Spuren verwischen. Im Grunde ist es eine Methode, online Geld zu waschen und dabei vollkommen anonym zu bleiben.«

»Aber welches Geld war das bei Paul Reeve?«

»Das wissen wir noch nicht, aber es gibt eine Menge davon. Und sie haben festgestellt, dass es immer vierundzwanzig Stunden vor jedem der drei Morde Transaktionen von einem Konto, das mit Paul Reeves E-Mail-Adresse verknüpft ist, auf ein Konto gab, das zu einer Person namens Brian Clarke gehört.«

»Und wer ist das?«

»Das wissen wir auch noch nicht, aber sein Name taucht

dreimal auf. Wir lassen ihn gerade durch alle unsere Datenbanken laufen.«

Sobald das Gespräch mit Hillier beendet war, rief Wright Philip Moorse an, den Leiter des Cyber-Teams. »Können Sie mir noch irgendetwas sagen, Phil?«

»Ja, es kommen allmählich einige Informationen herein. Der Bitcoin-Account ist anscheinend mit einem Konto bei der Bank of Scotland verknüpft, für das Paul Reeve allein zeichnungsberechtigt ist. Von diesem Konto wurde noch nie etwas abgehoben, es wird nur für Transfers benutzt. Das Geld wird von Account zu Account bewegt, und dann verschwindet es. Aber die Mail-Adresse, die benutzt wurde, ist aktiv und läuft ebenfalls auf den Namen von Paul Reeve. Diese Adresse wird benutzt, um ins Online-Banking der Bank of Scotland zu kommen, und dann wird dieses Geld bewegt. Wir sind ihm über mehrere Konten gefolgt, aber wir verlieren seine Spur, wenn es ins Ausland geht.«

»Können Sie den endgültigen Bestimmungsort des Geldes ermitteln? Ich möchte wissen, wohin es geht.«

»Wir arbeiten daran. Dieser Teil ist schwieriger, und es wird dauern.«

»Wie lange?«

»Wie lang ist ein Stück Band?«

Wright seufzte, dankte Moorse und beendete das Telefongespräch. Eine gerade eingegangene E-Mail weckte ihre Aufmerksamkeit. Sie öffnete sie und las die Nachricht:

BETREFF: Re: Brian Clarke.

Vorausgesetzt, dass er nicht CLARK, sondern tatsächlich mit einem *»E« geschrieben wird, sind 37 Brian Clarkes in unseren Da-*

tenbanken. Vier davon verbüßen zurzeit Haftstrafen. Über 29 weitere gibt es Akten mit Fotos. Von weiteren vier sind nur die letzten Aufenthaltsorte oder nächste Angehörige bekannt (siehe Anhang), es gibt aber keine Fotos. Siehe Anhang 2 für eine Sammlung aller Fotos, die zurzeit in den Akten vorhanden sind. Insgesamt dreiunddreißig Stück.

Sie fing an, sich durch die Bilder zu scrollen; der Computer arbeitete frustrierend langsam. Als sie das achtzehnte Bild sah, machte sie eine Pause.

Sie griff zum Telefon.

»Hillier.«

»Ryan, haben Sie die Bewerberliste schon?«

»Ich warte nur noch auf Alma Patrick. Es dürfte nicht mehr allzu lange dauern.«

»Ich habe ein Foto von Brian Clarke. Er wurde vor fünf Jahren in Birmingham wegen eines tätlichen Angriffs verhaftet. Unrasiert, kurz geschnittene Haare. Er sieht anders aus, aber er ist es mit Sicherheit. Ich sehe es in seinen Augen – genau, wie wir es vorhergesehen haben. Tote Augen.«

»Wie bitte, Clarke ist Pavlik?«

»Ja!«, rief Wright. »Brian Clarke ist Alexander Pavlik, ohne den geringsten Zweifel.«

»Wollen Sie mir sagen, dass Paul Reeve Geld an Alexander Pavlik geschickt hat?«

»So sieht es aus.«

»Besorgen Sie diese Dokumente von Alma Patrick und finden Sie heraus, wer sich noch für dieses Amt beworben hat. Ich werde bei Reeve zu Hause vorbeischauen, sobald ich Abschließendes von Moorse erfahren habe. Vielleicht entdeckt er noch andere Dinge, die Reeve mit Pavlik in Verbindung bringen. Wenn alles gut läuft, sind wir gleichzeitig fertig, und Sie können mich in Paul Reeves Haus treffen.«

Hillier stand ungeduldig im Empfangsbereich des Büros in Bishop's Court, wo die Personalabteilung des Zentralen Strafgerichts ihren Sitz hatte.

»Dauert es noch lange?«, fragte er die Rezeptionistin.

»Ich frage einmal nach.« Gerade als sie den Telefonhörer aufnahm, ging die Tür auf und Alma Patrick kam herein.

»Tut mir leid, dass Sie warten mussten«, sagte sie und reichte ihm eine fünfseitige Liste. »Die Adressen der Bewerber stehen jeweils neben den Namen. Die Stelle war sehr begehrt, wie Sie sehen können. Es gab 78 Interessenten.«

Hillier dankte ihr. »Haben Sie etwas dagegen, wenn ich mich hinsetze, um es gleich hier durchzugehen?«, fragte er und deutete auf ein paar Stühle rings um einen Tisch auf der anderen Seite des Empfangsbereichs.

»Gern, kein Problem.«

Sie schüttelten sich die Hände, und Alma Patrick ließ Hillier allein. Er setzte sich und ließ den Zeigefinger über die Namen gleiten. Er sah die Namen Ethan Fleming, Richard Dollard und Simon Michael Ryman – dann entdeckte er den Namen Paul Reeve.

»Erwischt«, sagte er und klopfte mit dem Finger darauf. Er zückte das Handy und rief DS Wright an. Sie nahm das Gespräch nicht an, vermutlich weil sie auf dem Weg zu Paul Reeves Haus war, deshalb hinterließ er ihr eine Voicemail. »Katherine, nur zur Bestätigung, Reeve und die anderen stehen auf der Liste. So viel ist sicher. Sie haben sich alle auf den Posten beworben, und Reeve hat ihn bekommen.«

Hillier legte die Seiten ordentlich übereinander und wollte sie gerade zusammenfalten, als ein paar Wörter seine Aufmerksamkeit erregten. Er stockte, war sicher, sich geirrt zu haben, und sah genauer hin.

Was um Himmels willen ist denn hier los?, dachte er. Jetzt verstand er überhaupt nichts mehr.

P

Ich träume von anderen Zeiten, bevor ich Alice überhaupt kannte. Wie ich die Uni genoss! All die Mädchen, die ich kennenlernte, wie gut ich bei vielen mit meiner Intelligenz und meinem Aussehen ankam – und wie Alice und ich uns dann kennenlernten. Das war auf einer Party, und sie dachte zuerst, ich sei ein Idiot; ich übergab mich betrunken an eine Wand, neben der sie stand und mit Freundinnen redete. Als ich wieder hineinwollte, stolperte ich, und sie half mir auf. Mit meinen Versuchen, ihre Telefonnummer zu ergattern, kam ich nicht weit. Schließlich machte ich sie ausfindig, weil ich jeden in Cambridge fragte, ob er oder sie sie kannte. Bei unserem ersten Date gingen wir essen und sahen dann einen Film. Ich denke daran, wie jung wir waren und wie viel wir einander und übereinander zu sagen hatten, wie viel Hoffnung wir für die Zukunft hatten.

Wie sehr hatte sich alles verändert.

»Mr Reeve.« Ich weiß nicht, ob ich träume oder wach bin.

Jemand tippt mir an den Arm. Ich öffne langsam die Augen; am liebsten würde ich in der Vergangenheit bleiben.

Ich erschrecke, als ich feststelle, dass Detective Wright vor mir steht.

»Oh, Detective«, sage ich und richte mich auf. »Tut mir

leid, sie haben mich erwischt … Ich war eingeschlafen … Es ist gerade ein schwieriger Moment.«

»Ist alles in Ordnung?«, fragt sie.

»Meine Frau ist … gestürzt und hat sich dabei verletzt.«

»Das tut mir leid.«

Schließlich wird auch mein Verstand langsam wach. »Woher wussten Sie, dass ich hier bin?«, frage ich sie.

»Ihr Nachbar Bob hat angegeben, dass er Sie, Ihre Gattin und eine andere junge Frau gesehen hat, als Sie in den frühen Morgenstunden in einen Rettungswagen gestiegen sind.«

»Belinda«, sage ich leise.

Sie macht große Augen. »Belinda war bei Ihnen?«

»Es geht ihr gut, Detective. Sie brauchen sich keine Sorgen zu machen. Sie ist zum Abendessen gekommen.« Ich verziehe das Gesicht, als mir klar wird, wie aberwitzig das klingt.

»Wie, zum Abendessen?«, fragt sie überrascht.

»Meine Frau …«, sage ich. »Meine Frau hat sie eingeladen.«

»Ihre Frau war also auch da, wie es scheint.«

»Ja. Kaum zu glauben, nicht wahr? Ich kann es selbst kaum fassen.« Ich fühle mich vom Gang der Ereignisse überwältigt, die über mich hereingebrochen sind, und schweige. Detective Wright blickt sich im Zimmer um. »Entschuldigen Sie bitte, ich bin vollkommen erschöpft. Ich fürchte, das alles klingt nicht gerade logisch. Aber was ich Ihnen gesagt habe, ist wahr. Meine Frau und Belinda sind beide zurückgekommen, und ich hatte mich geirrt, es gab kein großes Geheimnis. Sie waren einfach … jede für sich weggefahren. Deshalb fürchte ich beziehungsweise freue ich mich, sagen zu können, dass ich Sie nicht mehr zu belästigen brauche.« Ich lehne mich wieder zurück und möchte am liebsten weiterschlafen.

»Das hätte ich jetzt wirklich nicht erwartet, Mr Reeve, und wir können uns später noch darüber unterhalten. Aber eigentlich bin ich aus einem anderen Grund hier.«

»Ach ja?«

»Haben Sie schon einmal von Bitcoin gehört?«

Ich versuche, meine Überraschung zu verbergen. »Wie bitte?«, frage ich und beuge mich vor.

»Sie haben mich richtig verstanden.« Langsam wiederholt sie: »Bitcoin.«

»Worauf wollen Sie hinaus?« *Das ergibt doch keinen Sinn.*

Sie steht auf. »Der Zeitpunkt ist vielleicht ungünstig, da Ihre Frau gerade hier ist, aber ich glaube, wir müssen uns auf der Wache ausführlicher darüber unterhalten.«

»Hören Sie, Detective, ich habe wirklich keine Ahnung, wovon Sie reden.« Ich bleibe sitzen, während sie sich vor mir aufbaut. »Ich habe mir nichts zuschulden kommen lassen.«

Darauf springt sie sofort an: »Ich möchte wissen, weshalb es ein Bitcoin-Konto auf Ihren Namen gibt, das mit einem Mann namens Brian Clarke verknüpft ist, dessen wahrer Name Alexander Pavlik lautet – das ist der Mann, den ich des Mordes an Richard Dollard, Ethan Fleming und Simon Michael Ryman verdächtige.«

Ich springe auf. »Wie bitte?«

»Alexander Pavlik ist ein osteuropäischer Auftragsmörder, der den Aliasnamen Brian Clarke verwendet. Sie haben ihm bei drei Gelegenheiten fast zehntausend Pfund bezahlt. Jeweils vierundzwanzig Stunden bevor einer der Männer getötet wurde.«

Ich schüttle den Kopf und stottere fassungslos: »S…s… so etwas habe ich nicht getan.«

»Das Konto läuft auf ihren Namen, Mr Reeve, und es waren drei Mitbewerber für den Posten, den Sie am Ende bekommen haben.«

»Aber …«

»Den Posten, den Sie unbedingt haben wollten. Für den Sie getötet hätten – so hat es Ihre Frau zumindest formuliert, glaube ich. Vielleicht haben Sie genau das getan.«

»Aber … das habe ich nicht. Was soll das? Das waren meine Freunde.«

»Sogar Simon Michael Ryman?«

»Er hat doch mich bedroht!«

»Das Geld wird es beweisen. Wir können die Spur des Geldes verfolgen, wissen Sie.«

»So etwas gibt es nicht. Es ist nur ein … Konto … einfach ein ungenutztes Konto … Wir teilen es uns für die Mieteinnahmen …« Ich verstumme. »Wir verstecken die Einkünfte vor der Steuerbehörde … Das ist ausgeschlossen.« Ich stehe auf und strecke die Hände in die Luft.

Ich bin reingelegt worden.

»Mr Reeve, ich möchte, dass Sie …«

In ihrem Bett regt sich Alice. Das Geräusch lässt uns verstummen. Sie öffnet die Augen und sieht zuerst Detective

Wright. Dann dreht sie den Kopf und nimmt mich wahr. Detective Wright und ich erwidern ihren Blick.

Alice richtet die Augen auf mich. Dann fängt sie plötzlich an, sich auf dem Bett zu winden, und ruft laut: »Hast du es getan? Hast du mich wirklich gestoßen?«

Detective Wright und ich wenden uns zu ihr. In der Nähe steht eine Krankenschwester, die ans Bett eilt und Alice bei der Hand nimmt. »Wo hat er Sie gestoßen, meine Liebe?«

»Die Treppe! O Gott, hast du es getan, Paul? Er hat mich die Treppe heruntergeschubst, glaube ich. Ich weiß nicht. Wolltest du mir etwas antun, Paul?«

»Alice, nein«, sage ich tonlos und schüttle den Kopf.

»Er hat Sie mit Absicht die Treppe hinuntergestoßen?«, fragt Detective Wright und tritt näher zu ihr.

»Ich … Alice … nein«, stammle ich und mache einen Rückwärtsschritt.

»Sind Sie sich sicher, Alice?«, fragt Detective Wright und streckt die Hand nach ihr aus.

»Ich glaube, er könnte …«

Als sich Detective Wright wieder nach mir umdreht, stürze ich mich auf sie und gebe ihr einen festen Stoß. Sie fällt auf Alices Bett und dann auf den Fußboden, wobei sie einen Monitor umkippt. Er kracht auf den Fußboden.

Ich laufe aus Alices Zimmer und dann den Flur entlang. Immer wieder biege ich ab, ohne mich umzusehen, bis ich zu einem Treppenhaus gelange. Ich jage hinunter ins Erdgeschoss. Im Laufen nehme ich jede Abzweigung, an der ich vorbeikomme, und versuche verzweifelt, die Schilder zu lesen.

Ich habe keine Wahl.

Schließlich erreiche ich den Haupteingang, doch da öffnet sich die Fahrstuhltür, und ich sehe, dass Detective Wright herauskommt, die sich den Ellenbogen hält und sich in alle Richtungen umsieht. Ich weiß nicht, ob sie mich wahrnimmt, hechte durch die nächste Tür und stelle fest, dass ich mich in einem Lagerraum befinde, der keine weitere Tür hat. Es gibt ein kleines Fenster, durch das ich vielleicht hindurchpassen könnte. Es lässt sich jedoch nicht öffnen, ganz gleich, mit wie viel Druck ich es versuche, deshalb ziehe ich meine Jacke aus, wickle sie mir um die Faust und schlage zu. Das Glas springt, dann zerbirst es. Ich schiebe meine Hand durch und entferne die scharfen Kanten.

Dann kämpfe ich mich durch das Loch und gelange in einen Hof hinter der Cafeteria. Dort stehen überall Behälter und Karren mit Lieferungen herum. Ich stolpere zwischen ihnen hindurch und komme in einen Hinterhof, der zu einer kleinen Straße führt. So schnell ich kann laufe ich die Straße hinunter und lande auf der Hauptstraße. Das Krankenhaus liegt weit rechts hinter mir.

Jetzt fällt mir ein, dass ich kein Auto dabeihabe. Ich bin mit Alice und Belinda im Rettungswagen hergekommen und jetzt froh, als ich in der Nähe einen Taxistand sehe. Dort laufe ich hin, riskiere einen Blick zurück, als ich in den ersten Wagen in der Schlange einsteige, und nenne dem Fahrer meine Adresse.

Ich brauche mein Auto. Ich muss nach London.

*

Das Taxi setzt mich am Ende meiner Einfahrt ab. Ich bin sehr besorgt, dass Detective Wright schon vor mir hier eingetroffen ist, vielleicht hat sie auch Verstärkung angefordert, und andere Polizisten warten hier auf mich. Ich suche mir am Rand der Einfahrt einen Weg durch die Büsche und Bäume, die sie begrenzen, und halte angestrengt nach Lebenszeichen Ausschau.

Alles wirkt ruhig.

Erleichtert, aber auch wild entschlossen, hier zu verschwinden, trete ich aus den Büschen heraus. Dabei sehe ich plötzlich Bob. Unsere Blicke begegnen sich. Er steht in seiner Einfahrt, poliert seinen Wagen und kann seine Überraschung nicht verbergen, als er mich so aufgelöst und dreckig sieht.

»Hallo, Paul«, sagt er.

»Tag, Bob«, antworte ich, ohne die Geschwindigkeit zu verringern, mit der ich zur Haustür unterwegs bin.

»Heute Morgen hat hier ein Polizist nach dir gefragt. Ich sagte ihm, dass du letzte Nacht mit einem Rettungswagen weggefahren bist. Geht es deiner Frau gut? Ich habe mir Sorgen gemacht. Können wir etwas tun?«

»Alles okay, Bob, danke der Nachfrage.«

»Ein kleiner Unfall?«

»Ja, sie ist gestolpert und die Treppe heruntergefallen.«

»Oje, ich hoffe, es ist ihr nichts allzu Schlimmes passiert.«

»Sie wird schon wieder. Danke, Bob.« Ich gehe zur Haustür, schließe sie auf und schnappe mir die Autoschlüssel. Danach verlasse ich das Haus sofort wieder und schließe ab. Bob sagt noch etwas, aber ich höre nicht, was, sondern steige in den Wagen.

Ich beschleunige und fahre schnell die Auffahrt hinunter. An deren Ende taucht ein anderes Auto auf, der Fahrer wirkt wie ein … *ein Polizist.* Ich fahre schnell ans Ende der Straße, fädele mich in den dichten Verkehr ein, schlängele mich zwischen den Fahrzeugen hindurch, biege halsbrecherisch schnell ab und hoffe, dass es ihm nicht gelingt, herumzukurven und mich gleichzeitig im Auge zu behalten. Die Automatik meines Autos ächzt, wenn ich Gas gebe. Ich darf mich von nichts und niemandem aufhalten lassen. Ich kann nicht glauben, was geschehen ist. Unfassbar, dass ich nichts geahnt habe.

Ich bin schon bald auf der M1 und auf dem Weg nach London.

Während der Fahrt sehe ich immer wieder in den Rückspiegel. Kein Anzeichen von Polizei, aber jetzt ist der Moment gekommen, an dem ich vorsichtig sein muss und so wenig Aufmerksamkeit wie möglich auf mich ziehen darf. Ich will durchkommen. Zweifellos sind mein Kennzeichen und eine Fahrzeugbeschreibung herausgegeben worden. Ich werde gesucht. Ich bin erledigt, aber das ändert nichts daran, dass ich nach London muss.

Ich schaffe es bis zum Brent Cross und fahre dann ostwärts auf der A406, danach Richtung Finchley Road. Hier ist dichterer Verkehr, was sich aber als Vorteil erweist. Mein Wagen ist von anderen Fahrzeugen umgeben, was es schwer macht, das Kennzeichen zu erkennen, wenn man nicht ganz nah dran ist.

Nach ungefähr einer halben Stunde biege ich nach links in die Euston Road ab, passiere die King's Cross Station und fahre bei weiterhin dichtem Verkehr die City Road hinunter. Die ganze Zeit schaue ich immer wieder in die Spiegel und sehe mich hektisch um.

Beim Old-Street-Kreisel biege ich in die Great Eastern Street ab. An dieser Stelle sehe ich ein paar Wagen hinter mir Blaulichter blinken. Dem Polizeiwagen folgt ein anderes, schnell fahrendes Fahrzeug. Ich erkenne den Wagen, den ich am Ende meiner Einfahrt fast gerammt hätte.

Ich beschleunige instinktiv, schlängele mich an den Autos vorbei und zwinge die entgegenkommenden Fahrzeuge zum Ausweichen auf den Bordstein oder die Bürgersteige. Fußgänger springen aus dem Weg. Ich bin so nah dran, dass ich jetzt nicht aufgeben kann. Falls mich niemand aus der Gegenrichtung blockiert, müsste ich es bis dorthin schaffen.

Ich biege scharf ab und trete das Gaspedal durch. Am Ziel angelangt, steige ich auf die Bremsen. Der Wagen rutscht mit blockierten Rädern ein Stück weiter, kracht an den Bordstein und bleibt auf dem Bürgersteig stehen. Ich springe heraus und laufe. Ringsumher heulen Polizeisirenen. Ich sehe Polizisten aus Autos steigen. Ich dränge mich durch die Drehtüren und weiter zum Fahrstuhl. Als ich bei den Fahrstühlen eine Menschenschlange sehe, weiche ich ins Treppenhaus aus und laufe hinauf, immer zwei Stufen auf einmal.

Als ich die zehnte Etage erreiche, japse ich nach Luft.

Dann haste ich zu den Fahrstühlen, drücke auf den Knopf und hoffe, dass keine Polizisten im Fahrstuhl sind, wenn er ankommt. Ich trete zur Seite, als die Ankunft signalisiert wird, und sehe vorsichtig hinein. Es stehen mehrere Personen in der Kabine, aber keine Polizisten. Ich drücke den Knopf zum dreiundzwanzigsten Stockwerk.

Als ich oben ankomme, gehe ich schnell am Rezeptionstresen vorbei und ignoriere die Frau dahinter, die »Kann ich Ihnen helfen, Sir?« hinter mir herruft.

Ich stoße die Doppeltür des Büros mit der Schulter auf. Dort sitzt ein junges Paar, das mir den Rücken zukehrt, doch als sie mich hereinkommen hören, wenden sie sich zu mir um. Hinter ihnen steht Laurence Sanders, der zu seinem Schreibtisch zeigt, auf dem etwas liegt, das wie eine Landkarte aussieht. Er blickt auf.

»Paul«, sagt er, setzt ein falsches Lächeln auf und versucht, seine Überraschung zu verbergen.

Schweißbedeckt und keuchend trete ich auf ihn zu. »Du hast mich reingelegt.«

Er lacht verlegen. »Paul, ich weiß nicht, was du meinst.«

»Das Bitcoin-Konto. Du hast es auf meinen Namen eröffnet und verwendet. Du hast es benutzt, um einen Mann zu engagieren, der Richard, Ethan und Mike umbringt. Und danach hast du ihn mir auf den Hals gehetzt, du Dreckskerl.«

Er blickt betreten zu dem Paar, das vor ihm sitzt, als ich einen Schritt näher komme. Dann lacht er wieder und schüttelt den Kopf. »Paul, das ist verrückt.« Dann sagt er dem Paar: »Tut mir leid, meinem Freund hier geht es nicht besonders gut«, und dann zu mir gewandt: »Paul, willst du dich nicht hinsetzen und kurz durchatmen?«

»Verdammt, Laurence, du hast mein Leben zerstört!«

Als die Frau mich schreien hört, kreischt sie, der Mann stellt sich vor sie, zieht sie von ihrem Stuhl und flüchtet mit ihr in eine Ecke des Büros, wo die beiden in Deckung gehen. »Du hast ihn auf mich angesetzt. Warum, Laurence? Warum? Für eine verdammte blöde Beförderung, das alles nur wegen eines Jobs? Weil du eifersüchtig warst und Angst hattest, dass man dich uns nicht vorzieht?«

Ich höre Geräusche in der Nähe und merke, dass mir nur noch Sekunden bleiben. Ich blicke mich um und sehe drei Polizisten in Richtung Büro laufen. Ich springe über den Schreibtisch und packe Laurence an den Haaren. Dabei bleibe ich mit dem Fuß hängen, was ihm Zeit für eine Reaktion gibt, und er schlägt mich in den Nacken. Schmerz schießt meine Wirbelsäule hinunter. Ich löse mich von ihm, und wir packen einander bei den Kehlen. Ein harter Schlag trifft mich in den Bauch, so dass mir die Luft wegbleibt, und Laurence versucht, einen zweiten Schlag zu landen, aber es gelingt mir, ihm auszuweichen. Ich reiße schnell mein Knie hoch und erwische ihn im Gesicht. Er fällt und kracht mit dem Hinterkopf gegen ein gerahmtes Bild an der Wand hinter seinem Schreibtisch. Es fällt herunter, und das Glas zerspringt. Ich packe ihn an der Kehle und drücke zu. »Du hast mich reingelegt!«

Er bekommt eine Glasscherbe zu fassen, holt damit nach mir aus und erwischt mich an der Wange. Ich falle rückwärts, er steht auf, stürzt sich mit einem vorgestreckten

Glassplitter auf mich und kommt meinem Gesicht immer näher. Ich versuche verzweifelt, ihn mit der Hand auf Abstand zu halten, aber es gelingt mir nicht. Das Glas ist nur Zentimeter von meiner Kehle entfernt. Ich spüre, wie es meine Haut berührt.

Jemand springt über den Schreibtisch, ein Knie stößt von oben gegen meinen Kopf, alles verschwimmt, und wir stürzen zu dritt auf den Fußboden. Ich halte mir den Kopf, setze mich aufrecht hin und sehe den Mann aus meiner Einfahrt auf Sanders liegen, er hält ihn an den Handgelenken, die hinter seinen Rücken gedreht sind. Das Pochen in meinem Kopf wird intensiver, und ich rutsche wieder zu Boden. Schließlich liege ich neben Sanders. Ihm werden Handschellen angelegt.

Meine Augen fallen zu. Es ist vorbei.

A

Als ich im Krankenhaus aufwachte und feststellte, dass Paul und Detective Wright im Zimmer warteten, hatte ich gewusst, was mir widerfahren war – ich erinnerte mich daran, gefallen zu sein –, aber ich konnte mir nicht ins Gedächtnis rufen, was genau passiert war. Ich konnte Paul nicht sehen, wusste nicht, ob er für meinen Sturz verantwortlich gewesen war. Ich wusste nicht, ob er mir das angetan hatte oder ob ich ausgerutscht war, aber er war in der Nähe gewesen, das hatte ich gespürt. Seit ihm Detective Wright hinterhergelaufen ist, liege ich hier und versuche, klar zu sehen und mich daran zu erinnern, was letzte Nacht geschehen war, doch ich bin noch immer so verwirrt, wie ich es war, als ich zu mir kam.

Vor allem hatte ich wissen wollen, ob es meinem Kind gut geht, und war so erleichtert gewesen, als ich erfuhr, dass er oder sie okay ist. *Gott sei Dank.*

Ich muss für mein Kind da sein. Dass ich jetzt hier liege und Angst gehabt habe, vielleicht mein Kind verloren zu haben, macht mir das deutlicher als jemals zuvor. Ganz gleich, was geschehen ist, ich muss damit fertig werden. Mein Kind ist das Wichtigste für mich.

Nachdem Detective Wright gegangen war, traf ein anderer Polizist ein, der mir auf mein Drängen hin verriet, dass Paul im Verdacht steht, einen Auftragsmörder engagiert zu haben, der seine ehemaligen Kommilitonen umbringen sollte. Als Paul mir erzählt hatte, dass er für den Job töten würde, hatte ich keine Sekunde geglaubt, dass er es wirklich so meinte.

Aber nachdem ich über alles nachgedacht hatte, was damit zusammenhängt, kam ich zu dem erschreckenden Ergebnis, dass genau dieser Mann schließlich bei mir zu Hause aufgetaucht ist. Was bedeutet, dass Paul mich ebenfalls töten lassen wollte – vermutlich, um mit seiner Sekretärin ein neues Leben beginnen zu können.

Ich kann mir vorstellen, was ihm durch den Kopf ging, als er letzten Oktober nach Hause kam und mich lebendig im Schlafzimmer entdeckte, nachdem er sich darauf eingestellt hatte, meine Leiche vorzufinden. Er muss sehr enttäuscht gewesen sein, aber er verstand es sehr gut, sich überrascht zu geben und so zu tun, als würde er spontan entscheiden, was mit der Leiche geschehen soll. Er ist wirklich ein hervorragender Lügner.

Eine Lüge nach der anderen – es fiel ihm so leicht, wie die Seiten eines Buches umzublättern.

Wie soll ich mich jetzt verhalten? Mein Selbsterhaltungstrieb überlagert alles andere – er ist nötig, um die Sicherheit meines Babys zu gewährleisten. Aber wie kann ich meiner Sache sicher sein? Ein Wort von Paul und die Leiche des Auftragskillers kann gefunden werden. Und sollten sie den Leichnam ausgraben, kann niemand wissen, ob nicht doch etwas von meiner DNA an ihm zu finden ist, obwohl wir so vorsichtig gewesen sind.

Paul hat mich in die Falle gelockt, auch wenn ich es umgekehrt mit ihm ebenso gemacht habe. Denn ich kann ihn genauso hineinziehen wie er mich.

Er wird egoistisch sein und versuchen, seine Haut zu retten, das weiß ich. Das heißt, ich muss ihn zuerst zur Strecke bringen. *Schlag zu*, sage ich mir, *bevor er die Gelegenheit hat, gegen dich auszusagen.*

Er hat die Leiche versteckt. Er hat mir gesagt, was ich tun soll. Er zwang mich dazu, ihm zu helfen. Das hat er getan, um mich zum Schweigen zu bringen. Er hat mich nicht zum ersten Mal verletzt – ein Rettungswagen hat mich ins Krankenhaus gebracht, die Polizei hat ihn von mir ferngehalten –, und ich wusste einfach, dass er es wieder tun würde, vielleicht sogar noch schlimmer, wenn ich ihm nicht gehorchen würde. Das ist aktenkundig. Sehen Sie ihn sich einfach an, dann merken Sie es schon. Er ist eine Bedrohung, eine Gefahr für mich. Detective Wright war die ganze Zeit über misstrauisch. Deshalb hatte ich keine andere Wahl. Ich musste schweigen, während er all jene furchtbaren Dinge tat, weil ich Angst hatte, dass er mir noch Schlimmeres antun würde. Und gestern, als er wusste, dass ihm die Polizei auf den Fersen war, warf er mich die Treppe hinunter.

Auch wenn ich mir nicht sicher bin, dass er das tatsächlich getan hat, ich kann es überzeugend rüberbringen. Vielleicht kann ich nur so meine Sicherheit und eine gemeinsame Zukunft mit meinem Kind gewährleisten.

Am besten wäre es, wenn ich mildernde Umstände gegen ein Geständnis aushandeln könnte …

Nein, ich habe genug gelitten. Jetzt ist er an der Reihe. Es wird Zeit, dass ich die Sache beende.

17

»Ihrem Kind ist nichts passiert.«

»Gott sei Dank.« Paul Reeve lehnte sich an den Tisch. »Oh, Gott sei Dank.«

»Jetzt erzählen Sie mir von Laurence Sanders.«

Paul Reeve setzte sich aufrecht. »Laurence war viele Jahre lang mein bester Freund.«

Er saß Detective Sergeant Katherine Wright und Detective Constable Ryan Hillier gegenüber, in einem muffigen Verhörraum in der Sharing Cross-Polizeiwache.

»Er und ich waren seit über fünf Jahren Geschäftspartner. Wir besitzen gemeinsam zwölf Immobilien. Manchmal kaufen wir, renovieren und verkaufen. Wir sind Vermieter mit einem gemeinsamen Immobilienportfolio. Darüber hatten wir schon während des Studiums gesprochen, und als wir anfingen, gutes Geld zu verdienen, nach ein paar Jahren Kanzleiarbeit, hatten wir genug Kapital, um damit anzufangen. Wir haben es über mehrere Jahre hinweg aufgebaut und sind jetzt sehr erfolgreich damit.«

»Und von dort stammen die Bitcoin, wollen Sie das damit sagen?«, fragte Wright.

»Ja. Die Bitcoin waren Laurences Idee. Er erzählte mir, dass er von Silk Road und dem Dark Web gehört habe, und dass man Bitcoin nicht nachverfolgen könne. Als die

Immobilien Geld abwarfen, und zwar Hunderttausende Pfund, schlug er vor, einen Teil der Mieteinnahmen über Bitcoin laufen zu lassen. So würden wir aufgrund unserer Gehälter die extrem hohen Steuern vermeiden. Da wir bereits gut verdienten, hätte die Steuerbelastung 45 Prozent auf alle Einkünfte aus den Immobilien betragen. Er hat gesagt, ich solle es ihm überlassen, er würde sich darum kümmern. Ich meine, ich wusste, dass es ein Konto gab, aber ich hatte keine Ahnung, dass er es nur auf meinen Namen laufen ließ. Ich unterschrieb nur blind, was er mir vorlegte. Ich habe ihm vollkommen vertraut.«

»Was passiert mit dem Bitcoin-Geld?«, fragte Wright und machte sich Notizen, während Paul antwortete.

»Er hat eine Methode, es über mehrere Konten zu filtern, ich weiß nicht, wie oder wo, ich habe nie gefragt, und es hat mich auch nie besonders interessiert. Ich habe es nur für das Geld getan, das er mir schließlich aushändigte, wenn es die nötigen Schritte durchlaufen hatte. Ein großer Teil davon ist jedoch für Renovierungen verwendet worden. Wir haben niemals Neubauten erworben. Alle unsere Immobilien waren alt und baufällig, und er hat sie modernisiert. Ich habe Geld investiert, aber er hat die Arbeiten ausführen lassen und alles arrangiert. Ich bin nicht gut in solchen Dingen, außerdem hatte meine juristische Karriere immer Priorität. Aber es war seine Stärke, und jetzt verstehe ich auch, weshalb er so scharf darauf war. Er wollte mich reinlegen. Ich schwöre, dass ich nichts mit dem Tod von Richard, Ethan oder Mike zu tun hatte. Und ich habe diesem Kerl, den Sie erwähnten, keinen Penny geschickt. Ich kenne niemanden namens Brian Clarke oder Alexander Pavlik. Laurence hat stets die Finanzen des Portfolios kontrolliert.«

»Und was ist mit Ihrer Frau und Belinda Adams?«

»Wie ich es Ihnen gestern bereits sagte, sind sie beide zurückgekommen. Ich weiß nicht, warum es so gelaufen ist, es war wirklich ein Zufall. Aber ein furchtbares Timing, ehrlich gesagt.«

»Haben Sie Ihre Frau die Treppe heruntergestoßen?«

Er blickte ihr ruhig ins Gesicht. »Nein.«

»Und Sie haben noch nie die Hand gegen Ihre Frau erhoben?«

»Nein.« Dann begriff er offensichtlich, worauf sie mit ihren Fragen hinauswollte. »Na ja, neulich wurde sie wegen eines Missverständnisses ins Krankenhaus gebracht. Ich versuchte, die Küche zu verlassen, sie hielt sich an mir fest, und ich schüttelte sie ab. Sie stürzte. Ich habe sie nicht angegriffen. Es war ein Unfall.«

»Aber sie war verletzt?«

»Es ging ihr gut«, antwortete er nachdrücklich.

»Dann lügt sie also?«

»Ja«, antwortete er, ohne zu zögern.

»Weshalb?«

»Das kann ich Ihnen ehrlich nicht beantworten.« Er wusste nicht, wie viel er sagen durfte. Er machte sich Sorgen, dass sie gestehen könnte, was sie getan hatten, doch er glaubte nicht, dass sie sich opfern oder riskieren würde, das Kind zu verlieren, indem sie sich selbst beschuldigte. Und er konnte sich nicht vorstellen, wie sie das, was geschehen war, hätte gestehen können, ohne sich selbst zu beschuldigen. »Ich weiß nicht, sie ist einfach so.« Er wusste, dass das eine unbefriedigende Antwort war, doch er konnte nicht mehr sagen.

Fürs Erste.

»Weshalb war Belinda Adams gestern Abend bei Ihnen zu Hause?«

Paul Reeve zog vernehmlich die Luft durch die Nase. »Es tut mir leid«, sagte er, »aber die Antwort wird Sie nicht beeindrucken.« Er räusperte sich, sichtlich beklommen. »Die Wahrheit ist, dass meine Frau von mir verlangt hat, sie einzuladen.«

»Ihre Frau?« Beide Detectives grinsten ungläubig.

»Ich habe nicht gelogen, als ich Ihnen vor einiger Zeit erzählte, dass meine Frau krank ist. Sie verhält sich irrational, was sie gestern wieder unter Beweis gestellt hat, als sie von mir verlangte, Belinda zum Abendessen einzuladen. Es war genauso irrational, wie sich selbst hinterher die Treppe herunterzustürzen.«

»War es ein Abendessen für drei Personen?«, fragte Hillier sarkastisch.

»Für mich ist das gar nicht witzig«, sagte Paul streng. »Hören Sie, Alice wollte, dass sich Belinda darüber freut, von mir zu hören, und dann wollte sie Belinda überraschen.«

»Warum?«, fragte Wright.

»Sie wollte sie wohl schockieren, damit sie für immer aus meinem Leben verschwindet, und ich vermute, dass sie glaubte, sie könnte Belinda dazu bringen, künftig fernzubleiben, wenn sie während des Abendessens plötzlich unangekündigt auftauchte.«

»Erwarten Sie von mir, dass ich das glaube?«

»Es ist die Wahrheit. Nicht viel von dem, was Alice in den vergangenen Monaten getan oder gesagt hat, ergibt besonders viel Sinn. Leider ist das einfach so.«

Wright stand auf. »Na schön.«

»Kann ich Alice sehen?«

»Es gibt hier noch eine ganze Menge Fragen, die wir durcharbeiten müssen.«

Sie und Hillier verließen das Zimmer. »Finden Sie heraus, wie weit unsere Leute mit Sanders' Computern gekommen sind.«

»Der Durchsuchungsbefehl ist beantragt, glaube ich. Sobald er vorliegt, kann das Team handeln.«

»Ich möchte mich ein bisschen mit Alice Reeve unterhalten. Erkundigen Sie sich nach dem Durchsuchungsbefehl, dann kommen Sie zurück und erstatten mir Bericht.«

18

»Ist es Ihnen recht, wenn wir uns hier unterhalten? Ich weiß, die Bedingungen sind nicht ideal.«

Sie befanden sich im Krankenhauszimmer. Man hatte alle anderen Patienten aus Alices Raum entfernt, damit Detective Wright unter vier Augen mit ihr reden konnte.

»Hat Ihr Ehemann Sie gestern Abend die Treppe hinuntergestoßen?«

Ja.

Jetzt, da sie die Gelegenheit hatte, es mit Entschlossenheit und Bestimmtheit auszusprechen, gab es etwas, das sie zögern ließ. Sie wusste nicht, was es war. Eine Art fehlgelenkte Loyalität vielleicht? Es hatte etwas mit dem Leben zu tun, das sie und Paul geteilt hatten, mit der Liebe, die sie einst empfunden hatten. Sie wollte eigentlich nicht, dass sie irgendetwas in ihrem Plan aufhielt, vor allem nicht so etwas.

Ihr Kopf tat weh. Alles war unscharf, und es wurde nur noch schlimmer.

»Ich glaube schon«, sagte sie schließlich.

Detective Wright macht eine Pause, um Alice Reeve Zeit zu geben, mehr zu erzählen. Sie tat es nicht.

Wright beschloss, weiterzumachen. »Und Belinda Adams war zu diesem Zeitpunkt bei Ihnen zu Hause?«

»Nein«, sagte Alice. »Ja. Nun ja, nicht wirklich.« Sie wusste, dass sie Belindas Anwesenheit nicht abstreiten konnte; es wäre für die Detectives zu einfach gewesen, es zu überprüfen. »Sie war gerade gegangen. Ich wollte sie loswerden. Ich hatte die beiden überrascht, und dann, als sie gegangen war, wurde er böse auf mich.« Es entstand eine Pause, schließlich fügte sie hinzu. »Dann bin ich die Treppe hinuntergefallen.«

»Sind Sie nun gefallen oder wurden Sie tatsächlich gestoßen?«

Sie griff sich an den Kopf und kniff die Haut zwischen ihren Fingern. »Ich wurde gestoßen.«

»Sind Sie sicher?«

»Alles ist …« Sie schluchzte stumm. »Er hatte eine Affäre, Detective, und er war wütend auf mich. Ich bin die unschuldige Frau, und er ist ein notorischer Lügner, schon Gott weiß wie lange.«

»Verstehe.«

»Wissen Sie von seiner Affäre?«

»Ja. Dann fangen wir damit an. Wie haben Sie davon erfahren?«

»Es muss … an einem Tag im April gewesen sein. Ich ging zum Old Bailey, um Paul zu überraschen, und die beiden sind gerade aus dem Gebäude herausgekommen. Ich folgte ihnen zu einem Hotel, wo … na ja, Sie wissen schon. So habe ich es erfahren.«

»Wieso sind Sie den beiden gefolgt?«

»Ich hatte einfach so ein Gefühl. Ich habe schon seit einiger Zeit gespürt, dass etwas nicht stimmte. Ich wusste nicht genau, was es war, aber … ich glaube, eine Frau merkt so etwas einfach.«

»Ja. Sie würden sich wundern, wie oft ich das schon gehört habe.«

Alice streckte Detective Wright ihre Hand entgegen. Wright nahm sie. »Detective, hat mein Ehegatte diesen Mann beauftragt, mich zu töten, so wie seine früheren Kommilitonen?«

»Das versuche ich gerade herauszufinden.«

Wrights Handy vibrierte, und sie blickte auf das Display hinunter. »Tut mir leid, aber ich muss da rangehen. Ich komme zurück, so schnell es geht. Entspannen Sie sich und ruhen Sie sich aus.« Sie ging aus dem Zimmer, um Hilliers Anruf entgegenzunehmen. Hillier war auf der Wache geblieben.

»Der Durchsuchungsbeschluss wurde bewilligt«, sagte Hillier. »Sanders' Computer, sein privates Handy und auch sein Geschäftshandy wurden beschlagnahmt und sind auf dem Weg hierher.«

»Sehr gut.«

»Das ist noch nicht alles. Jemand aus Sanders' Firma hat angerufen. Er wurde anscheinend nicht zum Verhör hergebracht. Stattdessen hat man in seinem Büro mit ihm gesprochen. Abgesehen von dem Kampf gab es nichts Handfestes, um ihn festzunehmen, nur die Anschuldigungen von Paul Reeve. Außerdem scheint sich sein Chef gut mit DI Lange zu verstehen, deshalb hat jemand befunden, dass es das Beste sei, auf eine zivilisierte Art mit ihm umzugehen – ihn also nicht sofort mit auf die Wache zu nehmen. Jedenfalls, nachdem die Nachricht von der Beschlagnahme seines Computers und seiner Handys sein Büro erreicht hatte, fand ihn eine Sekretärin auf der Bürotoilette. Er hat sich erhängt.«

P

Detective Wright sitzt mir wieder gegenüber, ihr Kollege – der Mann, der Laurence von mir heruntergezerrt hat – ist neben mir. Sie muss meinen erwartungsvollen Gesichtsausdruck bemerkt haben, denn sie stellt mir eine Frage. »Möchten Sie etwas sagen?«

Ich habe beschlossen, reinen Tisch zu machen und alles zu erklären. Es hat zu viele Lügen gegeben – so viele, dass ich sie nicht mehr aufrechterhalten kann –, und es ist an der Zeit, die Wahrheit zu sagen. Das Leben, das ich kannte, ist sowieso vorbei. Ich kann kein Richter mehr sein. Ich bezweifle, dass ich noch eine Frau habe, und ich fürchte, ich habe mein ungeborenes Kind verloren. Alles, was mir jemals etwas bedeutet hat, ist weg. Jetzt muss ich versuchen, die besten Bedingungen für mich herauszuschlagen, um mit dem Elend fertig zu werden, das mir bevorsteht.

Ich öffne den Mund, aber da kommt mir ein Bild in den Kopf, wie die hochschwangere Alice in ein paar Monaten aussehen wird.

Sie trägt dein Kind. Du kannst immer noch ein Kind haben. Wenn du alles gestehst, verlierst du diese Chance.

Aber das würde bedeuten, wieder zu lügen, und ich bin des Lügens müde.

Ich richte mich auf und verschränke die Arme. »Ich möchte Ihnen die Wahrheit sagen, Detective. Ich will Ihnen von Anfang an alles gestehen. Und ich bitte Sie, nein, ich flehe Sie an, gehen Sie rücksichtsvoll mit meiner Frau um. Machen Sie es Alice leicht. Sie ist schwanger, und sie sollte sich mit alldem nicht befassen müssen. Ich habe es verursacht. Es ist alles meine Schuld.«

Wright rutscht auf ihrem Stuhl herum, als würde sie es sich bequem machen. »Wenn sie nichts Unrechtes getan hat, wird man sich schon um sie kümmern. Also, was wollen Sie mir sagen?«

»Ich muss im Oktober letzten Jahres beginnen. Am Abend des zweiten Oktobers, um genau zu sein. Ich möchte mit dem Mann anfangen, von dem ich jetzt weiß, dass er Alexander Pavlik heißt.«

A

Detective Wrights Handy hat vor über drei Stunden geklingelt. Sie hat mich mitten im Gespräch verlassen und ist seither nicht zurückgekommen. Normalerweise würde es mich ärgern, wenn man mich so lange warten lässt, aber die Verzögerung hat mir Zeit gegeben, über meine Optionen nachzudenken, und ich bin zu dem Schluss gekommen: Ich bin bereit, jede Strafe zu akzeptieren, die man mir auferlegt, aber ich glaube, die Wahrheit muss gesagt werden. Falls Paul dabei zu Schaden kommt, ist das eben so; er hat jemanden beauftragt, mich zu töten, und das werde ich ihm nie verzeihen.

Mir ist sogar klar geworden, dass er dank unserer Lebensversicherung anständig von meinem Tod profitiert hätte. Vielleicht ging es überhaupt nicht um seine Sekretärin, es könnte auch sehr gut wegen des Geldes gewesen sein. Wer weiß? Aber das ist jetzt auch egal.

Ich habe mein Leben ohnehin verloren – mich verfolgen die Bilder jenes Mannes, den ich getötet habe, und ich bezweifle, dass ich jemals wieder frei davon sein werde. Doch ich hoffe, dass es einen Weg gibt, der es mir erlaubt, die Mutter des Kleinen zu sein. Ich wollte schon immer eine Mama werden.

»Es tut mir sehr leid«, sagt Detective Wright, als sie wieder hereinkommt. »Ich musste zurück nach London, auf die Wache, um mit Ihrem Ehemann zu sprechen. Ich wollte Sie nicht so lange warten lassen, doch es war unvermeidlich. Und ich wollte diejenige sein, die Sie informiert. Das sollte niemand anders tun.«

»Ich bin sowieso verloren, Detective. Dass ich hier warten muss, ist noch meine geringste Sorge. Schließlich liege ich hier und kann nichts anderes tun, als darüber nachzudenken und mir klarzumachen, was ich alles verloren habe. Das Leben, das ich gekannt habe, ist vorbei.« Ich spüre, wie mir Tränen in die Augen steigen.

Detective Wright lächelt. »›Sie muss leben‹, hat mir Ihr Ehemann gerade gesagt. ›Mein Kind muss leben. Deshalb muss ich Ihnen die Wahrheit sagen.‹«

Ich lege meinen Kopf auf die Seite. »Was sagen Sie da?«

»Sie brauchen nicht mehr zu lügen, Alice. Sie brauchen ihn nicht zu beschützen. Ihr Ehemann hat alles erklärt. Er hat gestanden, Alexander Pavlik getötet und seine Leiche versteckt zu haben. Und wir haben Beweise auf Laurence Sanders' Computern gefunden, die belegen, dass er es war und nicht Paul, der vor den Morden an Richard Dollard, Ethan Fleming und Simon Michael Ryman Geld an Pavlik überwiesen hat. Der Umstand, dass sich Sanders das Leben genommen hat, ist meiner Meinung nach ein weiterer deutlicher Hinweis auf seine Schuld. Alice, ihr Ehemann wurde ebenso reingelegt und zur Zielscheibe gemacht wie seine ehemaligen Kommilitonen.«

»Von Laurence?«

»Ja. Laurence Sanders hatte sich ebenfalls für den Posten

des Bezirksrichters beworben. Er wollte die vier Männer ausschalten, die er für seine größten Konkurrenten hielt. Und er hat es geschafft, drei von ihnen eliminieren zu lassen, aber Ihr Ehemann hatte das Glück, seinen Angreifer abzuwehren. Es war dumm von Paul, die Sache nicht zu melden und die Dinge in die eigenen Hände zu nehmen – und dann Sie zu bitten, für ihn zu lügen und zu vertuschen, was er getan hat. Er wollte seine Beförderung nicht riskieren, sagte er.«

Ich bin fassungslos und muss mitspielen. Ich kann mir nicht vorstellen, dass sie versucht, mich hereinzulegen. »Es war furchtbar. Die Leiche zu vergraben hat etwas mit ihm gemacht. Danach war er nicht mehr derselbe.«

»Er sagt, es hätte auch Sie verändert, die ganze Zeit dieses Geheimnis bewahren zu müssen. Er hat die Wirkung gesehen, die es auf Sie hatte, und es tut ihm leid. Er bedauert, Sie so unter Druck gesetzt zu haben. Er sagt, er wünschte, er hätte sich anders verhalten, dann wäre vielleicht für Sie alles anders ausgegangen. Deshalb möchte er, dass es ab jetzt besser wird – für Sie.«

»Weil ich jetzt schwanger bin?«, frage ich, und mir laufen die Tränen die Wangen hinunter.

Sie nickt. »Weil Sie jetzt schwanger sind.«

»Paul?«, frage ich völlig verwirrt und dankbar.

»Ja«, sagt sie einfach nur. »Manchmal tun gerade die Menschen, die uns am nächsten stehen, Dinge, die wir niemals für möglich gehalten hätten.«

»Paul«, wiederhole ich wie in einem traumartigen Zustand.

Das hat er für mich getan.

Sie lächelt, nimmt behutsam meine Hand und drückt sie beruhigend. »Ja.«

Für uns.

*

Ich bin unter Auflagen auf freiem Fuß und werde wegen versuchter Behinderung der Justiz angeklagt. Detective Wright sagt, es bestehe eine gute Chance, dass ich mit Bewährung davonkomme. Das bedeutet, man würde mir erlauben, eine Mama zu sein. Mein Traum kann wahr werden, obwohl sich alles verändert hat.

Alles nur wegen Paul und seiner Selbstlosigkeit. Er hat eine weitere Lüge erzählt – für mich.

Für uns.

Zwei Monate sind vergangen, und es gab keinen einzigen Tag, an dem ich nicht von Dankbarkeit überwältigt gewesen war. Ich bin meinem Ehemann sehr vieles schuldig – diesem Mann, der weitaus tapferer ist, als ich wusste. Mein Ehemann, den ich immer noch liebe.

Allmählich zeigt sich mein Schwangerschaftsbauch deutlich, deshalb habe ich beschlossen, einen Ausflug zu machen.

Egal, wohin ich gehe, sobald die Leute den Bauch sehen, sind sie so hilfsbereit und nett zu mir. Auch heute gibt es keine Ausnahme. Man lässt mich nicht lange im Wartebereich sitzen, und ich werde schon bald durch ein paar Korridore in einen Raum geführt, der von einer Doppeltür aus stumpfem Metall verschlossen wird. Der Aufseher, ein großer, muskulöser Mann mit kurz geschnittenem Haar, hält mir die Türen auf. Ich gehe hinein und bedanke mich bei ihm. Hinter einem weißen Tisch, der sich über die ganze Länge des Raumes erstreckt, steht eine Stuhlreihe, eine weitere befindet sich auf der anderen Seite. Dazwischen gibt es eine Absperrung aus Plastik oder Glas.

Auf einem der Stühle sitzt Paul. Er trägt ein verblichenes, blaues Hemd.

An der Tür des Raumes verharre ich kurz und sehe zu meinem Ehemann hinüber – dem Mann, dem ich alles zu verdanken habe.

Alles.

Mit einem leichten Druck auf meinen Rücken werde ich aufgefordert, weiterzugehen. »Gehen Sie nur«, flüstert der Aufseher.

Ich atme tief durch und gehe zum Tisch. Dort angekommen ziehe ich den Stuhl heraus und stelle mich so hin, dass meine Oberschenkel die Tischkante berühren. Paul betrachtet mich von oben bis unten, wobei er besonders lange auf meinem Bauch verweilt. Dann lächelt er und steht langsam auf. Wir blicken uns an – durch das Stück Glas zwischen uns. Dann legen wir die Hände aufeinander, doch wir können uns nicht berühren.

Als unsere Hände zusammen sind, führt er seine zweite Hand zur Scheibe und platziert sie tiefer. Ich verstehe, was er tun möchte, und beuge mich vor, doch ich kann nicht dicht genug herankommen, deshalb knie ich mich mühsam auf den Tisch.

Ich drücke meinen Bauch gegen das Glas und seine Hand liegt auf der anderen Seite darüber. Er hat die Hand auf unserem Kind, doch er berührt es nicht. Trotzdem sehe ich an seinem Blick, dass er sein Kind spürt. Er beugt sich vor und legt seinen Kopf seitlich ans Glas, dorthin, wo unser Baby ist.

Nein, das wird nicht mein letzter Besuch sein.

Trotz der Barriere zwischen uns fühle ich mich Paul jetzt näher als jemals zuvor.

28. NOVEMBER

19

Detective Constable Ryan Hillier stand im großen Saal, blickte in die Kuppel hinauf und bewunderte die blauen Mosaike, als er bemerkte, dass ihm jemand auf die Schulter klopfte.

Er drehte sich um und strahlte. »Katie«, sagte er. Er war jetzt schon der Zweite, der sie so nannte.

»Ryan.«

Obwohl er für einen kurzen Moment in Erwägung zog, sie zu umarmen, schüttelten sie sich die Hände. »Waren das jetzt schon sechs Monate?«, fragte er.

»Fünfeinhalb«, antwortete sie. »Diesen Tag konnte ich mir nicht entgehen lassen.«

»Ich weiß, wie es Ihnen geht. Ich werde auch jeden Tag hier sein, wenn ich es irgendwie schaffe. Könnte aber ein langer Tag werden.«

Dutzende Menschen strömten an ihnen vorbei, andere liefen nur herum und warteten auf dasselbe wie sie.

»Wie kommen Sie mit Ihrer freien Zeit zurecht?«

»Mit dem Sabbatical?«, fragte sie mit einem spöttischen Unterton. Er nickte. »Es ist … interessant.« Sie lächelte. »Ich weiß ehrlich gesagt gar nicht recht, ob ich mich besonders ausgeruht fühle, aber die Auszeit kann nicht geschadet haben. Mir scheint, es hat nur die Überzeugung verfestigt, dass das hier der richtige Job für mich ist, auch wenn ich möglicherweise begonnen hatte, es anders zu sehen.«

»Sie kommen also zurück?«, fragte er interessiert.

Sie zuckte mit den Schultern. »Was bleibt mir anderes übrig?«

»Das freut mich«, sagte er leise und bildete sich ein, ihr düsterer Blick habe sich ein kleines bisschen aufgehellt. Er strich ihr beruhigend mit der Hand über den Arm.

Vor ihnen wurden die Türen zum Gerichtssaal Nummer Eins geöffnet.

»Es ist so weit«, sagte sie.

Hillier machte einen Schritt nach hinten und grinste breit. »Nach Ihnen, Madame.«

Ihr Schnaufen klang fast wie ein Lachen. »Nach mir, tatsächlich.«

Sie steuerten lächelnd zum Eingang zum Gerichtssaal.

»Was meinen Sie, wie das hier ausgehen wird?«, fragte er.

»Der Fall ist ziemlich klar. Ich glaube nicht, dass etwas schiefgehen könnte. Keine Überraschungen. Ich gehe davon aus, dass Paul Reeve zu einer langen Haftstrafe verurteilt wird.«

»Und seine Frau?«

Wright blieb kurz stehen und sah ihn an. »Sie hat einen sehr guten Ehemann. Am Ende hat er vor allem an sie gedacht – und schließlich das Richtige getan.«

Sie gingen weiter. »Wissen Sie«, fügte sie hinzu, »das Baby müsste bald auf die Welt kommen. Sie hat nicht mehr daran geglaubt, Mutter werden zu können. Stellen Sie sich das einmal vor – Sie versuchen es immer und immer wieder, und irgendwann akzeptieren Sie, dass es keine Hoffnung gibt und die Sache erledigt ist.« Sie nickte fast unmerklich und lächelte. »Und dann kommt plötzlich aus heiterem Himmel so eine Überraschung.«

*

Der Gerichtssaal Nummer Eins im Old Bailey ist besonderen Fällen vorbehalten, wobei es sich meistens um Morde und Terrorismus handelt, oder auch um solche, die längerfristig öffentliches Interesse auf sich ziehen würden. Für die Presse war es ein gefundenes Fressen, von der Verhaftung des Bezirksrichters Paul Reeve zu berichten, und der erste Prozesstag verlief entsprechend: Der Gerichtssaal war überfüllt, es gab nur noch wenige Stehplätze in der öffentlichen Galerie. Paul Reeve, den die Presse erst vor knapp über einem Jahr so positiv dargestellt hatte, wurde des Totschlags und der Behinderung der Justiz in mehreren Fällen angeklagt.

Detective Sergeant Katherine Wright sollte als Zeugin im Verfahren eine Schlüsselstellung einnehmen. Sie saß mit Ryan Hillier auf den Besucherplätzen auf der hinteren Seite des Gerichtssaals.

Es wurde unruhig, als Paul Reeve von drei Gerichtsdienern hereingeführt wurde. Man setzte ihn auf die Anklagebank am anderen Ende des Gerichtssaals, gegenüber vom Richterpodium.

Zwischen dem Sitzplatz des Angeklagten und dem des Richters lagen etwa fünfzehn Meter. Das machte Paul erst richtig deutlich, wie weit er sich von dem Platz entfernt hatte, an dem er einmal selbst gesessen hatte.

»Das Hohe Gericht. Alle erheben sich bitte«, rief der Gerichtsdiener.

Alle einschließlich Paul standen auf. Als der Richter John Fletcher-Smythe hereinkam und am Podium entlangging, bevor er sich auf seinen Thron setzte, senkte Paul den Kopf, beschämt, nicht als Geste der Ehrerbietung oder als Teil der Zeremonie.

»Setzen Sie sich«, sagte sein ehemaliger Mentor, Freund und Trinkkumpan.

Als Paul sich auf den unbequemen Holzstuhl setzte, körperlich angeschlagen, aber innerlich durch die Nachricht beflügelt, dass sein Kind wahrscheinlich mit wenigstens einem Elternteil aufwachsen würde, kreuzten sich seine Blicke mit denen des Mannes, der fünfzehn Meter vor ihm saß.

Einen Moment lang, nur für einen Augenblick, kam es Paul vor, als entdecke er einen Ausdruck des Grußes in den Augen seines früheren Mentors – fast hätte er John anlächeln wollen –, doch ebenso schnell, wie da eine gewisse Vertrautheit aufgeleuchtet haben mochte, verflog sie auch wieder. Stattdessen sah sich Paul dem ernsthaften, geschäftsmäßigen und finsteren Blick von Richter John Fletcher-Smythe ausgesetzt – dem Mann, der eine lange Gefängnisstrafe als angemessene Bestrafung verhängen konnte und es wahrscheinlich auch tun würde.

»Bringen Sie die Geschworenen herein«, befahl John Fletcher-Smythe.

Es begann.

Eine Seitentür ging auf. Sieben Frauen und fünf Männer kamen herein und setzten sich in die beiden Reihen der Geschworenenbänke rechts in der Nähe des Richters und sehr weit links von Paul.

Eine Tür, die ganz oben rechts im Raum laut ins Schloss fiel, erregte Pauls Aufmerksamkeit. Er drehte sich um. Es war einigen Zuschauern erlaubt worden, sich noch in die Publikumsgalerie zu drängen, und eine Person nahm jetzt den einzigen reservierten Platz dort oben ein.

Sie setzte sich in die Mitte der ersten Reihe. Inzwischen war sie hochschwanger, in drei Wochen sollte das kleine Wunder das Licht der Welt erblicken. Sie wirkte gesund und strahlend und perfekt für die Mutterschaft gerüstet.

Er schaute zu ihr hinauf und fragte sich, wie viele Jahre noch vergehen würden, bis er als freier Mann an ihrer Seite stehen würde, bis er endlich Ehemann und Vater sein könnte. Zehn Jahre? Fünfzehn? Wie lange würde es dauern, bis sein Kind seinen Vater richtig kennenlernen konnte?

Paul lächelte Alice an. Er war ein gebrochener Mann, aber dennoch für alle Zeit zum Besseren gewandelt. Sie erwiderte sein Lächeln – die Frau, die auf ewig dankbar sein und ihn lieben würde.

In diesem Moment wussten beide, dass sie das Richtige getan hatten.

ENDE